SUEZKADE

Punge

Janet Punt

BOEKEN VAN JAN SIEBELINK

Nachtschade (verhalen, 1975)
Een lust voor het oog (roman, 1977)
Weerloos (verhalen, 1978)
Oponthoud (novelle, 1980)
De herfst zal schitterend zijn (roman, 1980)
De reptielse geest (essays, 1981)
En joeg de vossen door het staande koren (roman, 1982)
Koning Cophetua en het bedelmeisje (verhalen, 1983)
De hof van onrust (roman, 1984)
De prins van nachtelijk Parijs (portretten en gesprekken, 1985)
Met afgewend hoofd (novelle, 1986)
Ereprijs (novelle, 1986)
Schaduwen in de middag (roman, 1987)
De overkant van de rivier (roman, 1990)
Sneller dan het hart (portretten, 1990)
Hartje zomer (verhalen, 1991)
Pijn is genot (wielerverhalen, 1992)
Met een half oog (novelle, 1992)
Verdwaald gezin (roman, 1993)
Laatste schooldag (verhalen, 1994)
Dorpsstraat Ons Dorp (briefwisseling met
John Jansen van Galen, 1995)
Vera (roman, 1997)
Daar gaat de zon nooit onder (met Rein Bloem en
Johanna Speltie, 1998)
Schuldige hond (novelle, met Klaas Gubbels, 1998)
De bloemen van Oscar Kristelijn (verhalencyclus, 1998)
Mijn leven met Tikker (roman, 1999)
Engelen van het duister (roman, 2001)
Margaretha (roman, 2002)
Eerlijke mannen op de fiets (wielerverhalen, 2002)
Knielen op een bed violen (roman, 2005)
De kwekerij (verhalen, 2007)
Het gat in de heg (met litho's van Klaas Gubbels, 2008)

Vertalingen
J.-K. Huysmans, *Tegen de keer*
J.-K. Huysmans, *De Bièvre*

Jan Siebelink

Suezkade

ROMAN

2008
DE BEZIGE BIJ
AMSTERDAM

Copyright © 2008 Jan Siebelink
Eerste druk (gebonden) september 2008
Tweede druk september 2008
Derde druk oktober 2008
Omslagontwerp Brigitte Slangen
Omslagfoto Rosanne Olson
Foto auteur Keke Keukelaar
Vormgeving binnenwerk Adriaan de Jonge
Druk Wöhrmann, Zutphen
ISBN 978 90 234 2880 0
NUR 301

www.debezigebij.nl

Le destin n'a pas de morale

ROGER VAILLAND

Voor Gem

Van welke zijde je het Descartes ook nadert – Kijkduin, Javastraat of Vredespaleis –, eerst zie je spitse torens van ongelijke hoogte met roodgeblokte schijnluiken.

Van dichterbij valt de rijk bewerkte, massieve poort op die toegang geeft tot de besloten binnenplaats. In een nis, diep weggedoken, ten voeten uit, de gestalte van de denker Descartes.

Bijna een eeuw oud, met het helrood van zijn hoge, strakke muren, het krijtwit van de bijgebouwen en het groen van gazons en bomen, is het eerder een achttiende-eeuws lustslot dan een middelbare school.

Het is op die school...

DEEL I

HOOFDSTUK I

Boven de Laan van Meerdervoort werd de lucht donker en de wind rook naar de regen, die begon te vallen. Marc Cordesius voelde een welzijn en verwachting die hij in lang niet gekend had. In de besloten wereld onder zijn rode paraplu – een cadeautje van het modemagazijn op de boulevard waar hij zijn kostuum had gekocht – liep hij licht en soepel, op weg naar zijn eerste dag op het Descartes. De gedachte dat vandaag zijn maatschappelijke carrière begon, bracht hem even van de wijs. Hij bleef een moment stilstaan.

De afgelopen week had Marc per post zijn rooster ontvangen. De slechts twaalf uur die hij wekelijks zou gaan geven, waren op zijn uitdrukkelijk verzoek over de vijf werkdagen verdeeld. Had het aan Marc gelegen, dan had hij ook les willen geven op zaterdag en zondag. De roostermaker, een genieofficier die door inkrimping van de landmacht werkloos was geworden, had hem over zijn martiale snor heen vragend aangekeken.

'Maar beste jongen, die paar lessen van jou kan ik zonder moeite in drie, ja zelfs in twee dagen stoppen. Dat levert je een schat aan tijd op, namelijk drie vrije dagen. Het is zelfs zo dat je rechtens met dit aantal lesuren minimaal twee vrije dagen op kunt eisen. Daar is door vakbonden voor gestreden.'

Marc had hem vriendelijk verzocht zijn rooster ook zo te maken dat hij het eerste en het zevende uur les had.

Voor de stilte in de hoge kamers van zijn huis was hij bang. Bij een lesdag van twee aan elkaar geroosterde uren zou hij al om tien uur klaar zijn en naar huis kunnen. Met een rooster zoals hij het wilde, kon hij na de eerste les op zijn gemak uitkijken naar het zevende uur aan het einde van de dag, dat om drie uur 's middags eindigde. In de tussentijd kon hij zich op de hoogte stellen van het schoolleven, corrigeren, de school in al zijn facetten ondergaan, een boek lezen, eventueel aantekeningen maken van zaken die het noteren waard waren.

Hij liep langzaam door. Vanmorgen had hij meer dan ooit oma Koekoek gemist. Ze zouden samen ontbeten hebben aan de grote tafel in de huiskamer. Het witte kleed had ze dubbelgevouwen voor hun helft. Er was nog plaats geweest voor zeker zes personen. Oma zou hebben gezegd: 'Jongen, dat ik dit nog mag meemaken.' En hij zou geantwoord hebben: 'Ik zie er niet eens tegen op.' En zij: 'Waarom zou je ertegen opzien? Je bezit kennis. Je ziet er goed uit. Er kan je niets gebeuren.' Oma zou hem van goede raad hebben voorzien en aan het eind van de dag had hij haar zijn ervaringen kunnen vertellen.

Van de straat steeg damp op. Hij vorderde in een mistige wereld. De Laan van Meerdervoort was een donker meer waarop hij het silhouet van een meisje in een rode lakjas met capuchon en rode laarsjes ontwaarde. Met een schooltas op haar rug sprong ze over plassen water, huppelde om een stapel stenen afgezet met rood-wit lint van het hier en daar opgebroken trottoir heen.

Hij bedacht dat die verschijning een leerlinge van het Descartes kon zijn, net als hij op weg naar school. Dan vergiste het meisje zich wel. Vandaag werden alleen de medewerkers verwacht. Morgen kregen de leerlingen hun rooster uitgereikt en overmorgen begonnen de lessen.

Marc hield in, volgde op afstand, gedwee, geïntrigeerd door haar speelse, vermakelijke gedrag, de fijne gestalte.

Van regen noch omgeving leek ze zich iets aan te trekken.

Ze ging geheel op in zichzelf, hief haar hoofd om de regen op te drinken, draaide op één voet om zichzelf, moest hem gezien hebben. Het meisje danste, sprong, bewoog hoofd en schouders op een bevallige manier, had wel iets van het tere, sierlijke, Italiaanse windhondje, genoot zichtbaar van de regen die dichter en met verdubbelde snelheid viel.

Hij kwam dichterbij. Een kind nog? Nee, niet helemaal een kind meer. Eerder een dubbelzinnig wezen, uit het niets opgedoken. Een bijna-volwassene met een rest kinderlijkheid.

De regen hield in hevigheid aan, de rood-witte luiken van de torens hoog in de lucht waren onzichtbaar. Het meisje trok de capuchon die opwoei strakker over haar hoofd. Waar ging ze heen? Ze leek in te houden, hij kwam daardoor vanzelf nog dichterbij, hield nu ook in, wilde nog niet op gelijke hoogte met haar komen, haar inhalen.

Hij was tijdig van huis gegaan, hoefde zich niet te haasten.

Zij stond stil, leek na te denken. Hij bleef ook staan en toonde aandacht voor de auto's die met felle koplampen uit de dichte regen opdoken. Zij liep weer gedecideerd door, hernam het springen en huppelen, maar meer bedwongen. Het was duidelijk van karakter veranderd. Midden in een plas bleef ze staan, bukte zich om de modderspatten van haar laarzen af te spoelen. Heel kort draaide zij haar hoofd naar hem toe.

Aan de overzijde van de straat zag hij de toegangspoort van het Descartes. Over een halfuur begon zijn eerste plenaire vergadering.

Zij bukte dieper om in het spiegelende water te kijken. Vlugge straaltjes liepen over haar rode lakjas. Marc tikte met zijn voet tegen een leeg plastic flesje. Het vlakke, ratelende geluid werd overstemd door de regen en het getinkel van de tram uit de Zoutmanstraat. Het flesje smoorde in een plas.

Zij schopte ertegen en keek hem half geamuseerd aan, schopte rebels, uitgelaten, nog een keer. Hij ging naast haar staan om over te steken.

Ze had mooie volle lippen die volmaakt op elkaar sloten en bij een glimlach krulden ze aan de uiteinden om. Een meisje van oosterse, zuidelijke afkomst.

Ze wachtten tot de stroom auto's voorbij was. Hij hield zijn paraplu boven het meisje, raakte bij het oversteken haar arm aan. Ze lachte, ze lachte op een zangerige manier, maande hem bij het oversteken tot haast aan, pakte hem bij zijn arm.

Vlak voor ze de poort onderdoor gingen, bleven ze staan, onder het oog van Descartes. Ze keek omhoog en de bovenkant van de capuchon viel over het smalle gezicht. Een grappig meisje. Was ze knap? Nee, maar om dat te beweren moest je nadenken. In die tussentijd wist je al dat je voor haar zou zwichten. Dat donkere stipje? Een schoonheidsvlekje onder haar linkeroog, bijna een traan.

'U gaat naar het Descartes?'

'Ja, net als jij.'

'Dan gaan we samen.'

Op de binnenplaats pakte ze hem opnieuw bij de arm, trok hem opzij, leidde de jonge leraar om een diepe plas heen, draaide haar eigenwijze, nat glimmende gezicht naar hem toe.

Hij zei: 'Leerlingen worden toch pas morgen op school verwacht?' Hij voelde nog de stevige greep van haar kleine hand.

'De school heeft verkeerde boeken gestuurd. Ik ga ze ruilen.'

Marc zei dat het zijn eerste dag als leraar was en stelde zich voor. Zíj heette Najoua, Najoua Azahaf en ze ging voor het eerst naar de middelbare school.

'Misschien heb ik je in de klas.'

'Ik hoop het.'

Het was plezierig om al pratend met haar de school binnen te gaan. Zij meldde zich bij de conciërge die haar naar een lokaal op de eerste verdieping verwees. Marc ontving van hem een sleutel waarvoor hij in een simpel, gelinieerd schoolschrift moest tekenen. De conciërge zei dat bij vertrek de sleutel moest worden ingeleverd. Dat leek Marc nogal vanzelfsprekend. Hij vroeg of de sleutel op alle lokalen paste.

De conciërge knikte en voegde er als een grapje aan toe:

'Zelfs op de klassen van het noodgebouw.'

'Ga ik daar lesgeven?'

De conciërge maakte een afwerend gebaar.

'Ik hoop het niet voor u.' De telefoon ging. De conciërge nam op, en sloot tegelijk het spreekluik.

HOOFDSTUK 2

In de hoge gewelfde hal werden handen geschud en herinneringen aan de vakantie opgehaald. Wat was Frankrijk toch een heerlijk land! Alleen de lekkernijen al bij de slager op zondagmorgen, zo verleidelijk op de toonbank uitgestald, de tomates farcies en die pasteitjes van knapperig bladerdeeg gevuld met romige ragout. Hoe heetten ze ook alweer? Marc hielp. Bouchées à la reine.
Een kring vormde zich om Marc, de nieuw benoemde docent Frans.
Hij maakte kennis met Jos Nelek, de conrector van de brugklassen, met de tekenleraar Aad Vierwind, die een met verfvlekken besmeurd blauw werkmansjasje droeg, met Gijs Morrenhof, docent natuurkunde, een man met wit ooghaar, van wie hij zo'n slappe handdruk kreeg dat hij een moment een weekdier meende te voelen, met Henk Imanse die Engels doceerde.
Waar bleef Wim Egbers? Wim Egbers had hij, op weg naar het Descartes voor zijn sollicitatiebezoek, in café De Zon aan de Van Speykstraat, niet ver van de school, aangetroffen. Wim was op dat moment de enige klant geweest in die treurige kroeg. En wat voor klant! Hij droeg een baseballpet, een donkere zonnebril en een jack met op de rug een vuurspuwende draak. Zijn haar was lang en ongewassen en werd door een elastiekje in een staart bij elkaar gehouden. Maar zijn handen hadden zorgvuldig gemanicuurde nagels, die vloekten bij zijn slecht geschoren gezicht, vette haar en smoezelige

bloes. En hij was in gezelschap van een bekoorlijke, goed verzorgde hond. Een afghaan. Egbers had een opmerking gemaakt over Marcs kort daarvoor in Parijs gekochte kostuum, 'heel dandyesk, zoiets vind je in heel Den Haag niet, zelfs niet op het Noordeinde', en zo waren ze aan de praat gekomen. Hij bleek een liefhebber van de Franse literatuur te zijn, in het bijzonder van de gebroeders De Goncourt, wier *Dagboek* hij tot het allermooiste in de wereldliteratuur rekende, had zelfs verschillende malen het landhuis bezocht aan de buitenboulevard Montmorency waar zij ooit salon hielden. Toen Marc hem had verteld dat hij juist aan die boulevard zijn kostuum had gekocht en nu op weg was naar het Descartes Gymnasium voor een sollicitatiegesprek had Wim een lang moment de barkeeper aangekeken, toen pas zijn zonnebril afgezet en zich tot Marc gewend: 'Ik ben er zeker van dat je die baan krijgt.' En hij had eraan toegevoegd: 'Jij bent een type dat het gaat redden.' Hem zou het hogelijk verbazen als het anders liep. Hij was heel stellig in zijn bewering. 'Jij gaat het redden.'

'Maar ik heb geen bevoegdheden en ik heb nog nooit voor de klas gestaan.'

Als antwoord begon zijn linkerhand op de bar te bewegen. Een slang die wegkronkelde, terugkwam. Toen Marc het café verliet, had Wim Egbers toegegeven docent geschiedenis op het Descartes te zijn.

De hal liep vol, poncho's en regenjassen werden opgehangen in de docentengarderobe tegenover de rijen postvakken, in de schemerige passage die hal met docentenkamer verbond. Daarna gaf ieder zich over aan het handen schudden. Niemand werd in de hartelijke verwelkoming overgeslagen.

Marc kreeg ook een hand van Kees Herkenrath, een collega Duits, die geduldig wachtte. Hij liet anderen steeds voorgaan met de woorden: 'Ik heb de tijd.' Ten slotte stond hij in een rustig moment alleen voor Marc, schraapte zijn keel, wenste hem met zijn zachte stem heel plechtig welkom op het Descartes, boog zich toen naar Marc toe zodat niemand hem zou horen: 'Mochten zich onverhoopt problemen voordoen – klassen kunnen voor een beginneling vaak ongezeglijk zijn –, schroom niet bij me aan te kloppen.' Op het rooster had hij al gezien dat ze veel uren in aangrenzende lokalen zouden lesgeven.

Marc bedankte hem.

Herkenrath voegde nog aan zijn woorden toe dat het prettig werken was op deze school en maakte toen snel plaats voor een ander. Algauw stroomde de hal leeg. Over enkele minuten zou het plenum in de docentenkamer beginnen. Marc hoorde voetstappen bij de toegangsdeur. Het was Wim Egbers die de school binnen kwam, op slag van elven, verregend, met zijn druipende baseballpet diep over zijn ogen getrokken, waardoor hij Marcs opgestoken hand niet zag. Wim glipte de passage in.

De schoolbel luidde.

Wim bereikte nog voor Marc de docentenkamer, waar alle stoelen bezet waren. Marc keek, niet helemaal op zijn gemak, om zich heen. Hij had eerder naar binnen moeten gaan om zich een goede plaats voorin te verwerven. Egbers, nog steeds zijn baseballpet op, wenkte hem. Er waren nog twee vrije plaatsen achter de laatste rij, tussen de twee plantenbakken in. Ze gingen zitten, met z'n tweeën terzijde. Marc drukte hem de hand.

De staf had zich geïnstalleerd achter de lange tafel op het podium. De conciërge verplaatste de beide palmen zodanig dat ze aan weerszijden van de lessenaar naast de tafel stonden. Ze moesten zo extra reliëf aan het spreekgestoelte geven.

De rector overlegde met zijn conrectoren, wierp een blik op

de klok boven de deur. Aan de andere zijde van de tafel zat, aan een kleine tafel, Stef de Labadie. Hij was notulant van de plenaire bijeenkomst. Egbers fluisterde Marc in het oor: 'Wie notuleert, wordt eens conrector.'
Stef liet een spiedende blik langs de rijen gaan.
De rector stond op het punt overeind te komen en zijn plaats in te nemen achter de lessenaar. Marc dacht: in deze ruimte heeft zich veel intellect verzameld. De debatten zullen gepassioneerd en naar de rede gevoerd worden. Een verrukt gevoel beving Marc Cordesius, die zich veilig waande te midden van al deze collega's, terwijl buiten de regen bleef aanhouden en diepe schemer heerste.
Op dat moment van zijn gedachte stond De Labadie op, was in twee stappen bij de rector, en fluisterde hem iets in het oor, waarbij hij heel kort in de richting van de plantenbakken achter in de zaal keek.

Stef de Labadie! Marc kon er nog niet bij dat hij hem opnieuw in zijn leven moest dulden. Na de ontmoeting met Wim Egbers was hij naar het schoolgebouw aan de Laan van Meerdervoort gelopen, had van buiten komend even aan de betrekkelijke duisternis in de hal moeten wennen, zag de verlichte conciërgeloge met het gesloten spreekluik, hoorde de schoolbel en een begin van gestommel boven zich. De eerste leerlingen verschenen op de hoogste treden van de brede, smeedijzeren trap, vlak achter hem werd een klassendeur opengegooid en stroomde, in vlagen, nog meer lawaai de ruime hal binnen. Twee docenten met een van boeken en stapels proefwerken uitpuilende schoudertas kwamen elkaar tegemoet, gaven elkaar een amicaal klopje op de schouder, beschouwden Marc een moment en liepen toen samen een donkere passage in. Leerlingen stormden langs Marc heen. Een paar bleven verwonderd staan en staarden hem aan. Hij verwachtte een spottend lachen. De beide jongens liepen door, het spottend lachen was uitgebleven. Hij verbaasde zich ook over hun jong-zijn.

Marc besloot zich wat meer terzijde, uit de loop, op te stellen, in de hoek onder de trap bij de beeldengalerij. Hij herkende direct het volle gezicht van Diderot, het scherpe, spottende van Voltaire. Hier en daar las hij met enige moeite een opschrift, gleed met zijn hand over het zwarte marmer van de sokkels waarop d'Alembert en Rousseau stonden. Allen filosofen uit de Verlichting die zich min of meer op Descartes beriepen. Op dat moment hoorde hij zijn naam noemen. 'Marc Cordesius, bienvenu op het Descartes.'

Verbaasd en ook een beetje geërgerd – wie had hier het recht hem zomaar bij zijn naam te noemen? Wim Egbers had dat recht verworven, maar zou waarschijnlijk nog in het café zitten – keek hij om zich heen, maar kon omdat nieuwe groepen leerlingen hem het zicht belemmerden niet zo gauw iemand onderscheiden. De stem die hij had gehoord kwam hem wel vaag bekend voor, maar hij kon hem niet thuisbrengen. 'Beste Marc, jongen...' De familiaire toon was onplezierig. Wie kon hem hier kennen?

Een slanke man in een blazer met goudkleurige knopen en het embleem van zijn studentenvereniging, in een grijze pantalon met scherpe vouwen, kwam met uitgestoken hand op hem toe. 'Très bienvenu!' De tanden in het glimlachende gezicht waren heel wit, de huid glansde alsof ze met vet was ingesmeerd en de beweeglijke ogen wilden ook zien wat opzij en achter hem gebeurde.

Het had Marc altijd moeite gekost een lang moment naar hem te kijken en hij sloeg nu ook zijn ogen neer. Zo verrassend, zo wonderbaarlijk ook dat hij Stef de Labadie, zijn oude schoolvriendje met die licht dwingende stem, hier tegenkwam en niet onmiddellijk herkend had.

Marc keek weer op naar het altijd verhitte gezicht dat hij al die jaren uit zijn geheugen verdrongen had. Een enkele keer wanneer hij ten slotte in slaap viel en door nachtmerries achtervolgd werd, verscheen De Labadie en de verschijning liet de ochtend erop een pijnlijk gevoel na. Stef de Labadie stond in de hal van het Descartes en het rode licht van een baan zon viel over zijn al kalend hoofd.

Marc had toen ernstig overwogen de sollicitatie op te geven, zich met een vaag excuserend handgebaar uit de voeten te maken. Hij zou regelrecht naar het café gaan om Wim Egbers van zijn besluit op de hoogte te brengen. Daar had Wim wel enig recht op, maar het was juist deze gedachte die hem van zijn overhaaste stap deed afzien.

Marc had de uitgestoken hand van Stef geschud, die daarop een stapje achteruit had gezet en hem had opgenomen. 'Ja, wij samen hier. Dat had je niet gedacht, hè? Ik geef Frans op het Descartes.'

HOOFDSTUK 3

De rector luisterde, knikte niet, luisterde slechts en toen Stef weer terug was bij zijn tafel, maakte de rector een kleine notitie. Hij pleegde geen overleg met zijn stafleden.
 De Labadie staarde over de rijen collega's. Hij had iets op gang gebracht en wachtte op het vervolg. Rafaël Pilger wierp opnieuw een blik op de klok. Het was zeven over elf. Nu pleegde hij toch kort overleg met zijn stafleden links en rechts, zeven in totaal, die allen heftig knikten.
 Marc keek Kees Herkenrath op de rug.
 Terwijl Rafaël de blik op zijn papieren gericht hield, vroeg hij collega Egbers zijn baseballpet af te zetten.
 Een donker, onderdrukt gemompel ontstond, hoofden draaiden zich om. Wim Egbers zette met een vertraagd gebaar zijn pet af en legde die in de vensterbank achter Marc. Na dat gebaar kwam de tekenleraar overeind. Aad Vierwind wrong zich tussen de rijen door totdat hij op de open plek tussen podium en zaal kwam. Hij had een mager, scherp gezicht met diepliggende ogen. Luid, te luid voor de niet al te grote zaal, riep hij:
 'Voorstel van orde, meneer de voorzitter.'
 Met een nauwelijks zichtbaar hoofdknikje kreeg hij daartoe van de rector toestemming. Vierwind keek om zich heen, stak de handen in zijn jasje, leek ieder afzonderlijk te peilen. Hij veronderstelde namens een groot deel van de vergadering te spreken wanneer hij zei dat het plenum nu eens definitief van dit probleem verlost wilde zijn. Het was ronduit bescha-

mend dat elke bijeenkomst met een identiek incident begon. Collega Egbers diende in de toekomst de toegang tot deze ruimte geweigerd te worden als hij niet uit zichzelf de beschaving had die baseballpet af te zetten. 'Van onze leerlingen wordt deze dracht ook niet getolereerd.' Hij vroeg om een hoofdelijke stemming.

Die werd ingewilligd.

'Wie voor?' vroeg de rector. Massaal gingen handen omhoog. Men keek nieuwsgierig om zich heen. Het was niet onbelangrijk om te weten wie er anders over dachten. De Labadie was gaan staan om de stemmen te tellen voor zijn verslag. Marc had zijn hand niet opgestoken.

'En wie tegen?' Egbers stak als enige zijn hand op.

'Wie onthoudt zich?' Alle ogen waren gericht op Marc Cordesius en Wim Egbers, de een opvallend fraai, de ander opvallend sjofel gekleed. Een curieus stel, een beetje bezijden de vergadering, tussen de smalle steil opgaande bladeren van de bakken met sansevieria's.

Marc had geen zin Wim in het openbaar af te vallen, had ook geen zin zich te onthouden, want het zou betekenen dat hij er geen mening over had.

Marc dacht aan het sollicitatiegesprek met de rector. Die had hem gevraagd of hij iets wilde zeggen over de naamgever van deze school. Hij was geheel vrij in de richting die hij wilde opgaan. Marc was zo begonnen: 'Descartes gelooft dat de mens extreem gevoelig is voor het intuïtieve. Dat is niet het eerste waar je bij Descartes aan denkt. Deze denker gelooft dat de intuïtie is gelokaliseerd in de pijnappelklier van onze hersenen. Daar waar trouwens ook de passies van de mens liggen opgeslagen. In het exact aangeven van die locatie lijkt Descartes een kind van zijn tijd. Toch blijken bij zeer recent onderzoek zijn gedachten hierover stand te houden.' Rafaël had toen zijn betoog onderbroken voor een heel andere vraag. Marc had nog wel de gelegenheid gekregen zijn verbazing te uiten over het ontbreken van Condorcet in de beeldengalerij. De rector had daarop fijntjes opgemerkt dat Condorcet toch duidelijk minder invloedrijk dan een Rousseau of Voltaire was geweest.

Marc vroeg nu het woord

'Wilt u een stemverklaring afleggen?' vroeg de rector.

'Als dat de formele formulering is, ja.'

'De beeldengalerij in de hal, meneer de voorzitter, is indrukwekkend, maar het is jammer dat Condorcet ontbreekt. Ik heb dat in het sollicitatiegesprek ook even aangeroerd en u, meneer de rector, merkte toen op dat Condorcet minder invloedrijk was dan een Voltaire. Ik ben het daar niet mee eens. Condorcet ging op vele terreinen verder dan de schrijver van *Candide*, bepleitte afschaffing van de slavernij, was bevriend met negers en mulatten uit Santo Domingo, die hij in zijn Parijse woning ontving en met wie hij op voet van gelijkheid discussieerde. Als denker was hij belangrijker dan Voltaire, ethisch was hij hoogstaander. Alle filosofen hebben voor de intuïtie en de vrijheid gevochten. Vanzelfsprekend heb ik nog geen ervaring in de praktijk van de school. Daarom kan ik ook moeilijk een stem uitbrengen.'

'Dank voor uw bijdrage,' zei de rector. 'U kunt blanco stemmen. Dat ondervangt uw probleem.'

'Mag ik mij niet onthouden? Ik wil liever luisteren. Ik ben nog niet aan stemmen toe.'

De tekenleraar, die nog steeds bij het podium stond, vroeg het woord. Hij zei dat hij met bewondering naar deze nieuwe docent geluisterd had, maar vroeg zich af of de statuten in onthouding van stemmen voorzagen. Daarna zocht hij zijn plaats in de zaal weer op.

De rector gaf het woord aan De Labadie, die de officiële

uitslag van de onvoorziene stemming meedeelde. Eén stem was ondanks aanwezigheid niet uitgebracht.

Kees Herkenrath, de innemende collega Duits, was intussen gaan staan.

'Een voorstel van orde, meneer de voorzitter.'

'Het plenum zou om elf uur beginnen,' stelde de rector zonder glimlach vast, 'en is in zekere zin nog steeds niet begonnen.'

'Moet dit zo?' vroeg Kees zich af. Hij draaide zich om, wees naar Egbers, toen naar rector Pilger. Kon deze persoonlijke zaak niet in een gesprek tussen rector en betrokkene worden opgelost? Hij hield een nare smaak aan deze stemming over en had spijt, achteraf, niet tegen het voorstel te hebben gestemd. Hij wilde deze opmerking graag in de notulen terugzien.

'Ik dank u.' Terwijl Kees sprak had de rector in zijn papieren gekeken en was bij de lessenaar gaan staan.

Intussen fluisterde Wim Egbers dat Kees' opmerkingen altijd op weinig onthaal konden rekenen. Hij had vaak heldere ideeën, maar wie geen orde in zijn klas had, telde niet mee.

Rafaël Pilger bewoog zijn lange handen, raakte met zijn arm soms licht een palmtak aan, keek niet één keer de zaal in, betoogde helder, citeerde Spinoza, maar was verre van een begeesterd spreker. Door zijn slungelige, ongetwijfeld onbewust achteloze houding, gaf hij zelfs de indruk hier als enige aanwezig te zijn.

De rector meldde met spijt in zijn ziel dat de aanmelding van nieuwe leerlingen nog steeds niet omhoogging, in tegenstelling tot de landelijke tendens. Dat kon nog de invloed zijn van wat vorig jaar gebeurd was. Hij riep op tot de grootst mogelijke inzet.

Marc probeerde zijn aandacht vast te houden, kon de draad van het verhaal waarin ook zich in zee stortende lemmingen een rol was gegeven niet goed volgen, droomde onverbiddelijk weg, haastte zich met Roodkapje het Woud van de school in, verdwalend in de elkaar kruisende gangen.

Over Plein 1813 slingerde een tram en de gouden letters op de pylonen van het vrijheidsmonument blonken. Wandelaars bleven, voor ze de treden beklommen, ogenknipperend een moment bij de perken met donkerblauwe petunia's staan. Een wat oudere man bukte, raakte de fluwelige bloemen aan, snoof de zoete geur op. Hij plukte een bloem, stak hem tussen zijn lippen, zoog de kelk hartstochtelijk leeg. Het moest een gebaar zijn uit zijn jeugd waaraan hij geen weerstand had kunnen bieden. Hij proefde het zoet op zijn tong. Je zag dat hij genoot.

Het gebladerte van de kastanjebomen om het Plein bewoog. Een jonge moeder keek naar haar kleine zoon die zijn eigen wandelwagentje voortduwde.

Op dat moment, die klaarlichte dag, daalde een donkere vogel uit de hemel neer, wierp een schaduw over het pathetische monument, het Plein en de omliggende witte villa's met Indische veranda's van deze meest elegante Haagse buurt. De wandelaars, in de duizeling van licht en hitte, beseften het nauwelijks, huiverden misschien een fractie vanwege de kortstondige kilte.

Een lichtgrijze auto reed onhoorbaar het trottoir van de esplanade rond het monument op. Het type auto dat bij deze buurt hoort. Een van de achterportieren werd geopend. Uit de grijze schemer van de auto riep iemand de vrouw bij haar naam en zij draaide zich om, wendde zich een moment af van het kind. Een man kwam uit de auto, pakte haar hand, sprak zacht tegen haar, omklemde haar pols.

'Hé, vriendje van me.' Die woorden kwamen van zo ver, ze klonken zo liefelijk, zo koesterend. Woorden van een vriend. Marc ervoer grote dankbaarheid. 'Hé, Marc, nou even erbij zijn, hè! Overeind komen. Ze willen je nog een keer bekijken. Ze kunnen niet genoeg van je krijgen.'

Marc keerde terug uit de andere wereld. Hij ging staan, moest een moment leunen op Egbers' schouder, pakte per ongeluk met zijn andere hand het scherpe sansevieriablad en de pijn van deze vrouwentong bracht hem weer bij, hij boog staande deemoedig het hoofd, bood voor zijn dromerigheid verlegen zijn excuses aan.

Rafaël, welwillend en in zijn schik met deze nieuwe docent, vergoelijkte Marcs gedrag tegenover de vergadering:

'We begrijpen het. Je was met je gedachten elders. Alle indrukken... Ik wás mooie dingen over je aan het vertellen. Ik zal de laatste zinnen herhalen: "In je leven heb je tot nu toe een breed scala aan kennis opgedaan en hoewel je geen enkele onderwijsbevoegdheid bezit, hebben Bestuur en staf het volste vertrouwen in je. Je hebt je vandaag al duidelijk gemanifesteerd..."'

'Het lag niet in mijn bedoeling. Het overkwam me.' Alle blikken waren op hem gericht en zijdelings, op een heel natuurlijke wijze, ook op Egbers. Een licht, aarzelend applaus kwam op gang voor deze nieuweling. Hij was niet op zijn mondje gevallen, had eerlijk en gevoelig gesproken, en was nu onverklaarbaar timide, alsof hij zich wilde uitwissen.

Het applaus stokte, zwol nog even aan, hield op. Hij stond nog steeds. Men wist niet goed raad met hem. Het was Wim Egbers die hem zacht naar beneden trok.

HOOFDSTUK 4

Had Marc zin om met hem mee te gaan? vroeg Wim Egbers na afloop. Aan de gemeenschappelijke lunch had hij weinig behoefte.

Hij voegde eraan toe dat hij de keus aan Marc liet en die vond het verleidelijk om met Wim weg te blijven, met hem de Javastraat in te lopen, een pistoletje met oude kaas te eten. In de Javastraat zaten aardige gelegenheden. Hij had er vaak met oma Koekoek geluncht.

De Labadie riep Marc vanuit de gang. Egbers zei: 'Trek je niets van mij aan.'

Stef de Labadie wachtte hem bij de postvakken op, vertelde Marc dat hij mentor van 1c was. 'Een erg grote klas. We zijn gedwongen de klassen zo groot mogelijk te maken, we komen docenten te kort. In 1c zitten vijfendertig leerlingen. Ook op het podium onder het bord komen tafels en stoelen te staan. Didactisch is de situatie niet ideaal.' Daarna informeerde hij Marc over het mentorschap, dat ook een ouderbezoek inhield. In zijn postvak – zijn code was vastgesteld op CF (Cordesius Frans) en zou vandaag nog op zijn postvak worden aangebracht – zou hij nog deze week een standaardlijst voor de verslagen vinden, die hij ingevuld weer bij hem moest inleveren, een deeltaak die hij tijdelijk op zich genomen had, sinds het ontslag van Johan Parre.

'Johan Parre?'

'Heb je zijn naam niet eerder gehoord? De rector doelde op hem in de eerste zinnen van zijn toespraak.'

Stef liep de docentenkamer in en kwam weer terug. 'Het licht was nog aan. Het brandde voor niets.' Ze gingen zo eten, konden samen die kant op lopen.

Egbers was in geen velden of wegen meer te zien. Stef en Marc liepen samen een gang in, kwamen bij de leerlingenkantine, waar in rijen gedekte tafels stonden. De school had geen aula, van de nood moest een deugd gemaakt worden. Stef liet hem voorgaan. Marc rook soep en kroketten. De rector sprak Stef de Labadie aan.

Marc vond een lege plaats. Tekendocent Aad Vierwind kwam direct tegenover hem zitten en gaf Marc opnieuw een hand. Hij glimlachte, was vriendelijk, maar zag er tegelijk uit of hij in een nauwelijks bedwongen woedende bui was en je elk moment een klap kon verkopen. Marc prefereerde een andere disgenoot. Straks kwam daar ook nog De Labadie bij.

Vierwind wilde een gesprek beginnen. Hij noemde Mondriaan. Marc maakte een vaag wanhopig gebaar naar de tekenleraar want hij was niet in staat op zijn woorden in te gaan. Niet vanwege het aanzwellende geroezemoes in de snel vollopende kantine, maar hij vocht tegen de verleiding deze ruimte te verlaten.

Kees Herkenrath, die hem in grote vriendschap aankeek, had schuin tegenover hem plaatsgenomen en wachtte tot Marc het woord tot hem zou richten. Ineens leek het Marc een onmogelijke opgave deze lunch bij te wonen. Hij kwam al overeind, excuseerde zich naar alle kanten, omzeilde de rector, die in gesprek was met De Labadie, haastte zich de zaal uit, arriveerde in de koele gang, dook een garderobenis in. Hij was ontsnapt. Zijn vlucht zou gevolgen hebben. Nog bestond de mogelijkheid met dezelfde haast weer terug te keren en zijn oude plaats in te nemen en zich te voegen naar de oude riten van deze gemeenschap waarnaar hij zo had uitgezien.

Hij hoorde dat de kantinedeur werd gesloten. Meteen volgde een korte stilte waarin waarschijnlijk gelegenheid tot gebed werd gegeven. De stemmen klonken opnieuw op, iets gedempter, in afwachting van de soep die werd rondgedeeld.

Nog bleef hij zich in de nis schuilhouden. Zou men naar hem op zoek gaan? Hij liep een zijgang in, kon vanaf deze plaats achter de beslagen ruiten van de kantine silhouetten van het bedienend personeel onderscheiden, snoof een sterke lathyrusgeur op, was alleen, een klein jongetje op een druk plein, achter zijn wandelwagen. Wat een tafereel. Hij had zichzelf buitengesloten en moest in de heftige beroering die hij onderging naar adem happen.

Hij was gevlucht. Hoe kon hij zo in het normale ritme van het leven komen? Zijn vlucht was even fabuleus als de ontmoeting met het meisje in de regen dat zomaar aan hem was verschenen. Haar verschijning was een wonder. Daar moest hij zich aan vastklampen. Zij had hem opgewacht.

Marc Cordesius luisterde dromerig naar de verre geluiden van het bestek en een diepe zucht ontsnapte hem. Daarna liep hij in vervoering de school uit. Aan de overzijde van de straat wachtte Wim Egbers, in de zon, op de bank van het tramhuisje. Wim was niet verbaasd hem te zien. Het was zeker dat Marc met hem een broodje zou gaan eten in de Javastraat. Ze liepen naast elkaar, over de wazige, bewegende schaduwen van struiken en bomen die nog dropen van de regen. Het tweetal werd nagekeken. Ze hadden het niet in de gaten. De Laan van Meerdervoort versmalde, de winkels begonnen, de Javastraat was bereikt.

HOOFDSTUK 5

Marc had nog voor de bel de docentenkamer verlaten om tijdig bij lokaal 106 te zijn, waar hij zijn eerste les zou geven. Een collega naast hem op de trap mompelde berustend:
 'We mogen weer.'
 Marc reageerde niet op die uitlating.
 Hij had zin om les te geven.
 Op de gaanderij keek hij bij toeval om en zag Rafaël de school binnen komen. Hij stak zijn hand naar Marc op, die voor het eerst van zijn leven op weg was naar een klas. Een groep kinderen wachtte op hem, had hem nodig. Hij had hén nodig. Rafaël voelde dat precies aan. Een schoolleider had geen lestaak, voerde beleid, was elke avond op school aan het vergaderen. Hij had gehoord dat de rector nooit voor negenen, nooit voor het eerste uur, op school verscheen. Vandaag was hij tijdig aanwezig om deze jonge docent naar zijn eerste les te zien gaan. Zo zag Marc dat, zo moest het zijn, en de gedachte vervulde hem met grote blijdschap. Hij had er alle recht toe de situatie zo aan te voelen.

Had de rector hem na terugkeer van zijn uitstapje met Egbers niet in de gang opgewacht en op neutrale toon gevraagd even met hem mee te lopen? Hij was Marc voorgegaan. Marc wist waarom de rector hem wilde spreken, voelde zich schuldig. Het was ook nog denkbaar dat hij op staande voet ontslagen werd.
 Onder het bureaublad had Rafaël op een knopje gedrukt.

Het rode licht boven de deur zou nu branden en ze zouden niet gestoord worden. De rector was achter zijn bureau blijven staan en had gezegd:

'We hebben je gemist. Je had kennelijk geen hoge verwachtingen van onze lunch.'

Marc had tevoren een reactie overwogen. Hij had zoveel te berde kunnen brengen, had tegen het samenzijn met De Labadie opgezien, had zich alleen en verlaten gevoeld, Wim Egbers wachtte buiten op hem. Aan alle kanten was aan hem getrokken. De reactie was te complex, zou te veel uitleg vereisen. Er was een vorm van ontreddering geweest... Gelukkig had Rafaël hem geholpen door aan te geven dat hij geen verklaring wilde. Zijn afwezigheid had hij als ongekend, ook als enigszins vreemd ervaren, maar eerlijk gezegd was de lunch geen verplichting. Zijn toon was bijna van een vaderlijke tederheid geworden toen hij had aangevoerd dat De Labadie en ook anderen ongerust waren geworden en de school in waren gelopen. 'Van de conciërge hoorden we dat je het gebouw uit was gerend. Breng als zoiets zich nog eens voordoet een collega of mij op de hoogte. Het voorkomt deining en deining is wel het minste wat we op dit moment op school kunnen hebben. Wat nu is gebeurd, beschouw ik als een verwaarloosbaar incident.' De Labadie, de voorzitter van de Franse sectie, zou hij zeggen dat de zaak was afgehandeld. Dan hoefde Marc ook Stef geen nadere uitleg meer te geven. Marc had Rafaël een hand gegeven en hem bedankt. De rector had het onderhoud beëindigd en hem uitgelaten. Marc had zich omgedraaid om een hand op te steken, maar de deur was al gesloten geweest en de lamp boven de deur had een donkerrood schijnsel op de plavuizen geworpen en was toen uitgegaan.

Stef had hem in de lesboeken voor de onderbouw precies aangegeven welke hoofdstukken vervielen: subjonctif en passé simple. Marc had bezwaar gemaakt. De eerste de beste marktkoopman in de rue Mouffetard bediende zich van de subjonctif en een literaire tekst was onbegrijpelijk als je de vormen van de passé simple niet kende. De sectievoorzitter had benadrukt dat overleg op het Descartes belangrijk was en dat ieder zich aan de gemaakte afspraken diende te houden. Er was een geijkte norm. Die diende in acht te worden genomen.

Mocht hij een gedicht uit het hoofd laten leren? Die dagen waren voorbij, meende De Labadie. Marc bracht daartegen in dat die dagen toch weer konden terugkomen. Niets lag toch vast in deze wereld, drong Marc aan. Hij wilde dat zijn leerlingen regels van Rimbaud, Verlaine, Prévert later in moeilijke tijden altijd bij de hand zouden hebben. Hij geloofde, hij had het geloof, dat ze troost konden bieden. Hemzelf waren ze toch tot steun geweest.

Marc, op weg naar zijn eerste les, doorliep een laatste eindeloze gang, dacht aan de afgelopen dagen toen hij zijn lesmethode had doorgebladerd en zijn vingers verstrooid over invuloefeningen en meerkeuzevragen waren gegleden. Hij had een poging gedaan de ingenieuze wartaal van de introducties te lezen, maar had niet de indruk dat zijn verbeelding nu meer vat op het lesgeven had gekregen.

Klas 1c wachtte voor de gesloten deur van lokaal 106, aan het eind van de gang. Op de leerlingenlijst had hij tot zijn spijt al gezien dat Najoua niet in zijn klas zat.

HOOFDSTUK 6

Marc ontsloot de deur van zijn lokaal, deed het licht aan op deze opnieuw donkere, regenachtige ochtend, zei slechts:
'Jullie weten je plaats.'
Die woorden kwamen er heel natuurlijk uit. Je zou zeggen dat hij al lang voor de klas stond, het klappen van de zweep kende. Van alle kanten was hij voor de gevaren van wanorde gewaarschuwd, maar hij voelde zich heel rustig.
De leerlingen hadden plaatsgenomen volgens de voorlopige plattegrond. Vier leerlingen zaten op het podium met het gezicht naar zijn tafel.
Gistermiddag na het uitreiken van het rooster had hij in het Mauritshuis een reproductie gekocht: het portret dat Frans Hals van Descartes gemaakt had. Hij zou het laten inlijsten en op zijn studeerkamer een plaats geven naast dat van zijn jonge moeder, het mooiste dat hij van haar bezat. Aan de wanden van het lokaal mocht hij niets ophangen. De lokalen moesten zo neutraal mogelijk blijven, omdat vaak per uur van vak gewisseld werd.
Marc stelde zich de collega's voor die in dit lokaal op deze oude school hadden gedoceerd. Een stoet van getuigen was hem voorgegaan. Hij overzag de afgelopen tijd in een flits, zag zich zitten op het terras van de Moulin d'Auteuil, zijn vaste restaurant aan de Place Jean Lorrain als hij in Parijs verbleef, en stelde vast dat hij de juiste beslissing genomen had. Zijn gedachten glipten naar het moment dat hij op een aangrenzend tafeltje de bijlage van een Nederlandse krant

ontwaarde. Hij had er achteloos wat in gebladerd en zijn oog was op een onderwijsvacature gevallen.

De klas, net nog zo stil, raakte in opwinding.
'Meneer! Meneer! Een nieuw meisje!' Alle ogen waren op de geopende deur gericht. Daar stond Najoua. Marc liep direct naar haar toe, pakte haar hand, leidde haar naar zijn bureau. Ze zei:
'Ik ben per ongeluk op de lijst van 1a terechtgekomen. Ik hoor in 1c.'
'Wij heten je van harte welkom. Wil je je voorstellen aan de klas?'
'Ik ben Najoua Azahaf.'
'We gaan een plaats voor je bedenken.' Marc liet een tafel en een stoel halen, plaatste ze onder het bord, bijna naast zijn tafel. Een ereplaats. Hij noteerde haar naam in zijn agenda en voegde haar toe aan de voorlopige plattegrond.

Daarna keek hij de klas nauwkeuriger aan, liet zijn blik over de gezichten dwalen en noemde in gedachte de bijbehorende namen.

Ze hadden allen de boeken voor zich genomen. Deze kinderen hadden zin om veel te leren, hij zou ze niet teleurstellen.

'Wanneer gaan we beginnen?' vroeg een jongen.
'We gaan eerst naar de rector luisteren,' zei Marc en bijna op hetzelfde moment klonk de stem van Rafaël door de intercom. Hij opende het jaar, sprak de hoop uit dat de nieuwe leerlingen zich snel op het Descartes zouden thuis voelen en vroeg met een licht geaffecteerde stem om aandacht voor de collecte. Tijdens het roosterlezen gisteren was gevraagd geld mee te nemen. Dit was bestemd voor waterpompen in een dorp in Mali.

Marc vroeg Najoua met de collectebus rond te gaan en

volgde haar rondgang door de klas. Ze gedroeg zich zelfbewust en haar blik werd kritisch als een leerling geld vergeten was. Ten slotte kwam ze terug bij Marc. Hij stortte het geld op zijn tafel en ze telden het samen. Zij hertelde het geld uit zichzelf. Marc dacht: ze is heel precies. Hij dacht nog exacter: op het overdrevene af. Hij herkende dat. Ook hij hield ervan overdreven te zijn. Nog iets extra's te doen. Anders te zijn.

Daarna vroeg hij haar het totaalbedrag van klas 1c op het bord te schrijven. Hij gaf haar een stukje geel krijt en ze schreef, duim en wijsvinger samengeknepen om het krijtje, het bedrag op het groene bord.

Najoua mocht de collectebus met geld naar de conciërge brengen.

Marc zat aan zijn bureau, wierp een blik naar buiten. Door het groen schemerde het Vredespaleis en hij ving een glimp op van de Scheveningseweg. Een meisje stak haar vinger op. Ze wilde weten uit welk boek ze vandaag les kregen. Maar Marc wachtte nog met de les om de broze intimiteit in de klas nog een moment te laten voortduren.

Najoua kwam terug van de conciërge, zette de lege collectebus op zijn tafel. Hij begon enkele blanco foliovellen in achten te vouwen en maakte zesendertig stembriefjes, die hij persoonlijk uitdeelde. Najoua gaf hij als laatste een stembriefje, in een teder gebaar legde hij kort zijn hand op haar hoofd. Het was een opzettelijk gebaar, hij had er een bepaalde bedoeling mee. Hij had haar uitverkoren en de klas moest dat begrijpen.

Hij deelde mee dat zij een klassenvertegenwoordiger of -ster gingen kiezen. 'Denk rustig na, schrijf een naam op, vouw het briefje toe. Ik kom ze direct ophalen. Er wordt niet overlegd.'

Marc verzamelde de briefjes, vouwde ze open, hield op het

bord de stand bij. Het was algauw duidelijk dat Najoua vrijwel alle stemmen achter zich had gekregen. Zij zou voortaan verantwoordelijk zijn voor de collecte, voor het klassenboek waarin huiswerk en absenten werden genoteerd en wat zich onverwacht zou kunnen voordoen.

HOOFDSTUK 7

Dit eerste lesuur.

Wim Egbers had het dus goed gezien. Hij was een type dat het redde. Wim bezat mensenkennis.

Nog kon Marc niet tot lesgeven komen. Te verwonderd. Onder en boven en naast hem waren klassen. Ergens werd een jarige toegezongen. Een deur sloeg dicht door een tochtstroom. Hij hoorde Kees Herkenrath zijn keel schrapen, hoorde rumoer in diens klas.
 'Meneer, u kunt zo in een modeblad,' waagde een meisje vooraan.
 'Maar jij ook! Dan gaan we samen op de foto.'
 En op die woorden vroeg hij de klas:
 'Ça va?'
 Slechts enkelen reageerden. Waarschijnlijk de doublanten. Hij herhaalde zijn vraag.
 'Ça va? Nu allemaal en tegelijk.'
 'Ça va, monsieur?'
 'En... heel zacht, zo zacht mogelijk, bijna onhoorbaar.'
 'Ça va, monsieur?' Ze fluisterden, in koor, de klas was een zacht ruisen.
 'En nu zo hard mogelijk!'
 'Ça va, monsieur!' Ze krijsten.
 'Ça va bien. Et vous? Nog harder!'
 'Ça-va-monsieur!' Ze schreeuwden zich de longen uit het

lijf, barstten uit in een bevrijdende lach. Ontlading. Applaus. Hij gebaarde stil te zijn, zo stil mogelijk. Hij wilde helemaal niets horen. Je moest een speld kunnen horen vallen.

Het was doodstil. In die volmaakte stilte ging de deur van het lokaal open en stond Jos Nelek op de drempel. Hij was de oudste docent op school, midden vijftig, een voormalig gymnastiekleraar die het tot conrector geschopt had. Volgens Egbers droeg hij daarom als bijnaam de witte raaf.

'Mooi,' zei hij, min of meer tegen zichzelf sprekend. 'Het meisje heeft een plaats gekregen. Mooi.' Tevreden keek hij de klas in. Toen tegen Marc: 'Ik zal u niet langer storen', en trok de deur achter zich dicht.

Marc ging hem in een impuls achterna, sprak hem op de gang aan.

'Waarom komt u onaangekondigd binnen? U kunt toch kloppen. Ik ben met de klas bezig en u onderbreekt dat.'

De witte raaf was even perplex, verdedigde zich, had zich er slechts van willen vergewissen of hij voor het meisje in die overvolle klas een plaats had kunnen vinden. De gewoonte om zomaar binnen te komen was er in de loop der tijden ingeslopen. Hij had er niet eerder een aanmerking op gekregen. Het was ook een manier om onmiddellijk te zien hoe de sfeer in een klas was. Hij complimenteerde Marc en herhaalde zijn complimenten. Hij vleide, probeerde bij Marc in een goed blaadje te komen.

Marc ging terug naar zijn klas, liep tussen de tafels op het podium door. Onverwacht:

'Ça va, Najoua?'

'Ça va bien, monsieur.'

Marc liep de rij in, keek een jongetje aan: 'Et toi, ça va?'

'Ça va bien, monsieur.'

Marc versnelde.

'Et toi? Et toi?' In steeds sneller tempo en de leerlingen

trachtten hem te volgen, waren tot het uiterste geconcentreerd. Hij bracht een nieuw spelelement aan. Er mocht geen fout meer gemaakt worden.

'Et toi?'

De klas raakte in steeds grotere opwinding, raakte buiten adem.

'Ouf, on s'arrête.'

Er werd op de deur geklopt.

'Binnen,' riep Marc.

Het was Fineke Regenboog, lid van het dagelijks bestuur. Hij had kennis met haar gemaakt bij de sollicitatie. Ze wilde graag een laatste deel van de les bijwonen om de sfeer te proeven. Hij bood haar zijn stoel aan, maar ze wilde blijven staan. Marc herhaalde een deel van zijn les, oefende weer in koor. Hij betrok haar bij de les.

'Ça va, madame?'

'Ça va très bien, monsieur.'

Hij schreef de vervoeging van het werkwoord 'aller' op het bord. De klas moest de vervoeging in het schrift overnemen. Kort oefende hij het hele werkwoord in koor en individueel.

Hij ging op zijn bureau zitten, keek de klas rond, keek een moment naar buiten. Buiten wakkerde de wind aan. Hij zou graag een eigen lokaal willen hebben. Hij zou uitvergrote foto's ophangen van de Goncourt-salon, die uitkeek op de Laan van Longchamps in het Bois de Boulogne, waar Prousts Odette de Crécy flaneerde, wit gehandschoend, onder bloeiende kastanjebomen. Hij snoof de geur van rode kastanjebloesem op, hoorde Debussy's *Prélude à l'après-midi d'un faune*, zag het landhuis van de Goncourts voor zich. Ook de door hem zo bewonderde componist was een vaste gast in hun salon geweest. Voor enkele momenten ging hij volledig op in wat hij voor zich zag. Marc keek de klas rond. Fineke stond tegen de muur. Ze glimlachte en haar felrood opgemaakte lippen gingen iets van elkaar. Ze had donker glanzend haar met een scheiding in het midden.

Hij had nog zeven minuten tot de bel. Zou hij de klas zelf laten werken? Dat leek hem onjuist. De leerlingen zouden zich bestolen kunnen voelen. Zo zag hij dat. Het uur moest ten volle benut worden.

'Wilt u een verhaal vertellen?' vroeg het meisje dat zijn kleren zo bewonderde. De klas viel haar bij. Hij gaf eerst het huiswerk op. Najoua schreef de opdrachten voor de volgende les heel precies in het klassenboek.

Marc had geen idee van het verhaal dat hij ging vertellen, begon op goed geluk de geschiedenis van de prins die zijn koninkrijk had verloren. Hij trok door de wereld, kwam ten slotte in het paradijs, maar ook daar wist men niets van zijn koninkrijk. Toen daalde hij af in de diepte van de oceaan en ontmoette er een grote vis en zijn scherpe vinnen waren als de vleugels van een vliegtuig... De vis ging hem voor, lichtvoetig, wendbaar, maar traag en keek telkens om. Ze gingen een diepe plooi op de zeebodem binnen en kwamen bij een betralied raam. Daarachter zat de prinses in gedachten verzonken, haar haar borstelend. Ze wachtte tot ze door de prins bevrijd zou worden.

De bel ging. Marc had geen idee hoe het verhaal verder moest. Na afloop kwam Fineke naar hem toe, feliciteerde hem met de les. 'En je hebt helemaal gelijk. De -s van Nyons wordt uitgesproken. Mijn man en ik hebben er jaren onze vakantie doorgebracht. Heerlijk oord. De lavendelgeur. Over die -s is na jouw sollicitatiebezoek nog lang gesproken.'

HOOFDSTUK 8

Marc dwaalde door het gebouw. Het Descartes leek op het eerste gezicht helder, transparant. Maar de school had in de loop der tijden verscheidene uitbreidingen ondergaan: muren waren doorgebroken, nieuwe vleugels waren aangebouwd. Zwartmarmeren maquettes met data en namen van bouwcommissies, in de muur gemetseld, gaven de opeenvolgende fasen aan. Sommige uitbreidingen waren ook weer tenietgedaan.

Bij nader inzien was het Descartes een grillig, ondoorzichtig gebouw. Gangen en trappen met scherpe bochten vol onbegrijpelijke vertakkingen, voerden via korte overlopen en opstapjes van twee of drie treden en schemerige passages naar de gaanderijen op de verdiepingen. Een miniatuurstadje dat hij nieuwsgierig doorkruiste.

Nu liep hij, terwijl zijn collega's lesgaven, in een smalle zijgang die nergens heen leek te voeren en bleef halverwege staan. Hij voelde zich als in het holst van het gebouw, als in de palm van een hand. Niemand wist waar hij zich bevond. Marc leunde ontspannen tegen de gladde tegelmuur. Hij was zich aan het onderdompelen in de echte wereld, dacht aan Stef de Labadie en kon er nog niet over uit dat hij zijn jeugdvriend tegen het lijf was gelopen. Een tijd lang was hij heel dik met hem geweest, misschien bij gebrek aan beter. Als Stef jarig was, mocht hij in het huis aan de Valkenboskade blijven eten en logeren.

De gang werd nauwer, maakte een scherpe bocht, kwam uit op een deur die hij met enige moeite kon openduwen. Vanaf een betonnen platform keek hij neer op een aaneengesloten rij noodlokalen, met dichtgetimmerde ramen, in een woestenij van hoog opgeschoten struikgewas. Van bovenaf gezien gaven ze de indruk van een cellenblok.

Hij daalde een trap van enkele treden af, wrong zich door vlier en braam, verwachtte een bord met: 'Betreden van dit terrein ten strengste verboden', ontdekte een overwoekerd pad en bereikte via een openstaande deur die schuin in zijn hengsels hing een gang met plankenvloer die vijf lokalen met elkaar verbond. Ze moesten gebouwd zijn in een tijd toen de toeloop van leerlingen groot was en ze niet meer in het eigenlijke gebouw konden worden opgevangen. Sinds lang waren ze in onbruik geraakt.

Aan de gangzijde zat geen glas meer in de ramen en hij zag dat blauw mos zich in de dunne scheidingswanden van board of spaanplaat had gevreten, poreus als de oude weckflesringen van oma Koekoek. Hij snoof de penetrante geur van vochtige muren op, gekerfd door de inwerking van ondefinieerbare zuren. Op de vloer lag een onheilspellende smeerboel van kapotgesmeten bierflesjes en doorweekte proefwerkblokken. Tegen een schoolbord, aan één kabel hangend, zat opgedroogd gefossiliseerd vuil. Sponningen waren verzakt en kromgetrokken, een dakgoot zwalkte. Hier heerste een sfeer van onmiskenbaar verval. Dit waren zieke lokalen die naar koorts roken, die huilden en huiverden. Een niemandsland.

Marc huiverde ook. Ze stonden zo in contrast met de heldere lokalen van het hoofdgebouw. Hij dacht aan de gebroeders De Goncourt. Zij zouden wellustig de syfilitische muren overdekt met puistige bloemen kunnen beschrijven.

Deze lokalen hadden ooit tot de school behoord en waren

later afgestoten. Een terzijde. Het geheel in ogenschouw nemend begreep hij dat vanaf het platform een glazen pergola naar de noodlokalen had gelopen. Later waren ze letterlijk van het moedergebouw losgehakt.

In het laatste van de vijf lokalen stond nog schoolmeubilair en hing het bord recht. Anders dan in de echte school waren de klassen hier aangeduid met de letters a tot en met e. Marc stelde zich voor dat in zo'n kaal, ontruimd lokaal iemand een fles of steen tegen het bord smeet: de echo in de kleine ruimte moest geweldig zijn. Er wás met flessen gesmeten, de deuken in het bord waren zichtbaar. Een van de achterwanden was zwartgeblakerd. Het gevolg van een uit de hand gelopen feestje of examenstunt? Maar van deze plek ging een onweerstaanbare, alarmerende charme uit.

Buiten ving Marc tussen de wildgroei een glimp van een stenen trap op die naar beneden voerde. Naar een geheime bunker? Het bleek de toegang tot de fietsenkelder die waarschijnlijk tegelijk met de noodlokalen was aangelegd en slechts bestemd voor leerlingen die hier les kregen. Hij sloot aan op de fietsenkelder van het hoofdgebouw.

Bij het licht dat door kieren in het plafond viel vond hij in de verlaten kelder zijn weg tussen pilaren en wanden, beschilderd met gedrochtelijke sterren en zonnen, hier en daar ondertekend met Aad Vierwind. Ten slotte kwam hij via een oplopende vloer in een rommelkamer achter de trap in de centrale hal. Ze diende als opslagplaats voor kopieerpapier. Ook op deze deur paste de sleutel van zijn lokaal.

In de hal, ter hoogte van de beeldengalerij, riep iemand zijn naam vanaf de gaanderij op de eerste verdieping. Marc keek omhoog, onderscheidde zijn collega Engels wiens naam hij vergeten was.

Marc stak een hand omhoog.

'Ik zag je staan. Ik wil graag nader kennis met je maken. Nu heb ik les.'

'Ja, graag,' riep Marc. 'Natuurlijk kan dat. Ik ben alleen je naam even kwijt.'

'Imanse. Henk Imanse. Een dezer dagen spreek ik je aan. We vinden wel een tussenuur.'

HOOFDSTUK 9

Marc Cordesius, na de laatste les op weg naar zijn huis, had de sterke indruk al collega's, ja al vrienden te hebben. Of was hij op een moment in zijn leven gekomen dat hij extra ontvankelijk was voor aandacht, een vriendelijke bejegening, en gewone belangstelling al aanzag voor vriendschap?

Daar was zijn huis, waar hij vanaf zijn tweede jaar had gewoond en waarvan hij zich sindsdien niet meer los had kunnen maken. In de flauwe bocht van de Suezkade. Opvallend door zijn voorgevel van gele steen, het ver uitstekende balkon, geschraagd door colonnetten. Daarop had hij gestaan toen de grijze begrafenisauto op de brug van de Laan van Meerdervoort was verschenen om oma Koekoek op te halen. In de hoge, gewelfde gang hing de koekoeksklok. Hij was als tweejarige dat huis binnen gekomen, zij was toen al in de zeventig geweest. De klok had geslagen. Waarschijnlijk was dat het eerste wat hij in dit vreemde huis had gehoord. Zij heette Magda Sprenger – een tante van zijn moeder – en was ongetrouwd en kinderloos gebleven.

Een week voor haar dood, de dag dat ze haar bankzaken regelde, hadden ze op hun vaste plaats in Garoeda gegeten en ze had hem nadrukkelijk gevraagd:

'Zoek een baan. Marc, beloof me dat. Je hebt geen enkele studie afgemaakt, maar je hebt zo veel kennis. Ik heb vertrouwen in je. Doe het voor mij. Want ik meen je te kennen. Je bent geneigd te vluchten. Ik heb je dat aardige appartement aan de rustige place Jean Lorrain gegeven. Laat die

zoektocht naar je moeder voor wat hij is. Het is allemaal verschrikkelijk, maar je komt geen steek verder.'
 De rijsttafel werd intussen opgediend. Oma maakte steevast dezelfde opmerking: 'Garoeda is een puike gelegenheid. Al die jaren zie je hetzelfde personeel. Marc, beloof me,' en haar stem had nog zo vast en sterk geklonken, 'zoek een andere, een duidelijker ambitie. Laat het zoeken van je moeder los. Laat haar los. Je moet jezelf worden. Je weet dat je om het geld nooit hoeft te werken, maar zoek fatsoenlijk werk. En zoek een aardig meisje, een meisje dat bij je past.'
 Hij had zijn hand op haar oude hand gelegd, haar intens aangekeken. Verwachtte hij een bekentenis, een opheldering?
 'Vertel nog meer over mamma.' Hij smeekte. Hoe vaak had hij die vraag niet gesteld? Maar hij hoopte nog steeds op een nieuw detail, een nuancering van het beeld.

Hij had oma's sterven gezien, en zich voorstellingen van de eeuwigheid trachten te maken. Hij bracht met zijn vinger water of sinaasappelsap aan op haar droge lippen die onrustig over elkaar schoven. Wat wilden die onhoorbare lippen uitspreken? Toch nog een nieuwe herinnering aan mamma die uit het duister opdook? Of wilden die lippen iets meedelen over zijn vader, de gevierde corrosiespecialist bij Shell Nederland die de olievelden in de wereld afreisde, en haar al verlaten had voor Marcs geboorte en nooit enige interesse had getoond voor de ongekende zoon?
 De laatste keer met oma in restaurant Garoeda. De reputatie van het etablissement. Zij had Marc aangekeken, net voor ze een eerste hap nam. 'We mogen echt niet mopperen vandaag. En buiten doet het zonnetje zo zijn best.'
 Een van de Javaanse bedienden kwam langs, vroeg of alles naar wens was.

'Ja, hoor,' zei ze. 'Ik zou alleen nog graag een karaf water willen.'

'Mineraalwater, mevrouw?'

'Nee, gewoon water.'

'Het spijt me, mevrouw, we mogen geen water meer serveren. U kunt Sourcy-bronwater bestellen of...'

'Ik kom hier al jaren.'

'We mogen alleen water brengen als u medicijnen inneemt.' Oma Koekoek liet de eigenaar komen. Ze zei tegen de eigenaar dat ze een oude klant was.

'Ik ken u, mevrouw. Maar de regels zijn veranderd. Ik zou u graag water brengen, maar we moeten één lijn trekken.'

Zijn oma zag er ineens dodelijk vermoeid uit, staarde naar haar bord. Waar had ze dit aan te danken? Een leven lang had ze Garoeda geprezen, aanbevolen. Marc had haar zacht horen mompelen: 'Dat had ik nooit kunnen denken.' De Javaanse boys, in het wit, bewogen zwijgend tussen de tafels.

'Wij krijgen dus geen water,' had Marc toen gezegd. Zijn stem was nauwelijks hoorbaar geweest en hij had de man dromerig aangekeken. 'Jij denkt dus...' O, wat voelde Marc zijn borst uitzetten! Wat een ruimte kwam daar vrij voor de drift die in hem ontstak. 'Je meende werkelijk wat je daarnet zei?' Zijn voorhoofd brandde, zweet prikte in zijn nek. In hem was iets op gang gekomen wat een ongekend genot gaf. Marc was gaan staan, zette een stap in zijn richting. 'Nou?' Hij raakte hem licht aan, de eigenaar struikelde. Maar, om zijn oma, had hij zich op tijd weten te beheersen, en de man zelf opgevangen.

Na de begrafenis was hij in zijn snelle MX-5 naar Parijs gereden. Hij had geen idee wanneer hij terug zou keren. Van zijn vertrek had hij niemand op de hoogte gesteld. Wie zou hij moeten waarschuwen? Op de middelbare school en in zijn

Leidse tijd had hij geen echte vrienden opgedaan. In zijn Parijse appartement had hij zich aan herlezing van het volledige oeuvre van Condorcet gezet en genoten van de heldere stijl. Hij had ook een recent verschenen biografie van de filosoof gekocht. Na lezing van het trieste einde van de denker onder de Terreur had Marc gehaast zijn kamer verlaten en was op het terras van de Moulin d'Auteuil gaan zitten.

En wachtte. Waarop? Een volwassen man, zesentwintig, maar ook een leven dat nog moest beginnen. Hij droomde, de ogen gesloten, van een leven waarin elk moment een beroep op hem kon worden gedaan. Naar zo'n leven keek hij uit. Hij zocht een ambitie, waaraan hij zich volledig zou kunnen uitleveren, een bestaan dat hem een vast ritme zou verschaffen. Op dat precieze moment was zijn blik op de bijlage van de krant gevallen.

HOOFDSTUK 10

Marc Cordesius had in Kijkduin aan de boulevard gegeten en was nu in zijn MX-5 op weg naar de Edisonstraat, waar Najoua woonde. Hij ging zijn eerste huisbezoek afleggen. Marc reed met een kalm gangetje over de eindeloze Laan van Meerdervoort. Hij had deze warme avond de kap neergeslagen, onderging de stille atmosfeer van de vroege avond, de zachtheid van zijn mauve overhemd, hield nog meer in omdat hij aan de vroege kant was, sloeg de Laan van Eik en Duinen in, waaraan de begraafplaats lag, en hield stil voor het gesloten hek. Vanmiddag had hij oma's graf bezocht, verse bloemen in een steekvaas geschikt, haar naam hardop van de zerk gelezen, met de geboorte- en sterfdatum. Er waren geen andere bezoekers geweest. Hij was alleen met haar en hij was op een bank onder een prunus gaan zitten, met zicht op het graf, en had zich die keer herinnerd dat hij alleen in huis was geweest. Zij was naar een vriendin, zou in de stad blijven eten.

Hij had voor de kast met mamma's jurken gestaan en niet kunnen kiezen. Een voor een had hij ze op zijn arm gelegd en uitgespreid op het logeerbed. Nee, vandaag voelde hij niets voor de positiejurk die ze had gedragen toen ze zwanger van hem was. De jurk bezat grote opgenaaide zakken waarin je lekker je handen kon steken. Dat zou mamma ook gedaan hebben. De handen diep in de zakken, de jurk zo iets optrekkend kon ze over haar zwangere buik strijken. Te donker van tint voor deze milde, lichte dag. Hij hing hem terug. Hij had die middag gekozen voor een van de mooiste jurken, met grote oranje bloemen op een wit fond. (De allermooiste hing in zijn Parijse appartement: lichtblauw met gestileerde margrieten en een lage, ronde kraag.) Hij droeg er vandaag korte witte laarzen met halfhoge hakken onder. Hij had zijn lippen rood gemaakt, zijn haar bij elkaar genomen en er een kam in gestoken. Marc drapeerde een sluier met parels om zich heen, droeg een voile alsof hij een bruid was. Hij wenste vurig borsten te hebben. Soms droomde hij dat hij wakker werd en ze bezat. Marc paradeerde voor de staande spiegel, speelde de verleidelijke vrouw, trok zijn rug naar achteren, toonde voor de passant zijn verbeelde, kleine, harde borsten, wenkte, fluisterde: 'Ga mee, ik zal lief voor je zijn. Ja, kom je? Ik gloei van koortsige hitte. Ik wil je liefkozen.' Hij zette een stap naar achteren, leunde tegen de glas-in-lood-suitedeur, bleef omlijst in de spiegel.

Daarna was hij de trap af gelopen en via de keuken de tuin in gegaan. Oma Koekoek had in de tuinkamer gezeten, de glazen deuren wijd open. Hij was zo in gedachten verzonken geweest dat hij haar niet had horen thuiskomen.

'Och gekke jongen! Wat schiet je daar nou mee op. Doe wat normaals aan,' had ze gezegd en was zogenaamd doorgegaan met lezen.

Hij was op zijn hurken bij haar gaan zitten, had haar getroost, haar handen bij elkaar gebracht en gekust en gezegd: 'Och, lief omaatje, die rare jongen van je ook.' Daarna had hij zich snel verkleed.

Nu hij aan deze scène dacht, hoorde hij de ijle toon van de fagot uit Debussy's *Prélude*, de lievelingsmuziek van mamma. Die muziek had aangestaan toen hij oma in de tuinkamer aantrof.

Hij parkeerde zijn auto in de Edisonstraat, kreeg bekijks van een paar jongens. Hij liet ze een voor een in zijn cabrio achter het stuur plaatsnemen. Nu was het tijd om aan te bellen. De officiële lijst met voorbedrukte vragen en ruimte voor korte, kernachtige antwoorden had hij thuisgelaten. Ook een blocnote had hij bij nader inzien weer op zijn bureau teruggelegd. Op geen enkele wijze wilde hij de indruk wekken een ambtenaar te zijn die inlichtingen wilde. Het leek hem beter te luisteren, de sfeer te proeven en die indrukken na afloop in het verslag te verwerken. Van het Descartes had hij nauwelijks informatie meegekregen. Hij wist alleen dat Najoua in een pleeggezin opgroeide.

'Najoua wilde niet gaan slapen voor ze u had gezien,' zei de vrouw, die hij in de zestig schatte. 'Het was beter eerst naar boven te gaan.' Ze kondigde Marc in de kleine hal bij de trap al aan: 'Najoua, je leraar.'
 Op de overloop opende zij een deur die op een kier stond, liet hem voorgaan. Marc kwam een glinsterende kleinemeisjeswereld binnen, met spiegels in allerlei vormen, een barok beschilderde stoet vaasjes aflopend in grootte, onbenoembare frutseltjes. Dat alles was in haast overdreven orde opgesteld. Over haar bed lag, gedeeltelijk teruggeslagen, een witte, katoenen sprei die hij terloops met zijn hand aanraakte. Zo'n witte, zelfgehaakte sprei met franje van kleine, witte bolletjes die tot vlak boven de grond reikte, herkende hij uit het huis aan de Suezkade. Wat hem ook trof, was een wit jurkje, aan een knaapje, tegen een blauw geschilderde kast.

Ze zat rechtop, in een witte nachtpon waaraan zij verlegen glimlachend nog iets verschikte. Tegen het kussen stond een kaalgestreelde knuffelbeer.
 Haar moeder schoof een stoel bij, wierp een liefdevolle blik op het meisje. Hij ging naast haar zitten en het leek of hij een zieke bezocht. Maar de 'zieke' zag er stralend uit. Wel trof

hem meer dan anders hoe frêle ze was, hoe smal haar polsen, hoe mager haar schouders.

Haar moeder was op de rand van het bed gaan zitten, pakte de hand van Najoua even vast:

'Ze maakte zich al zorgen...'

'Mam, dat mag je niet zeggen...' Ze deed alsof ze zich van schaamte onder de dekens wilde verbergen, haalde snel een hand door de donkere wanorde van haar haar.

'Heb je je Franse huiswerk al af?' vroeg hij. 'Heb je morgen wel Frans?'

'Het laatste uur,' zei ze onmiddellijk, en hem quasi bestraffend: 'U kent het rooster toch wel?' En mét die woorden haalde ze haar Franse werkschrift tevoorschijn vanonder het laken en toonde ze de *Exercices* die ze gemaakt had.

'Ik had niet anders verwacht,' zei Marc, die andere details waarnam. Rond een spiegel een kleurige sjaal, heel zorgvuldig neergehangen, als een draperie.

Maar het was tijd om te gaan slapen, vond haar moeder. Het was mooi geweest. Anders kwam er morgen niets van het werk terecht. Hij nam afscheid met een elegante handkus en liet zijn beide handen, als een tweede gebaar van afscheid, bij het voeteneind een moment op de aangenaam koel aanvoelende sprei liggen.

Najoua's moeder zette koffie voor hem neer en zei:

'U begrijpt wel dat Frans haar lievelingsvak is. Maar misschien is Frans wel altijd het lievelingsvak van meisjes. Als ik bij mijzelf te rade ga... Ik heb alleen maar ulo gedaan, hoor!'

Ze ging tegenover hem aan de huiskamertafel zitten, vertelde dat Najoua uit een Marokkaans gezin van veertien kinderen kwam.

'De ouders zijn om redenen die ik hier nu maar achterwege laat uit de ouderlijke macht ontzet. De kinderen zijn eerst naar een noodopvang gegaan. Mijn man werkte in die tijd bij de gemeentelijke jeugdzorg en was daar direct bij betrokken. Ze heeft verschillende pleeggezinnen gekend voor wij ons over haar hebben ontfermd. Wij hebben zelf geen kinderen. Najoua was zeven toen ze bij ons kwam. De meeste kinderen uit het gezin zijn teruggekeerd naar Marokko. Met geen van de familieleden is er contact.'

Hij had geen behoefte notities te maken, luisterde aandachtig.

'...de ochtend dat ze haar boeken moest omruilen is ze zo opgewekt naar school gegaan. In die stortbui. En alleen, want de andere leerlingen gingen allen naar het Haganum. Ik wilde niet dat ze hen opnieuw zou treffen op de middelbare school. Ik had haar op het Descartes ingeschreven hoewel ik uit de krant wist dat op die school een kwestie met een conrector had gespeeld. En ja, u weet het zelf, die ochtend in de stromende regen is ze u tegen het lijf gelopen en twee dagen later werd ze als klassenvertegenwoordiger gekozen. Ik kan er nog steeds niet bij. Ik vind het zo geweldig voor haar. Die wending in haar leven. Er moet werkelijk zoiets als een wonder gebeurd zijn. Jammer dat mijn man dit niet meer heeft meegemaakt. Ik heb hem twee jaar geleden verloren. Hij was zo gek met haar.'

Ze vertelde Marc ook dat ze tot nog toe gewoon was geweest haar zondags mee te nemen naar de Hervormde Bethelkapel hier vlakbij in de Thomas Schwenkestraat. Ze kon haar niet alleen thuis laten. Ze mocht nu zelf kiezen, maar ze ging nog steeds elke zondag met haar mee. Het kon zijn dat ze in de toekomst wat religie betreft toch een andere kant op ging. Misschien maakte zij dat niet meer mee.

'Al zou ik willen, ik zou geen wanklank kunnen bedenken. Ik vind het weleens jammer dat ze nooit met een vriendinnetje thuiskomt. En dat anderen haar nooit mee vragen. Ik zeg het weleens tegen haar: als je het leuk vindt, mag je altijd iemand meenemen. Op zo'n opmerking krijg ik nooit antwoord. Maar ze komt elke dag blij thuis, begint met haar huiswerk. Ze laat zich, denk ik, niet zo gauw met anderen in.'

HOOFDSTUK 11

Marc luisterde naar de mijmerende wijs uit Debussy's herdersgedicht, herinnerde zich met een glimlach de discussie die tijdens het sollicitatiegesprek was ontstaan over de uitspraak van Nyons. Hij had het stadje in de Drôme genoemd en de -s, zoals behoorde, uitgesproken. De Labadie vooral had de uitspraak van de slot-s met klem betwist.

Vanaf de lege boulevard keek hij naar de violette schemer boven de zee, waar hij zich over elkaar buitelende, dronken vogels verbeeldde, hij zag zich terug in het leven van dit meisje, in dat ene verhaal uit zijn eigen kindertijd dat nooit definitief tot zwijgen zou worden gebracht. Een medestudent met wie hij optrok had hem tijdens een nachtelijke wandeling eens toegevoegd: 'Wie ben jij eigenlijk? Ik krijg geen vat op je. Je lijkt betrokken, maar je wekt slechts de schijn in het leven te staan. Je staat ernaast.' Hij had hem in zijn hart gelijk moeten geven. Maar hij dacht nu: hij had mij nu hier moeten zien. Ik geef me aan de school. Ik ben actief, je kunt onmogelijk zeggen dat ik buiten de gebeurtenissen sta. Ik heb eindelijk de indruk thuis, definitief thuis te zijn. In dit huis is op mij gewacht en dat geldt ook voor Najoua.

Hij hoorde in gedachte de stem van haar moeder:

'U moest eens weten. De hele week is ze met dit bezoek bezig geweest. Haar leraar, in ons huis. Ze kon er niet van slapen noch van eten. Ze eet altijd al zo slecht. Het is elke dag een strijd om er wat in te krijgen. Ze zal altijd wel een fijn poppetje blijven. U hebt toen u op haar kamer kwam dat stralende gezicht gezien.'

Loom blies een verre fluit, de harp golfde enkele glissandi, gevolgd door de aandringende violen. De *Prélude* is stemming, nuance, bedwelming. Marc schudde van bewondering zijn hoofd, glimlachte, want Najoua's moeder had hem nog iets onthuld. Marc had moeten beloven dat hij Najoua nooit zou laten merken op de hoogte te zijn. Ze wilde dit detail wel graag aan Marc kwijt, omdat het iets zei over het vasthoudende van haar karakter. 'Op de dag van het roosterlezen bleek dat zij niet in uw brugklas zat. Ze is op de coördinator van de brugklas afgestapt, maar heeft te horen gekregen dat brugklas 1c al overvol was. Daar kon niemand meer bij. Ze is naar de conrector gegaan, meneer Nelek, die geprikkeld gereageerd had. Ten slotte heeft ze de decaan benaderd. Ze heeft het voor elkaar gekregen. Maar hoe? Heeft ze gezegd dat haar beste vriendin in 1c zat? Een ander leugentje om bestwil? Ze zal het altijd voor zich houden. Als ze iets in haar hoofd heeft, praat niemand het eruit.'

Marc gaf gas. Najoua was een moedig meisje. In de chaos van die eerste schooldagen op een nerveuze coördinator of conrector afstappen en dan nog aandringen en gehoor vinden.

Marc liet de brede banden van zijn auto over het duinzand knarsen, daalde af naar de Laan van Meerdervoort, kwam even boven de tweehonderd uit. Hij voelde zich als de bevredigde faun in Debussy's muziek, vol eindelijk verwerkelijkte dromen. In een rustiger tempo bereikte hij rond middernacht zijn huis aan de Suezkade.

Op zijn werkkamer, aan de grachtzijde, begon hij aan het verslag, besteedde de grootste zorg aan de verwoording van wat hij had gehoord en opgemerkt. De eerste jaren was er op de basisschool niets met Najoua aan de hand. Het onderwijzend personeel was vol lof. Ze was een leergierig meisje, was altijd als eerste op het schoolplein, hielp de juf voor en na schooltijd in de klas, speelde ook met andere kinderen. Op een dag was dat veranderd. Ze zat toen in groep zes. Ze was net tien geworden. Met het naar school gaan wachtte ze tot het allerlaatste moment. De andere kinderen wilden niet meer met haar spelen. Najoua's moeder was naar school gegaan, maar de school had geen verklaring. Ze werd niet gepest. Het was de leerkracht alleen opgevallen dat de kinderen haar links lieten liggen. Dat had niets met haar afkomst te maken. Ook de andere Marokkaanse meisjes gingen niet meer met haar om. Najoua's moeder was er nooit achter gekomen. Het was alsof ze op een dag, als op afspraak, buitengesloten werd. Niemand nam het voor haar op.

Tijdens het schrijven van deze scène stelde hij zich haar overvolle, maar zo ordelijk ingerichte kamer voor, de spiegels in kleurige draperieën, de vaasjes aflopend in grootte, de witte jurk. Hij vroeg zich af waarom zij als schuldige was aangeduid. De gedachte was schokkend.

Marc trachtte een zo compleet mogelijk beeld van de situatie te geven, herlas zijn verslag, was niet tevreden omdat het preciezer en genuanceerder kon. Hij werkte tot hij recht meende te doen aan zijn bevindingen.

Tegen drieën die nacht verliet hij zijn huis. Hij zou toch niet in slaap kunnen komen. Over de gracht schoof een lichte wind. Via de Javastraat en Plein 1813 bereikte hij het slapende centrum. Den Haag was een dorp. Maar toen hij het Buitenhof overstak en rond de Wagenstraat in de Haagse Chinatown aankwam, trof hij meer luidruchtigheid. Hij liep een gokautomatenhal in en nonchalant tegen een muur geleund, in zijn openhangende lichte regenjas, observeerde hij de bezoekers die vol overgave aan hendels rukten, naar cowboys staarden die met scherp schoten. Een van de bezoekers zat achter het stuurwiel van een gele sportauto die schokkend op een stalen buis ronddraaide. Om de man bewoog zich een weg door een heuvelachtig landschap. Elke seconde gooide hij het stuur razendsnel om en vermeed op de voortijlende weg zo een botsing met tegenliggers. Het apparaat heette Simply Wild.

Marc snoof in de hete, groezelige hal de geur van lathyrus op. Die werd sterker. Het was niet nodig nu om zich heen te gaan kijken. Er zou geen lathyrus te bekennen zijn. De sensatie was hem niet onbekend. Ze kon Marc onverwachts overvallen, drong zijn neusgaten binnen en nam in hevigheid toe. Het was een geur die hem opwond en verdrietig maakte. Hij zag de tere kleuren van de bloemen voor zich.

Starend naar het geflikker van kleurige gloeilampjes, besefte Marc dat een vrouw in een witte bontmantel hem al enige keren glimlachend gepasseerd was. Nu glimlachte hij terug en zij bleef staan en zei:

'Misschien vind ik je wel aardig.'

Het was een aantrekkelijke vrouw. Ook van een zekere chic. Hoe kwam zij hier terecht? Misschien kon ze ook de slaap niet vatten. Zij kwam dichter bij hem staan, dacht dat ze hem al had, maar hij schudde met zijn hoofd:

'Nee, nee, sorry.' Hij wendde zich af, verliet de hal. Toegeven, deze nacht kon hij het niet anders dan als verraad zien. En hij wilde dit keer ook geen verwachtingen wekken. Vrouwen werden verliefd op hem, hij betuigde van zijn kant ook zijn verliefdheid en deed stellige beloften, maar als ze te dichtbij kwamen trok hij zich zonder nadere uitleg terug in een afstandelijke, onbenaderbare houding. Dan verlieten ze hem, met diepe spijt, nog steeds tot over hun oren verliefd op deze elegante man. Hij was zo open en tegelijk – heel verrassend – verlegen, op het bange af. Maar bang waarvoor? Daar hadden ze nooit achter kunnen komen. Ze vertrokken, achteromkijkend, verwonderd.

Hij was thuisgekomen toen de eerste tram over de Laan reed. Het loonde niet meer nu nog naar bed te gaan. Hij herlas het protocol, verbeterde hier en daar een woord, een zinswending. Hij geloofde dat het niet meer verbeterd kon worden. Marc was al ver voor het eerste lesuur op school en deed zijn verslag in het postvak van De Labadie. Nog voor de bel van het eerste lesuur sprak Stef hem aan.

'Agréablement surpris. Ik heb je tekst gevonden. Ik geloof dat nog geen docent werk heeft gemaakt van de huisbezoeken, laat staan een verslag. Ziekte, het corrigeren, men vindt altijd wel een reden die zo belangrijke bezoeken – toch het visitekaartje van de school – uit te stellen. Merci. Ik zal het zo gauw mogelijk lezen.'

In de loop van de dag schoot Stef hem aan. Hij had hier en daar wat gebladerd en enkele passages wat nauwkeuriger gelezen.

'Eerlijk gezegd, mon cher, ik heb er grote moeite mee, al leest het gemakkelijk. Je hebt je niet gehouden aan de opgestelde en door de jaren heen geijkte vragenlijst. De verwerking wordt lastiger zo. Jij hebt het bezoek als een vrije opdracht gezien waarover een verhaaltje moest worden geschreven. Dit hadden we niet afgesproken.'

Hij zou er met de rector over spreken.

Marc, die in een flits zijn jeugd met Stef voor zich zag, de verjaarspartijtjes aan de Valkenboskade in Stefs ouderlijk huis, accepteerde deze reactie niet.

'Ik ga dit verslag niet overmaken en als dat van mij geëist wordt, verlaat ik de school.'

De Labadie leek te schrikken van deze furieuze uitval.

'Blijf kalm, jongen. Ik heb toch gezegd dat het protocol prettig leest. Ik geef ook toe dat hier en daar een detail mij heeft getroffen. Ik waardeer het toch dat jij er al mee aan de slag bent gegaan. Excuses, ik heb er altijd moeite mee als van de regels wordt afgeweken. C'est mon point faible.'

HOOFDSTUK 12

'Wat deed je bij de noodlokalen? Ik zag je vanuit mijn lokaal.'
'Mocht ik daar niet komen?'
'We schamen ons voor dat gebied. Je had het niet eens mogen zien. Misère abjecte. Het is een doorn in ons oog, maar andere dingen, zeker het afgelopen jaar, hielden ons bezig.'
De Labadie had hem bij de beeldengalerij in de hal aangeschoten en ze hadden een plek gevonden in een leeg lokaal op de begane grond. Hij wilde in alle rust een gesprek met Marc.
Hij bukte zich om een papiersnipper op te rapen en zocht met zijn blik de prullenbak. Hij zag er tot zijn lichte ergernis geen, stopte de snipper in de zak van zijn colbert. 'Excuses, Marc, ik kan niet tegen rommel. Meer dan wat dan ook houdt de orde op school me bezig.' Hij kwam overeind, meende dat een ronde plek van een schap waar de knoest uit was verdwenen dichtgesmeerd leek met kauwgum. Het bleek niet zo te zijn en hij ging weer zitten, glimlachend om zijn eigen gedrag. 'Vergeef me die kleine tic. Ce tic. Dit malle aanwensel. Parre, de vorig jaar ontslagen conrector, moet ik nageven dat hij zich voor de orde op school, voor de strijd tegen kauwgum sterk heeft gemaakt. Hoe je ook over hem kunt denken, op dat punt had ik een krachtige bondgenoot in hem. Wat met hem gebeurd is, is nog steeds onvoorstelbaar.' En meer tegen zichzelf, het hoofd schuddend: 'Nee, het is slecht met hem afgelopen. Arme kerel.' Zich weer tot Marc richtend: 'Het is allemaal van voor jouw tijd. Heureusement.'

'Leeft Parre niet meer?'

'Er is op Oud Eik en Duinen door de schoolgemeenschap massaal afscheid van hem genomen. Er is mooi gesproken.'

Juist vanwege Parre wilde Stef met hem praten. Hij moest worden opgevolgd. 'Op advertenties is door niet één serieuze kandidaat gereageerd. De nieuwe conrector zal dus, zoals je al hebt begrepen uit het docentenboek, uit eigen gelederen worden gerekruteerd. Ik heb mij verkiesbaar gesteld. Het plenum van docenten en onderwijsondersteunend personeel zal een kandidaat naar voren schuiven. Doorgaans neemt het schoolbestuur – dat uiteindelijk beslist – dit advies over. Er zijn verscheidene kandidaten, zoals je ook in het docentenboek hebt kunnen lezen: Vierwind, Imanse, Morrenhof. Van de eerste heb ik het minste te duchten. Hij lijdt, onder ons gezegd, aan datgene waaraan alle tekenleraren lijden: een sterk minderwaardigheidscomplex, de diepe angst door collega's niet voor vol te worden aangezien. Hoe je het ook bekijkt, hij geeft les in een vak achter de streep, een vak dat bij de overgang nauwelijks meetelt. Tijdens plenaire vergaderingen berijdt hij aanhoudend hetzelfde stokpaardje, is van mening dat de cognitieve vakken te veel nadruk krijgen. Laat ik hierover ophouden. Waar het om gaat, er moet rust komen, er is te veel gebeurd: politie op school, verhoor van docenten en medewerkers. Verhalen in de krant.'

Stefs ogen bewogen snel in hun kassen, zijn lippen gleden over elkaar. Hij schudde zijn schouders alsof hij jeuk had en lichtte Marc in over de campagne die hij ging voeren. Hij wilde aandacht besteden aan het absenteïsme, maar hij zocht een ander punt dat meer tot de verbeelding sprak.

Marc kon hem direct behulpzaam zijn:

'Sloop die smerige noodlokalen. Van het terrein kan een wandelgebied voor leerlingen gemaakt worden.' Marc dacht aan schaduwrijke plekken met zitjes. Er kon een vijver worden aangelegd met bijzondere waterplanten. Dat zou hem veel stemmen opleveren.

Stef was hem dankbaar, geloofde dat hij met de sloop en deze invulling een sterk punt had en kans maakte. Hij bewoog zijn hoofd op en neer, leek met zichzelf te overleggen. Marc dacht aan de delicate kwestie tussen hen die nooit was opgelost. Zou Stef daar nu ook aan denken?

'Ik zou willen...' begon Stef. 'Nee, ik kan daar beter over zwijgen...' Hij mompelde iets onverstaanbaars tegen zichzelf, leek zich voor zijn gedachte te schamen, vervolgde toen: 'Het heeft met mijn karakter te maken. Het is niet gemakkelijk voor mij om erover te beginnen... Eerst nog dit, je bent hier nog maar zo kort, maar je moet weten dat de situatie op school, ondanks ogenschijnlijke rust, gespannen is. Dat heeft niet alleen te maken met de nog steeds dalende lijn in de aanmeldingen van leerlingen. Er is de affaire-Parre geweest. De situatie is precair. Er is een onderhuidse, geniepige strijd bezig. Er hoeft niet veel te gebeuren of de vlam slaat in de pan. Natuurlijk, er zijn in elke organisatie irritaties. Marc, die verkiezing komt eraan. Je hebt mensen die zich op de borst kloppen, die zichzelf naar voren gooien: zie eens hoe goed ik ben. Stem op mij. Zoiets kan ik niet. Lobbyen, alleen het woord al. Collega's aanspreken om ze voor je te winnen. Mij staat het tegen.'

Hij liet weer een lange stilte vallen, spiedde om zich heen op zoek naar een ongerechtigheid. Toen heftig ineens: 'Er moet iets gebeuren op deze school. Meer orde. De wanorde van vorig jaar mag nooit meer terugkomen. Marc, ik zal zoiets niet gauw vragen, maar iedere stem is er een.'

Marc beloofde hem zijn stem. Stef had immers sterke programmapunten?

'Bien merci. En nu we collega's geworden zijn wil ik je wel bekennen, Marc, dat ik nooit meer aan je gedacht heb. Ik zou je op straat ook niet herkend hebben, hoewel mij nog bijstaat dat je toen al van mooie kleren hield. Ik zie je nog bij ons aan tafel zitten. Als ik het me goed herinner was het mijn verjaarspartijtje. Mijn moeder knoeide bij het opscheppen van het eten over je bloes. Je was helemaal overstuur. Het was ook onvergeeflijk van haar.' Marc dacht over een scherp geheugen te beschikken, maar dit voorval kon hij zich niet herinneren. 'Marc, het is van geen enkel belang. Die scène van de jus schoot me zomaar te binnen. De herinnering is een grillig beest. Mamma leeft niet meer. Ze heeft een lang ziekbed gehad.'

Marc had zijn hoofd van hem weggedraaid. Hij dacht: de werkelijke kwestie die ons uit elkaar heeft gedreven, is hij vergeten. Wat doet het ertoe? Stef de Labadie liet hem onverschillig, en hij had spijt van de toegezegde stem. Maar hij herinnerde zich zijn vriendelijke, stille moeder. Hij zou iets aardigs zeggen:

'Je moeder was heel gastvrij.'

'Dank je Marc.' Hij zweeg een moment. 'Om nog even op Johan Parre terug te komen, hij was bezig de school te onttakelen, onze reputatie van bijna een eeuw te grabbel te gooien. De details zul je een andere keer wel horen. De man was charmant. Gemakkelijk in de omgang, groot causeur, ook succesvol. De geschiedenismethode die hij schreef waarin weer aandacht werd besteed aan de oorsprong van deze natie, Willem van Oranje, prins Maurits, onze zeehelden, beleeft nog steeds druk op druk. Toch kwam hij altijd geld te kort. Als enige zag ik dat hij geleidelijk afstand tot de school nam, zijn aandacht elders lag. Dat had iemand hem moeten vertellen, maar niemand zag het en ik verkeerde niet in de positie het hem te vertellen. Bovendien had ik nauwelijks contact met hem. Hij was niet iemand met wie ik bevriend zou kunnen zijn. Parre heeft fraude, aanhoudende fraude met de collectegelden gepleegd, gedurende lange tijd. Ja, hij moest weg.'

De conciërge riep Stef op via de intercom. Ze verlieten het lokaal en liepen de centrale hal in. Licht viel vanuit een hoog, smal raam over de sokkel van Descartes, dwarrelde over Voltaire en Diderot.

'Neem het me niet kwalijk, Marc, ik wil altijd eerlijk zijn. Jouw voorkomen, jouw manier van doen, je hebt onmiskenbaar iets van Johan Parre. Maar in het aangename. Nochtans, vergeef me. Pardonne-moi, mon cher. Trouwens, die slot-s van Nyons spreek je toch niet uit?'

'Nyons ligt in de Provence.'

'O, zou dat het zijn?'

De conciërge gebaarde. Er werd dringend op Stef gewacht.

HOOFDSTUK 13

'Loop even mee.' De rector sprak Marc in de hal aan. Marc was bang dat hem iets ten laste werd gelegd, maar kon niet bedenken wat. Hij voelde zich vaag schuldig.

Rafaël ging hem voor, bood hem een van de gemakkelijke stoelen aan rond de met kleurige steentjes ingelegde salontafel en ging tegenover hem zitten. In een glazen asbak lag een nogal groot gumblok, in cellofaan verpakt. Daarop stond 'Errare humanum est'. Hij zei:

'Jongen, ik ontvang gunstige berichten over je. Je hebt orde in de klas en besteedt veel tijd aan leerlingen die door ziekte of huiselijke omstandigheden een achterstand hebben opgelopen. Maar toch ook een negatief punt: je houdt je niet aan de coördinatie van proefwerken. Je bent op school geen eilandje op jezelf. Ik vraag je je wat meer daarin te schikken.'

'Ik geef heel anders les dan mijn collega's. Ik maak mijn proefwerken zelf. Ik vind dat de voorgeschreven proefwerken te gemakkelijk zijn. Ik heb ze in mijn klas uitgetest. Iedereen haalt er een tien voor. Ze zijn dus niet selectief.'

Rafaël zei dat hij het met hem eens was, maar vroeg hem niettemin tegemoetkomend te zijn. 'Maar ik heb de indruk, en dat doet me goed, dat je je hier thuis voelt.'

Marc bevestigde dat.

'Ja, ik verbaas me over mezelf. Hoe vanzelfsprekend ik elke morgen de school binnen stap, alsof ik hier al jaren kom. En tegelijkertijd ben ik verwonderd over wat ik zie: mijn collega's, en ik doe er ook zelf aan mee, zijn de hele dag bezig elkaar te begroeten. Na elke leswisseling kom je elkaar weer in de gangen tegen, je steekt een hand op, je voelt een hand op je schouder. Dat is geruststellend.'

'Jij ziet veel. Jou vallen dingen op die anderen niet zien. Je ziet details. Aan details is het geheel af te lezen. Dat brengt me, Marc, op je protocollen. Ik heb er een aantal gelezen. Gave portretkunst. Die van de Marokkaanse sprong eruit. Menig literator zou jaloers zijn op deze suggestieve beschrijvingskunst. Ik kan je ook zeggen dat collega De Labadie wel inzag dat deze verslagen ver uitstaken boven wat doorgaans binnenkomt.

Het is goed elkaar regelmatig te spreken. Ik vermoed dat we veel voor elkaar kunnen betekenen. En ik heb een verzoek. Een jonge collega, mentor in de brugklas, is vanwege rugklachten voorlopig niet inzetbaar. We hebben na veel moeite een vervangster gevonden, een vitale dame van in de zeventig. Zij heeft, begrijpelijk, geen zin in de ouderbezoeken. Zou jij de school uit de brand willen helpen? Er zijn extra taakuren beschikbaar. Er kan ook via het Bestuur onofficieel voor een financiële vergoeding gezorgd worden.'

Natuurlijk wilde Marc helpen. Hij had tijd genoeg. Op voorwaarde dat er geen taakuren of andere vergoedingen tegenover stonden.

Rafaël keek hem eerst verbaasd, toen vorsend aan. Een docent die voor een extra taak geen vrije uren wilde? Een glimlach brak bij de rector door. Hij was niet echt verbaasd geweest, wist toch dat hij de uitnemendste aller leraren voor het Descartes had aangetrokken.

Er kwam een telefoontje van buiten. Rafaël nam op en toen hij na een kort gesprek de hoorn neerlegde, excuseerde hij zich: hij moest kort overleggen met de administrateur, 'maar blijf alsjeblieft'. Hij verliet zijn kamer. 'De deur laat ik open. Ik ben zo terug.'

HOOFDSTUK 14

'En jij staat op de volgende foto. De fotograaf komt binnenkort op school.'
De rector was langer weggebleven dan voorzien. Marc was naar de achterwand met foto's van het lerarenkorps gelopen. Het had hem enige moeite gekost om Wim Egbers te ontdekken. Deze was gekleed in een donker kostuum, droeg een wit overhemd en een pochet in de tint van de stropdas. Op de foto's van de laatste jaren kwam hij niet meer voor.
Marc had Rafaël niet horen binnenkomen, voelde zich op heterdaad betrapt. Hij excuseerde zich: 'Ik was nieuwsgierig naar Wim Egbers.'
'Ik kan me daar alles bij voorstellen. Ik zie jullie op school vaak samen. Er zijn nauwelijks nog collega's die met hem optrekken.'
'Je vindt het vervelend?'
'Nee, zeker niet. Jij kiest je vrienden. Als ik heel eerlijk ben... het contact dat jullie zo snel kregen heeft me licht verbaasd. En, ik heb ook wel heel even, dat wil ik je wel erkennen, mijn wenkbrauwen opgetrokken en overwogen er iets van te zeggen. Ik weet niet hoe ontvankelijk je bent. Heeft hij iets over zichzelf losgelaten?'
'Heel weinig. Wat ik weet is dat hij naar het Zuiden wil.'
'Die droom koestert hij al heel lang. Hij heeft zijn dromen zoals we die allemaal koesteren. Als het op school tegenzit, zou ik ook wel mijn tent willen opslaan aan het meer van Trasimeno om te turen naar de blauwe bergen in de verte waar Hannibal overheen getrokken is.'

Over Egbers vertelde Rafaël dat hij op een dag zijn promotie had opgegeven. Het onderwerp dat hij onder handen had, was interessant: de relatie tussen koning Filips II en zijn halfzus Margaretha van Parma. Hij had een massa materiaal verzameld, studeerde in vakanties in de archieven van het Escorial. 'Op een dag heeft hij er de brui aan gegeven. Hij kreeg geen vat op de stof. In die tijd heeft ook zijn vrouw hem verlaten. Hij verzorgde zichzelf steeds slechter, werd cynisch, deed in de klas het hoogstnoodzakelijke. Met zijn enige zoon heeft hij alle contact verloren. Hij betaalt alimentatie, heeft chronisch geldgebrek, maar heeft naar eigen zeggen zo'n afkeer van de school – niet van de leerlingen, hou mij ten goede; hij is een goed docent – dat hij zo weinig mogelijk les wil geven. Hij verblijft in een verveloze stacaravan.'

Rafaël benadrukte dat hij Egbers diep in zijn hart wel mocht en wilde Marc bekennen dat hij hem stiekem bewonderde om zijn antiburgerlijk gedrag. De rector onderbrak zichzelf:

'We praten alsof we al jaren dikke vrienden zijn. Op zich zou een vriendschap tussen ons niets verwonderlijks zijn. We hebben beiden een grote passie voor lezen. Ik heb je al eerder gezegd: je bent altijd welkom. Ook bij mij thuis. En, ik denk, Marc, graag terug aan ons eerste gesprek. Evenals mevrouw Regenboog, het aanwezige bestuurslid. Het trof me dat je de Goncourts noemde. Aan hun *Journal* ben ik nooit toegekomen. De wijze waarop je de inrichting van hun huis opriep, met zijn uitgelezen bibelots en chinoiserieën, de salon die zij hielden, de vrienden die zij ontvingen, zoals Flaubert en Renan. Van de laatste heb ik natuurlijk *La vie de Jésus* gelezen. Je zei toen: "Ik betreur het lineaire karakter van de taal. Ik zie zoveel voor me, ik zou dat alles tegelijk willen vertellen." Ik ken dat ook.'

De conciërge meldde een telefoontje van het ministerie.

'Ik kan nu moeilijk opnemen. Stuur even niets door.' Hij wendde zich weer tot Marc: 'Wat me ook frappeerde, toen, was een passage in je sollicitatiebrief. In het gesprek heb ik het aan de orde willen stellen. Het is er niet van gekomen. Je nam zelf het gesprek in handen. Je merkt in je brief op dat je in Parijs en in Leiden naast filosofie, en zelfs Oudfins, geschiedenis en Frans gestudeerd hebt maar dat je geen enkele studie hebt afgemaakt. Zou je daar nu iets over willen zeggen?'

De vraag bracht Marc niet in verwarring. Hij had daar zelf vaak over nagedacht. Zijn antwoord kon kort zijn.

'Te veel andere dingen vroegen mijn aandacht.'

'Ik begrijp het,' zei Rafaël. 'Ikzelf ben latinist. Mijn dissertatie – over de verplaatsingen van Caesars leger – dreigde een dik boekwerk te worden. Het is in het Frans geschreven en aan de Sorbonne verdedigd.'

'Ik hoorde van De Labadie dat je zelfs tweemaal een professoraat is aangeboden.'

'O, wat aardig dat hij je dat vertelde. Het klopt. Ik heb ervan afgezien. Ik heb toch voor het werk in het veld gekozen.'

Hij wilde nog even op Egbers terugkomen, omdat Marc vriendschappelijk met hem omging. 'Ik kan hem vanuit een zeker perspectief wel appreciëren, maar ik heb de ambitie deze school te leiden en daarin past geen Egbers. Hoe je het ook wendt of keert, hij vormt een negatief element. Egbers' blik is vooral destructief inzake het instituut.'

Marc onderbrak hem, kijkend naar de foto's tegen de achterwand.

'Rafaël, voor je verdergaat, wie is nou Johan Parre?'

Rafaël wees een knappe, joviale man aan in een camelkleurig zomers kostuum. 'Johan Parre heeft de rust op school ernstig verstoord.' Hij zweeg, leek te overwegen geen details te geven, maar vervolgde: 'Niet alleen op school. Ook in het persoonlijk leven van Stef de Labadie. Over dat laatste kan Wim Egbers je meer vertellen. Stef leeft gescheiden van zijn vrouw. Parre heeft daar een hand in gehad.' Daarna sneed de rector snel de komende conrectorverkiezing aan.

'Marc, je hebt het zelf kunnen waarnemen. Bij een plenaire vergadering volgt meer dan driekwart de discussie niet, dommelt weg, tuurt in de agenda, streept er de dagen in af die hen scheiden van de volgende vakantie. Als het op stemmen aankomt, stemmen ze met de massa mee, of onthouden zich.' Rafaël vroeg of Marc een idee had wie de nieuwe conrector moest worden.

Marc had geen idee, bekende dat hij zijn stem aan De Labadie beloofd had.

'Je oude schoolvriend. Dat is sympathiek. Waarschijnlijk zal het voor hem bij die ene stem blijven. Hij is te netjes om op zichzelf te stemmen. Weet je hoe het gaat? Er zullen veel ongeldige stemmen zijn. Vierwind en Imanse liggen beiden slecht bij de collega's. Toch krijgen zij stemmen om De Labadie dwars te zitten. Niemand verkrijgt de vereiste meerderheid. Maar de nieuwe conrector is allang bekend.'

Hij zweeg.

'De Labadie?' vroeg Marc. 'Wordt hij het?'

'Hij, en niemand anders.'

'Ik zou toch denken dat het Bestuur de uitkomst van de plenaire vergadering volgt.'

'Doorgaans wel. Dat is de gemakkelijkste weg. Maar ik wil dat De Labadie conrector wordt. Ik geef toe dat hij nog erg jong is. Maar hij kan deze functie aan. Hij is ambitieus. Ik heb hem nodig in de staf. Hij zorgt voor netheid en orde. Die zijn onnoemelijk belangrijk. Stef is van nature noch sterk in de contacten, noch in de organisatie, maar om vijf uur 's middags is hij wel bezig alle stoelen in de lokalen recht onder de tafel te schuiven. De zaak moet op orde zijn. Dan volgt, hopen we met z'n allen, vanzelf de morele orde. En nu gooi ik je eruit. Ik krijg zo bezoek.'

Hij opende voor Marc de deur, wees op de beelden. Hij zou bij het Bestuur zijn best doen om Condorcet een plaatsje in de eregalerij te bezorgen. 'Fineke Regenboog hebben we zeker op onze hand.'

Marc liep verbluft de trap op, kwam op de gaanderij van de eerste verdieping, toen hij vanuit de hal diep onder hem, bescheiden, net hoorbaar, 'meneer' hoorde roepen. Hij keek over de smeedijzeren reling de schemerige diepte in en zag een vrouw die naar hem opkeek. Er was daar beneden licht en schaduw. Zij stond op de grens, kreeg van beide wat. De vrouw die hij zag was mager noch dik, klein noch groot. Van bovenaf leek het donkere haar, recht afgeknipt vlak boven de ogen, een donkere helm. Met haar bleke gezicht en sterk afgetekende wenkbrauwen herinnerde zij hem aan de portretten van Bourgondische vorsten. Een onbekende vrouw die de conciërge zocht. Gekleed in een zwart kostuum. Velours, dacht hij. In ieder geval was het een moiré stof, waarop het magere licht steeds anders schitterde. Daarop droeg zij een loshangende, gladde mantel van een lichtere stof.

Hij haastte zich de trap af en zij wachtte hem op bij de onderste tree. Ze had een afspraak met de rector.

'Ik ben Esther Biljardt.'

Marc zag dat het spreekluik van het conciërgehok gesloten was, de conciërge afwezig. Hij wees haar de rectorskamer.

HOOFDSTUK 15

Marc had al snel opgemerkt dat het ook buiten de pauzes in de docentenkamer druk bleef. Er waren veel vrije tussenuren. Omdat niemand een eigen lokaal bezat, was Marc in zijn vrije uren uitgeweken naar een studienis op de tweede verdieping, in een uitbouw met zicht op de niet afgesloten deur van een rommelhok waar in smalle hoge kisten oude landkaarten bewaard werden.

Marc hoorde de verre geruchten van de school onder zich. Hij voelde zich hier, buiten de directe turbulentie, maar er toch deel van uitmakend, nog meer op zijn gemak. Hij overdacht hoe aangenaam bedwelmend een school was. Je hoefde als je niet wilde nauwelijks na te denken. Het instituut dacht voor je na.

Hij noteerde deze gedachte in een simpele blocnote, beschreef vervolgens zo exact mogelijk de plek waar hij zich nu bevond. Daarna bladerde hij terug en las enkele regels uit vorige notities.

'De docentenkamer heeft een podium, te bereiken via een tweetreeds trapje. Tegen het plafond loopt een rail. Is daar ooit, op een docentenfeestje, toneelgespeeld? Hebben daar ooit roodfluwelen gordijnen gehangen die langzaam opengingen? Hebben docenten daar een tragedie van Racine opgevoerd?' Een andere notitie: 'Ik wacht in de docentenkamer voor het sollicitatiegesprek. Ik kan elk moment worden geroepen. Via de intercom hoor ik de stem van de conciërge: "Twee uur vanmiddag, plenair. Wilt u dat niet vergeten?"

Het bericht wordt twee keer herhaald. Even later komen docenten binnen, plaatsen hun tas tegen de stoelpoot, werpen een korte blik op mij, en haasten zich naar de keuken. Met de koffie begeven ze zich naar hun kennelijk vaste plaats, spreken onderweg tegemoetkomende collega's aan: vanmiddag plenair. De meeste docenten zitten met z'n vieren aan een tafel. Sommigen zitten helemaal alleen en staren voor zich uit, roerend in de koffie. De docentenkamer heeft een kleine vide, een rommelig balkon waarop archiefkasten staan en opgestapelde stoelen. Misschien zaten er ooit toeschouwers bij een drukbezochte voorstelling.'

Een derde notitie:

'De tekendocent komt de docentenkamer in. Kees Herkenrath loopt met uitgestoken hand op hem toe. De ander kijkt hem een lang moment aan, lijkt in tweestrijd, steekt zijn hand half uit, bedenkt zich dan, trekt zijn hand terug en loopt door richting keuken.'

Marc keek op. Naast hem Najoua, bezig met haar huiswerk.

'Hé. En ik heb niets gemerkt.'

'Ik zit al een tijdje te werken. Je had niets in de gaten. Zó verdiept. Waarin?' Ze nam de blocnote in de hand, legde hem direct weer neer. 'Andere leraren zitten nooit in een studienis te werken. Ze geven les of gaan naar de docentenkamer.'

'Hier is het rustiger. Al zijn de studienissen eigenlijk bestemd voor de leerlingen.' Hij heeft zich helemaal naar haar gewend. 'Maar hoe kan het dat ik je niet gehoord heb?'

'Ik ben heel stil naar je toe geslopen. Kijk, ik heb mijn schoenen uitgedaan.' Ze liet haar blote voeten zien.

'En je hebt, zonder dat ik het in de gaten had, je boeken uitgepakt?'

'Nee, kijk daar.' Ze draaide zich om. Hij volgde haar blik. Halverwege de gang, ter hoogte van de trap, zag hij haar schooltas en schoenen.

'En voor welk vak ben je huiswerk aan het maken?'
'Drie keer raden.'
Zij bewoog de tenen van haar voeten. De kleine, iets rondlopende nagels glommen. Die van de kleine teen was niet meer dan een glinsterend puntje.
'Ben je niet boos dat ik je gestoord heb?'
'Je ziet toch dat ik heel boos ben.' Hij raakte even haar arm aan.
'Nu ga ik, Marc. Direct gaat de bel. Ik heb zo natuurkunde van Morrenhof. Als je bij hem te laat komt, word je gelijk naar de conrector gestuurd.'

De bel ging. Ze stonden tegelijk op en liepen snel de gang in. Zij schoot haar schoenen aan. Ze zei:
'Jij hebt nog heel veel vrije uren voor je weer les hebt. Ik kom misschien na het laatste uur nog even langs. Nu moet ik gaan.'
Waar de trap een knik maakte, keek ze omhoog en zwaaide.

Iets over drieën was ze weer bij Marc.
Onder hen hoorden ze dat de conciërge de ramen sloot. Dat diende door de docent te gebeuren die er als laatste had lesgegeven. Een redelijke maatregel, waaraan zich, ondanks aanmaningen in het docentenboek, weinigen hielden. Daar beneden werden stoelen verschoven. Het gaf een schraperig geluid. Najoua liet haar blote arm met kippenvel zien. Hij wreef over haar arm.
Daarna nam ze afscheid. Ze had mamma beloofd op tijd thuis te komen.

Tussen het zonlicht en het massieve herdenkingsmonument op het Haagse Plein 1813 dringt zich vanuit de bewegende schaduwen van de bizar gesnoeide kastanjebomen aan de

Sophiastraat een grijze auto, rijdt het trottoir op voor het monument, bijna tot aan de perken met de rijk bloeiende, blauwe petunia's.

Er is druk verkeer van trams en auto's rond het plein, toeristen beklimmen de trappen.

Een man komt uit de auto, roept de naam van zijn moeder, tikt haar tegelijk op de schouder en zij draait zich om, verbaasd. Met een doelgerichte beweging wordt ze, voorzichtig en onverbiddelijk, de auto in geduwd, die onmiddellijk wegrijdt, de flauwe bocht van de trambaan volgt, de Alexanderstraat richting Javastraat, en op de Scheveningseweg komt. Ze voelt het koele leer van de achterbank, wordt door de auto, die de bochten te kort neemt, heen en weer geschud. Een van de mannen op de achterbank steekt een sigaret op. De ontvoering heeft zich voor de ogen van velen zonder merkbaar geweld met een fabelachtige snelheid en doeltreffendheid voltrokken.

Dagelijks, na al die jaren, observeert hij mechanisch details, ziet de handen die haar beetpakken, rijdt mee in de verbeelde auto, ziet op de achterbank handen die haar polsen vasthouden, haar de mond snoeren. Zijn verbeelding, vooral 's nachts, slaat op hol. In die minutieuze visioenen waarin hij achter fantomen aan jaagt, waarin hij huilt, gilt, schreeuwt en ten slotte overgeeft, wordt mamma verkracht, opengescheurd, doodgemaakt.

Zij is nooit teruggekomen. Men heeft nooit meer iets van haar vernomen. Zij is niet teruggevonden. De politie heeft geen aanknopingspunten. 'Vrouw vermist'. Hij heeft het afgeleerd kranten te lezen, tv te kijken. Marc probeert niet te denken. Ineens kan zijn gezicht verstrakken, hoort hij niet wat gezegd wordt, ziet het verminkte lichaam van zijn moeder en kent de smart die bij dat tafereel hoort.

HOOFDSTUK 16

Henk Imanse, zijn collega Engels, kwam bij hem zitten, op de verdieping.
'Ik hoop dat je even tijd voor me hebt.'
Marc schatte hem achter in de dertig. Hij was klein van stuk, met een klein, rond gezicht en kort bruin krullend haar dat tot op zijn voorhoofd doorliep. Als hij sprak kwamen zijn te korte tanden bloot. Zijn Engelse tweedjasje leek te krap.
Hij vertelde Marc dat hij schreef. Met name over het onderwijs, voor bladen als *Gymnasiaal verbond* en *Klassiek Gezelschap*. Zijn gezicht vertoonde een ingehouden triomfantelijk lachje:
'Ik wil weer terug naar de oude orde, zeg het ancien régime van vóór de Mammoetwet: het gymnasium alfa en bèta, hbs a en b, ulo, huishoudschool en lts. Ook de middelbare meisjesschool zou terug moeten keren in het onderwijsbestel.' Daarnaast pleitte hij voor de vergeten groep van de hoogbegaafden. De middelbare school, ook het Descartes, richtte zich op de middenmoot en de zwakken. Hij was met een artikel bezig waarin hij aangaf dat het land behoefte had aan enkele supermiddelbare scholen. Daar zouden slechts hoogbegaafden moeten worden toegelaten. Hij lachte zelfvoldaan. Het was duidelijk dat hij zichzelf ook tot die groep rekende.
'Het verhaal gaat op school dat jij bijzondere protocols hebt ingeleverd. Geruchten op deze school blijken altijd waar. Ik heb een stuk geschreven en zou graag jouw oordeel willen horen.'

'Ik weet niet of ik over onderwijszaken nu al een duidelijke mening heb.'

Imanse wuifde die bezwaren weg. Hij had hem op het eerste plenum gehoord. 'Tussen haakjes, het doet me ook goed dat je net als ik een universitaire opleiding hebt gevolgd. Die zijn hier met een lantaarntje te zoeken.'

'Ik wil je artikel graag lezen.'

Op een rustig moment zouden ze er samen over kunnen praten. Vond Marc ook dat het schrijven een bijzondere bezigheid was? Met woorden gedachten weergeven, het juiste woord vinden. Weer verscheen de aanzet tot dat kleine introverte lachje. Hij wachtte met verder spreken, liet zijn blik gaan over het boek dat Marc aan het lezen was, nam een tweede boek in handen dat Marc voor een leerling uit de zesde van thuis had meegenomen en dat niet meer voorradig was in de schoolbibliotheek. Het was *La princesse de Clèves*, van Mme de La Fayette. Henk erkende noch van Condorcet, noch van deze schrijfster gehoord te hebben. Dat viel Marc tegen.

Henk zweeg lang. Marc had liever met zijn eigen werk willen doorgaan. Henk Imanse zweeg nog steeds om de woorden die zouden komen hun volledige effect te geven. Daar kwamen ze:

'Wie schrijft, heeft het niet gemakkelijk. Die legt zichzelf een last op. Je stelt je a priori buiten de groep. Ik kan je zeggen, Marc – en je weet niet hoe goed mij dit gesprek doet –, dat schrijven hier als uitermate bedreigend wordt ervaren.' Hij bewoog zijn dunne lippen ongewoon heftig – het zou voor een vrouw niet prettig zijn ze te kussen – alsof hij zijn woorden eraan optrok. De korte scherpe voortanden waren in een grimas een moment helemaal zichtbaar en Henk had werkelijk kort iets van een nerveus roofdier dat op het punt stond aan te vallen.

'Marc,' zei hij, 'er zijn momenten dat ik mijn hersens pijnig om erachter te komen waar de overheid met het gymnasium, maar au fond met het hele middelbare onderwijs naartoe wil. Het gros van de docenten ligt in kennis één hoofdstuk voor op de leerlingen.'

Henk Imanse keek Marc aandachtig aan. Hij keek alsof hij niet wist wat hem overkwam. De behoefte om vertrouwelijk te zijn tegenover iemand had hij in lang niet gekend. Hij had Marc de school zien binnen komen en toen al vermoed dat dit gesprek ooit zou plaatsvinden. Had Marc het docentenboek al ingezien?

'Ik heb me kandidaat gesteld,' zei hij eenvoudig. 'Op advertenties wordt niet gereflecteerd. De conrector zal uit eigen gelederen moeten komen. De andere kandidaten zijn Vierwind, De Labadie en Morrenhof. Ik heb wel kans. Ik zal niet vragen om op me te stemmen, maar je kent mijn ideeën. Wat ik net zei over vertrouwen en vertrouwelijkheid... Mijn vrouw is in de vakantie jarig geweest en we wilden dat komende zaterdag met enkele goede vrienden vieren. Wees niet bang, je treft geen collega's aan. Ik wil mij buiten school bij voorkeur in andere milieus begeven. Ik nodig je hierbij uit, je bent welkom, met partner.'

Het zweet stond Marc in de handen. 'Nee, nee... Dat komt heel slecht uit...'

'Jammer. Heel jammer. Ik weet niet eens of je een vriendin hebt. Ik zou meer van je willen weten.' Marc maakte met zijn handen een onduidelijk gebaar, sloeg zijn ogen neer.

De bel luidde. Henk moest naar zijn klas. Het artikel zou hij hem geven.

Marc was weer alleen. De invitaties van Henk Imanse zou hij altijd blijven afslaan. Ze impliceerden dat Imanse teruggevraagd moest worden en als dat niet gebeurde, kon hij onverwacht op de stoep van zijn huis staan. Die gedachte was onverdraaglijk.

Marc herlas het vlijmscherpe vlugschrift dat Condorcet in 1789 tegen de slavernij had geschreven. Hij beschouwde 'les noirs' als zijn gelijken. Voor zich uit kijkend dacht Marc opnieuw aan het ontluisterend einde van de denker, die opgejaagd door handlangers van Robespierre in een verlaten boerenschuur de hand aan zichzelf geslagen had. Hij dacht aan Najoua, hoorde haar voetstappen.

HOOFDSTUK 17

De Labadie was zoals door Rafaël voorspeld conrector geworden, had zich op de kamer van Parre geïnstalleerd en direct een nieuw systeem ingevoerd om het absenteïsme te bestrijden. Op de deurstijl van elk lokaal was een koperen spijker aangebracht. Aad Vierwind had met een klas een absentenbriefje ontworpen, dat door de rector was goedgekeurd. De docent vulde het briefje in en hing het direct aan het begin van de les aan de deurstijl buiten het lokaal. De hulpconciërge haalde elk uur de briefjes op, maakte een totaalstaat. Zo wist de staf op elk moment van de dag wie afwezig was.

Marc werkte in zijn studienis op de hoogste verdieping. De laatste les van de ochtend was net begonnen. In de gang achter hem gingen lokaaldeuren open, ingevulde briefjes werden opgehangen, een vlaag rumoer van een klas die nog niet aan het werk was stroomde de gang in, ebde weg. Even later hoorde Marc de voetstappen van de conciërge. Al die geruchten waren niet storend. Ze kwamen, rustgevend, als uit een afgelegen zijstraat, de weggestopte steeg van een oude binnenstad. Marc dacht: zonder die geruchten zou ik niet meer kunnen, en hij noteerde:

'Ik beleef het gebouw, na zo korte tijd, al zo intens dat wanneer ik hier ooit weg zou gaan – wat mij op dit moment als een volstrekte onwaarschijnlijkheid voorkomt; waar zou ik dan heen moeten? –, deze school altijd een plaats en tijd zou oproepen van een ouderlijk huis dat ik nooit gekend heb.'

Hij maakte een tweede notitie:
'Zojuist een halfuur door het gebouw gedwaald. Ik kon niet nalaten opnieuw een kijkje te gaan nemen bij de noodlokalen, al kan Stef de Labadie mij vanuit zijn conrectorskamer gadeslaan. Het sinistere verval heb ik goed in me opgenomen. Is dat mijn morbide aanleg? In het ondoordringbare struikgewas hoorde ik het klagelijke gemiauw van een poes. Zat ze verstrikt in de doornige takken van een braam? Heel vitaal heb ik mij met een afgebroken tak een weg gebaand. Het miauwen is opgehouden. De poes zal zich bevrijd hebben. Over de sloop van de noodlokalen wordt niet meer gesproken. Wat mij betreft mag hij nog lang op zich laten wachten.'

Een glimlach verscheen op zijn gezicht. De ochtend dat De Labadie door het Bestuur tot conrector was benoemd, waren zijn collega's laaiend geweest, ze hadden samengeschoold in de hal en rond het gemarmerde, aan een ketting liggende docentenboek, waarin het summiere bericht te lezen was, ondertekend namens het Bestuur door mevrouw F. Regenboog. Het Bestuur bestond het dus om de uitspraak van een plenaire vergadering naast zich neer te leggen. Stef de Labadie had bij de verkiezingen slechts twee stemmen, die van Marc en waarschijnlijk van hemzelf, gekregen. Henk Imanse en Aad Vierwind hadden wat meer stemmen op zich weten te verenigen. Er was veel blanco gestemd. De boze collega's negeerden zelfs de eerste bel, togen ten slotte mopperend naar hun leslokaal. Zelfs Kees Herkenrath had Marc laten weten zich gepakt te voelen. Stelde een plenum dan helemaal niets meer voor? Daarnaast was de algemene teneur dat De Labadie te licht en te jong was voor dit zware conrectoraat voor eindexamen- en pre-eindexamenklassen. Rafaël had zich de hele ochtend niet laten zien. Boven zijn deur brandde het rode licht. In de eerste pauze had een traktatie van het Bestuur klaargestaan op het podium: een dertigtal vlaaien in diverse smaken en tinten, met kartonnen bordjes en plastic vorken. De meeste boosheid was toen al weggezakt. Veel collega's konden geen keus maken en sloten opnieuw achter in de rij aan.

Hij hoorde snelle voetstappen, geklik van naaldhakken op plavuizen. Het was Esther Biljardt, klein, bleek en gehelmd.

'Marc, mag ik bij je komen zitten? Er is een lesuur uitgevallen. Ik wilde je wat vragen.'

Marc keek naar het te strakke, te gestroomlijnde kapsel. Hij zag haar bleke hals onder dat vreemde, donkere kapsel dat niet van deze tijd was, aan haar oren lichtrode balletjes, als een tros kersen. Marc herinnerde zich dat hij, heel klein, een takje van twee of drie kersen om zijn oren hing en voor de spiegel ging staan en zijn hoofd bewoog.

Ze kwam ongelegen. Esther had niets wat hem aantrok, maar de gedachte aan oma maakte hem week en hij nodigde haar uit plaats te nemen, schoof uitnodigend een stoel bij. Ze vertelde dat ze enkele ouderbezoeken had afgelegd en daarvan zo goed en zo kwaad als het ging verslagen had gemaakt. Ze was er erg onzeker over en vroeg of hij ze voor haar wilde doorlezen. Van de rector had ze gehoord dat Marc voorbeeldige verslagen had geschreven. Ze maakte een lichte beweging met haar hand en hij zag dat ze een fraaie jade armband droeg. Ze had geen slechte smaak en hij had begrepen dat ze voor de school gold als een aanwinst. In de omgang met collega's hield ze zich afzijdig – misschien uit verlegenheid – maar in de klas trad ze gedecideerd op, had ook de moeilijke middenklassen feilloos in de hand. In de woorden van Rafaël: 'Daar kunnen we nog veel plezier aan beleven.' En Stef de Labadie had over een uiterst zakelijk type gesproken en haar lapidair omschreven met de woorden: 'Ze ís iemand.'

'Rafaël overdrijft,' zei Marc. Hij keek haar aan, stelde zich haar naakte lichaam voor, raakte daar niet opgewonden van.

'Nee Marc, de rector overdrijft niet. Ik mocht enkele verslagen lezen. Je kunt er trots op zijn. De stijl is heel geacheveerd en dat past precies bij jou.'

Esthers stem, van nature nogal schel, was met het vleien licht zangerig geworden, om haar mond zweefde een voldaan trekje.

Hoe heeft Rafaël dat kunnen doen, dacht Marc. De verslagen waren hoogstpersoonlijk. Er stonden over leerling en gezin privé-zaken in. Hij probeerde deze kleine teleurstelling weg te redeneren. De rector had een nog onervaren docente op weg willen helpen, haar enig houvast willen geven en had ze ter inzage gegeven. Zo rechtvaardigde hij het gedrag van de rector. Hij moest diens handelwijze toch verklaren?

Hij nam enkele van haar protocollen door, zijn blik gleed snel over de zinnen, maar hij was niet in haar werk geïnteresseerd. Het miste warmte en werkelijke belangstelling voor leerling en huiselijke omstandigheden. In de geforceerd lange zinnen zat geen detail dat iets voelbaar maakte. Hij zei dat ze een zakelijke stijl hanteerde, hield zich verder op de vlakte. Hij las de andere ook door.

'Ja, het is goed zo.' Hij prees haar en hoopte dat ze snel zou vertrekken.

'Ik waardeer je. Ik waardeer dat je me in mijn waarde laat en niet jouw manier van kijken aan me opdringt.'

De lichtrode balletjes aan haar oren bewogen, haar ademhaling klonk opgewonden.

De zon zou nu over de Laan van Meerdervoort vallen. Een tram passeerde en hij kon horen dat het slechts één rijtuig was. Hij verlangde naar de buitenwereld, dacht aan de Edisonstraat, dacht aan Najoua, die in een lokaal onder hem les had. Hij zou Esthers aanwezigheid nog maar korte tijd kunnen verdragen, maar had zijn verlossing in eigen hand. Hij zou beleefd blijven. Zonder dat het antwoord hem ook maar enigermate interesseerde, vroeg hij of ze al op school gewend was. Ze antwoordde dat ze het lesgeven prettig vond, maar geen behoefte had aan contact met collega's. Wat haar opviel was dat velen, vooral in de exacte hoek, hun taal slecht verzorgden. In het docentenboek werden veel schrijffouten gemaakt. Ze noemde in dit verband ook de tekenleraar. Haar toon was scherp, de balletjes klikten tegen elkaar.

Haar stem werd opnieuw vleierig.

'Ik zal dat beeld nooit vergeten: je was op de gaanderij, je daalde de trap af, kwam naar me toe. Op de dag van mijn eerste gesprek met de rector. Je zag me, sprak me aan en je stem riep iets in mij wakker. Fatal attraction.' Haar stem klonk heel liefjes en ze boog haar hoofd alsof ze zijn geliefde was. Ze boog haar kleine hoofd zo diep alsof het niet te torsen was. Ze liet zich meeslepen door haar gedachten, streelde zijn schoudertas die tegen het schot van de nis stond, rook aan het blanke leer. Nu keek ze op en hij wist wat hem zo in deze vrouw afstootte. Het moest de combinatie zijn van het kapsel, de dubbelheid van haar stem, de gulzigheid waarmee ze hem aankeek. Die vrouw wilde hem verslinden, en dan in kleine hapjes savoureren. Poederachtig hel licht viel door een ruit en haar gezicht kreeg in de weerkaatsing de vreemde, onechte ernst van een star heiligenbeeld. Haar wangen gloeiden en de armband van jade leek uit groen ondoorzichtig water te zijn gesneden. Ze bewoog haar hand, legde die weer op zijn tas en de armband werd een dikke ader van varengroen bloed.

Het was onmogelijk nog langer met haar alleen te zijn en hij zei dat hij een afspraak in de stad had.

'Met Egbers?'

'Ja, hoe weet je dat?'

'Rafaël heeft me dat verteld.'

HOOFDSTUK 18

Hij naderde café De Zon, sloeg bij de Zoutmanstraat de hoek om en kwam op de Van Speykstraat. In een houder op het trottoir stond een verschoten parasol toegevouwen om de stok. Hadden er een tafel en stoel buiten gestaan, die eerste keer op weg naar het Descartes, hij zou op het treurige terras zijn gaan zitten en Wim Egbers waarschijnlijk pas op school zijn tegengekomen. Waren ze dan ook vrienden geworden?

De schamelheid trof hem opnieuw. Een armoediger café was niet denkbaar. Er stonden slechts twee krukken. Van de zittingen hing het rode leer er in flarden bij. Er was geen ander meubilair. Met in een hoek de opgestapelde lege bierkratten kon je je in een bijna lege opslagplaats wanen. Op een krat stond een oude weegschaal met gewichten. Het café was voor de oorlog een kruidenierswinkel geweest. Een blind paard kon er geen schade aanrichten, placht Wim Egbers te zeggen, maar Marc voelde er zich vanwege die vriend thuis.

Hij keek Wim op de rug. Zijn hand bewoog over de bar, hij wiegde zacht met zijn hoofd, neuriede een deuntje mee met de muziek die Bobby Hamer, de cafébaas, had opgezet. De blauwe afghaan lag aan zijn voeten, de platte kop tussen de voorpoten. Opgelucht legde Marc zijn hand op de klink van de deur. De wereld zag er goed uit. Gevallen Engel hief haar kop, had Marc al in de gaten. Ze was met haar amberkleurige ogen en de van ouderdom witte wimpers – als bevroren die wimpers – mooi als een engel en ooit was ze bij een race op Duinrell hard onderuitgegaan. Later op de avond, na sluitingstijd, nam hij zich voor, zou hij Wim uitnodigen een tochtje in de auto te gaan maken. Zijn vriend was ook een slechte slaper. Ze zouden in een rustig gangetje de stad uit rijden en dan vaart maken. Snelheid bracht een aangename gewaarwording van verdoving en razernij teweeg.

Bobby tapte drie bier, merkte op dat het de hele week stil was geweest. Steeds meer buurtcafés verdwenen, vooral in de grote steden. De mensen bleven liever thuis of dronken in de voetbalkantine. Hij wierp een sombere blik op zijn clientèle, haalde werktuiglijk een smerige doek over de bar. Zijn grove gezicht, met de kleine, gebroken neus en een half ingedroogde bloedblaar op de onderlip, was even armoedig als het interieur. Marc streelde Gevallen Engel achter haar oren, hield ermee op, maar ze bleef haar kop hardnekkig omhooghouden, de alerte ogen puilden van liefde uit haar platte kop, ze wilde opnieuw aangehaald worden. Marcs hand gleed over het strakke, gespierde lijf, voelde de ribben, hij wilde zijn vriend om meer opheldering over Johan Parre vragen.

Bobby had gelezen dat in Spanje windhonden die te oud waren om te koersen aan een tak in een boom werden gehangen. Dan werd er als spel met een buks op geschoten.

'Hou op,' riep Egbers met zijn vingers in de oren. 'Hou ermee op.' Zijn stem dreigde en smeekte.

De hond likte hartstochtelijk de zoute binnenkant van Marcs hand. Marc had tranen in zijn ogen, huilde als hij een bericht hoorde over het doodknuppelen van jonge zeehondjes, kwam niet in een restaurant waar ganzenlever op het menu stond, weigerde kalfsvlees.

Bobby wilde andere muziek opzetten, maar Wim schudde met zijn hoofd.

'Mij best,' zei de uitbater. 'Ik heb ook niet altijd zin in muziek aan m'n kop.' Hij wist ook nog te vertellen dat de Spanjaarden slechte schutters waren. Op de tv had hij onlangs een uitzending hierover gezien. Hij had het gegil van de dieren nog in zijn oren.

'Alsjeblieft, hou op,' riep Egbers, 'of je ziet me hier nooit weer.' Marc keek naar het lange, ongewassen haar van zijn vriend, dat eens glanzend blond moest zijn geweest en liefdevol door zijn moeder was gekamd. Wat ervan restte was nog slechts een raffia-achtig, kleurloos pluis. Hij legde een arm om Wims schouder, troostte hem met de woorden dat zoiets voor ieder normaal mens onverdraaglijk was.

Op de Laan van Meerdervoort ging een bijna lege tram voorbij waarvan de lichten trilden. Wim, in zijn houding aan de bar zoals Marc hem de allereerste keer had aangetroffen, bleef hoofdschuddend mompelen dat hij er niet tegen kon. En na een lange pauze:

'Ik kan ook niet tegen De Labadie. Dat eeuwige gespied naar ongerechtigheden, dat eeuwige rechtzetten van stoelen onder een tafel. En nog minder tegen Aad Vierwind. Wat is dat een domme man! Hij haalde Spinola en Spinoza door elkaar. "Ja, meneer de voorzitter, ik heb de Spaanse veldheer uit de Tachtigjarige Oorlog een moment aangezien voor de filosoof. Ja, meneer de rector, ik heb mij vergist. Het oude liedje. Wie hier geen Grieks of Latijn geeft, is niet in trek, weet niets. Een tekenleraar weet bij voorbaat van toeten noch blazen."'

Marc lachte. Wim imiteerde Vierwind volmaakt. Het was aangenaam om in Egbers' gezelschap te zijn.

Marc vroeg hoe ze de fraude van Parre ontdekt hadden. Egbers wilde dat vertellen. Niets was geheim en het was een mooi verhaal. Hij draaide zich naar Marc, ging ervoor zitten.

'Kijk,' legde hij uit, 'er kwam per week wel zo'n vijfhonderd euro aan collectegelden binnen. Vaak meer. Daarvoor had Johan Parre een aparte rekening geopend. Daarop kwamen stortingen van collega's binnen. En hij had nog meer rekeningen. Ik weet het niet precies. Het kwam erop neer dat hij de verschillende geldstromen gescheiden wilde houden. De staf was in de loop van het jaar wel benieuwd naar het totaalbedrag. Begrijpelijk. Als hem daarnaar gevraagd werd, wimpelde hij dat verzoek met veel bluf af en zei kalm, een bestuurslid op de schouder slaand, joviale vent die hij was, en vol overtuiging, dat hij zelf het geschikte moment wel uitkoos om het bedrag bekend te maken dat naar Afrika zou worden overgemaakt. Men zou meer dan verrast zijn. Het moest intussen vele duizenden euro's belopen. Halverwege het vorig schooljaar is de druk opgevoerd en heeft een accountant, ingehuurd door het Bestuur, hem gedwongen volledige openheid van zaken te geven. Dat tafereel moet bizar geweest zijn. Ik had daar wel graag bij willen zijn. Het was toen alsof de zon achter de wolken verdween en ieder in een dichte duisternis raakte ondergedompeld. Vijf volwassenen rondom Parre, op de conrectorskamer waar nu De Labadie zetelt, onder wie de rector, bestuursleden, allen in de redeloze verwachting dat al zijn grandioze verhalen geen bluf geweest waren. En wat bleek, Marc? Er was niets. Noch rekeningen, noch contant geld, en hij had op dat moment ook nog, zo deed hij het voorkomen, een plausibele verklaring. Het geld had hij tijdelijk gestopt in de noodlijdende amateurvoetbalclub waarvan hij voorzitter was. Hij bekleedde buiten de school talloze functies. Tot het einde toe bleef hij zelfverzekerd. Hij had een groot zelfgevoel. Hij verzekerde allen op die kamer – je moet er, Marc, nog eens langs lopen en naar binnen kijken, al zit die De Labadie er, en bedenken wat daar gebeurd is – dat er niets aan de hand was, ook toen alles verloren was. Dat was groots. Ik denk dat hij in zijn eigen woorden geloofde. Je zou ook kunnen zeggen dat hij zich niet wilde laten redden. Er waren achteraf voldoende mogelijkheden geweest, op eerdere momenten, om alles op te biechten, en dan was de affaire omwille van de reputatie van de school in de doofpot gestopt.'

Marc stelde zich de scène voor, alsof hij er zelf bij was.

'Ik had hier eerder moeten komen.'

'O, jij en Parre hadden zeker met elkaar kunnen opschieten,' gaf Wim toe. 'Wie weet had jij hem kunnen redden.'

'Wim, wat is er tussen Parre en Stef de Labadie gebeurd?'

'Waar heb je dat nu weer opgevangen?'

'De rector sprak over verraad, maar jij wist daar alles van.'

'Jij zit me veel te vaak met de rector op zijn kamer te smoezen. Het verraad van Parre. Dat is een lang verhaal, en dat ga ik je nog eens met een overdaad aan details vertellen. Een feestavond op school. In de tijd dat alle collega's nog naar een feestavond gingen en er mooie klassieke stukken gespeeld werden. Maar Marc, dat is voor een volgende keer.'

'Hoe is Johan Parre aan zijn eind gekomen?'

'Wil je dat echt weten?'

'Ja, Wim.'

'Nou, goed dan, de conciërge heeft hem gevonden in een van de noodlokalen. Het moet een afschuwelijk gezicht geweest zijn. Ik vraag me nog steeds af hoe hij dat voor elkaar gekregen heeft.'

HOOFDSTUK 19

'Ik vertrek als de tijd rijp is.'
'Wanneer is de tijd rijp?'
In de open cabrio reden ze over de Laan. Voorbij camping Ockenburgh, waar Egbers' stacaravan stond, gaf Marc meer gas en kwam even bij de tweehonderd. Ze luisterden naar de hardnekkig bedwelmende warme oktoberwind rond de auto.

Egbers zei: 'Er moet nog wat verdiend worden,' en hij onthulde Marc dat hij in de Provence al een stukje grond bezat van twee vierkante meter. Het was nog niet veel. Het bezit daar groeide wekelijks aan met een vierkante decimeter. Zodra zijn kavel groot genoeg was voor een stacaravan vertrok hij. Dan brak een andere tijd aan. Daarin kwamen vergaderingen, noch correcties, noch een De Labadie voor.

Hij zou zich overdag verhuren als vrachtwagenchauffeur. Daar was in Frankrijk groot gebrek aan. In zijn vrije tijd ging hij voor zijn caravan in de zon zitten en zou dagelijks *Le Provençal* doorbladeren. De boeken die hij nog bezat liet hij hier, dat wil zeggen: hij verkocht ze aan een tweedehandsboekenzaak op het Noordeinde. Zag Marc het voor zich? Zag Marc hem al zitten in de Zuid-Franse zon, dat altijd snorrende kacheltje aan het uitspansel, een flesje witte wijn uit de Vaucluse binnen handbereik? Hij kon zo naar die tijd uitkijken.

Marc wilde het zichzelf niet toegeven, maar was wel teleurgesteld dat Wim geen rekening hield met zijn gevoelens en bij het ontvouwen van zijn plannen er niet aan had toegevoegd: 'Aan die onderneming van mij zit een heel vervelende kant: ik zie jou dan nooit meer.'

Dan had Marc met het vertrek of met het idee van het vertrek kunnen leven. Tot nu toe had Wim dat nadeel niet uitgesproken en hij zou dat ook nooit doen. Daarin lag ook zijn kracht. Hij ging zijn eigen weg, trok zich van niemand iets aan. Daarom was Marc graag bij hem.

'Heb je een rijvaardigheidsbewijs voor een vrachtwagen?'

Hij gaf toe dat hij zelfs zijn gewone rijbewijs had laten verlopen.

Marc legde even zijn hand op Wims schouder en bood hem aan, in een opwelling van absoluut onbaatzuchtige vriendschap, de rijlessen te betalen.

Egbers sloeg dat aanbod af. Nee, hij redde zich wel.

Ze reden terug naar het café, waar Wim zijn fiets had laten staan. Marcs vriend haalde een zakagenda tevoorschijn en wees bij het licht van de straatlantaarn met zijn vinger – ergens tussen Orange en Carpentras – het aangroeiende kaveltje Provence aan. Zijn gezicht stond verzaligd. Het kon niet lang meer duren, hij vlaste er al zo lang op en wat had hij genoeg, wat had hij verschrikkelijk genoeg van de school, nee, niet van de leerlingen.

Marc zei dat hij hem daar graag kwam opzoeken.

Wim ging niet op zijn woorden in, maar gaf te kennen dat hij toch graag van Marcs aanbod gebruik wilde maken. Kon deze een bedragje voor de rijlessen voorschieten? Marc zegde hem het geld toe. Hij kreeg het morgen, maar hij wilde niet dat Wim het terugbetaalde.

'Geen sprake van. Je schiet het me voor. Je krijgt het zo spoedig mogelijk terug. Ik zit op dit moment wat moeilijk.'

'Weet je wat ik gisteren meemaakte, Wim? Ik had een vijfde. Ze hadden net les van jou gehad en ze waren nog onder de indruk. Je had verteld over het Escorial, je had ze meegenomen langs de werkkamer van Filips II, langs zijn sterfkamer met het schilderij van Jeroen Bosch waarop hij het oog gericht hield toen hij stierf. We hebben er in mijn les over doorgepraat.'

'De Labadie had je moeten horen. Vertellen is nauwelijks meer toegestaan, maar buiten je vakgebied treden is helemaal verboden. Maar ik dank je voor je aardige woorden.' Wim maakte tegelijk een achteloos gebaar. Hij wilde het niet over school hebben.

Maar toen ze afscheid namen – het was halverwege de nacht – waarschuwde hij Marc:

'Pas een beetje op, jij. Je gaat over de tong en niet zo'n klein beetje. Wees voorzichtig. Je wordt te vaak met die Marokkaanse gezien. Stelletje kletsmeiers.' En daarna, om de ernst van zijn woorden iets te verzachten, ging hij in op de geschiedenisles die hij over Filips II gegeven had. Hij hield van vertellen, maar het werd niet meer op prijs gesteld. 'Er is een oekaze van het ministerie in aantocht die per lesuur nog slechts vijf en een halve minuut vertellen of uitleggen toestaat. Voor het overige moet de leerling zelf onderzoek doen. Dat kan een gemiddelde leerling niet. Die moet bij de hand worden genomen.'

Wim Egbers stapte op zijn fiets. Marc keek hem na. Wie niet beter wist zou denken dat daar een zwerver wegfietste, het donker in, die af zou stappen bij de eerste de beste vuilnisbak.

HOOFDSTUK 20

Rafaël las zijn tekst traag voor. Marc, alleen op de achterste rij als gast van de inleider, keek op de rug van het comateuze gezelschap: De Haagse Klassieke Kring.

De rector beschreef aan de hand van Caesars *Commentarii* voor dit kleine gehoor van negen betalende bezoekers, in Pulchri op het Lange Voorhout, de verplaatsing van de Romeinse legioenen aan de hand van de ligging van de winterkwartieren aan de Waal.

Marc, die in lichte opwinding had plaatsgenomen, kon zijn aandacht al snel niet meer bij de lezing houden. Rafaël leek steeds meer op Marc gesteld te raken. Bijna dagelijks schoot hij hem aan, kwam in de klas een praatje maken, nodigde hem op zijn kamer, leek alle tijd van de wereld te hebben. De rector verbaasde zich over Marcs kennis, hoorde over schrijvers van wie hij het bestaan niet kende: Jean Lorrain, Jean de Tinan, Mme de La Fayette. Aanbevolen titels las hij ook werkelijk. Het kwam bovendien geregeld voor dat hij schoolse zorgen met Marc deelde en hem om advies vroeg. Wat moest hij met een docent als Herkenrath beginnen? De overheid ging prestatieloon invoeren. Het hield in dat de arme Kees geen salaris meer zou ontvangen. Hij leverde slechts wanprestaties. Marc had zijn collega Duits vurig verdedigd. Kees had de schijn tegen. Je had toch geen vermoeden wat leerlingen nog opstaken. Dat zou in hun latere leven pas blijken. Kees behoorde tot die kleine elite van een steeds meer slinkende groep docenten die nog weleens een boek lazen. Sensitieve leerlingen deden daar hun voordeel mee. De zin van Kees' aanwezigheid op het Descartes was onmeetbaar maar bestond, in filosofische zin.

'Ik waardeer deze positieve kijk,' zei Rafaël. 'Ik ben het ook met je eens. Maar ik ben ook rector.'

Na de lezing liepen ze in de richting van het Buitenhof.

'Hoe zou Descartes naar onze school kijken?' vroeg Rafaël zich hardop af.

'Over de plenaire bijeenkomsten zou hij even verbaasd zijn als ik, hij zou niet weten wat daar gaande was, maar ze toch prefereren boven de filosofische gesprekken die hij in februari 1650 in bittere kou met koningin Christina van Zweden voerde. Die vonden, door een bizarre gril van de koningin, bij een temperatuur van dertig graden onder nul, in een onverwarmd vertrek plaats. Descartes overleefde ze niet. Hij stierf op elf februari.'

'Fraai detail. Mij geheel onbekend.'

'Zij wilde het hoofd koel houden.'

Als vanzelf waren ze in de kleurrijke Chinese buurt rond de Wagenstraat gekomen. Het was Marcs favoriete wijk, waar hij flaneerde en rondhing als hij niet kon slapen. Je zag er types die je niet in andere wijken van de stad zag.

Slierten rode nevel van door neon verlichte uithangborden hingen tussen de huizen. In de smalle straten kwamen ze nauwelijks vooruit. Ze wierpen een blik in de goedkope, knusse bars en dimsum-eethuisjes. De flikkerende lichten van een automatenhal moireerden Marcs kostuum, dat hem als gegoten zat. Het was voor de tijd van het jaar heel zacht. Het overhemd dat hij vanmiddag in een verfijnde modezaak had gekocht rook lekker en was van een aangename stof gemaakt. Zijn haar woei op in een lichte bries. Dit deel van Den Haag was een heerlijk warm hol. Rafaël Pilger! Niet het type man dat hij als vriend zou uitzoeken. Maar Rafaël beschouwde hem als zijn vriend. Wat een weldaden. Zijn denken stond op een laag pitje. Marc Cordesius was toch iemand die van nature naast de dingen stond en onophoudelijk bezig was naar zichzelf te kijken, slechts zijn eigen doen en laten gade te slaan, maar sinds hij op het Descartes zat, was hij minder met zichzelf bezig, was vrolijk of liever, in een aanhoudende staat van opwinding. Hij was vol vertrouwen. Wat kon hem overkomen?

Een haag mannen sloot de ingang van de automatenhal af, maar ging uiteen toen Marc en Rafaël naderden. Aan weerszijden van de smerige plankenvloer stonden in een lange rij de gokkasten. Stof steeg op van de vloer, verloor zich in de rode damp tegen het plafond. Marc was zonder vast doel naar binnen gelopen. Hij keek graag naar mannen die om hun leegte te vullen wegvluchtten in het gokken.

'Marc, kom!' Rafaëls gezicht was op slag veranderd, zag er wit en vertrokken uit. Hij trok aan Marcs arm. 'We gaan weg hier.' Zijn stem klonk gehaast, angstig. Het hoge voorhoofd van de rector glinsterde van het zweet.

Ze passeerden een rustig café.

Marc stelde voor naar binnen te gaan. Rafaël keek door het raam, schudde zijn hoofd. Wat was er met hem aan de hand? Het was een café met slechts enkele bezoekers en bij de ingang, in een uitbouw, een simpele fruitautomaat, die Twilight heette.

Ten slotte kwamen ze in Topkapi terecht, een helverlicht Turks koffiehuis.

Rafaël excuseerde zich, leek zich hier beter op zijn gemak te voelen, kon misschien niet tegen het benauwde gedrang. Hij bekende noch in gokhallen, noch in cafés te komen. Marc begreep hem. De rector was van gereformeerde afkomst, had aan de VU gestudeerd en voelde zich in dat soort gelegenheden niet thuis.

Ze keken naar de mensen die in het poreuze licht van de lauwe decemberavond langs het raam liepen. 'Ik heb je ooit gevraagd,' begon Rafaël, 'waarom je voor het onderwijs koos en je zei toen: "Ik heb de school nodig..." En vervolgens wachtte je een hele tijd alsof je een nadere uitleg wilde geven, alsof je andere antwoorden overwoog. Je vervolgde toen, en ik weet de woorden nog letterlijk: "Op een dag realiseerde ik mij dat ik van sommige zaken, zoals van de Franse literatuur, veel wist, dat ik die kennis graag over wilde brengen. Ik stelde me voor dat leerlingen daar hun voordeel mee konden doen. De een weet, de ander is nog niet op de hoogte. Dat lijkt mij toch de essentie van onderwijs." Maar die zin, Marc, "Ik heb de school nodig", is mij blijven bezighouden. Wat wilde je daarmee zeggen?'

Marc dacht: Rafaël beschouwt mij werkelijk als een vriend. Hij is geïnteresseerd in mij, onthoudt mijn woorden. Daarom moet ik wel serieus op zijn vraag ingaan. Zelfs tegenover Wim heb ik me hierover nooit uitgelaten. 'Ja,' zei hij, 'ik heb de school nodig. Ik wil haar voor mijzelf aanwenden. Zij kan mij helpen meer in het leven te staan, actiever bij de maatschappij betrokken te raken. Wie weet kan ze mij losser maken, mij van iets bevrijden. Van een zeker nihilisme. Al klinkt dit woord nu zwaarder dan ik het bedoel. Ik weet het niet precies.'

Rafaël overdacht de woorden. Hij maakte zelfs lichte kauwbewegingen, alsof hij ze door zijn mond bewoog.

Nadat twee sterke kopjes koffie geserveerd waren, was Rafaël over het godsgeloof van Descartes begonnen. Zonder direct verband met het voorgaande, maar hij moest daarop gekomen zijn via een ongeformuleerde gedachtestroom, want hij trok onophoudelijk zijn dunne wenkbrauwen samen tot een smalle, grijze streep. De filosoof had nooit aan Gods bestaan getwijfeld. Rafaël had zich als lidmaat van de gereformeerde kerk laten uitschrijven en had de idee van een persoonlijke God helemaal losgelaten.

Marc dacht aan een notitie van Descartes, in een marge geschreven en gevonden na zijn dood: 'De ziel is onsterfelijk. We moeten wel zo denken als troost.' Om in God te geloven hoefde je niet eerst het bewijs van Zijn bestaan te leveren. De rede schoot daarvoor tekort. Daarom had hij de intuïtie benadrukt. Marc geloofde met hem dat religie niet kon bestaan zonder God en onsterfelijkheid. Anders verviel je in een vaag en passief beleven van het oneindige universum. Naar die wereld van de onsterfelijkheid kon Marc heftig verlangen. Hij zou zijn moeder terugzien. Hij geloofde in de God zoals Descartes die opgeroepen had. Waar moest hij mamma anders denken?

'En hoe zie jij die dingen?' herhaalde de rector. 'Er is toch niets met je? Je was even helemaal afwezig!'

Marc antwoordde dat hij noch de gewoonte, noch de vrijmoedigheid bezat om hierover met anderen te spreken. De rector begreep dat. Hij keek Marc aandachtig aan, liet zijn blik weer wegvloeien.

'Nu we zo vertrouwelijk hier zitten, zo vanzelfsprekend... Het is nog niet voorgekomen dat ik een collega heb meegevraagd een lezing bij te wonen. Marc, je moet het gezien hebben. Daarnet... er gebeurde iets met mij. Ik was in paniek.' Hij wachtte. 'Hoe zal ik beginnen?' Hij slikte, keek naar de grond.

Maar Rafaël zweeg weer, alsof hij bang was. Marc raakte even zijn arm aan.

Hij moest Marc iets bekennen. Hij was doodsbang voor gokautomaten. En vervolgens onthulde hij dat hij tijdens zijn studie aan de VU door jaargenoten was meegenomen naar het casino en daar baccarat had gespeeld. Een bedenkelijk, verboden spel. Aan de met groen vilt beklede tafel had hij zich schuldig gevoeld, maar het spel had iets bij hem op gang gebracht.

In die tijd had hij op het dagelijks leven nauwelijks vat, kende in alle hevigheid de grote en kleine teleurstellingen van de plattelandsjongen in de grote stad, voelde zich ondanks zijn formidabele studieresultaten vervreemd van zijn omgeving. 'Marc, ik voelde me nietswaardig.'

Maar toen hij daar aan die smalle, door een laaghangende lamp hel beschenen tafel zat en de kaarten rondgingen, en hij ergens achter zich aan een andere tafel dobbelstenen hoorde rollen, werd hij iemand anders. Hij vergat de wereld daarbuiten, staarde naar het verlichte vilt, hoorde het nauwelijks verstaanbare gemompel om zich heen.

'Ik weet niet of je die wereld kent, maar de stemmen zijn heel vlak. Een grijze sprookjeswereld en de prinses daar is een schatrijke douairière, doorzichtig, bijna ontvleesd, de eeuwige vos over de schouder. Ze wint vaak. Nog vaker verliest ze. De stemmen zijn er vlak van het denken. De blik is tegelijk op de tafel gericht en naar binnen. Net als bij het Heilig Avondmaal of de communie.

Algauw bleek dat ik beter was dan wie ook, beter dan wie ook in staat de conjunctie van de kaarten te berekenen. In de ogenschijnlijke chaos zag ik de zin, doorgrondde ik de achterliggende betekenis. Ik voelde mij denken en raakte in extase. Ik overschreed mijzelf, voelde mij als een mysticus, ontheven aan de tijd. Ik dacht, combineerde. Aan die minuscule tafel was de zuivere rede aan het werk. Descartes had mij moeten zien. Of Spinoza. Ik was een uitverkorene, maar dit was niet de uitverkiezing van Calvijn.

Op een dag ben ik gestopt, abrupt. Ik was toen nog gelovig en bang dat ik Hem met het spelletje uitdaagde. Bovendien begon ik mijn studie te verwaarlozen, kwam niet meer bij mijn ouders thuis. Ik kon stoppen. Wat op zich al een wonder was. God gaf mij een schouderklopje. Zo voelde ik dat. Ik beheerste mijn passie.

Maar jaren later liep ik op een dag onwetend van wat mij te wachten stond een café binnen. Ik was alleen, dronk een glas bier. Nog was er niets aan de hand. Een man stond achter mij aan een fruitautomaat te trekken. Ik zat aan de bar. Ik weet niet wat er precies met mij gebeurde. Ik hoorde het geluid van munten in dat absurde apparaat die via de metalen gleuf naar beneden vielen. Ik zag de routineuze gebaren. Een heerlijk genot overviel mij. Waar kwam die geweldige vreugde vandaan? Wat voor betekenis had ze? Ze was verbonden met het geluid van de gokkast en tegelijk oversteeg ze dat. Ik voelde dat zich in mij, in mijn borstkas, iets verplaatste wat zich wilde verheffen, een moment identiek aan wat ik eerder aan de baccarattafel had beleefd.

Ik liep op een apparaat ernaast toe, deed geld in de gleuf, raakte al verdoofd van het combineren. De volle kast stortte zich leeg in de geldla. Ik won. Ik won.

Vanaf dat moment dook ik onder in de gokkastenhal, kon niet zonder die schrille, afstompende geluiden, de rode damp tegen het plafond, de middeleeuwse werktuigen om mij heen waar anderen hun trek- of duwkracht maten. Ik vergat alle verplichtingen. Marc, ik weet niet waar die hunkering vandaan komt, want ze is er, nog steeds. Zolang ik dat niet weet, blijf ik op mijn hoede.'

Hij voegde er nog aan toe dat zelfs zijn vrouw hiervan niet op de hoogte was. Rafaël richtte zijn hoofd op met een verlegen grijns.

Marc was verbaasd. Hij kon wel tegen zichzelf zeggen: het is normaal dat iemand bang is voor een bepaalde vorm van verslaving, maar eerlijk gezegd had zijn vriend eerder iets van een man die in een wijsgerige verhandeling zou vluchten. De automatenhal was toch voor mensen die hun geloof in wat dan ook verloren hadden? Het gokken impliceerde voor Marc een leeg, laf, passief bestaan. Als ergens al een neergaande beschaving aan haar einde kwam, was het daar.

'Dank je,' zei Marc. 'Ik ben blij dat je me dit verteld hebt.' Er was weer kort de opwelling Rafaël met zijn hand aan te raken en hij gaf eraan toe.

HOOFDSTUK 21

Marc en Rafaël aten een broodje döner kebab.
Ik mag hem, dacht Marc en keek naar zijn lange, magere gezicht.
'Perroquet-capitaine,' liet Marc vallen en wachtte op een reactie. Er kwam geen reactie. Rafaël had zijn mond vol sla en uiringen. Marc herhaalde achteloos: 'Perroquet-capitaine.'
Rafaël keek hem vragend aan, maar omdat Marc nog geen uitleg gaf vroeg zijn vriend:
'Wat wil je daarmee zeggen?'
'Ik ga je, Rafaël, ook een verhaal vertellen. Een gek verhaal. Ik heb je al eens verteld over het olijvenstadje Nyons, op de grens van de Drôme en de Provence. Er is een tijd geweest dat ik er mijn vakantie doorbracht. Als ik er was, dronk ik 's morgens in het Café du Centre een espresso. Het is twee jaar geleden gebeurd. Ik hoorde dat een klant een perroquet-capitaine bestelde. De caféhouder bracht een donkergroene pernod. Ik bestelde hetzelfde en de "patron" verklaarde mij de naam: het scheutje grenadine is als het groen van de papegaai en de capitaine herinnerde aan de plaatselijke Jeanne d'Arc die hier tijdens de Revolutie het bevel voerde over een carré soldaten. "Het drankje is geliefd hier, het is sterk en zoet." Vanaf dat moment dronk ik dagelijks aan het eind van de morgen deze lokale cocktail. Enkele maanden later, op doorreis naar het zuiden, kwam ik er weer. De cafébaas begroette mij amicaal met een handdruk. Ik zei:
"Voor mij een perroquet."

"Pardon."
Ik herhaalde mijn bestelling.
"Een perroquet-capitaine, s'il vous plaît."
"Mij onbekend."
Ik keek hem verbijsterd aan. Was er iets met hem gebeurd, had hij een beroerte gehad, was hij zijn geheugen kwijtgeraakt? Het was een man van net veertig, en ik zag niets vreemds aan hem. Verbijsterd bracht ik uit:
"Ik heb het hier gedronken. Ik zat op deze plaats en u heeft mij de naam verklaard." Ik legde hem die verklaring voor.
"Pas d'ici," zei hij gepikeerd. "Qu'est-ce que vous voulez boire?"
Ik dacht dat ik gek geworden was. Wat was hier aan de hand? Zonder iets te zeggen ben ik opgestaan en vermeed sindsdien het café. Sterker nog, ik ben doorgereisd. Ik wilde niets meer met Nyons te maken hebben. Ik was in paniek, net als jij vanavond. En nu ik het vertel, ben ik opnieuw geschokt.'
'Het is heel bizar,' zei Rafaël. 'Zoiets zet je leven op z'n kop. Het past niet in de orde der dingen. Je weet er geen raad mee. Het zou mij ook grondig in verwarring brengen.'

Ze bestelden een Turkse koffie.
'We moeten regelmatig zo'n uitstapje maken,' zei Rafaël.
'Graag, ik heb alle tijd. En ik zal je niet verleiden een café met gokautomaat binnen te gaan.'
Toen bracht Marc zonder overgang het gesprek op de ongebruikte noodlokalen.
'Rafaël, wat ik mis op school is een eigen vast lokaal dat ik helemaal naar mijn eigen zin kan inrichten, waar ik platen kan ophangen: het geboortehuis in Domrémy van Jeanne d'Arc of de kathedraal van Vézelay. Ik wil een Franse sfeer scheppen. De leerlingen komen mijn klas binnen en behoren

in Frankrijk te zijn. Alles ademt Frankrijk, op schappen staan rijen boeken. Ik wil alles bij de hand hebben, ik wil geen andere collega's in mijn lokaal. Worden die noodlokalen nog gesloopt? Anders laat ik er een opknappen. Op eigen kosten.'

'Ik geloof niet,' zei Rafaël lachend, 'dat ooit iemand op dit idee gekomen is. Ik zou het je best gunnen, maar er kan geen sprake van zijn. Het is nog steeds de bedoeling dat ze afgebroken worden. Ik begrijp heel goed dat je een eigen lokaal wilt, maar dat is roostertechnisch onmogelijk.'

'Ik denk er vaak aan,' zei Marc. 'Ik droom ervan. Er zal een heleboel moeten gebeuren. Het dak lekt.'

'Alles is te maken,' stelde Rafaël vast.

'Je wilt zeggen...'

'Nee, ik wil nog een keer zeggen dat ik het je gun, natuurlijk, en ik denk ook dat er een fantastisch lokaal van te maken valt. Ik zal er wel over nadenken, maar kan niets beloven. Je moet wel bedenken, en dat vind ik nog het grootste bezwaar: je plaatst je daarmee heel ostentatief buiten de gemeenschap. Ik weet dat er heel andere motieven zijn, maar het kan verkeerd worden opgevat. Je zet je een beetje buitenspel. "Hors jeu" zou ons staflid De Labadie zeggen. Ook een beetje buiten de wet. Ik denk dat het Bestuur er niet blij mee zal zijn. En dat heeft jou hier benoemd.'

'Ik bezit, Rafaël, een ingekleurde plattegrond van de Parijse metro. Zo mooi. Heel zeldzaam, uit 1920. Er staan stations op die niet meer bestaan. Die zou ik in mijn lokaal willen ophangen.'

Ze namen afscheid op de hoek Laan van Meerdervoort/ Groot Hertoginnelaan. Rafaël hield Marcs hand extra lang vast, aanschouwde een moment het changeante licht op het donkere fluweel van Marcs kostuum, de spits toelopende schoenen, de van zacht, blank leer gemaakte schoudertas, en zei, zijn hoofd gebogen:

'Probeer wat betreft kleding je op school wat in te houden. Ik kijk met plezier naar je. Er zijn anderen die er moeite mee hebben, die zich ergeren aan je schoudertas, zelfs moeite hebben die te verdragen. Je weet hoe mensen zijn.'

Hij liet Marcs hand los, liep nog een paar meter met hem op.

'Kijk ook uit met dat meisje. Natuurlijk, ik heb je verslag gelezen en besef dat je haar extra toegedaan bent. Wees voorzichtig, maar weet dat je mij altijd aan je zijde hebt.'

HOOFDSTUK 22

'Vond je het gek, Marc, wat ik in de klas zei? Ik durfde het te zeggen omdat jij mijn leraar bent. De andere meisjes wisten geen antwoord en de jongens wilden bijna allemaal straaljagerpiloot worden. En toen kwam je bij mijn tafel staan en vroeg: "En jij, Najoua?" Toen dacht ik: ik zeg het toch. Dan lachen ze me maar uit. En ik zei dat ik later beroemd wilde worden en niemand lachte.' Ze wachtte even, haalde diep adem. 'En, volgend jaar, zit ik dan ook bij jou in de klas? En de klas daarna? Ik wil altijd bij jou zitten. Zou dat lukken? En als ik later slaag voor mijn diploma... Ik ga een groot feest geven. Ik wil dat mamma die avond weggaat. Ik wil het hele huis voor mij alleen. Dan moet ze maar bij een vriendin gaan slapen. Jij komt toch ook op mijn feest? In een mooi kostuum dat je net in Parijs hebt gekocht. Speciaal voor mij. Gaan we ook eens naar Parijs? Je hebt het beloofd. Ik wil je appartement zien. Het ligt vlak bij het Bois de Boulogne, hè? En we zouden dan toch ook naar de renbaan gaan van...? Ik ben de naam vergeten.'
  'Longchamps.'
  'En waar je woont?'
  'Aan de place Jean Lorrain.'
  'Marc, vind je het gek dat ik geen echte vriendinnen heb? Ik heb er helemaal geen behoefte aan. Weet je wel dat ik altijd tegen de vakanties opzie. Ze duren zo eindeloos. Jij bent in Parijs, je steekt dat plein over, je gaat op het terras zitten, de vrouwen draaien zich naar je om. Ben je ook blij als de va-

kantie voorbij is? Wanneer gaan we weer poffertjes eten op Kijkduin? Morgen? Mag ik het zeggen?'

Marc luisterde met plezier naar het zorgeloze gebabbel en geloofde dat ze er morgen zou zijn en overmorgen. Een onafzienbare tijd lag voor hen.

Aan het eind van de eerste lesdag in het nieuwe jaar keken Marc en Najoua vanaf de hoogste verdieping neer op de docentenkamer, waar de tafels gedekt waren met witte kleden. De conciërge was bezig de kaarsen aan te steken. De lange tafel op het podium was rood gedekt. Daarop stonden plateaus, met folie afgedekt. De lessenaar stond tussen twee palmen terzijde van de tafel.

De medewerkers van de school werden om vijf uur verwacht. Marc stak zijn aantekenboekje bij zich, zij deed de boeken in haar schooltas.

Hij had geen haast. De toespraken van de bestuursvoorzitter en de rector zouden niet voor halfzes beginnen.

Najoua zei: 'Ik zou met je mee willen naar de nieuwjaarsreceptie.'

'Het lijkt me niet verstandig.'

'Ik ben allang blij dat de kerstvakantie voorbij is.'

Hij knikte, wilde haar even tegen zich aan drukken, maar een collega kwam uit zijn lokaal.

'Marc, ik zou echt met je mee willen.'

Ze liepen samen de brede trap af. Collega's en bestuursleden kwamen in groepjes snel achter elkaar de hal in. Velen waren op skivakantie geweest en hun gezichten waren onnatuurlijk bruin, op het gele af.

Hij gunde haar een blik in de docentenkamer, liep toen met haar naar de uitgang. Ze zouden elkaar morgen weer zien.

Esther Biljardt kwam net binnen, wenste hem een voorspoedig nieuwjaar, vroeg naar zijn kerstvakantie. Hij was met Oud en Nieuw in Parijs geweest. O, hij had dus de reveillon meegemaakt! Dat was haar nog niet overkomen. Haar rode oorringen bewogen, waren twee knipperende lampjes en de rode lipstick maakte haar lippen, in het schijnsel van de net ontstoken kaarsen op de consoles rond de beelden en in de nissen, onverbiddelijk dun en precies.

Esther excuseerde zich. Ze zag Rafaël uit zijn kamer komen en had hem nog niet gezien vandaag. Op dat moment kwam Henk Imanse op Marc toe en wenste hem oprecht een gelukkig nieuwjaar. Hij bereidde een artikel voor over het gymnasium als kennisinstituut. Hij hoopte dat Marc er binnenkort zijn oog over wilde laten gaan. Diens stilistische correcties nam hij altijd over. Voor dat aspect van het schrijven had Marc duidelijk meer gevoel.

Gijs Morrenhof brak in, gaf beiden een slappe hand en trok zich weer terug. Imanse keek Marc met onpeilbare bewondering aan. 'Jij gaat hier op school je eigen gang, je hebt een bepaalde vrijheid veroverd. Je lapt de hele coördinatie aan je laars, geeft les op een manier waarvan Pestalozzi of Helen Parkhurst alleen maar gedroomd kon hebben. Een ander had allang op het matje moeten komen. Ze durven niet aan je te komen.' Hij voegde nog aan deze woorden toe dat hij er niets aan kon doen, maar zich in deze ruimte feitelijk aan iedereen superieur voelde, behalve aan Marc.

Imanse werd weggeroepen voor kort overleg van de Engelse sectie.

Gijs Morrenhof, met wie Marc zelden sprak, kwam opnieuw op hem af, nam hem, een arm om zijn schouders, mee naar het podium, waar niemand hen kon afluisteren.

'Weet dat ik altijd achter je sta,' zei de collega natuurkunde. 'Voor ik me uitspreek wil ik dat nadrukkelijk gezegd hebben. Je naam valt vaak. Te vaak. Er zijn veel feestjes, verjaardagen. Pas op. Ze is minderjarig. Je zou iets met haar hebben. Al heb je iets met haar, het is jouw leven. Eenieder trekt andere grenzen. Ik wil alleen dat je het weet. Je speelt met vuur. Ik zou de kwestie niet eens hebben aangesneden als ik je niet graag mocht. Een goed jaar. Nogmaals.' Een moment stond Marc alleen op het podium, maar Henk Imanse kwam weer bij hem staan.

'Een dezer dagen wil ik je wat vertellen. Niet nu. In deze drukte.' Het gezicht van Henk Imanse stond heel tevreden.

De docentenkamer raakte overvol en oververhit. De tekenleraar kwam binnen. Imanse stoorde zich aan diens outfit. Zo vond hij ook dat gymnastiekleraren op zo'n bijeenkomst niet in trainingspak konden verschijnen en keek de richting uit van drie potige mannen die elkaar uitbundig begroetten. Op hun trainingsjack stond Descartes. 'Ik ben het niet met je eens,' zei Marc.

'En dat zeg jij, de estheet die in de fijnste kostuums rondloopt. Dandyesk én verdraagzaam. Dat is een bijna ongehoorde combinatie.'

Vierwind liep de kant op waar Herkenrath stond. Je zou zeggen dat hij recht op hem afging, hem een hand wilde geven, je zou toch zeggen dat Vierwind zijn hand uitstak en dat hij ook, een heel kort moment, werkelijk van plan was collega Herkenrath te begroeten, maar hij trok zijn hand bijtijds terug, passeerde Kees rakelings. Aad moest als volgt hebben geredeneerd: nee, die vent verdient mijn handdruk niet. Die heb ik wel even de illusie gegeven dat ik hem een voorspoedig nieuwjaar wil wensen, maar daar ben ik te goed voor. Herkenrath heeft ernstige ordeproblemen. Hij is een man op wie ik neerkijk, al kent hij dan ook de finesses van Schopenhauer. Wat koop ik voor die kennis?

De begroeting op het Descartes was zeker geen banale

beleefdheid. Zij werd met passie uitgevoerd, kon hartelijk, amicaal, afgemeten, zelfs teder en vol overgave zijn. Ze was zelden eenduidig.

Kees Herkenrath voegde zich bij hen. Imanse kostte het geen moeite hem een amicale handdruk te geven. Kees' hand vasthoudend zei hij als in één woord: 'Een-gelukkig-nieuw-jaar-makker-hoe-gaat-het-goed-zie-ik.'

Maar het was duidelijk dat het met Kees niet goed ging. Hij was bleek en trok met zijn wang. Hij moest met angst en beven tegen het nieuwe jaar aankijken. Hij zou weer zijn vergeefse strijd voeren, zou in Imanses bewoordingen 'onder onze ogen een langzame dood sterven'. Zelfs een lumineus idee tijdens een plenum werd achteloos terzijde geworpen. Toch, dacht Marc, vernederde leraren zullen juist de helderste ideeën hebben, want zij schouwen in het duister.

Kees wees naar buiten, zei:

'Wat is de wereld klein.' Marc en Henk keken tegelijk op naar de hoge, smalle ramen aan de kant van het podium. De Laan van Meerdervoort, in mist gehuld, was onzichtbaar. Marc geloofde dat door de mist de sfeer aan intimiteit won. Imanse bestreed dat. Niets was in staat in deze ruimte, met deze mensen, intimiteit te kweken. Hij had er ook geen behoefte aan. Het ging om beter onderwijs.

De rector vroeg om stilte. De Labadie gebaarde vanuit de verte nog snel naar Marc: bonne poignée de main.

HOOFDSTUK 23

Esther was naast Marc gaan staan, fluisterde in zijn oor:
'In je postvak zit een bericht. Ik hoor wel.' Het zou een nieuwe invitatie zijn, ze had al eerder gezinspeeld op een afspraak in de stad, misschien in 't Goude Hooft. Hij zou ook deze keer niet ingaan op haar uitnodiging. Maar waarschijnlijk opgehitst door de woorden van Morrenhof stelde hij zich in een opwelling voor, in de palm van zijn hand, de vorm van Esthers borsten te voelen, ze zacht te kneden door de stof heen en als hij ze omvatte en licht opstuwde, zonder tederheid, zonder gevoel, hard, en haar dan recht in het gezicht keek, en zijn mond zou ter hoogte van haar mond zijn, dan zou hij haar lippen kort met de zijne aanraken om ze ogenblikkelijk daarna weer los te laten. Een kort ritueel, een korte, maar plechtige ceremonie, een beetje theatraal, om aan te geven dat hij op dat gebied zijn mannetje stond, een expert was met veel ervaring, om macht over haar uit te oefenen en zo te laten merken dat hij niets, helemaal niets voor haar voelde. Zó denken over haar was opwindend.

Esther drong zich naar voren om dichter bij het podium te zijn. Een moment later voelde Marc dat iemand zijn arm aanraakte en toen hij omkeek zag hij Fineke Regenboog, die hem toeknikte, haar hand uitstak en fluisterde:
'De beste wensen. Ik zag je straks al, maar had niet de gelegenheid...' Ze leek met haar schouders een gebaar te maken alsof ze wilde zeggen: we zien wel hoe het afloopt.
De rector sprak, kwam weer met de vergelijking van de

lemmingen die zich op gezette tijden massaal van de rotsen in zee storten. Marc wierp een lieve, vluchtige, zijdelingse blik op Fineke Regenboog, die naast hem was gaan staan. Hij had de indruk dat ze het donkere haar anders droeg, strakker over het hoofd gekamd, en raakte in lichte opwinding.

Na de heildronk en de drukte van beweging die daarna ontstond, kwam ze vanzelf dichter bij hem staan en in de intimiteit die het geroezemoes schiep merkte ze op dat het donkere mauve van zijn overhemd in dit land niet en vogue was.

'Ik heb de indruk, wij hebben allen de indruk dat jij je hier voelt als God in Frankrijk.' Hij hield niet van die uitdrukking, maar gaf toe dat hij zich hier thuis voelde en gek was op zijn leerlingen. Gijs Morrenhof liep per ongeluk tegen hen op en zij stelde voor uit de drukte te gaan en een plaats te zoeken waar ze ongestoord met elkaar konden praten. Ze beklommen de paar treden naar het podium, waar het rustiger was.

Hij overzag een moment de receptie, zag dat Kees alleen stond en in een tijdschrift bladerde, dat ook Imanse en Vierwind nauwelijks aanspraak hadden.

'La douce France,' zei Fineke, 'ja, ik zie jou als een krachtige vertegenwoordiger van die cultuur op onze school. Ik begreep ook dat je met Oud en Nieuw in Parijs was. Ik stel me een restaurant voor aan de chique rue de Rivoli. Jij leidt een ander leven buiten dit hier. Om een beetje jaloers op te worden. Je hebt het weleens over de gebroeders De Goncourt. Zijn hun romans de moeite waard? Zijn ze vertaald in het Nederlands? Zo sterk is mijn Frans niet meer.'

Het was een genot om naar haar te kijken, en hij had zin om zich te laten gaan, in vuur en vlam te geraken, misschien ook wel om het diep in hem stagnerende onaangename gevoel dat de woorden van Morrenhof in hem hadden opgeroepen te verdringen. 'Ja, de Goncourts,' begon hij, en beschreef hun leven in het landhuis aan de boulevard Montmorency, de salon op de eerste etage, de vermaarde *grenier*, volgestouwd met chinoiserieën en andere zeldzame bibelots, waar zij hun vrienden ontvingen. Twee broers. Eén in smaak en gevoelens. Nooit maakten ze ruzie. In gezelschap kon de een, zonder het voorafgaande gesprek te hebben bijgewoond, de argumenten van de ander oppakken en verder uitwerken. Indrukwekkend was hun studie over de vrouw in de achttiende eeuw. Nog imponerender was hun *Dagboek*. De beide broers, thuiskomend van een feestje, een diner met vrienden, schreven, fris van de lever, schaamteloos, de gesprekken op en publiceerden die bij hun leven. Dat kostte vriendschappen, maar ze 'zagen zich belast met een missie'. Niets mocht verloren gaan. Dat *Dagboek*, een oogst aan observaties die een tijdperk tot leven brengt. Maar de romans die ze schreven waren in hun tijd al onleesbaar en zijn nooit vertaald.

Marc kon niet ophouden, vertelde nog dat beide broers samen één minnares deelden. De jongste, Jules, liep bij haar syfilis op en stierf na een smartelijk lijden. De andere, Edmond, bleef ongestraft met haar omgaan.

Fineke dook in die zee van woorden, straalde, was een en al aandacht. Ja, het was een genot naar deze vrouw te kijken. Hij kon nog steeds niet ophouden.

'Een week geleden stond ik voor hun huis, hoorde het geratel van de fiacres op de straatstenen, zag de gasten arriveren: Flaubert, Huysmans, Zola, Daudet, Toergenjev en Mallarmé, de laatste in gezelschap van zijn twee beige windhonden. Een bediende ontving de schrijvers, leidde hen naar boven. Ik was erbij. Ik was in de fameuze salon van de Goncourts.'

'Het moest heerlijk zijn,' zo stelde zij zich voor, 'om zo te kunnen mijmeren, een andere wereld voor de geest te halen.' Haar dunne, korte neusje met de geprononceerde neusvleugels bewoog. Ze droeg een overdaad aan ringen. Hij voelde ze toen ze haar hand op de zijne legde.

Hij was haar dankbaar. Ze had hem de kans gegeven in zijn verhaal te kunnen opgaan. Ze boog zich naar hem toe, onderbrak zijn peinzen, zei dat hij niet de eerste de beste was. Dat was voor haar vanaf het eerste moment duidelijk geweest. Ze was van nature een vrij ongenaakbaar type, liet mannen niet zo snel dicht bij haar komen, maar nu: ze zou hem graag thuis ontvangen. Van de zojuist geschetste sfeer – vitrines met kleine kostbaarheden – zou hij iets terugvinden. Ze zweeg, voegde er in zijn oor aan toe:

'Ik ben veel alleen. Daarom ben ik vrij vaak op school. Tussen mijn man – hij is specialist in het Bronovo – en mij is het niet goed.'

Hij besefte dat hij verwachtingen had gewekt, maar op dit moment was het onmogelijk om op zijn schreden terug te keren. Zeker, hij beloofde langs te komen, was nieuwsgierig naar haar huis. Hij vroeg wat precies haar functie in het Bestuur was.

'Ik doe het dagelijkse overleg met de rector. Zeker in crisissituaties. Je hebt, neem ik aan, over Johan Parre gehoord.'

'Ik kom gauw langs,' zei hij.

Ze pakte zijn hand, drukte die een moment stijf tegen haar zij. Ze zei dat ze van mannen hield die zich konden verliezen.

'Je sprak zojuist over die twee broers en je vergat mij.' Ze had gelijk, maar hij kon niet bruusk zeggen dat hij zich nog nooit in een vrouw verloren had. Hij was al die tijd ook Najoua vergeten.

Uit een vakje in haar handtas diepte ze haar visitekaartje op. Ze woonde in de Surinamestraat, de straat van Couperus' borstbeeld, de altijd lege straat met de omhoogstekende vlaggenmasten. Zij moest tegenover het huis wonen waar Couperus *Eline Vere* geschreven had.

Hij kuste haar abrupt op beide wangen, trok haar even

naar zich toe. Hij meende dat ze 'dank je' zei en ze maakte met haar schouder een opmerkelijke beweging, als wilde ze beletten dat iets – een sjaal, een losjes om haar heen geslagen jasje – van haar afgleed.

HOOFDSTUK 24

'Ik heb vorige week op je stoep gestaan. Je was nog in Parijs. Ik moet het je vertellen. Dit is helemaal onder ons. We hadden afscheid van elkaar genomen. Ik heb je met mijn blik wel gevolgd, zag je de Suezkade aflopen. Marc, op het moment dat we afscheid namen wist ik nog niet dat ik weer terug zou gaan naar de Wagenstraat. Ik geloofde nog dat ik met een paar minuten ook thuis zou zijn. Een taxi kwam mij tegemoet op de Laan. Ik gebaarde ondanks mijzelf, de taxi stopte. Toen moest ik wel mee. Je hebt daar gelegenheden, met van de wereld afgesloten vertrekken. Geen geluid van buiten dringt er door. Je moet ervoor de diepte van de stegen in, waar ze doodlopen op een bekladde muur.'

Ze zaten op Rafaëls kamer, tegenover elkaar aan de salontafel. Rafaël liet zijn vinger langs de contouren van een rood ingelegd steentje gaan. Marc dacht: het was juist die avond dat ik na lange tijd mamma's jurk aangetrokken heb, en me licht heb opgemaakt. Rafaël gokte, ik stond voor de spiegel, stiftte mijn lippen. Maar ik beleefde er niet het plezier van eerder aan. Ik schaamde me.

'Hoe lang ben je daar gebleven?'

'Ik was 's ochtends tegen zessen thuis. Ik had geluk die nacht. Ik heb veel gewonnen. Het is allemaal bestemd voor de collecte op school.'

'Zonder die toevallige taxi was je naar huis gegaan?'

'Ik denk het wel. Het lot heeft beslist.'

'Rafaël, het lot heeft geen moraal. De waterpompen in Mali hebben daar geen weet van.'

'Jammer dat ik je niet thuis trof, Marc.'

Marc zag in gedachten Rafaël met vurige blik in de taxi stappen, zag diens handen die bankbiljetten wegstopten, het verglijden van die nacht.

Marc glimlachte, had geen behoefte vragen te stellen.

Toen boog Rafaël zich naar hem toe, legde zijn handen plat op de tafel. 'In de kerstvakantie heb ik contact gehad met Gé Dagevos, een collega uit Rotterdam, en hoofdredacteur van het Genootschap van Gymnasiumleraren. Hij zocht naar iemand die op speelse wijze in een column het dagelijks leven op school kon verwoorden. Ik heb toen algauw het gesprek op jouw protocollen gebracht. Gé wilde die verslagen graag lezen om een indruk te krijgen. Ik kon ze hem natuurlijk niet geven zonder jouw toestemming. Ik kon je niet te pakken krijgen. We zijn naar school gegaan. Van de drie mooiste heb ik kopieën gemaakt. Dat ging nog niet eens vanzelf. Er was weer malheur met het apparaat. Die heb ik hem meegegeven. Ik wist dat je ermee in zou stemmen. Maar zijn vraag, die ik je stel namens hem: zou jij die column voor je rekening willen nemen?'

Marcs tong lag als verlamd in zijn mond. Aan de loodkleurige hemel hing een zee van wolken. Marc was niet in staat zijn onmiddellijk afwendende blik weer op Rafaël te richten, meende dat die even terugdeinsde. Of was dat vanwege het scherpe zonlicht dat door de wolken sneed? Maar er was geen zonlicht, er was, als ooit boven Plein 1813, die reusachtige gedaante, een donkere gedaante, die met uitgespreide vleugels zwevend boven het Plein de zon had verduisterd, en zelfs die vreemd gesnoeide kastanjebomen, gelijkend op veelarmige kandelaars, alle licht had ontnomen.

Marc was de mond gesnoerd. Hij dacht aan Najoua, springend over waterplassen, in het rode regenjack, zag het haar dat tegen haar wangen sloeg. Hij deed zijn best zich te concentreren op haar, te vergeten waar hij was. Het verslag dat hij over haar, haar moeder en de eenvoudige kamer in de Edisonstraat had gemaakt was heel persoonlijk, slechts bestemd voor het dossier dat haar zou vergezellen tijdens de schoolloopbaan en alleen ter inzage voor een vertrouwenspersoon. Zat er zo veel haast achter de column, had Rafaël niet kunnen wachten tot Marc terug was op school om dit met hem te overleggen? Hij had voor Marc beslist en iets heel vertrouwelijks voor de tweede keer aan een wildvreemde gegeven. Het was misschien beter om de school te verlaten. Hij voelde zich verloren, radeloos, in de steek gelaten, was verzeild geraakt in een onbekend landschap, hij wilde opstaan, vluchten, hard door de centrale hal gillen dat hij de school ging verlaten, dat hij verraden was. Zijn jeugd verscheen hem, zijn ongekende moeder, zijn onbekende kind-zijn. Een vorm van gretige afkeer overviel hem, tegelijk met het beeld van het in de lucht hangende silhouet met een mond zo diep dat die zijn gehele gelaat verzwolg, tegelijk met het visioen van de beide mannen in de verlaten school die zich over zijn verslagen bogen.

Of...? Of draafde hij door, had hij geen reden zo ontredderd te raken, was er geen reden voor de van woede doortrokken angst die hem in zijn greep had? Rafaël had hem zojuist over diens eigen zwakte in vertrouwen genomen! Maar juist daarom sloeg Rafaëls daad diep in. In de rivier van oneindig veel dagelijkse feiten was dit er een waartegen hij niet op kon.

Het zou niet in Marc opkomen zoiets bij een ander uit te halen. Marc, beschaamd in zijn absolute vertrouwen, was verward, bedwelmd als door een plotse vuistslag. De vloer onder zijn voeten bewoog. Besefte de rector dat? Hij leek volkomen ontspannen, zelfs vrolijker, losser dan gewoonlijk, moest denken dat Marc wat overrompeld was door het mooie aanbod, maakte zelfs een grapje over Marcs schoenen van indigo suède.

Marc schudde ontkennend zijn hoofd. Nee, nee, op dat voorstel ging hij niet in. Waarom zou hij over het onderwijs schrijven? Dat werd al genoeg gedaan. Wie werd beter van zijn columns? En wat wist hij van het onderwijs? Hij volgde zijn impulsen, hij vertrouwde op wat zijn hart hem ingaf, had geen duidelijk omlijnde ideeën, wilde slechts één ding: door het woord de leerlingen aan zich binden. En dat lukte lang niet altijd. Een leerling die zich ongeïnteresseerd betoonde onder een gloedvol betoog, kon zo'n diepe teleurstelling in hem opwekken dat hij zijn les onderbrak en, helemaal van slag, kort het lokaal verliet.

'Nee, Rafaël, dat is niets voor mij.' Hij sprak zacht en stond nog met één been in een andere wereld waar verraad en grotere verschrikkingen heersten die een mens te boven gingen, maar hij kon weer formuleren. Ik formuleer dus ik besta. Enkele seconden geleden waren zijn krachten nog niet opgewassen tegen de deceptie.

'Denk er rustig over na. Je kunt het. Doe het. Je hebt stijl. Kleine voorvallen in de klas. Een opmerking opgevangen in de docentengarderobe. Heel kleine dingen die tekenend zijn. Het zijn toch die feiten die de uiteindelijke ambiance van een instituut, van een tijdperk, schilderen. Of vertel over het nieuwe plan het diploma af te schaffen, tentamens, examens af te schaffen. Daarvoor in de plaats gaat het dossioma komen. Alles wordt te duur. Of over het zittenblijven, het afschaffen van de docent. De doa gaat komen. De docent op afstand, die thuis kan blijven. Minder dan ooit zal in de naaste toekomst nog een geletterde leerling de school verlaten. Het liefst zou de overheid de school wegdoen.'

In de school klonken geruchten. Stoelen werden versleept. De docentenkamer werd na de receptie in zijn oude orde teruggebracht. De geluiden klonken als een donker gedempt tumult tegen de hoge wanden van de hal.

Er was de mogelijkheid zich naar Rafaël toe te buigen, een hand uit te steken, zijn tactloosheid te vergeven. Rafaël was zuiver in zijn bedoelingen, respecteerde als een van de weinigen Egbers' nihilisme. Hij had met de beste bedoelingen de kopieën meegegeven. Juist deze botsing zou hun vriendschap alleen maar verder verdiepen. Marc moest bij zichzelf te rade gaan, het zich kwalijk nemen dat hij zich door teleurstelling een moment zo had laten meeslepen, zich absoluut verlaten had gevoeld, even verlaten als toen hij vanaf het balkon de begrafeniswagen met oma's kist op de Laan van Meerdervoort had zien verschijnen.

Marc, zo'n futiel incident. Laat je je daardoor zo van de wijs brengen? Hij zag Najoua voor zich opdoemen, zij zat daar tegenover hem in plaats van die lange, onhandige man; er was de mogelijkheid zich diep vooroverte buigen, haar fijne enkel te strelen, haar benen tot daar waar het vlees week wordt, tot aan haar buik, daar in de holte tussen haar benen zijn hoofd te begraven.

Hij besteeg de brede trap, liet zijn hand over de gladde, blauwe wandtegels gaan, in de ban van dit droombeeld. De teleurstelling was weggespoeld. Alles leek weer goed. Er was Najoua, er was opnieuw zijn vanzelfsprekende aanwezigheid hier.

HOOFDSTUK 25

Marc Cordesius, in zijn studienis, bereidde een les voor over *La princesse de Clèves*, de zeventiende-eeuwse roman die hij in de zesde klassikaal ging lezen.

Hij meende dat iemand met zachte tred de trap op kwam, maar had zich waarschijnlijk vergist. Toen hij bij toeval opkeek, stond Henk Imanse hem van enige afstand met een glimlach aan te staren. Hij had waarschijnlijk een vrij uur. Marc hoopte niet dat hij weer met een artikel aan kwam zetten. Zijn betogen waren altijd matig, waren geen schim van de argumentatie die een Condorcet hanteerde, al was het flauw om die vergelijking te maken.

Henk kwam naderbij, zei dat hij Marc tijdens zijn studie niet wilde storen. Hij had geen plastic map met artikel bij zich. Daarom durfde Marc hem uit te nodigen een stoel bij te schuiven.

'Kom bij me zitten.' Imanse was onderdanig als een schooljongetje, toch liep hij net als de rector tegen de veertig en had hij grootse plannen met het onderwijs, dat volgens hem geheel op de schop moest. Maar vandaag leek het onderwijs hem minder aan te gaan, had hij ook geen aandacht voor de roman van Madame de La Fayette die Marc aan het lezen was.

'Heb je even tijd voor me, Marc?'

Marc keek naar zijn scherpe, te korte tanden, die slecht aaneengesloten waren in dat kleine ronde gezicht, omlijst door bruin krulhaar. In zekere zin was zijn gezicht vormloos, net als zijn trage, als het ware wat vormloze stem. Het was een gewone man die zo graag een venijnig roofdier wilde zijn.

Daarna begon Henk omstandig uit te leggen dat hij op het Descartes net als Marc een buitenbeentje was. Hij had hier geen vrienden, nauwelijks mensen die dachten zoals hij. Hij voelde zich een solitair. Zijn blik naar Marc was bijna verliefd. Hij moest verliefd zijn op zijn eigen gedachten.

'Ik wil je iets vertellen. Ik zie je hier weleens zitten met die Marokkaanse. Mooi meisje trouwens, ik zou er wel een klas vol van willen hebben.'

Marc ging niet op zijn woorden in, ontweek zijn samenzweerderige blik.

Een groep leerlingen zocht een plaats in de studienissen verderop in de gang.

Imanse fluisterde dat hij liever een rustiger plaats zocht om te praten. Zijn stem was traag noch gehaast, maar laag, geheimzinnig. Marc had spijt als haren op zijn hoofd dat hij dit gesprek begonnen was.

Marc volgde Henk Imanse een weinig gebruikte gang in, die zich ten slotte splitste voor een hoge, blinde muur. Hier bleef Imanse staan. Ze zouden niet verrast kunnen worden. Henk haalde een portefeuille uit de binnenzak van zijn krappe tweedjasje en liet Marc een foto zien van een aantrekkelijk meisje. Niet ouder dan zestien jaar. Ze droeg een kort rokje van bronsgroen denim en Henk bekende dat hij dat rokje voor haar gekocht had. Net als de exuberante oorhangers die ze droeg. Dit was nou zijn vriendin. Hij kon niet zonder haar, hield ervan mooie dingen voor haar te kopen, haar in zekere zin op te sieren. Voor eigen esthetische blik. Ze gaf hem alles wat hij maar wenste. Zij belichaamde voor hem het wonderbaarlijke. Hij kon wat hij nu zei wel van de daken schreeuwen, maar hij kon er, vanwege zijn vrouw, met niemand over praten. De behoefte Marc, die hem zou begrijpen, die foto te laten zien, had hij niet kunnen bedwingen. Hem alleen wilde hij in vertrouwen nemen. Nee, ze was geen leerlinge van deze school. Dat zou te link zijn. Agaath zat in de vijfde van het Haganum.

Hij toonde een tweede foto. Agaath lag naakt op een bed met verkreukelde lakens, het hoofd opzij, het haar in de war. Imanse moest haar net bezeten hebben.

Marc keek langs de foto naar de hoge, blinde bakstenen muur. Daar viel geen enkele uitkomst van te verwachten. Imanse sprak over de angst dat zijn vrouw de foto's zou ontdekken. Marc zag in de opengeslagen portefeuille de foto's van Henks twee jonge kinderen. Marc dacht: om de lieve vrede lees ik zijn artikelen, corrigeer ik de ergste onhandigheden, leen ik een min of meer gewillig oor aan zijn ideeën. Ik doe het niet meer. Evenmin wil ik betrokken raken bij deze aanstootgevende, schaamteloze intimiteit. Voelde Imanse, die zich tegenover de staf aanhoudend hovaardig en superieur opstelde, zich inferieur aan Marc en moest hij zijn zelfgevoel opvijzelen met deze foto's? Geurde hij met Agaaths naaktheid om bij Marc bewondering te oogsten?

Henk Imanse gaf details. Ze had een van nature hese stem en als ze haar hoogtepunt bereikte werden haar ogen troebel. Begreep hij dan niet dat Marc zich moest storen aan deze details? Aan het stuitend obscene van de foto's?

Marc zocht weer de blinde muur op, zag een groen plukje mos onder de wind doorbuigen, was zich bewust van pijnlijk gehamer aan zijn slapen, onderging de fysieke malaise verzeild te zijn geraakt in een wereld die hem tegenstond, raakte in een steeds woestere draaikolk van verachting en verlangen van Imanses aanwezigheid verlost te worden.

Vannacht had hij onder het raam van Najoua's slaapkamer gestaan, had zich de inrichting met de talloze spiegels, de ontelbare friemeltjes en frutseltjes en de koele, gehaakte beddensprei, de kaalgestreelde knuffelbeer voorgesteld. Wist ze dat hij onder haar raam stond? De rationalist Descartes geloofde hartstochtelijk in die intuïtie. Er was tussen hen de vanzelfsprekende, respectvolle kalme zachtheid van het aseksuele, alsof ze beiden aangaande die kant van het leven in een aangename staat van gewichtsloosheid verkeerden, beschut tegen alle complicaties, crises, folies van de liefde. Hij kon niet voor haar oordelen, maar Marc voelde zich op zijn gemak in die huid van de vriendschap.

Imanse was een meer dan treurige collega, oneindig treuriger dan Kees Herkenrath, die altijd zijn waardigheid wist te behouden. Imanse borg de foto's zorgvuldig op, keek hem aan:

'Je neemt me toch niets kwalijk? Je lijkt me wat verward.' Marc, geschokt, probeerde het beeld van Agaaths rode, gezwollen geslachtsdelen te verdringen. Ze vormden, dat wist hij zeker, de grond van zijn angst en onzekerheid. Hij voelde zich door Imanse in de val gelokt. Die arme Imanse wist niet wat hij had teweeggebracht. 'Maar Marc, wij beiden staan ook in deze dingen toch heel dicht bij elkaar. Jij met dat aardige kind dat altijd bij je is. Jij weerstaat de geruchten die je vast moet kennen.'

Marc beval zichzelf rustig te blijven. Er zou een moment komen dat hij definitief van hem verlost zou zijn. Het ging er nu om dat hij hier wegkwam.

HOOFDSTUK 26

Marc dronk zijn koffie alleen aan een tafel en zag de lange rij aan.
Drie collega's vierden gezamenlijk hun verjaardag om de kosten te drukken. De medewerkers van het Descartes schuifelden langs de plateaus met vlaaien, konden moeilijk uit al dat lekkers kiezen. Marc hield niet van zoetigheden.
Aad Vierwind kwam naar hem toe en vroeg of hij aan zijn tafel mocht plaatsnemen. Marc was nogal verbaasd omdat Aad doorgaans in zijn tekenlokaal koffiedronk.
'Ik had je,' begon hij, 'al zo vaak willen aanspreken, maar je bent altijd omringd. Iedereen wil met je praten, wil met je gezien worden. Ik wil je bedanken omdat je acte de présence gaf bij de opening van de leerlingenexpositie. De leerlingen hebben mooi werk gemaakt. Het is triest om te zien dat behalve jij nog geen collega het tekenlokaal is binnen gelopen. Dat wilde ik je zeggen.'
'Ik heb het met plezier gedaan. Er hingen mooie tekeningen, ook enkele geslaagde collages.'
'Jij waardeert mij. Dat doet mij goed.' Esther Biljardt passeerde, in gesprek met de rector, beiden met een schoteltje gebak. Zij lachte overdreven en liet even haar rode tandvlees zien. Toen ze voorbij waren, boog Aad zich naar hem toe: 'Die Esther Biljardt zal mij nooit groeten, ziet mij niet eens.'
'Het kan verlegenheid zijn,' opperde Marc, maar hij wist wel beter.
'Ik zou je graag bij mij thuis willen uitnodigen en je mijn

atelier en eigen werk willen laten zien.' Hij begon de aard van zijn werk uit te leggen, deelde mee dat hij een conceptueel kunstenaar was. Alleen als hij vanuit die idee werkte, kon kunst nog betekenis voor hem hebben in deze tijd. Hij werkte veel met teksten. Tekst en beeld waren voor hem onlosmakelijk met elkaar verbonden.

Marc ging niet op zijn woorden in, noch op zijn invitatie.

'Ik had je willen vragen, en ik hoop dat je daarop ingaat, een kleine tekst voor mij te schrijven. Ik maak daar een beeld bij.'

'Ik zal zien,' hield Marc af. 'Er zijn op dit moment te veel dingen die mij bezighouden.'

De bel ging. Vierwind gaf hem een hand.

'Ik ben al blij met het gesprek.'

'We zullen zien,' zei Marc. In zijn postvak vond hij een brief van Gé Dagevos. Deze was gecharmeerd van zijn verslagen. Hij hoopte dat Marc wilde meewerken aan het Genootschap.

Marc had vragen over *La princesse de Clèves* op het bord geschreven, in het Frans vanzelfsprekend, die zo bondig mogelijk, ook in het Frans, beantwoord moesten worden. Hij had iedere samenwerking verboden. Denken en formuleren deed je alleen. Met groepswerk had hij grote moeite. Hij was tegen groepswerk.

In de stilte door de rijen lopend keek hij naar de donkere hemel boven de diep inzakkende daken van de noodlokalen. Er was regen voorspeld. Hij hoopte dat de voorspelling uit zou komen. De intimiteit in de klas en de sensatie-deze-aarde-nooit-te-hoeven-verlaten zouden slechts toenemen.

Vanuit de hal hoorden ze groot tumult. Rond het docentenboek op de vaste tafel bij de ingang verdrongen zich collega's. Niemand kon de docentenkamer in of uit. Men verdrong zich rond het boek, zou het los willen rukken van zijn ketting om het alleen voor zichzelf te hebben. Doorgaans was de belangstelling voor nieuwe berichten gering. Boven de deining klonk de stem van Vierwind:

'Dit pik ik niet. Dit is zo oncollegiaal. Ja, hier ga ik werk van maken. Dit zal haar niet glad zitten. Wat een intrigante, wat een verwatenheid! Wat geef ik voor al die geleerdheid? Het is afgelopen. Dit muisje zal nog een staartje krijgen.'

Vierwind was buiten alle zinnen, haalde zijn gram voor het spreekluik van de conciërge, omdat de rector niet aanwezig was. Hij wenste niet beledigd te worden. Furieus was hij, de woede verstikte zijn stem, de drift verstarde zijn trekken. Hij liep op de rectorskamer toe, rukte aan de klink. Waarom was die vent niet op school. Hij was toch schoolleider?

Al snel werd duidelijk wat er aan de hand was. Vierwind had die ochtend een kort bericht in het docentenboek geplaatst, ondertekend met zijn naam:

Er is een expositie in het tekenlokaal. Er wordt werk van uw leerlingen vertoond. U toont geen belangstelling. Ik wordt daar verdrietig van.

De t van 'ik wordt' was met een rode pen doorgestreept, en daar stond de volgende opmerking bij geschreven: 'Ik beschouw iemand als mijn collega als hij zijn moedertaal beheerst.' Ondertekend met de code EB, die voor Esther Biljardt stond. Een tweede collega had daar anoniem aan toegevoegd:

lesvlieder.

Die term was nieuw voor Marc. Hij werd op de hoogte gebracht. Ze werd gebruikt voor collega's die zich door buitenschoolse activiteiten zo veel mogelijk aan de gewone dagelijkse lessen probeerden te onttrekken. Dat gold ook voor Aad Vierwind. Bij mooi weer ging hij met zijn klas naar de duinen, richtte wekenlange tekenkampen in.

Esther verdedigde haar actie in de docentenkamer. Ze deed het met verve, dat moest worden toegegeven. Ze verdroeg geen onzorgvuldigheid in taalgebruik, zonder dat ze puriste wilde zijn. Ze verdroeg geen aanstootgevende fouten en iedere fout was voor haar aanstootgevend. En ze had nog meer bezwaren tegen het gebruik van het docentenboek. Wat moest zij met die in tuttig Nederlands opgestelde bijna dagelijkse bedankjes voor al die aan zieken bezorgde boeketten?

HOOFDSTUK 27

Najoua zou in de loop van de middag langskomen.

Op de gaanderij passeerde hij de conrectorskamer van De Labadie. Stef stond in de deuropening, vroeg hem binnen te komen. Hij had een verdord blad in zijn hand dat uit het park van het Vredespaleis naar binnen moest zijn gewaaid.

'Je m'excuse. Je blijft aan de gang.' Hij bood Marc een stoel aan, ging achter zijn bureau zitten. 'Maar de school is zich aan het oprichten. Er is lichte aanwas van nieuwe leerlingen.' Hij wist ook van de extra lessen die Marc vanmiddag in zijn vrije tijd gaf.

'Gekke vent ben jij. Homme curieux. Pas vrai?' Hij herhaalde dat zijn oude schoolvriend hyperactief was, alle energie en tijd in de school stak.

Op de grond, tegen de plint geschoven, stonden twee dozen met boeken. Marcs blik, die de ogen van Stef ontweek, viel op een titel. Het was Zola's roman *Nana*. Hij stond op, nam de roman in zijn handen. Het was een gaaf exemplaar, een onverkorte, maar geannoteerde editie. Hij zag met één oogopslag ook Stendhals *Le rouge et le noir*, Flauberts *Madame Bovary*, en tientallen andere klassieken.

'Waarom staan die dozen hier?'

'Ze zijn afgeschreven door de bibliotheek. De dozen worden voor de collega's in de hal neergezet. Wie er wat van zijn gading in vindt, mag dat meenemen. Wat overblijft komt in de oudpapiercontainer.'

'Ik stuur de leerlingen naar de bibliotheek. Daar krijgen ze te horen dat *Nana* van Zola al lang niet meer "gevoerd" wordt...' Hij kon niet verder op zijn woorden ingaan. De Labadie, of de school, had alle gevoel voor literatuur verloren. Om zich te beheersen, om zich een houding te geven, bladerde Marc in *Nana*, las de slotwoorden die uit de Parijse massa tegen de huizen opklonken. 'A Berlin. A Berlin.' De Fransen wilden revanche voor de verloren oorlog van 1870. Uit het revanchisme waren de Eerste en Tweede Wereldoorlog voortgekomen. Zola's roman was een belangrijk boek. Door nonchalance, door onverschilligheid, werd het leerlingen van dit gymnasium onthouden.

In een uiterste krachtsinspanning probeerde hij duidelijk te maken dat deze boeken van groot belang waren, maar voelde het nutteloze van zijn poging, hield midden in een zin op. Hij kon er nog op laten volgen: 'Ik wil niet dat collega's of wie dan ook in deze dozen scharrelen. De boeken zijn bestemd voor leerlingen. Ik houd ze onder mijn beheer.'

Het sprak vanzelf dat hij ze mocht meenemen. 'Beste Marc, ik waardeer je enthousiasme. De roman van Zola heb ik niet gelezen, maar ik heb altijd de indruk gehad dat het een vaudevilleachtig geval was. Feit is dat literatuur op de middelbare school goeddeels een verloren zaak is. Incidenteel is er wel een docent die er tijd in steekt. De literatuur is op school echt een gepasseerd station. Un fait accompli.' Hij wachtte even, zei toen: 'Ik riep je binnen, in een impuls. Wat ik je wilde zeggen – maar je onderbrak me –, je staat klaar voor je leerlingen, je geeft je vrijwillig op als surveillant voor de gangwacht et cetera en tegelijk blijf je afstand bewaren. Dat bedoel ik met dat "gekke vent". Je bent een raadsel voor mij en voor anderen. Nee, ik wil geen onaangename dingen zeggen, je fascineert, je stelt ons voor vragen. Ik herinner me nog goed die eerste maaltijd. Je had je plaats aan tafel ingenomen en een moment later rende je de kantine uit alsof je op de hielen gezeten werd. Je hebt een bepaalde manier om er te zijn, én om ervandoor te gaan, te deserteren, hoe zal ik het zeggen, om de hoek te verdwijnen, afvallig te worden, de hele boel in de steek te laten. Nee, ik ga te ver.' Hij bukte zich nu om een zwevend pluisje tussen beide handen in de lucht als een vlieg te vangen.

Terwijl De Labadie zijn wijsheden en analyses over Marc uitstortte, die hem niet onverschillig lieten en niet eens zo ver naast de waarheid zaten – maar Stef was de laatste met wie hij hierover in debat wilde –, keek hij zijn voormalige vriend aan, herinnerde zich: ...Stef is jarig en ik mag bij mijn vriendje eten en ook blijven logeren. We spelen buiten op de Valkenboskade en dan ga ik naar binnen om naar het toilet te gaan...

Zou Stef zich dit nog herinneren, en wat daarna gebeurde? Het was mogelijk dat hij die scène diep weggestopt had. Waarom zou Marc dit oprakelen?

In de loop van de middag borg Marc de dozen met van de ondergang geredde Franse literatuur in de bergruimte onder de trap op. Had hij maar een eigen lokaal, dan kon hij ze daar, op schappen, zichtbaar, in alfabetische volgorde, onder het oog van zijn leerlingen brengen.

HOOFDSTUK 28

'Ja, dat is waar, je hebt nog een verhaal te goed. Over Parre en Stef de Labadie.' Daarna keek Wim Egbers de caféhouder aan, als vroeg hij hem om toestemming. Deze knikte onmerkbaar met zijn hoofd, en zette de muziek zachter. Buiten viel een donkere regen. Wim hief het glas en dronk op het Descartes. 'Op het Descartes,' riep hij luid. 'En op wat zich daar allemaal afspeelt!' Een voorbijganger keek vanonder zijn paraplu verbaasd naar binnen. Wat wisten de mensen in en rond de Van Speykstraat van het Descartes.

Egbers keek Marc aandachtig aan.

'Die De Labadie is nu bezig in de lokalen de stoelen onder de tafels te schuiven. Vroeger was hij geen onaardige vent en niet ongeestig.'

Ja, Stef was getrouwd geweest. Met een leuke vrouw, met opvallende ogen, heel zuiver marron, bijna zo zuiver als een elementaire kleur, met rond de iris kleine oranje vlekjes. En Marc wist toch dat die een teken van grote hartstocht waren? Ze had tedere ogen. Daar kon niemand zich aan onttrekken. Ook Johan Parre niet.

Er was een feestje op school. Er werd iets gevierd. Het zoveeljarig bestaan van de school. De leerlingenkantine diende als feestlokaal. Er hingen netten met gekleurde lampen. Een combo speelde lekker swingende muziek. Het liep tegen middernacht. De Labadie en zijn vrouw stonden aan de bar, wachtend op een drankje.

'Ik stond op enige afstand met Parre te praten, die zonder

zijn vrouw was. Ook anderen waren alleen. Ik, maar ook Herkenrath, die kort daarvoor zijn vrouw had verloren. Ik zie Parre nog staan, een glas witte wijn in zijn hand, joviaal, zwierig, zelfbewust. Een présence. Anderen gaan een ruimte binnen, hem zie je binnenkomen.'

Wim Egbers schoof zijn glas naar de cafébaas. Marc voelde Egbers' aanwezigheid, diens vriendschap. Het café was een mogelijkheid om aan het Descartes te ontsnappen.

'Waar was ik gebleven? Die vrouw van De Labadie? Je dacht haar leeftijd te voelen. Twintig? Maar ze was ouder, een stuk ouder dan Stef. Je zag haar aan voor een adolescente. Ze was een vrouw. Ik was in gesprek met Parre. Waar spraken we over? Ik weet het nog. Over de zeeslag bij Lepanto, de beroemdste ooit geleverd. De vloot van de Heilige Liga tegen de Turken. De laatsten werden verslagen en verdwenen voor eeuwen uit Europa. Dat ze later via andere wegen zijn teruggekomen is een ander verhaal. Niet te veel uitweiden.

Het feest was in volle gang, de luidruchtigheid nam toe, de muziek werd dwingender. Parre liep op de bar toe, maakte een korte reverence voor collega De Labadie en vroeg of hij met zijn vrouw een dansje mocht maken. Stef was blij met die aandacht van Parre en zij, mooi, zorgvuldig opgemaakt, de ogen nog donkerder dan anders, ging zonder reserve op zijn verzoek in. Waarschijnlijk had ze in lange tijd niet gedanst. Stef was geen danstype.

Die twee op de dansvloer. De Labadie, met de rug naar de dansvloer, raakte in gesprek. Ik weet niet meer met wie. Doet er ook niet toe.

Na een zekere tijd, toen hij vond dat het wel erg lang duurde voor zij terugkwam, wierp hij een tersluikse blik achterom, maar kon haar in de volte niet zo gauw onderscheiden. Hij zette zijn gesprek voort, zag niet dat Parre de band een speciaal nummer vroeg, een oud nummer van Sidney Bechet.

Die twee dansten en De Labadie, die nu alleen stond, durfde niet om te kijken, moest weten dat zij zich aan het uitleveren was, dat haar zo gevoelige pupillen samentrokken of zich verwijdden bij de geringste verschuiving naar licht of donker, dat het oranje van haar ogen smolt, zij was in een roes, was de weg terug naar de bar waar haar man stond compleet vergeten. Ze vocht misschien wel, fluisterde in Parres oren dat ze terug wilde, wilde ophouden met dansen, en misschien heeft hij wel in haar oor gefluisterd dat het dansen met al zijn aanrakingen een manier was om de liefde te bedrijven zonder haar te bedrijven. Nee, zij wilde niet terug; nee, zij maakte niet het definitieve gebaar dat hen uit elkaar zou halen, hen van elkaar los zou weken.

Er kwam een moment dat De Labadie helemaal alleen aan de bar stond. Niemand wilde meer met hem praten omdat het voor iedereen duidelijk was wat er gebeurde. Geen die nog lust had om dicht bij hem te zijn. Als de pest werd hij gemeden.

Even later verliet hij gehaast de feestruimte, zijn blik afgewend van de dansvloer. Op de drempel draaide hij zich om, zag hen in elkaars armen, ze dansten niet meer. De muziek was ook opgehouden en van afstand werd toegekeken. Stef liep de hal in, kwam terug, wierp vanuit de gang een blik in de met netten – waarin gekleurde lampen – versierde kantine en zag hen roerloos, dicht tegen elkaar, maar ze hadden elkaar losgelaten.

Beiden moesten beseffen wat ze aangericht hadden. Rondom hen, in concentrische cirkels, de anderen, beschaamd, jaloers, dankbaar. Toen maakte Johan Parre dat gebaar, dat hautaine gebaar van de man die zeker van zichzelf is, de ander in zijn macht heeft. Met zijn middelvinger tilde hij haar kin een tikkeltje omhoog, een gebaar dat de ander weerloos maakt, de mindere in zekere zin. Die vrouw accepteerde dat gebaar omdat ze in zijn ban was en zich werkelijk in zijn greep voelde. Daarna, met een korte beweging van haar hoofd, maakte zij zich van hem los. Een vrouw met karakter.

Ten slotte heeft De Labadie het gebouw verlaten. Op de drempel van de buitendeur keek hij nog om, hoopte dat zij zich zou laten zien. Ze was te ver heen. Kort daarna hoorden we op de binnenplaats de aanhoudende claxon van zijn auto, zoals een kind dat kan doen. Hij reed claxonnerend over de Laan van Meerdervoort, langs de school en geleidelijk aan ebde het geluid weg in de richting van de Javastraat. Later is hij weer deze kant op gereden, richting Kijkduin. De Labadie moet wanhopig geweest zijn.

Intussen was Parre bezig Stefs vrouw een bepaalde, een andere toekomst voor te spiegelen. Een schitterende toekomst, minder provinciaal, minder middelmatig, en hij maakte haar duidelijk dat zij de enige vrouw was die hem op de meest complete wijze kon bevredigen. Zijn blik was liefdevol, doordringend, smekend.

De Labadie kwam terug in de school. Het orkestje had zijn instrumenten ingepakt. Bij de bar trof hij noch Parre, noch zijn vrouw, en hij is door het gebouw gaan dwalen. Hij was radeloos, moet hebben vermoed hoe hij hen zou kunnen aantreffen. In een school is het nooit helemaal stil. Altijd slaat er wel een deur dicht of golven voor een open raam half opgetrokken lamellen. Hij passeerde, op de hoogste verdieping, de oude kaartenkamer van het aardrijkskundelokaal. Er viel licht van een buitenlamp naar binnen, die op een vooroorlogse kaart van Nederland scheen, waarop Loosduinen nog niet aan Den Haag vastzat. Hij trof hen staande tegen de muur. Parre was bezig haar te penetreren of deed een poging daartoe.

Stef wist niet meer wat hij deed, liep de gang in richting de noodlokalen, die doodloopt. Hij begon te gillen en het gillen echode door de school. Hij zou nooit meer in de liefde geloven. Ik bedoel niet die korte opwelling van de begeerte, maar de liefde die een mens helemaal in beslag neemt, hart en hoofd en onderbuik. Die nacht moet Stef nog steeds helder voor de geest staan. Parre is met die vrouw iets begonnen, maar de verhouding moest mislukken. Wat ik ook nooit zal vergeten: de maandag erop was hij op school, stond voor de klas, met een verstrakt gezicht, maar hij was er. Een ander was een jaar thuisgebleven of nooit meer teruggekomen. Hij heeft geen dag verzuimd. Dat is zijn trots. Hij is er altijd. Ook als hij ziek is. En wil orde. Hij is de school.'

'En zijn vrouw?' vroeg Marc. 'Wat is er met haar gebeurd?'

'Zij heeft haar biezen gepakt, heeft Den Haag verlaten. Een simpel feestavondje op het Descartes. Twee slachtoffers. Voor het leven gekwetst.'

HOOFDSTUK 29

Het kon gebeuren dat hij in zijn studienis op de gang zat en een notitie over Najoua maakte of zo maar wat zat te mijmeren of aan niets dacht, en dan opstond om een gang in te lopen, zoals nu.

Het was de gang die met flauwe bochten in de richting van de noodlokalen voerde. Marc bereikte de ruïne van het Descartes. Hij keek in de lege ruimtes, dacht aan Parre, opende de deur van lokaal E, het laatste lokaal, en het buitensporige karakter van de 'changement du décor' – van de met glanzende tegels gedecoreerde muren van hal en gaanderijen naar een afzichtelijke lelijkheid – greep hem een moment naar de keel. Als hij nu sprak, zou zijn stem hees klinken. Hij baande zich een weg door de abjecte rotzooi van op hun kant liggende tafels en stoelen, vochtige leerboeken en wildgroei van lijsterbes en vlier in de naden van de plankenvloer. Diezelfde flora in de sponningen van de ramen. Vanaf de achterwand keek hij naar het vooroverhangende bord met nog de gedeeltelijke vervoeging van het werkwoord 'aller'. De docent van toen had, nauwgezet, de uitgangen in rood krijt geschreven en ter extra attentie met geel onderlijnd. Twee vormen waren slechts leesbaar: *Nous allons* en *Je vais*.

Hij zette een stoel overeind en ging erop zitten. In deze wereld terzijde, in deze gesloten ruimte, was nauwelijks geluid te horen. De tram ja, die hoorde hij op de Laan, maar geen geluiden van de school.

Het schoolbord was met een fijn lijntje groen afgebiesd. Marc gleed er in gedachten met zijn vinger langs.

Marc, in lokaal E, beschouwde de sinistere ruimte waar hij zich bevond, stak zijn vinger door de mollige, doorweekte achterwand.

'Nous allons, je vais.' Hij las de woorden hardop, haalde zijn zakdoek tevoorschijn en drukte die langdurig tegen zijn ogen. Hij zag de brugklas voor zich waarmee hij tijdens de eerste les in koor het werkwoord 'aller' geoefend had. Marc vroeg zich af wat er in Johan Parre was omgegaan voor hij de hand aan zichzelf geslagen had. Had hij aan zijn moeder gedacht, zijn kinderen, had hij zijn handen in gebed gevouwen om zich aan te bevelen aan de Allerhoogste?

Marc verliet noodlokaal E, beklom de trap om de echte school te bereiken, keek om, overzag de bouwval, ving een glimp op van de tramrails op de Laan van Meerdervoort die glinsterend afbogen in de oneindigheid van de Zoutmanstraat. Daarna bedacht hij zich, daalde de paar treden weer af, nam in het struikgewas de bemoste trap die naar het labyrint van de kelder voerde en kwam bovengronds achter de trap in de centrale hal.

HOOFDSTUK 30

Kort voor de zomervakantie riep de rector hem op zijn kamer. Rafaël had weinig tijd en ze bleven bij zijn bureau staan.
'Je krijgt je zin, Marc, als je tenminste nog wilt. Ik heb met Fineke Regenboog gesproken. Dat was al eerder gebeurd, maar die dingen kosten tijd. Het Bestuur heeft geen overwegende bezwaren als jij een van de noodlokalen voor jezelf wilt inrichten. Je bent van grote betekenis voor de school. Je bindt samen. Bij het Bestuur heeft ook de gedachte meegespeeld dat de toegezegde sloop en de inrichting van een wandelgebied voorlopig geen doorgang kunnen vinden. Besef wel dat er geen budget voor je eigen lokaal is. Je zult er zelf geld in moeten steken.'
'Ik ben er heel blij mee. Ik had nooit gedacht...'
'Het heeft nog wel enige moeite gekost een aantal bestuursleden over de streep te trekken.'
'Dank je Rafaël.'
Het was enkele momenten absoluut stil. Ook vanuit de hal drongen geen geluiden door. Rafaël leek ineens een ander. Het onhandige aan hem was helemaal verdwenen. In een verfijnd, haast feminien gebaar legde hij zijn slanke handen over elkaar en zei, zacht, aarzelend:
'Ik beken je, Marc... laat ik het zo zeggen, de gedachte dat je deel uitmaakt van deze gemeenschap, ja, dat maakt me vrolijk. Ik verlaat deze kamer, ga de school in en loop de kans jou tegen het lijf te lopen. Sterker, de gedachte dat jij in dit gebouw bent... Het lijkt of sinds jouw komst, inmiddels een

jaar geleden, het leven voor mij hier een stuk lichter is geworden. Dat lokaal daarginds, zie het als een presentje. Ik wilde iets terugdoen.'

Hij legde met eenzelfde gebaar zijn handen op tafel, maar slechts zijn vingertoppen raakten het tafelblad, en vervolgde, nog aarzelender, nog zachter:

'Wat betreft Egbers, ik geef toe dat ik het niet goed kan hebben dat je met hem omgaat. Daar ben je te goed voor. Wim is toch een tweederangs figuur.'

De eerste dag van de vakantie liep Marc de school binnen. De schoonmaakploeg was in de centrale hal bezig, de onderhoudsschilder sauste een plafond in de gang. Marc maakte een praatje met hen, dronk koffie en liep door naar het gebied met de noodlokalen. Alleen in het laatste, lokaal E, hing het schoolbord recht. Daar stond ook nog een volledige set meubilair. De dunne spaanplaatwanden waren hier echter geblakerd en meer gehavend dan in de andere klassen. Het plafond zakte door. In het licht dat door het gat van een knoest viel, liep een muis. Bij zijn keuze had hij aan Johan Parre gedacht, maar niet durven vragen waar deze zich van het leven benomen had. Bij toeval ving hij een gesprek van twee schoonmaaksters op die het erover hadden dat Parre gevonden was in het lokaal ernaast.

Hij had de werksters, de onderhoudsschilder aangesproken en gevraagd of zij zich in hun vrije uren over dit lokaal wilden ontfermen. Hij zegde per persoon een flink bedrag toe dat hij vandaag nog als voorschot zou uitbetalen. Ze hadden grote ogen opgezet bij het horen van het bedrag. Dat was een jaarloon. De kosten voor verf en materialen stonden daar vanzelfsprekend buiten. Ze hadden snel plezier in de onderneming gekregen, zorgden ervoor het werk in het hoofdgebouw snel af te hebben en werkten ook overdag in zijn lokaal. De schilder betrok er een bevriende dakdekker bij en die kende weer andere experts. Terwijl een groot deel van het docentenkorps in de Ardèche of Provence nieuwe energie opdeed en *très bronzé* werd, veranderde dat oorspronkelijk vervallen, onheilspellende lokaal E in een klein paradijs. Najoua hielp hem. Zij schilderde op de achterwand een stoet kinderen met boeken in hun arm, het voorste kind met een Franse vlag. Het werd helemaal zijn eigen Franse lokaal. Nee, het was hun lokaal. Via het Franse verkeersbureau kreeg hij een nieuw uitgebrachte affiche van Jeanne d'Arcs geboortehuis in Domrémy en een serie die het herstel liet zien van de vroeggotische kathedraal van Vézelay, voor Marc de mooiste van Frankrijk. Met de affiches bedekte hij de nieuwe, fris geschilderde zijwand.

Op schappen plaatste hij de boeken die de schoolbibliotheek had afgeschreven, en die hij tijdig aan de vernietiging had kunnen onttrekken, stuk voor stuk geannoteerde uitgaven van klassieken uit de Franse literatuur, van de Pléiade-dichters Ronsard en Du Bellay tot Verlaine en Rimbaud, wat betreft de poëzie, van de zeventiende-eeuwse Madame de La Fayettes *La princesse de Clèves* tot de moderne Philippe Delerm met zijn *La première gorgée de bière*, alle zeer bevattelijk voor zestien- en zeventienjarigen.

Het werd een Frans leslokaal zoals er in heel Nederland geen bestond. Naast het bord hing de kleurige vooroorlogse metrokaart, met allang verdwenen stations.

Slechts één leraar mocht er lesgeven. De leerlingen zouden naar hem toe moeten komen. De onderhoudsschilder had een koperen haakje op de deurstijl bevestigd. De conciërge zou een flink eind moeten lopen om de absentenbriefjes op te halen. Hij zou het, voorzag Marc, na zeer korte tijd voor gezien houden. De bel was hier niet te horen. De leerlingen zouden de tijd wel in de gaten houden. Marc droeg nooit een horloge. Op de deur zat een nieuw slot. Daarvan bezaten alleen Najoua en Marc de sleutel.

Wim Egbers kwam algauw kijken.

'Goeiendag zeg, wat wondermooi. Jij bent een geluksvogel.' Hij bekeek de wanden met boeken, de affiches en zei: 'Die smet heeft de school uitgewist.'

'Kreeg ik daarom toestemming?'

'Dat heeft zeker meegespeeld. En... je hebt hem ongewild ook wel verleid. Die rector van ons voelt zich op zijn gemak bij jou, beweegt zich een tikkeltje gemakkelijker, wil zich een beetje verliezen in jou, heb ik de indruk... Ja, en zo krijg je dan ineens een bevoorrechte docent.'

Het zou aangenaam zijn om tijdens het leswisselen niet langer het donkere geklos van leerlingen op de trappen te horen, de schelle kreten van bevrijding die de gonzende verdoving in school stukbraken en nog een heleboel andere, moeilijker te identificeren geluiden.

HOOFDSTUK 31

Op de houten vloer van de gang klonken zachte, haast onhoorbare geluiden van voetstappen. Een meisje op gymschoenen. Najoua kwam heel stilletjes het lokaal binnen, deed haar gympen uit, ging in kleermakerszit op de tafel tegenover zijn bureau zitten, heel vertrouwelijk. Najoua in een spijkerbroek, gebleekt, bijna wit bij de donkere huid. Door een glanzend zwarte haarstreng was een smal rood lint gevlochten. Dat had hij nog niet eerder gezien. Een baan zonlicht viel naar binnen, raakte haar hand, deed het haar en het omslag van La princesse de Clèves donkerblauw oplichten.

'Marc, ik ben laat, hè! Wat ben je aan het doen? Notities maken?'

Najoua was in een opgewonden stemming, sprak gehaast, deed geforceerd vrolijk. Ze keek hem ook niet aan toen ze sprak, maar naar buiten naar de woeste bosschages rondom.

Najoua nam de roman van Mme de La Fayette in haar handen, bekeek het suggestieve plaatje van een knappe vrouw aan een koninklijk hof. Ze las de titel hardop, bladerde in de filmeditie van deze roman, bekeek de foto's. Ze vroeg waar het boek over ging en hij vatte het verhaal samen, benadrukte de onthouding van de heldin, die niet toegaf aan de liefde, die 'bang voor de liefde' was. Najoua reageerde direct:

'Ik zal nooit bang voor de liefde zijn. Ik zal er wel aan toegeven.'

'We gaan het klassikaal lezen als je in de vijfde zit. Ik laat dan ook de verfilming van het boek zien.'

'Zit ik dan nog steeds bij jou in de klas?'
'Daar zorg ik voor.'
Ze legde het boek neer, vouwde de handen in haar schoot.
'Kom eens tegenover me zitten?'
'Geef me dan een hand!'
Hij pakte haar hand en ze sprong van de tafel en ging tegenover hem zitten. 'Ik ben benieuwd.'
Hij haalde uit zijn bureaula een flesje donkerblauwe nagellak, zij legde haar been in zijn schoot en hij, haar voet vasthoudend, begon zorgvuldig haar nagels te lakken.
'Marc...?'
'Hier heb ik van gedroomd.' Ze bewoog haar tenen, hij blies over de nagels die gelakt waren. Hij boog zich, kuste haar voet.
'Marc...? Weet je wat er gezegd wordt?'
Ze zweeg. Hij drong aan met zijn blik.
'Nee, ik zeg het niet.' Ze legde de andere voet in zijn schoot. Hij nam die voet in zijn handen, lakte de nagels. 'Ze zeggen dat ik altijd bij je ben om hoge cijfers te behalen.'
'Wie zeggen dat, Najoua?'
'Leerlingen. Ik weet niet wie. Ze roepen het, verborgen achter jassen, in de garderobenis naar me.'
'Ze zijn jaloers. Trek je er niets van aan.'
'Ze zeggen ook dat wij...'
Hij wist wat ze ging zeggen. Zij wachtte, draaide haar hoofd weg.
'Nou?'
'Dat we verliefd op elkaar zijn.'
Hij haalde zijn schouders op. 'Ze kletsen maar wat. Ja toch?'
Hij hield haar voet nog steeds vast.
'Als ik niet elke dag bij je kwam, zou je altijd alleen werken...'
'Dus we blijven elkaar zien.'

'En nu ga ik voor mamma boodschappen doen in de Fahrenheitstraat.'
Hij vergezelde haar tot de trap.
'Als je weer zoiets hoort, vertel het mij. Ga er nooit op in. Je staat erboven.'
Ze daalde de trap af, hij volgde haar met zijn blik. Ze draaide zich om de paar treden om en zwaaide en ze zwaaide nog drie keer vanuit de hal en hij, geleund over de reling van de gaanderij, zwaaide terug, bleef in de diepte van het trapportaal turen terwijl ze allang verdwenen was.
En hij ging terug naar zijn lokaal. Geen haar op zijn hoofd dacht eraan haar meer op afstand te houden. Ze was zijn favoriete leerlinge. Zijn zusje.

De auto verlaat Plein 1813, voegt zich in het verkeer richting Javastraat, passeert glanzende, witte villa's.
Zijn moeder zit klem, maakt geen enkele kans tussen de beide mannen op de achterbank. De blik van de vrouw moet van een oneindige wanhoop zijn geweest, een blik waaruit al het menselijke is verdwenen.
De kleine jongen kijkt om zich heen, alleen met zijn wandelwagen. Waar is zijn moeder nou? Hij begint te huilen. Iemand buigt zich welwillend over hem heen:
'Waar is je mammie?'

DEEL II

HOOFDSTUK 32

De zon scheen achter kleine, roodgerande stapelwolken. De mensen op de Laan van Meerdervoort liepen met bijna gesloten ogen, verblind als door explosies van vuur.

In de hal van het Descartes klonk na de zomervakantie het vertrouwde geroezemoes. Er waren als de twee vorige jaren de lachende, gebruinde gezichten, het handen schudden. Vanwege de warmte bleef men op de binnenplaats of in de koele hal.

Een golf nam Marc op toen hij onder de poort doorliep, droeg hem mee en zette hem neer te midden van zijn collega's. Hij voelde direct weer de oude verbondenheid. Fineke Regenboog kwam direct op hem af. Rafaël stak hem zijn hand toe en gaf hem een amicaal tikje op zijn schouder. De rector droeg een te ruim zittend, maar opvallend wit kostuum en nogal modieuze, spits toelopende schoenen. Terwijl Marc zich verbaasde over de tamelijk frivole uitdossing werd hij door Esther Biljardt aangesproken. Nog meer dingen gebeurden tegelijkertijd. Marc kreeg een flauwe handdruk van Stef de Labadie, zag dat een toegestoken hand van Kees Herkenrath voor de derde keer geweigerd werd of afgemeten werd beantwoord, zag Esther en de rector in een geanimeerd gesprek.

Gisteren was hij teruggekeerd uit Parijs en diezelfde dag was hij Najoua in de Fahrenheitstraat tegengekomen. Hij was geschrokken. Ze was sterk afgevallen. Hij had haar op beide wangen gezoend en de magerte van het gezicht gevoeld. Ze had al snel uit zichzelf gezegd dat ze zich vreselijk dik voelde, dat iedereen op straat naar haar keek.

Marc stond een moment alleen, herkende zonder moeite hen die ogenschijnlijk deel uitmaakten van deze wereld, maar er in werkelijkheid buiten stonden.

Hij was direct naar zijn postvak gelopen en had de leerlingenlijsten van het komende jaar aangetroffen. Voor de zomervakantie had hij bij de roostermaker zijn wensen ingediend. Op het ingeleverde briefje had hij ook vermeld dat hij de 3-gym wilde waarin Najoua Azahaf zat. Voor alle zekerheid had hij de roostermaker persoonlijk op dat punt aangesproken. Deze had hem meegedeeld dat hij van hogerhand de opdracht had gekregen om Cordesius juist niet de 3-gym te geven waarin dat meisje zat. Na enig aandringen had de man toegegeven dat die opdracht afkomstig was van conrector De Labadie. Marc was niet eens verbaasd geweest. Hij had gezegd dat hij het meisje per se in zijn klas wilde, dat de rector achter hem stond. 'U zult er geen moeilijkheden mee krijgen.' 'Je weet dat ik je mag,' had de man gezegd. 'Ik zorg ervoor.'

Marc overzag de lijst van 3-gym, zag onmiddellijk dat zij in zijn groep zat. De roostermaker had woord gehouden, De Labadie weerstaan. Hij schoof de lijst terug in het postvak, en voelde op dat moment een hand op zijn schouder. Het was Wim Egbers.

'Ik ben heel blij dat ik je zie,' zei Marc, verrast, schudde Wims hand en bleef die vasthouden.

'En wat vind je van onze rector?' vroeg Wim. 'Tot voor kort droeg hij een pak waarvan de tint niet te definiëren viel. Nu heeft hij een veel te ruim kostuum van kreukelig wit linnen aan. Begrijp je dat dan niet? Hij is jou aan het imiteren.

Een slechte, onhandige imitatie. Misschien wil hij ook indruk op die Esther Biljardt maken.'

Na een oproep via de intercom werd het ineens erg druk in de docentenkamer en het leek Marc dat zijn collega's luidruchtiger dan anders waren. Het kon te maken hebben met het stralende weer in combinatie met de traktatie, aangeboden door het Bestuur, die op tafels wachtte. Of verbeeldde Marc zich de grotere drukte, het luide praten van collega's en onderwijsondersteunende medewerkers. Hun lichamen, in het gedrang, raakten hem aanhoudend en hij stoorde zich eraan, werd er onrustig van. De oude verbondenheid met de school die was teruggekomen leek weer weg te ebben, zijn onrust over Najoua, even op de achtergrond geraakt, kwam in alle hevigheid terug.

De staf nam plaats op het podium. De korte ochtendvergadering begon. De rector opende het nieuwe schooljaar, noemde conrector Jos Nelek, die na een zware hartoperatie niet meer op school zou verschijnen. Er zou naar een gelegenheid worden gezocht om op passende wijze, en in kleine kring, afscheid van hem te nemen. Collega Morrenhof nam voorlopig zijn brugklastaken waar. Daarna sneed hij een ander onderwerp aan: de viering van het eeuwfeest. Berichten hierover zouden binnenkort ieder bereiken via postvak of docentenboek.

Die avond trof hij Egbers opnieuw in het café.
'Zag je dat vanmorgen, Marc? De rector en die Biljardt zijn niet bij elkaar weg te slaan. Die hebben iets met elkaar.'
'Ik geloof er niets van. En als het zo was, zou het me erg tegenvallen. Rafaël heeft een aardige vrouw, drie jonge kinderen. En trouwens, die twee passen ook helemaal niet bij elkaar.'

Egbers intussen kuste de ogen van de hond, streelde haar hevig, en heel teder, en kuste haar weer, alsof hij Gevallen Engel gauw kwijt zou raken. En schudde verbaasd zijn hoofd.

'Meneer woont een deel van het jaar in Parijs, kleedt zich naar de laatste mode, en is toch o zo weinig streetwise.'

Marc bleef erbij dat hij geschokt zou zijn. Hij zou het de rector zeer kwalijk nemen, zou bijna De Labadies kwalijke gewoonte overnemen om in Nederland Frans te gaan praten: Rafaël en Esther, vraiment un couple mal assorti. En Marc gaf ook toe dat hij nog steeds weinig of niets van het leven wist, al deden zijn gedrag en uiterlijk op het eerste gezicht anders vermoeden. Die tweespalt had hij geaccepteerd.

Wim begon zijn hond opnieuw hartstochtelijk te kussen, eerst op haar ogen, toen op haar snuit, keek het dier vervolgens met verliefde blik aan. Wist Marc dat in Zuid-Frankrijk in een vijftienduizend jaar oud graf een man was gevonden met een volledig bewaard hondenskelet? De hand van de man rustte op de kop van de hond. Daar sprak vriendschap en grote verbondenheid uit. Wim Egbers was er diep van overtuigd dat de hond een dier was met sterk spirituele kwaliteiten.

Gevallen Engel keek haar baas, de kop schuin, zijdelings aan. Zij begreep.

Wim merkte op dat haar ogen steeds groter werden in die steeds meer spits toelopende kop. Het was de ouderdom. Haar lange oogwimpers waren de laatste maanden zo mogelijk nog witter geworden. In de vakantie was hij met haar naar de dierenarts geweest: ze kon niet meer in de caravan springen vanwege artrose in de gewrichten. De hond kon niet mee naar het Zuiden. Hij zou moeten wachten tot zij er niet meer was. Vreemd probleem: hij wilde weg, hij wilde ook dat ze nooit doodging. De tijd zou vanzelf de oplossing brengen.

'Moet je nou zien hoe ze je aankijkt. Ze weet waar ik het over heb. Gelukkig heeft ze nog eetlust en haar snuit is lekker nat. Kijk, er hangt een dikke druppel aan. Dat is een goed teken.' Eén keer was hij haar kwijtgeraakt. Hij had zich geen raad geweten. 'Een heldere avond als nu. We liepen in de duinen bij Kijkduin, achter het Zeehospitium. Aan de horizon boven de zee een laatste blinkende gloed. De hond rende voor me uit, bleef achter, er was van alles te snuffelen, kwam terug, tekende zich in het maanlicht duidelijk tegen de duinen af. Ik liep te mijmeren, over dat stukje grond in Zuid-Frankrijk, dacht: waar is de hond? Ik kijk om me heen, zie haar niet, roep, fluit. Zij zou terugkomen. Te bang in het donker, te veel op mij gericht. Als ze achter een konijn aan zat, keek ze na veertig meter om. Waar ik toch bleef. Konijn weg natuurlijk. Ik maakte me niet ongerust. We volgden een vertrouwde route. Ze wachtte altijd bij Klein Seinpost. Nu niet. Ik liep terug, riep. Ze moest in beslag genomen zijn door een verse geur. "Engel, waar ben je?" Bewolking kwam opzetten, de maan verdween. Ik wou dat ik een zaklamp had, schreeuwde me schor tegen de branding in. Daar was ik altijd bang voor. Zo'n mooie hond. Jong brengt ze op de zwarte markt tweeduizend euro op. Daar ben ik altijd bang voor geweest, dat een vent het dier zijn auto in sleurt. Je ziet het nooit meer terug. Ze was niet bij Klein Seinpost. Was ze aan het dwalen gegaan, de Kijkduinseweg afgelopen om zo weer bij Ockenburg te komen? De weg overgestoken? Het begon te regenen. Ik zag het voor me. Een automobilist die haar ontwijkt, een andere raakt haar met zijn bumper, een derde schept haar. Haar lichaam toegetakeld, ogen onder het bloed, bloed uit haar neus, mijn lieveling verpletterd, uiteengereten. Een dode, doorweekte hond in de berm. Wie maalt erom? Ik wist niet waar ik het moest zoeken. Zij dwaalde rond, zocht mij. Ik dacht aan haar zachte oren. Als het licht erdoorheen scheen, waren de aderen zichtbaar. Moest ik naar de politie gaan en haar als vermist opgeven? Er was het enorme geluid van de branding. Wat waren de duinen sinister, vijandig. Eén ontbrak en de hele wereld was leeg. Ik keek om. Ze stond achter mij, kwispelend, haar blik bezorgd. Waar was je nou?'

Marc dacht: het hele verhaal door heb ik aan Najoua zitten denken. Maar hij zei:

'Je moet niet naar het zuiden gaan. Ik wil dat je hier blijft. Van alle collega's ben jij mij het liefst. Waarom zou je me niet het bewijs van die vriendschap willen geven? Voor Kees Herkenrath heb ik een zwak. Rafaël ziet mij als zijn vriend en dat laat me zeker niet onverschillig. Met jou is het anders. Ik zou je missen...'

Egbers zweeg.

Marc begon maar snel het verhaal van de perroquet-capitaine te vertellen. Wim en Bobby luisterden geïnteresseerd. De laatste zei dat hij nog nooit van die cocktail had gehoord. Wim reageerde met de woorden:

'Zoiets kan alleen jou overkomen.'

'Jou niet?'

'Nee, mij niet. Jij bent niet iemand die zijn lot ondergaat, maar die de dingen beleeft.'

Marc dacht aan Rafaëls gokdrift.

Wim vervolgde: 'Leerlingen zien jou als een volmaakte docent. Je staat altijd voor ze klaar. Je geeft het cijfer dat ze verdienen en weigert het op te krikken op bevel van hogere instanties. Je lijkt deel van de gemeenschap...' Hij schoof het lege glas de richting van Bobby uit. 'Ik denk dat ik je mag, Marc, omdat je altijd een buitenstaander blijft.'

HOOFDSTUK 33

Najoua ging met de collectebus rond. Marc volgde haar vanachter zijn tafel met zijn blik. Ze was nog steeds het in alles toegewijde meisje, maar er was een schichtigheid in haar bewegingen gekomen die hij niet eerder gezien had. De cijfers die ze haalde waren minder hoog. Ze maakte vreemde, onnodige fouten, zat onder de les met een strakke blik naar buiten te staren. Toen hij haar in de Fahrenheitstraat was tegengekomen, waren haar lippen een glimlach begonnen, maar de aanzet tot de glimlach was verdwenen toen ze zijn verschrikte gezicht had gezien en ze had langs hem heen gekeken.

Najoua volgend in de rondgang door de klas herinnerde hij zich scherpe details van hun allereerste ontmoeting: het gezicht met de bijna goudbruine huid geheven in de regen, de soepelheid waarmee ze liep, de speelse vastberadenheid in haar ogen toen ze hem opwachtte. Marc zag opnieuw de flonkeringen van de plassen weerspiegeld in haar ogen, de straatlantaarns met hun bleekgele lichtkring, en waar zij uitdagend door het water heen liep, zwommen kronkelende vlammen van vuur. Ook in haar ogen.

Aan de verschijning van dat meisje had hij direct groot belang gehecht. Zij had hem de school binnen geleid. Zonder haar had hij hoogstwaarschijnlijk afgezien van de baan. Het toeval van die ontmoeting was groot en miraculeus geweest. Dat had hem belet verkrampt op haar te reageren. Zij hoorden op een natuurlijke, vanzelfsprekende manier bij elkaar. Het was zijn mamma die dit meisje had gestuurd. Daar geloofde hij heilig in.

Hij dacht aan het moment, een paar dagen geleden, dat zij hem onverwachts had gevraagd: 'Je praat nooit over je moeder. Wil je mij iets over haar vertellen?' Hij was geschrokken, omdat hij niet op die vraag was voorbereid. Hij had zijn hoofd geschud, nee, over zijn moeder sprak hij niet. Om zijn moeder had hij een dicht scherm getrokken. Als iemand bij verrassing door dat schot heen brak, kreeg die met een tweede afweer te maken: de donkere mist van het zwijgen. Mamma was een fee, een heilige.

'En jij dan?' had hij gevraagd. 'Wil jij niets over je echte moeder vertellen?'

'Over mijn echte moeder? Nee, wel over mamma. Maar met mamma heb ik ruzie. Ze wilde vanmorgen dat ik mijn boterhammen opat. Ik kon het niet. Ik was misselijk. Ik kon het echt niet, Marc. Ik kon het eten niet door mijn keel krijgen.'

De herinnering trok een andere omhoog, die hij verdrongen had. Er was een moment geweest in het afgelopen schooljaar dat hij in zijn klas op haar had gewacht. Hij had wat nonchalant door de verlaten gang gelopen, was een ongebruikt noodlokaal in gelopen, had met rood krijt, in grote blokletters, haar naam op een droge tussenwand geschreven, en daaronder, heel helder *je t'aime*, meende haar voetstappen te horen, had zo snel mogelijk, en zo goed en zo kwaad als het ging, haar naam uitgewist.

Ze was die keer niet gekomen. Hij was zo zeker van haar komst geweest. De totale ontreddering, een verlatenheid alsof niets er meer toe deed, had hem verrast. Was hij zo sterk met haar verbonden? Waar bleef ze toch?

Hij was via de fietsenkelder naar het hoofdgebouw gerend, had de school in alle richtingen doorkruist, had in donkere passages gekeken, in de kaartenkamer op de hoogste verdieping, in het rommelhok onder de trap. Bedroog ze hem? Het zweet brak hem uit. Hij probeerde de last van dat beeld van zich af te schudden door aan die heel specifieke, zoete lichaamsgeur te denken, die zich had vermengd met de voor haar in Parijs gekochte eau de toilette die in contact met haar huid aan kracht won. Hij was stil blijven staan toen die zo karakteristieke geur in zijn neus was gekomen. Het was lathyrus noch jasmijn. Iets ertussenin wat nog het meeste weg had van verbena of vetiverolie. Hij was er zeker van dat hij voor het eerst op dat moment lichamelijk naar haar verlangd had en dat hij zijn seksuele gevoelens voor haar had weggeduwd, als ongepast en ongekend.

Waar was ze? Waarom was ze niet gekomen? Had ze een afspraak met een vriendje? Afwezigheid werd door haar altijd uitgebreid van tevoren aangekondigd, als om hem te behoeden voor teleurstelling. De emotie die hem beving leek nog het meest op jaloezie. Wie weet stond ze met een jongen in de fietsensluis. Hij nam het zich kwalijk, maar kon zichzelf niet beletten in de schemerige fietsenkelder te gaan kijken, was doorgelopen tot hij via een trap weer bovengronds uitkwam bij de noodlokalen. Die dag was hij tot het ontstellende besef gekomen dat zij op een dag uit zijn leven van alledag zou verdwijnen. Ze zou eindexamen doen, gaan studeren en het contact zou geleidelijk aan verloren gaan.

Het was zeker dat zij nu op hem zou wachten. Ze was er niet. Er lag ook geen briefje. Hij schreef een zin op het bord die hij nog nooit tegen een vrouw had uitgesproken. Hij wiste de zin uit, zei hardop: 'Ik hou van jou.' Hij stelde zich – het was voor de eerste keer – haar naakte lichaam voor, de kleine, ronde, als vergulde borsten, en verbeeldde zich een jongen uit een hogere klas die dat lichaam verpletterde. Hij had nooit overwogen verliefd te worden op haar, zich meester te maken van haar. Verliefd worden overkwam je. Je viel op iemand. Hem was dat nog niet overkomen tot nu toe. Maar was hij die eerste keer al niet op haar gevallen? En dus verliefd? Hij zag de jongen op Najoua. De cruheid en de scherpte van het beeld wakkerden zijn jaloezie aan. Hij wilde dat lichaam onder zíjn gewicht verpletteren, en in zijn ogen begon een ongewoon en boosaardig licht te schitteren.

Na de rondgang door de klas kwam ze met de collectebus bij zijn tafel en ze telden samen als altijd het bijeengebrachte geld. Uit een ooghoek keek hij naar de dunne met donshaar overdekte nek, de fijne vingers die het geld telden, de grote, donkere ogen die niet straalden.

Zij schreef het bedrag dat was opgehaald op het bord: vijfentwintig euro vijftig, en verliet het lokaal met het collectegeld.

Marc begon met de les. Vandaag behandelde hij de subjonctif van drie belangrijke werkwoorden: vouloir, pouvoir en faire. Hij schreef de vormen in drie rijen naast elkaar op het bord, onderstreepte met rood de uitgangen.

Zij kwam binnen. Voor zijn gevoel was ze langer weggebleven dan gewoonlijk. Het was zijn gevoel, meer niet. Hij kon zich vergissen. Hij legde haar in enkele woorden uit wat het onderwerp van de les was.

In de pauze las hij in het docentenboek dat de schoolarts in de komende weken gesprekken zou voeren met leerlingen uit de onderbouw. Hij besloot de arts tevoren over Najoua in te lichten. Vandaag nam hij ook contact met haar moeder op.

Daarna liep Marc de conciërgeloge binnen om een repetitie over Franse onregelmatige werkwoorden voor de vijfde te kopiëren, hoewel de sectie al voor zijn komst had vastgelegd dat de onregelmatige Franse werkwoorden niet meer structureel hoefden te worden aangeleerd. Hij trof conciërge noch hulpconciërge aan, hoewel de telefoon altijd bemand moest zijn.

De telefoon ging. Marc aarzelde. Het telefoontje kon van ernstige aard zijn en hij nam op. Het was een ouder die een zieke leerling afmeldde. Marc maakte een notitie voor de conciërge, keek de hal in of hij hem uit een van de gangen zag naderen, legde de notitie op een strategische plaats zodat ze de conciërge niet zou ontgaan.

Met die handeling viel zijn oog op de verzamelstaat van de wekelijkse collecte. Bij zijn 3-gym was twaalf euro vijftig genoteerd. Vanmorgen was toch vijfentwintig euro vijftig opgehaald? Het bedrag in haar handschrift stond nog op het bord. Hij had de klas om het bedrag geprezen. De conciërge moest zich hebben vergist, had het bedrag achter een andere klas genoteerd. Hij overzag de lijst en kon dat bedrag nergens vinden. De hoofdconciërge, die het geld inde, had dan wel als oorlogsvrijwilliger op de Balkan gevochten – aan Servische zijde, had hij Marc terloops eens meegedeeld –, hij had een goedige oogopslag en Marc zag hem niet voor dit bedrog aan. Hij had een duidelijk vermoeden hoe het wel was gegaan. Najoua had op een nieuw briefje een lager bedrag ingevuld en het verschil in haar zak gestoken. Hij wilde zekerheid daaromtrent en vond in een prullenbak op de eerste verdieping het verfrommelde briefje met het juiste bedrag.

HOOFDSTUK 34

Het schoolonderzoek was begonnen. Meer dan een week lang werden geen lessen gegeven. Alle docenten, ook zij die slechts in de onderbouw lesgaven, waren ingeroosterd.

De Labadie overhandigde Marc een kopie van de boekenlijst die de kandidaat had overlegd en het blauwe schoolschrift waarin de gecommitteerde het verslag – officieel het protocol – van het gesprek moest schrijven. Boven aan de bladzij stond de naam van de kandidaat en het examennummer en onderaan had Stef een hokje getekend waarin het cijfer van het tentamen kwam te staan.

Stef legde uit:

'Maak het protocol zo uitgebreid mogelijk, verdeel de opmerkingen naar inhoud, begrip en prononciation.' Hij deed zijn horloge af en legde dat naast de boekenlijst. Hij benadrukte een exact verslag van het gesprek te willen zodat het juiste cijfer kon worden vastgesteld. Daarna liep hij zijn kamer uit om de kandidaat te halen, die op de gang wachtte.

Marc bekeek intussen de boekenlijst, die opende met *L'avare* van Molière, alleen het eerste bedrijf. Van de twintigste eeuw waren twee boeken gelezen: *Le silence de la mer* van Vercors en *Le petit prince* van Antoine de Saint-Exupéry. Dit was zes gymnasium. Imanse zou zeggen: De toekomstige elite van dit land weet niet wat de Verlichting behelst, en moet het zonder Stendhal, Flaubert en Zola stellen. Wat kan er van zo'n land terechtkomen?

De Labadie overzag de magere lijst, de allermagerste lijst die zich denken liet, keek de kandidaat met zijn schichtige blik aan:

'Mon vieux,' begon hij, en moest op dat moment geloven dat docenten aan het lycée Condorcet in Parijs zo hun leerlingen aanspraken. Hij vatte het beroemde blijspel samen, want hoe kon hij anders tot een vraag komen? De kandidaat had immers slechts het eerste bedrijf gelezen. Stef formuleerde onhandig, herhaalde zich, kon niet tot een concrete vraag komen. De kandidaat keek hem met onzekere blik aan, had geen idee of al een antwoord van hem verwacht werd, en waarop? Toen vroeg de examinator naar de naam van de hoofdfiguur uit Molières komedie. De vraag was te simpel, en daardoor verwarrend. Bovendien had Stef Harpagon al twee keer in zijn resumé genoemd. De jongen was ervan overtuigd dat de leraar hem in de val wilde laten lopen en weigerde de naam Harpagon in zijn mond te nemen.

Marc keek toe, noteerde niets. Er viel niets te noteren, er was nog geen sprake van een gesprek geweest.

Marc overzag de lijst. Geen *Candide*, geen *Le Barbier de Séville*, geen *Madame Bovary*, geen... Niets van de achttiende, niets van de negentiende eeuw.

De twintig minuten van het tentamen duurden lang. Marc noteerde zo nu en dan een los woord. Er trok een miserabel Frans voorbij, van beide zijden.

De Labadie begon steeds vaker op zijn horloge te kijken. Ten slotte was de tijd voorbij en mocht de kandidaat naar de gang om daar de uitslag af te wachten. Marc meende dat hier een niveau vertoond werd dat de gymnasiumleerling onwaardig was. Volgens Marc verdiende de kandidaat niet meer dan een drie.

'Laten we het protocol samen bekijken,' zei Stef, die het schrift in zijn hand nam. Hij las hardop de paar neergeschreven opmerkingen, verweet Marc dat hij nauwelijks iets had genoteerd. Dit gaf geen zuiver beeld. Marc verdedigde zich. Er was heel weinig uit gekomen. 'Je hebt het verslag toch niet nodig om te weten dat dit niet goed is?'

De Labadie overzag de bijna lege pagina. Nee, zo had hij er niets aan. Een moment zat hij in zichzelf verzonken. Hij was diep teleurgesteld. Marc beloofde om de lieve vrede bij de volgende kandidaat meer op te schrijven.

Stef noteerde op een kladpapiertje achter zijn hand het cijfer dat hij wilde geven. Marc keek verbaasd toe. Het was de eerste keer dat hij met Stef tentamineerde.

'Nu jij.'

'Ik heb een cijfer in mijn hoofd.'

'Ik wil dat je het achter je hand noteert. Zo kunnen we elkaar niet beïnvloeden.' Marc imiteerde Stef, noteerde achter zijn hand een cijfer en voelde zich belachelijk.

De cijfergeving werd onderbroken door een bericht via de intercom. Het was de rector zelf die de aanwezigen in school meedeelde dat Jos Nelek opnieuw met ernstige hartproblemen in het ziekenhuis was opgenomen. Vanzelfsprekend zou de school bloemen sturen. Over de bezoekregeling et cetera zouden in het docentenboek na overleg met de familie nadere mededelingen volgen.

'Aye pitié,' mompelde Stef. 'Hij heeft altijd hard gewerkt. Espérons...' Intussen hield hij zijn cijfer nog steeds achter zijn hand verborgen. Marc had zijn hand tijdens het bericht al weggehaald. Hun cijfers liepen sterk uiteen. Stef wilde een zeven geven, Marc een vier. Hij had een twee of een drie kunnen geven en verdedigde zijn vier met de woorden: 'De kandidaat is slachtoffer van het systeem. Hoe kan iemand met één bedrijf van Molière een idee krijgen van het Franse classicisme en er dan iets zinnigs over te berde brengen?'

De Labadie antwoordde:

'Het is maar de vraag of een kandidaat een beeld moet krijgen van het Franse classicisme. Er zijn al genoeg middelbare scholen waar op het eindexamen *Suske en Wiske*, maar dan wel in het Frans, wordt geaccepteerd. Daar zit de volgende verstandige gedachte achter: het gaat om het plezier van het lezen. Het is toch bekend dat vooral jongens nauwelijks meer tot lezen te brengen zijn.'

Maar nu het eindcijfer. De Labadie bleef op zijn zeven staan. Het was tenslotte de examinator die besliste. Zouden er van de kant van de gecommitteerde grote bezwaren blijven bestaan, dan werd de rector erbij geroepen en besliste hij aan de hand van het protocol. Maar met dit protocol...

Marc gaf toe, noteerde in het hokje onder aan de bladzij een zeven. Stef verliet de kamer om de kandidaat het cijfer mee te delen, die juichend wegrende.

Een nieuwe kandidaat nam plaats, een nieuw tentamen Frans begon dat in niets leek op een tentamen Frans. Marc noteerde zo veel mogelijk, hoorde het bizarre Frans van Stef aan, dat maar geen echt, levend Frans wilde worden.

Eén keer kon Marc niet nalaten te interrumperen:

'Monsieur de Labadie ne demande que le sens du mot "stilte" dans le titre.' Daarop formuleerde de kandidate een juist antwoord. Na haar vertrek merkte De Labadie op dat het geen usance was dat de gecommitteerde het woord voerde. Het kon de kandidaten in de war brengen. Zij waren gewend aan het Frans van hun docent en aan zijn manier van formuleren.

Marc denkt aan de dag, na het verjaarsfeestje, in het huis op de Valkenboskade. Aan de voordeur wordt gebeld en zijn oma doet open. Hij herkent de stem van Stefs vader. Zij laat hem binnen en er wordt druk gepraat in de gang. Dan moet Marc erbij komen. Hij wordt beschuldigd van diefstal. Er is geld ontvreemd uit een bureaula, een doosje met gouden munten van grote waarde. De verdenking is op Marc gevallen, omdat hij onder het spelen onverwacht naar binnen was gegaan en opmerkelijk lang weggebleven. De vader heeft het verhaal van zijn zoon gehoord. Marc ontkent. Het gaat hem zonder moeite af, want hij heeft niets gestolen. Maar de idee dat zijn beste vriend hem verdenkt onthutst hem. Oma Koekoek verdedigt hem hartstochtelijk. 'Zoiets doet mijn jongen niet. Heeft hij het wel gedaan, dan kom ik er snel genoeg achter.' Ze laat de man uit. Ze heeft wel een verklaring voor het gedrag van Stef en zijn vader. 'Marc, hij is jaloers, en zijn vader is het ook. Stef is bijna twee jaar ouder en toch steek je hem, in de klas, naar de kroon. Dat is moeilijk te verdragen. Ik wil niet meer dat je met hem omgaat.' Na de basisschool had zij Marc dan ook niet opgegeven voor het dichtbijgelegen Descartes, waar de betere leerlingen van die basisschool doorgaans heen gingen, maar hem op het zeker zo gereputeerde Haganum gedaan. Is hij dit allemaal vergeten? vroeg Marc zich af, louter uit nieuwsgierigheid. Voor deze slecht Frans sprekende conrector, die hem ooit angst had ingeboezemd, had hij alle interesse verloren.

    Hun cijfers liepen weer sterk uiteen. Het was een intelligent en welwillend meisje. Bij fatsoenlijk onderwijs had zij een acht of een negen kunnen scoren. Marc dacht aan de woorden die Henk Imanse in een recent plenum had uitgesproken: 'Als dit land zich in het nabije verleden ooit in gunstige zin onderscheidde, was het door de meertaligheid. Die is over een tijdje vrijwel geheel verdwenen.'

HOOFDSTUK 35

Na afloop van het tentamen liep Marc snel naar lokaal E, waar hij Najoua hoopte aan te treffen. Op zijn bureau vond hij dit korte briefje:

Dag Marc,
Ik ben eerder naar huis gegaan. Ik heb mamma beloofd boodschappen voor haar te doen.
N.

Er was niets verdachts aan het briefje. Ze ondertekende met N. Of voluit met Najoua. Soms stond er 'liefs' bij. Soms niet. Toch was het verdacht. De reden die ze opgaf was volstrekt plausibel en toch geloofde hij haar niet. Hij staarde naar de lichte schaduw die de tak van een boom op een raam van zijn lokaal wierp. De schaduw bewoog, hij zag er een donkerharig menselijk vel in. Hij had het sterke gevoel dat iets met geweld baan brak, iets wat niet meer in toom kon worden gehouden. Zijn hart was een donkere kuil vol onrust. Hij stopte het briefje in zijn zak en besefte hoe hij naar haar verlangd had en hoe zeker hij was geweest van haar aanwezigheid. Er was geen twijfel in hem geweest.

Hij hoorde voetstappen in de gang. Een kort moment hoopte hij dat het Najoua zou zijn, maar het waren niet haar voetstappen.

Het was Esther.

Op de drempel zei ze:

'Ik had zin om even bij je langs te gaan.'

Hij voelde haar blik langs zijn lichaam gaan en wendde zijn ogen af. Die ijskoude, helblauwe ogen, het helmkapsel daarboven, waren onverdraaglijk, zij was onverdraaglijk.

'Waarom doe je zo verlegen, Marc?'

Ze sprak met een vreemd geposeerde stem, en heel traag, alsof ze haar woorden in een lange, slapeloze nacht eindeloos had herhaald.

Marc voelde zijn hals warm worden, wilde alleen zijn, nadenken over Najoua's absentie, verplichtte zichzelf een vragend gezicht te zetten. Esther kwam bij zijn tafel staan en hij vermoedde dat hij het café met Egbers zou moeten inzetten om zich van haar te ontdoen. Als hij nu zijn mond opendeed, zou zijn stem vertwijfeld klinken.

Ze zei dat ze hem onlangs in zijn sportwagen had gezien. Ze was met een vriendin in de stad geweest. 'Je reed heel langzaam en je maakte met je hand een ritmisch gebaar op het stuur. Misschien had je muziek opstaan of was je iets aan het neuriën. Mijn vriendin zei: "Dus dat is je collega." Ze ving een glimp van je op, en vond dat je in je manier van doen iets heel fijnzinnigs had. Naar welke muziek luisterde je als je muziek had aanstaan? Dat zou ik graag willen weten.'

Ze vleide, ze bewoog met haar schouders en onder de zijige bloes bewogen haar borsten als spartelende visjes.

'De *Prélude à l'après-midi d'un faune*.'

'Ah, Debussy's prelude over de sensuele dromen van de faun, uitgeput van de jacht op de nimfen. De faun die zich gaat overgeven aan een bedwelmende slaap vol gedroom.'

Ze kende in ieder geval de muziek en vatte de inhoud niet onaardig samen. Ze zei dat ze het loom makende muziek vond, die maar over één ding ging: de bevrediging. Haar stem klonk raadselachtig, heser. Ze liet hem nog onechter klinken toen ze vervolgde:

'Jij hebt een mooie, volle stem. En je bent een mooie jongen. Waarom zou ik dat niet tegen je mogen zeggen? Als ik daar zin in heb? En je bent gelukkig. De vrouwen vallen je zomaar in de schoot. Je hoeft er niets voor te doen, je verleidt ondanks jezelf.'

Hij ontkende, maar zij hield vol, ze zag toch hoe de vrouwen om hem heen fladderden. Zoals die Fineke Regenboog. 'Ze wil je aanraken als ze met je praat. Ik wil dat ook.'

Ze legde haar hand op zijn arm en liet die daar liggen: 'Dat durf ik zomaar.' En na een glimlachend zwijgen, waarbij ze instemmend leek te knikken om een eigen gedachtegang die in haar moest zijn opgedoken: 'De seksuele daad kan slechts routine zijn. Wat is jouw mening?' De blik was uitdagend, de kleine puntige borsten bewogen en hij dacht nu aan heel kleine slagtanden. Ze sprak zonder een spoor van discretie. Ze hield haar blik strak op hem gericht, de glimlach op het gezicht gestold.

Ze drong zich aan zijn blik op, zo onderging hij dat kijken. Niet híj keek! Zij hield haar hoofd iets omlaag en draaide haar ogen omhoog. Ze zei dat ze het prettig vond bij hem te zijn.

Hij dwong zich tot een lachje. Straks zag hij Wim Egbers in het café. Hij kon zich van haar losmaken wanneer hij wilde.

Ze verschoof haar hand, pakte die van hem, pakte zijn hand steviger beet, hun nagels raakten elkaar. Zo dichtbij was ze niet eerder geweest. Er was een plotse scherpte in haar blik, ze bekeek hem.

'Ik slaag er maar niet in te begrijpen wie je bent. Iets klopt niet. Uiterlijk vertoon, voyant, elegant en toch zo serieus. Nooit luchtig. Heeft iemand je wel ooit zien lachen? Zwaar op de hand en toch geen calvinist. Er is iets wat niet klopt met jouw persoon zoals ik mij die verbeeld. Je bent iemand die alles in zich opneemt. Je bent week als veen, een moeras, je hebt iets vluchtigs. Iemand komt dicht bij je en je trekt een scherm om je heen. Afstand. We mogen niet bij jou komen. Zie ik dat goed?'

Hij dwong zich opnieuw tot een glimlach. Hij voelde dat hij zich gereedmaakte voor de strijd. De woede wakkerde aan, maar ook de drang zich nog te beheersen. Op dit moment kon hij zijn stem niet gebruiken om zijn gedachten exact weer te geven, want hij schaamde zich. Bij haar binnenkomst had hij onmiddellijk het initiatief moeten nemen. 'Jammer, ik sta op het punt weg te gaan.' Hij had zich naar de slachtbank laten leiden en nu zat hij met haar opgescheept. Direct had hij weer macht over zijn stem.

Ze voelde aan de stof van zijn colbert.

'Wat voelt ze lekker zacht aan. Marc, een man van jouw leeftijd heeft zich een voorstelling van de vrouw gemaakt. Tegelijk heeft die man in het dagelijks leven vrouwen om zich heen. Bij jou is tussen die verbeelde en echte vrouwen een diepe kloof. Jij hebt die afstand nog niet weten te overbruggen. (De stof van je colbert is echt heel zacht!) Er zijn mannen, rijper dan jij, die in hun gedrag, hun woorden onmiddellijk de essentie van een vrouw weten te raken...'

Hij transpireerde, bloosde, had zin om zijn stropdas los te knopen, meende lathyrus te ruiken, probeerde aan niets te denken, zich niets te herinneren.

Ze liet hem los.

'Ik wil een afspraak met je maken.' Daar was ze voor gekomen. Had hij zin om met haar in 't Goude Hooft te gaan eten? Of in het Kurhaus? En daarna een wandeling op het strand?

Hij schudde zijn hoofd. 'Nee, nee...' En zweeg.

'Je wijst me toch niet af?'

Hij gaf geen antwoord. Haar halfgeopende lippen lieten een vreemde staccato ademhaling door. Maar hij was zo rustig, toen hij zacht uitbracht:

'Je moet me nu alleen laten. Ik kan het niet uitleggen.'

Hij hoorde haar voetstappen wegsterven in de gang, opende de la van zijn bureau waarin hij, tussen de bladzijden van een lesboek, geld had gelegd voor Wim Egbers. Hij vond het geld, telde werktuiglijk de briefjes na. Hij had er tien van vijftig gepind, miste er twee. Had de automaat te weinig geld gegeven? Hij had het geld voor zover hij zich herinneren kon niet nageteld. Kwam het voor dat je te weinig kreeg? Hij had geen idee. De acht briefjes stopte hij los in zijn zak, verbaasd.

Hij dacht dat hij begon te beven. Het was zeker dat hij over zijn hele lichaam beefde. Niet van verbazing. Van angst.

HOOFDSTUK 36

Na het schoolonderzoek kwamen al snel de rapportenvergaderingen. Weer werd ruim een week geen les gegeven.

'Die drie, collega?' vroeg De Labadie.
Kees opende zijn agenda, ging de behaalde so- en repetitiecijfers langs die deze leerling behaald had. Zijn handen maakten nerveuze bewegingen, de agenda viel dicht. Met een bijna woedend gebaar opende hij zijn agenda weer. Hij trok met een ooglid, hij trok met zijn wang als om een traan op te vangen, de bleke, ongezonde huid rond zijn ogen met de immer welwillende uitdrukking kleurde rood.
Het was niet om aan te zien. Niemand durfde meer te kijken. Wim Egbers had al eens gezegd dat hij de smoel van een slachtoffer bezat. Dat had Marc toen niet willen aannemen, maar Wim had gelijk.
Kees leed, maar het was een ander lijden dan voor de klas. Nog directer, nog heftiger. Hij kon geen zinvolle uitleg voor het lage cijfer bedenken. Hij was alleen. De collega's keken van hem weg. Hier wilden ze niets mee te maken hebben. Kees kauwde op iets, kauwde hartstochtelijk. Hij zat vastgeketend aan dit instituut, terwijl onophoudelijk giftige pijlen op hem werden afgeschoten, angels in het weekste deel van zijn huid werden gestoken. Schaamte was bij de collega's rondom hem. De Labadie was vooral vol ergernis, hij kon zo onmogelijk zijn mooie rol van conrector spelen.
Kees slaagde erin op te merken dat hij zijn uiterste best had gedaan deze leerling bij de les te betrekken.

'Dank u, collega.'
'Deze vier, die is van...?' De Labadie liet quasi onderzoekend zijn blik rondgaan.
Kees stak zijn hand omhoog. Hij meende dat dit meisje – zijn stem werd dunner, heser – nog geen twee verdiende, altijd met haar buurvrouw kwebbelde. De vier viel nog mee. Nee, geen leerlinge die haar rug rechthield.
Kees gebruikte te veel woorden, de woorden hadden geen betekenis, konden op al zijn leerlingen slaan.
'Dank u, collega Herkenrath.'
Soms stond een docent op, verliet, de agenda in zijn hand als een gebedenboek, de vergadering. Marc had ook al kunnen opstappen, maar wachtte totdat Kees' leerlingen waren behandeld.
Egbers en enkele andere collega's vertrokken. Kees trok frequenter met zijn wang, maar huilde niet.

'De vijf? De vier? Deze drie?'
Soms schudde Kees in een ongecontroleerd gebaar wild het hoofd als om zich knarsetandend te bevrijden. Zijn angst moest hartverscheurend zijn. Toch had Marc hem nooit met afgunstige blik naar al die collega's met orde zien kijken. Die vier. Een twee. Een vijf. De Labadie deed niet eens een poging het effect van zijn giftigheid te verzachten door anders te formuleren. Kees werd eerst levend gevild en vervolgens opengesneden. Alle incompetentie kwam in blauwe zenuwstrengen bloot te liggen. Verbijsterd bedacht Marc dat zijn Duitse collega in de les nog steeds belangstelling voor de leerlingen had, hun aanbood ze na de les extra te helpen. Waarom trok hij zich niet uit deze wereld terug, flikkerde hij de tafel waaraan hij zat niet omver, allen en vooral De Labadie hartgrondig vervloekend?
Er was alleen nog deze lokaliteit met De Labadie die strak

voor zich uit keek en op antwoord wachtte en met Kees Herkenrath die in dit lauwwarme abattoir langzaam de huid werd afgestroopt.

'Collega, ik vroeg u wat.'

Naast Marc zat, in niet-aflatende, volmaakte vernedering, een grotesk schepsel, een gymnasiumdocent, een kenner van Schopenhauer, uitgemergeld, dodelijk vermoeid, angstig als een opgejaagd dier verstrikt in een doornige struik, een Meneer Alleen, en nóg bleef hij de schijn ophouden, gaf zich een zweem van waardigheid. Zijn mond bewoog, op zijn lippen ontstonden blaasjes speeksel, roodgloeiende angst moest zijn ingewanden verscheuren.

Hij dacht aan Najoua. Ze had gevraagd of ze tijdens de rapportenvergaderingen op school mocht komen. Wat deed ze nu? Las ze een boek in zijn lokaal, of luisterde ze naar muziek? Het was een aangenaam idee dat ze hier aanwezig was.

Ja, Kees begon weer te kauwen. Marc zag het. Kees etaleerde zijn angst en een vreemde gewaarwording overrompelde Marc. Hij werd even angstig als zijn vriend naast hem, een hevige afkeer beving hem, bijna een angst die vol begeerte was. Marc drukte de handen tegen zijn hoofd, zijn oren. Hij wilde lijden als Kees, was gebiologeerd door dat gulzige kauwen. Het was bizar, er was niets in Kees' mond en hij zag hem slikken. Wat verdween in zijn keel? Een doffe, massieve angst steeg op in Marcs borst toen hij Kees de stukken harde korst zag fijnmalen tussen zijn kaken en doorslikken. Kees Herkenrath hief nu zijn hand als gebaarde hij om meer onverteerbaar eten, alsof daar een bediende rondliep, alsof ze zich in een restaurant bevonden. Hij gebaarde om extra voedsel, om op te slokken, te verzwelgen, pijnlijk voedsel dat voor zijn slokdarm samendromde en zich vandaar naar beneden stortte. Steeds grotere brokken die van de aardbodem moesten verdwijnen. Hij was bezig het Descartes te verzwelgen.

Maar dat kleine handgebaar was niet een vraag om meer eten, was niet destructief bedoeld, was evenmin zomaar een gebaar om zich een houding te geven of de pols losser te maken, het was gericht op de voorzitter van de vergadering. Hij leek heel ontspannen toen hij met vaste stem 'Ik, Herr Allein...' uitsprak.

Marc keek op. Had Kees die waanzinnige woorden uitgesproken? Of De Labadie, voorzitter van deze vergadering? Maar Stef de Labadie had niet gesproken. Ze waren door niemand gezegd. Marc had ze bedacht. Ze hadden van Marcs lippen kunnen rollen. Kees was aan het woord, betoogde rustig, als de gelouterde, door en door ervaren docent, die de collega's volledig om zijn vingers windt:

'Meneer de voorzitter, ik heb een probleem. U ziet dat de volgende leerling op de totaallijst geen cijfer voor Duits heeft.'

Kees nam het voortouw, meldde om zich heen kijkend, ineens zelfverzekerd, dat hij wat betreft dit meisje in dubio stond. Daarom ontbrak het cijfer. Wat was het geval? Bij het uitrekenen was hij op een gemiddelde van 5,4416 uitgekomen. Dat zou een vijf betekenen. Maar deze leerlinge had gedurende drie weken wegens ziekte de lessen Duits moeten missen. De uiteindelijke beslissing over het cijfer wilde hij bij de vergadering leggen.

Twee, drie collega's riepen dat het geven van een cijfer zijn hoogstpersoonlijke verantwoordelijkheid was. Kees antwoordde rustig dat hij het cijfer van alle kanten overwogen had en er niet uit kwam. Hij kon een zes min geven, maar hij vond een zes min een laf cijfer. Daarmee stelde je een keuze uit. Op een heel handige manier was Kees zich gewichtig aan het maken, op een nog subtielere manier haalde hij de zweep over alle collega's die geen onvoldoendes durfden te geven.

De Labadie bladerde in de statuten en moest tot de conclusie komen dat collega Herkenrath gelijk had. In geval van twijfel had de vergadering het recht te beslissen over een individueel cijfer.

Iedereen begon nu zijn mening te geven. Eén riep dat de rapportenvergadering bezig was een karikatuur van een rapportenvergadering te worden.

Stef verhief zijn stem, tikte met de knokkel van zijn wijsvinger op de tafel: 'Er moet een beslissing komen', en hij keek Kees aan, die zei dat hij wel toe wilde geven en voor één keer tegen zijn principe in toch een zes min gaf. Gijs Morrenhof reageerde direct en stelde dat hij dan van zijn zes voor natuurkunde een vijf maakte, want hier werd met cijfers gesjoemeld. Daarop zei Kees dat hij om alle geharrewar te voorkomen toch een vijf gaf.

Hier en daar klonk applaus.

De Labadie bedankte collega Herkenrath voor zijn soepele opstelling, wilde snel verdergaan met de volgende leerling. Men lag ver achter op het tijdschema.

Op Herkenraths gezicht lag een vergenoegd trekje. Marc boog zich naar hem toe:

'Gefeliciteerd.'

Imanse trok aan Marcs arm, wilde nu zijn aandacht en Marc wendde zich naar hem.

'Dit gaat een grote chaos worden,' zei hij in Marcs oor. 'Joh, ik hoor nu bij mijn vierde te zijn waarover nu in 106 vergaderd wordt en dit gaat zeker nog een uur duren. Alles loopt in het honderd.'

Allerwegen werd nu gepraat. De Labadie vroeg om stilte en aandacht voor de volgende leerling. Agenda's werden ostentatief dichtgeklapt. Marc raakte in vrolijke opwinding. Stef riep vergeefs om stilte. Marc dacht, verwonderd: ik kan de vernedering, het pijn doen niet aanzien, maar ik geloof dat ik van de chaos hou. Van deze chaos.

HOOFDSTUK 37

Het was een dag in de voorjaarsvakantie. Marc en de caféhouder spraken in afwachting van Wim over het weer. 'De Laan vanavond was een lang en lichtend spoor,' zei Marc. 'Daarboven hing de hitte, de bast van de bomen gaf warmte af.' In het café ging de telefoon, de cafébaas nam op.

'Ja, die is aanwezig. Ik zal hem u geven.' Hij zette het hele toestel op de bar, gaf Marc de hoorn.

Marc aarzelde. Wie kon hem hier bellen? Was de toestand van Najoua verergerd? Haar huisarts en de schoolarts waren ingelicht. Marc was bang voor telefoontjes die niet verwacht waren. Hij bezat wel een mobiele telefoon, maar alleen Najoua had zijn nummer. Wie wist dat hij in dit café aan de Van Speykstraat zat? Hij vermande zich.

'Ja, met Marc Cordesius.'

'U spreekt met Dagevos. Excuses dat ik u lastigval. Van mijn collega Pilger begreep ik dat ik kans had u op dit nummer te pakken te krijgen. Waar het om gaat? Eveneens van mijn collega had ik begrepen dat u had toegezegd een vaste, veertiendaagse rubriek te verzorgen, zeg een schooljournaal over eigen bevindingen.' Rafaël Pilger had hem verzekerd dat Marc contact zou zoeken. Tot nu toe was dat niet gebeurd.

Marc had de man laten uitpraten, hoewel van zo'n toezegging nooit sprake was geweest. Nogal kortaf zei Marc dat het hier om een misverstand moest gaan, dat hij zich in die zin absoluut niet tegenover zijn rector had uitgelaten.

'Vreemd,' zei de ander, 'en erger, voor ons heel zorgelijk. Wij zijn ervan uitgegaan dat u ons voor de vakantie een eerste bijdrage zou aanleveren. De ruimte daarvoor is vrijgehouden. Collega Pilger vertelde me dat u met verschillende ideeën speelde.'

Marc stond op het punt om het gesprek af te breken. Rafaël had niet alleen een volstrekt onbekende meegedeeld waar Marc waarschijnlijk in zijn vrije tijd te vinden was maar had ook nog voor hem de beslissing genomen dat hij aan het blad zou meewerken. Wat bezielde zijn zogenaamde vriend?

Marc deelde Dagevos mee dat hij met zijn rector hierover contact zou opnemen. Dat zou dan pas de volgende week kunnen zijn, want deze bracht de vakantie met zijn gezin op een camping in de Ardennen door. Nu sloeg bij de ander de paniek toe.

'U moet ons helpen. Het had al binnen moeten zijn.' Hij stelde een persoonlijke ontmoeting voor. Marc was wel benieuwd naar het gezicht van deze rector, overwoog een moment hem hier te ontvangen, hem kennis te laten maken met Egbers' visie op het onderwijs, maar niemand behalve hij en Wim had in deze afgetrapte, kale ruimte iets te zoeken. Intussen probeerde de man hem te verleiden: het ging slechts om een bijdrage van een kleine driehonderd woorden; een sfeertekening van school, een anekdote opgevangen in de leraarskamer. 'Met uw indringende wijze van kijken moet het weinig moeite kosten.'

Aan ideeën hoefde hij Marc niet te helpen: De Labadies formalisme, de groetrituelen, de eenzaamheid van Kees Herkenrath, zijn eigen lokaal, de tactloosheid van de rector, rapportenvergadering, schoolonderzoek.

Nee, hij had er geen enkele behoefte aan de man te ontmoeten. De hele gang van zaken, de onderworpen toon van deze schoolleider, stond Marc niet aan, maar al zijn ergernis was gezakt. Rafaël bedoelde het niet kwaadaardig. Het was slechts een opeenvolging van kleine onhandigheden. En hij glimlachte om deze helende gedachten die hij hoopvol diep uit zichzelf tevoorschijn toverde.

Maar even later verdween de glimlach, was hij nog slechts stomverbaasd. Hoe had Rafaël zijn reactie toen dit voorstel aan de orde kwam zo anders kunnen interpreteren? Dat prikkelde zijn nieuwsgierigheid. Maar het kon toch niet anders of Rafaël was te kwader trouw? Van die gedachte had hij weer onmiddellijk spijt. Het kon toch niet anders of Rafaël was niet te kwader trouw, had gehandeld met de beste bedoelingen. Hij was een vriend op wie Marc prijs stelde.

Er waren, dat was ook waar, al eerder zulke kleine misverstanden geweest. Ze waren hoe je het ook wendde of keerde aan te merken als minieme vormen van verraad. Of verlangde Marc heel diep en heel hevig naar een definitief verraad dat geen 'te goeder trouw' meer toeliet? Die gedachte hield in dat Marc een verwijdering voorzag tussen hen beiden, ja, die als onvermijdelijk zag, en zelfs misschien niet eens vervelend vond. Nu begreep hij helemaal niets meer van zichzelf. Het was ronduit aangenaam om met de rector op zijn kamer, terwijl rondom hen werd gedoceerd, over literatuur en de speculatieve filosofie te praten. Zij, het duümviraat, dat vanuit een hoge positie het schoolleven en het leven daarbuiten bezag. Was dan bij Marc, stagnerend op de bodem van zijn ziel, een heel lichte wrok wegens die kleine beschadigingen van hun vriendschap blijven bestaan? Wilde hij zich van de rector losmaken om dichter bij Wim Egbers te komen? Wat hij allemaal aan het bedenken was, verontrustte hem omdat hij bang was dat het onvermijdelijk werkelijkheid zou worden en hij de gevolgen niet kon overzien.

Hij keek door de smerige ruit naar buiten, hoopte dat Wim Egbers gauw zou komen, zegde Dagevos gehaast de rubriek toe, wilde van de man af zijn. Over enkele dagen zou hij een tekst in zijn bezit hebben.

Hij overhandigde de hoorn aan Bobby.

HOOFDSTUK 38

Marc at laat op de avond in een klein dimsumrestaurant. De eigenaar en zijn gezin zaten aan de ronde tafel en slurpten bamisoep. Vanaf de overkant van de steeg hoorde hij vaag de geluiden van een automatenhal.
 Er stond die dag een onrustige wind. Zo nu en dan viel een bui. Dan voelde Marc zich op zijn best, waande hij zich onkwetsbaar. Het plaveisel was een smal spiegelend meer. Mensen onder paraplu's – donkere silhouetten – haastten zich in de eindigende dag door de smalle bochtige straat.
 Marc dacht aan de les die hij vanmiddag gegeven had. Met behulp van de oude metrokaart was hij met zijn leerlingen door Parijs getrokken, van het Gare du Nord naar Tolbiac, van Bir-Hakeim naar place d'Italie, en had verteld over de verschillende karakters van de wijken. Tijdens de les was hij op een idee gekomen. De gangen in de school zouden namen moeten krijgen: rue Descartes, rue Racine, impasse Emile Zola. Waar heb jij les? Lokaal 102, rue Voltaire. Dat zou leerlingen en collega's het idee geven in een denkstad, in een literatuurstad te wonen. Hij zou er met Rafaël over praten.
 Een hap eten bleef in zijn keel steken. Hij dook weg. Op nog geen meter van het raam... de man met die zwarte borsalino, het bleke, gewoonlijk niet expressieve gezicht vol uitdrukking... was zijn verborgen hunkering hem toch te groot geworden? Was hij toch bezig aan zijn naargeestige afdaling in de afgrond? De rector gaf de indruk van een totaal ander iemand, kreeg hier bijna het vervreemdende, het ongewone

van een romanpersonage. Marc had liever geen getuige willen zijn van diens aanwezigheid.

Na de bizarre ontmoeting met Rafaël had Marc snel afgerekend en de wijk verlaten, een blik in de gokhallen vermijdend, en had Wim op zijn vaste kruk in het café getroffen. Zijn vriend zag er slecht uit, had dikke wallen onder zijn ogen, oogde dodelijk vermoeid.

De slang gleed over de bar. Die hand bewoog over wat eens de toonbank van een kruidenierszaak was geweest en maakte op Marc werkelijk de indruk een slang te zijn die wegkronkelde tussen hete, gladde stenen. Ineens zei Wim: 'Jou mag ik. Jij bent de enige die ik mag. En Bobby mag ik een beetje. Zo zit dat.' Wim meende wat hij zei. Hij was oprecht.

'Nou, nou,' zei Bobby. 'Ik kom er wel bekaaid van af.'

Daar had Wim geen boodschap aan.

'En,' vervolgde Wim, 'de school is een leugen, de vergaderingen, de examens zijn een leugen. De rector is een leugen. De Labadie is een grove leugen. Zo zit dat. O, ja, de zieke, goedheilige Nelek was de leugen zelve.' Zo dacht hij erover.

Het kon Marc niet zoveel schelen wat Wim in deze voornacht verkondigde. Hij was bij hem, kon hem aanraken, horen. Dat was voldoende. Marc wist nu al dat de heimwee naar deze tijd, als hij voorbij was, groot zou zijn. Hij ging zo veel mogelijk in Egbers op en had er geen behoefte aan diens woorden te ontkrachten, te nuanceren.

Het kleine verraad van de rector had Marc niet losgelaten. 'Dat hij mijn verslagen aan een vreemde laat lezen.'

'Jongen, hij voelt dat hij met jou te ver gegaan is,' zei Wim abrupt. 'Dat lokaal... Ik heb jullie ook eens door de gang zien lopen. De twee broertjes De Goncourt, hoor. Hij die toch al nooit iemand groette, zag nu helemaal niemand, had slechts oog voor jou. Hij beschouwde je zo'n beetje als zijn bloed-

broeder, vergat zijn rol als rector. Nu keert hij zich subtiel van je af.'
'Zie je dat echt zo?'
'Ja, zo zie ik dat. En, ik heb gelijk.' De toon was nog kortaffer, nog afgebetener dan anders.
Ze luisterden naar de laatste tram die onder de lage, loodkleurige hemel naar de remise reed. Hij zou de rood verlichte woorden 'Geen Dienst' voeren.
Bobby, die zich achtergesteld voelde, wilde graag zijn stem laten horen en herinnerde aan het laatste gesprek over Johan Parre. Egbers reageerde met de opmerking dat Parre dan wel de vrouw van De Labadie had verleid, maar het was zeer de vraag of hij in staat was een vrouw in liefde te bevredigen. Het was niet onwaarschijnlijk dat het fysieke contact met de vrouw van De Labadie hem opnieuw zijn ernstige erectieproblemen had onthuld. Misschien was die voor De Labadie zo pijnlijke scène in de kaartenkamer wel een beslissende fase in Parres onverbiddelijke neergang. Wim had bij de laatste woorden zijn stem laten zakken. Het was bij Parre zo dat hij alleen bij prostituees geen last van die problemen had. Voor zover hier sprake was van een blokkade viel zij weg als hij kon betalen voor een vrouw. Hij wilde geld uittellen voor een naakt lichaam, tegen een verveloze plint een kaars zien branden bij een madonnaplaatje uit een scheurkalender. Parre was katholiek opgevoed. Al die meisjes uit Zuid- en Midden-Amerika waren katholiek.

Marc vertelde niet dat hij Rafaël was tegengekomen, maar legde Wim zijn plan van de straatnamen voor, waarin hij werkelijk geloofde.
'Jongen, daarom heb ik je zo hoog in bed liggen. Ik zie die Mor al voor me, op zijn grove sandalen sjokkend door de Allée Victor Hugo. Vergeet het, droom er maar lekker over.'

Marc en Wim liepen over de Laan van Meerdervoort en Wim zei ineens:

'Weet je waar ik zin in heb? In zo'n opgepoetste roodgouden goudrenet. Niet zo'n smakeloze die je nu koopt. Nee, zo'n appel die hier en daar van die kleine houtachtige plekjes heeft. Een appel die bij de eerste beet al de essentie van zijn smaak weggeeft. Zo'n appel kreeg ik vroeger mee naar school.'

Ze bleven staan op de brug bij de Suezkade. Wim zette zijn fiets tegen de brugleuning. De beide mannen staarden naar het glinsterende water van de gracht.

Een auto rijdt geruisloos de esplanade van Plein 1813 op. De ruiten zijn gecoat, de achterbank is van zacht, beige leer. In de auto zitten vier mannen. Eén, goed gekleed, pafferig, roept met een weke stem mamma bij haar naam. Zij kijkt om. Er is veel verkeer rond het Plein. Auto's en trams passeren het monument aan weerszijden. Marc kijkt. Kijkt buiten de tijd.

'Maar wat is er, jongen?' Egbers pakte Marcs hand, omdat hij tranen in zijn ogen zag. 'Had ik dat van die appel niet moeten vertellen of zit het je dwars wat Bobby over Parre vertelde?'

Marc schudde zijn hoofd. Hij huilde niet om de goudrenet, noch vanwege Parre. Er waren tranen in zijn ogen gekomen omdat hij naar Najoua verlangde, op een extreem heftige manier, omdat hij haar bij zich wilde hebben. Hij wist dat hij deze nacht weer door de Edisonstraat zou dwalen en opkijken naar haar raam. Hij had zijn tranen niet kunnen inhouden omdat zij door de huisarts naar het Riagg was verwezen. Hij had tranen in zijn ogen gekregen vanwege alle onbestendigheid: zij zou eens de school verlaten, Wim deze stad. In zijn verbeelding waren ze al bezig te vertrekken en bleef hij alleen achter. Hoe kon het eindige van belang zijn?

Achteloos schopte hij een steen in het water van de gracht voor zijn huis aan de Suezkade en tot zijn ontzetting begon de oppervlakte van het altijd stilstaande water heftig te bewegen en te kolken. Het leek geprikkeld door de aanraking.
In het bozige water zag hij mamma worstelend met een onbekende man. Hij ging haar redden en ze zouden huilend in elkaars armen vallen. Er viel een hagelbui, bliksemschichten schoten over het water.
'Mamma,' riep hij en naderde dichter de waterkant, verstijvend. Op het water krioelde het van schaduwen en nachtinsecten. Hij deed nog een kleine stap naar voren tot aan de uiterste rand. Een zuchtje wind had hem uit zijn evenwicht kunnen brengen. Hij hield zijn blik strak op het water gericht, dat langzamerhand weer tot rust leek te komen.
'Mamma?' herhaalde hij zacht en er kwamen opnieuw tranen in zijn ogen. Het uitgesproken woord bracht hem ook tot bezinning en hij zette een stap achteruit. Hij riep haar voor de derde keer.
Marc, nog in de ban van deze nachtmerrie, liep zijn studeervertrek in, keek naar het uitvergrote, bijna levensgrote portret van zijn moeder, met hem in zijn wandelwagen. De foto was op Plein 1813 genomen.
Marc bezat nauwelijks details over zijn kindertijd. Oma Koekoek had hierover gezwegen. Waarschijnlijk was niemand in staat geweest ze hem te geven. Aan zijn moeder had hij geen herinneringen. Ze was een verre gedaante geworden die hem soms in een lieflijke droom verscheen en dan had hij de indruk dat vanuit een andere wereld aan hem getrokken werd. Ze bleef ijl, ver weg, een vervagende, doorschijnende engel. Bij het wakker worden na zo'n droom was er het zachte schrijnen van die herinnering.

HOOFDSTUK 39

Marc stond onder de toegangspoort van het Descartes, omringd door een groep leerlingen. Ze wilden weten of hij hun proefwerk literatuur al had nagekeken. Het was heel moeilijk, meneer, en veel. Dertig vragen over het classicisme. Hij zag dat De Labadie hem wenkte vanaf de hoge stoep bij de ingang. Hij negeerde zijn gebaren, beloofde de leerlingen dat ze vandaag hun werk terugkregen. Stef de Labadie naderde hem.

'Zag je me niet?'

'Ik was bezig.'

'Morgen sectievergadering, zoals je weet.'

'Nee, dat wist ik niet. We zijn eergisteren toch bij elkaar geweest?'

'Deze is ingelast. Je had het kunnen weten. In het docentenboek staat een mededeling. Ook heb ik hierover een bericht in je postvak gedaan. Het gaat om een nieuw handelingsplan voor het komende jaar. Je postvak was in lange tijd niet opgeruimd. Je zit er te ver vanaf. Maar ik had dit bedacht: we komen morgenmiddag bij elkaar in jouw lokaal. Deze week krijgen de lokalen in het hoofdgebouw een extra schoonmaakbeurt.'

Marc schudde verbijsterd zijn hoofd en dacht: hij begrijpt er niets van. En het is niet duidelijk te maken. Hij maakt een vergissing, een verkeerde inschatting. Hoe kon Stef zoiets bedenken? 'Nee,' zei Marc zonder hem aan te kijken. 'Dat gebeurt niet.' Nee, dit was onmogelijk. Hij dacht aan de wanorde die zijn sectiegenoten zouden veroorzaken, aan hun handen die de tafels in carré gingen zetten, die recente prospectussen van Gallimard of Les Editions de Minuit zouden aanraken, aan de blikken die ze om zich heen zouden werpen. Nee, het was niet voorstelbaar dat de sectie onder voorzitterschap van De Labadie over zoiets onzinnigs als een handelingsplan, wat dat ook mocht zijn, daar zat te vergaderen. Ze zouden de ruimte ontheiligen. Hij kon het niet anders zien. Het ergste was misschien nog wel dat De Labadie met zijn onverschilligheid voor literatuur al het mooie daar zou aantasten. 'Nee,' zei Marc, 'het kan echt niet', en zijn stem klonk tegelijk fermer én ijler.

'Het is een lokaal van de school. Staf en Bestuur tolereren je verblijf hier.'

'Het kan niet.' Het liefst vloog hij hem aan. Nee, daar was Stef de Labadie toch echt te gering, te onbeduidend voor.

Stef moest op dat moment iets in Marcs ogen gezien hebben. Een opflikkering van een vurige, vernietigende, maar net op tijd beheerste kracht. Een zinderende hitte. Het had er even alle schijn van dat hij Marcs weigering met een schouderophalen wilde afdoen, maar hij zei, en het klonk bijna meewarig:

'Wat moet ik nou van je denken?' En omdat Marc niet op zijn woorden inging: 'Hè, zeg eens wat. Leg het dan uit. Ik doe mijn best om bij je te komen. Het lijkt wel of je me afwijst.'

Stef leek zich te schamen want hij trachtte na die woorden een luchthartiger toon aan te slaan: 'Ik laat je nog weten in welk lokaal je morgen verwacht wordt.' Marc wist nu al dat hij de sectievergadering Frans niet zou bijwonen. Het lukte hem in de tijd die volgde zonder veel moeite de herinnering aan De Labadie van zich af te zetten.

HOOFDSTUK 40

Aad Vierwind kwam hem achterop in de stille docentenkamer.
'Ik heb net iets over Gustave Moreau gelezen. De mythologie in zijn werk. Ben jij weleens in dat museum geweest?'
Het was duidelijk dat hij om een praatje verlegen zat, maar Marc nam de tijd voor hem en antwoordde dat Moreaus woonhuis aan de rue de la Rochefoucauld als museum was ingericht. Hij had zijn atelier aan huis. Alle vertrekken waren te bezichtigen en er hingen honderden schilderijen. Zeer de moeite waard. Hij ontving er ook zijn vrienden, Verlaine, Huysmans. Van hen waren in vitrines brieven te lezen. Marc kon maar niet ophouden. Aad deed volgens Egbers op school dan wel voor spek en bonen mee, hij interesseerde zich voor Gustave Moreau, naast Odilon Redon een van Marcs favoriete Franse schilders. Hij begon diens *Salomé* te beschrijven en het minder bekende *L'Apparition*, toen de tekenleraar hem onderbrak:
'Ik zou uren met je willen praten.'
De bel voor de pauze ging, Marc excuseerde zich en verliet de docentenkamer. In zijn postvak vond hij te midden van stafmededelingen, die hij meestal ongelezen liet, een vierkant rood envelopje, dat hij openmaakte.
Fineke schreef hem in een schoolmeisjesachtig handschrift dat ze namens het Bestuur binnenkort een les, of een gedeelte van een les, kwam volgen. Ze wilde daar graag een afspraak over maken. Fineke Regenboog was al eens in zijn nieuwe lo-

kaal geweest, sprak kort met Marc als ze hem in het gebouw tegenkwam. Marc was er nog niet toe gekomen haar thuis op te zoeken, maar hij had toegezegd: 'Het komt er eens van.'

Terwijl hij de brief las, sprak Rafaël hem aan, grappend: 'Post van je minnares?' Marc schrok, wist niet zo gauw een antwoord. De rector: 'Heb je een moment tijd? Ik weet dat je druk bent. Met vele dingen.' Zijn stem klonk heel neutraal. Uit die stem viel niets op te maken. Zijn pas naar de zijne richtend dacht Marc: er is niets waarover ik mij schuldig hoef te voelen. Het ligt ook zonder meer buiten mijn schuld dat ik hem vermomd in de stad heb aangetroffen. Hij was er vrijwel zeker van dat Rafaël hem had gezien, zich wilde rechtvaardigen en hem zou vragen hierover tegen anderen te zwijgen. Marc zag hem weer voor zich, in die smalle dwarssteeg, de lange, gebogen gestalte, de flamboyante zwarte hoed diep over zijn ogen, diep over zijn hoofd vol afgrijselijke onrust.

De rector ging hem direct voor, zijn kamer binnen, schakelde onmiddellijk het rode licht in zodat ze niet gestoord konden worden.

Ze zaten tegenover elkaar in de stoelen van groen skai. De rector deelde hem mee dat de schoolarts extra notitie van Najoua zou nemen. Hij had goede hoop dat het met haar in orde kwam. Hij wist hoe Marc haar toegedaan was. Werkelijk een bijzonder meisje. Hij had haar dossier ingekeken. Een leerlinge die boven iedereen uitstak.

'Daar moeten we zuinig op zijn. En dan nog een opmerking.' Nu zou hij over de vermomming beginnen. 'Ik wil dat je het weet. Die kant van de Wagenstraat ga ik niet meer uit. Ik weet dat ik op moet passen.'

'Het is jouw zaak. Jij kunt gaan en staan waar je wilt.'

'Zeker. Toch hecht ik er waarde aan jou te vertellen dat ik mijzelf in de hand heb. Maar nu, waarom wil ik met je praten?'

Rafaël bracht het eeuwfeest van het Descartes ter sprake. Dat zou groots gevierd worden. Met een feest voor alle medewerkers en een reünie. De reünisten, onder wie vele voormalige ministers en andere bekende Nederlanders, kregen een presentje van de school. Hijzelf had zich tot taak gesteld dat laatste vorm te geven en hij had aan Marc gedacht. Hij wilde een kort verhaal of een novelle. Eerst had hij overwogen hiervoor een bekende schrijver uit te nodigen, eventueel een schrijver die iets met Den Haag had. Die zou daar waarschijnlijk een flink honorarium voor vragen. Terecht, en er was ook geld beschikbaar.

'Ik wil het liever in eigen hand houden. Jij moet het doen. Jij kunt het. Je rubriek in het NGL-blad wordt gretig gelezen. Het onderwerp is vrij. Al kan ik me voorstellen dat een school – in casu onze school – er een plaats in krijgt. Ik zal het anders formuleren: het moet over school gaan, in de wijdste zin van het woord. Ik zie je denken: zoiets kan ik niet.'

Marc schudde ongemerkt zijn hoofd. Rafaël had zijn gedachten slecht geraden.

De rector vervolgde:

'En als je denkt: zoiets kan ik niet, dan zeg ik: dat kun je wel. Nog los van de rubriek die je reputatie in schoolland aan het vestigen is, ook dit jaar zijn je verslagen juweeltjes.'

Marcs fantasie werkte, terwijl de rector sprak, op volle toeren: er stond die dag een onrustige wind. In de lucht zat regen, tegen de gele horizon joegen stoeten wolken. De laatste, verre stralen van de ondergaande zon schenen nog een moment langs de daken van de Wagenstraat. Het plaveisel was een spiegelend meer. Een gele weerschijn sneed door de hemel, het gordijn viel, de huizen blonken in een bleek, vochtig schijnsel. In de snel vallende avondschemering, in het woeste licht van de bijna voorbije dag, doemde een man uit de menigte op. Een man die zijn verstand verloor, die niet langer weerstand kon bieden aan de verleiding, een man die vanbinnen juichte, explodeerde, die pakte wat zich aandiende, dronken van genot.

Marc verwierp het idee onmiddellijk, andere ideeën kwamen opzetten, waaraan beelden zich vastklampten. Het duizelde Marc, maar wat hij voor ogen had, zou hij dat op papier kunnen krijgen?

De rector beschouwde hem glimlachend, kwam overeind omdat de bel ging en de eerste pauze voorbij was. Elke dinsdagochtend na de pauze kwam de staf bijeen. De rector zou zijn staf direct meedelen dat hij hierover met Marc Cordesius gesproken had. Hij beoogde zo groot mogelijke transparantie.

'Denk er rustig over na. Hou me op de hoogte. En Marc, ook dit nog: maak het je oude schoolvriend, onze Stef de Labadie, niet al te moeilijk.'

HOOFDSTUK 41

Marc was op weg naar huis en het verhaal ontrolde zich in zijn geest. Een lang verhaal. Maar het mocht best een flinke lengte hebben. Een werktitel deed zich vanzelf voor: 'Collecte'. Het zou een greep uit het schoolleven worden, een rauw brok werkelijkheid, maar niet volgens de naturalistische school, verfijnder, delicater, meer vervloeiend.

Thuis nam hij zijn cabrio en reed naar Kijkduin. Op het terras van Klein Seinpost, op de hoek van de boulevard, starend naar de zee, bedacht hij dat de hoofdfiguur afkomstig was uit een arbeidersgezin in Oost-Groningen. Een hoogbegaafd jongetje, dat op de basisschool een groep mocht overslaan, een Spinoza-specialist werd, op zijn vijfentwintigste al op diens *Ethica* promoveerde. Hij werd de jongste rector in het land ooit. Hij kende zijn zwakte, maar bood succesvol weerstand aan zijn zucht tot gokken. De verliefdheid op een jonge, pasbenoemde lerares die op niets uitliep, verzwakte zijn weerstand. Hij gaf zich over, kwam algauw geld te kort, vergokte de collectegelden. De fraude werd ontdekt. De relatie met de lerares had al veel opschudding veroorzaakt. Wat hem nu overkwam, was te veel. Hij kon het leven niet meer aan, sloeg de hand aan zichzelf door in het water van de gracht langs de Dunne Bierkade te springen, verdronk op nog geen vijftig meter van het huis aan de Paviljoensgracht waar Spinoza de laatste jaren van zijn leven woonde.

Marc schreef de novelle binnen enkele weken. Hij maakte een afspraak met Rafaël en overhandigde hem het manuscript.

Deze, stomverbaasd:
'Hè, je had het al min of meer geschreven?'
'Zo zou je het kunnen zeggen. Het ging vanzelf. Het kostte mij geen enkele moeite.'
'Ik ben heel benieuwd.'

Marc stak de hal door, liep in de richting van de beeldengalerij om achter de trap af te dalen in de fietskelder, keek bij toeval om en zag dat het rode licht boven de rectorskamer brandde. Het was zeker dat Rafaël niet gestoord wilde worden, hij was al bezig zijn verhaal te lezen.

Een uur later kwam de conciërge Marc waarschuwen dat de rector hem in zijn kamer verwachtte.

Het was een lange weg om van daar bij Rafaëls kamer te komen. Leerlingen en collega's verdrongen zich in de gangen. Tijdens het leswisselen, waarbij ieder van lokaal veranderde, was de school een winkelstraat op zaterdagmiddag. De rector wachtte hem op in de centrale hal, zei met een stem waaruit niets op te maken viel: 'Goed dat je er al bent.' Hij hield zijn hoofd naar beneden, zei verder geen stom woord tegen Marc, die in de drukte schuin achter Rafaël liep, ook zwijgend, bijna als een veroordeelde.

De rector sloot zorgvuldig de deur van zijn kamer, het rode lampje zou licht op de plavuizen van de hal werpen. Hij bleef in het midden van het vertrek tegenover Marc staan.

'Gruwelijk spannend. Ik heb het in één adem uitgelezen. Mooi hoe je het leven van Johan Parre en dat van mij met elkaar verweven hebt. Maar dit kan echt niet. Dat begrijp je.'

'Ik begrijp het.'

'Ik stel me voor dat een uitgever er blij mee zou zijn. Zo vaak komt de middelbare school niet aan bod in de literatuur.'

'Ik heb geen literaire ambities.'

'Marc, het kan niet. Je zult teleurgesteld zijn. Het kan niet. Noch om de nabestaanden van Parre, noch om mijn naasten, noch om de school. We willen een feest. Geen deining. Geen onrust. Je bent teleurgesteld. Ik zie het.'

Marc zei dat hij de rector volkomen begreep en legde uit dat dit verhaal slechts als schrijfoefening bedoeld was. Het kón niet acceptabel zijn. Indien wel, Marc zou er raar van hebben opgekeken. Hij wilde eerst weten of hij tot een verhaal van die omvang in staat was.

De rector keek hem opgelucht en het voorhoofd fronsend aan.

'Je bent toch... Maar hoe kom je aan al die details over Johan Parre?'

'Van Wim Egbers.'

'Dat had ik kunnen vermoeden. Wim is er op gebrand met je om te gaan. Jij alleen bent in staat bevriend met hem te zijn.'

Vanuit de school bereikten hen verwarde geluiden van verlate leerlingen, en daarna, in de hal, de zware pas van de conciërge die op de rectorskamer afkwam en de ineens monumentale stilte benadrukte.

HOOFDSTUK 42

In de middagpauze kwam Najoua zijn lokaal binnen, bleef bij zijn tafel staan, half met de rug naar hem toe, keek het lege lokaal in.

Marc dacht: ze gaat bekennen. Elke week verdween collectegeld, de bedragen varieerden, waren soms heel gering, soms exorbitant hoog. In de prullenmanden op de etages vond hij de briefjes met de originele bedragen. Deze driegymklas kreeg al de naam dat zij slecht scoorde. Marc had de conciërge al enige keren een extra bedrag ter hand gesteld met het excuus van nagekomen gelden.

Najoua begon onrustig door de klas te lopen, haar tengere lichaam in te strakke kleren geperst. Ze vermeed zijn blik. Hij wachtte geduldig. Ze zou eens met haar bekentenis voor de dag moeten komen. Het moest van haar uitgaan, vond hij. Hij dacht aan de schoolarts die hem onlangs in de gang had aangesproken. Hij droeg onder gewone kleren witte tennisschoenen met rode vlekken van de gravel, had zojuist een gesprek met Najoua gehad. Marc vond het ongepast dat een arts in die uitdossing met leerlingen sprak. Hij moest onder zijn werk wel heel sterk verlangen naar de tennisbaan. Nog ongepaster waren de bewoordingen waarin hij over haar stoornis sprak: 'Het meisje heeft een dijk van een anorexia.' Hoe bestond het dat een arts zich zo plat over de ernst van een aandoening kon uitdrukken? Marc had hem minachtend aangekeken en hem gevraagd zich niet meer met haar te bemoeien. Ze was in goede handen bij haar huisarts.

Najoua leunde nogal onverschillig tegen de achterwand. Hij zat aan zijn tafel. Ze waren vele meters van elkaar verwijderd. Ze zei:

'Ik ben bij natuurkunde het lokaal uit gelopen. Mor deed vervelend tegen mij.'

'Kom wat dichter hiernaartoe.' Hijzelf stond op en liep de klas in. Zij zette ook een paar stappen in zijn richting. Op afstand bleef ze stilstaan en vertelde dat ze niet wist wat ze verkeerd had gedaan. Ze had zich gebukt om iets uit haar tas te halen, ze had echt niets tegen haar buurvrouw gezegd.

'Misschien dacht hij dat ik iets zei. Ik zei niets. Hij viel tegen mij uit. Ik diende mij als ieder ander te gedragen, ik moest niet denken dat ik meer rechten had. Morrenhof is eigenlijk nooit boos. We vinden het allemaal wel een aardige leraar. Ik haal hoge cijfers bij natuurkunde. Hij bleef tegen mij tekeergaan, leek buiten zichzelf te geraken. Ik ben rustig de klas uit gelopen. Hij riep me na dat ik nooit meer terug hoefde te komen.'

Marc staarde naar de kleine, vermagerde hand, de duidelijk zichtbare aderen. Waar kwam Morrenhofs plotse, diepe afkeer vandaan? Voor Marc was het slechts een collega die hij, als het niet anders kon, met een vaag handopsteken groette. Het was ook de man die hem al diverse malen de roddels van een verjaarspartijtje had overgebracht. En één keer had hij Marc, in gezelschap van andere collega's, opgezocht in zijn nieuwe lokaal en bij die gelegenheid gezegd: 'Jij hebt je hier mooi teruggetrokken.'

'Marc, het gebeurde tegen het einde van de les en daarna had ik een vrij uur. Ik ben op de gang blijven staan in de buurt van zijn lokaal. Ik hoopte dat hij me aan zou spreken, iets zou zeggen om het weer goed te maken. Hij kwam naar buiten, negeerde mij met een hooghartig gezicht.'

Marc kwam bij haar staan, deed voor zijn doen iets ongehoords, streelde met zijn vingertoppen haar gezicht, de vooruitstekende jukbeenderen, de wenkbrauwbogen, de oogleden, de huid rond de lippen. Het was een haast afstandelijk, kuis strelen alsof het niet om het lichaam ging, alsof hij slechts probeerde haar ziel te beroeren.

Zij sloot haar ogen. Hij, bijna onhoorbaar:

'Wat doe je met het geld?' Hij wist wat ze ermee deed, maar wilde het uit haar mond horen.

Het leek of zij die woorden niet zo snel kon bevatten. Zij concentreerde zich volledig op de fysieke sensatie die zij onderging en waarvan zij geen nuance wilde missen. Hij zei, zo mogelijk nog zachter:

'Ik vond zonet je pakje boterhammen, niet opengemaakt.'

'Ik had geen honger.'

'Het is niet de eerste keer.'

'Ik heb gewoon geen honger.'

'Ik hoorde je overgeven.'

'Ja, ik was misselijk.'

HOOFDSTUK 43

Marc sprak Rafaël over het voorval aan en de rector kon over Gijs Morrenhof slechts dit zeggen:

'Hij kan grillig zijn. Dat was vooral in het begin van zijn carrière. Viel om niets heftig uit. Dat heeft in het verleden, voor jouw komst, enkele hooglopende conflicten gegeven. Wat is gebeurd, kan natuurlijk niet en het doet me goed dat je opkomt voor je protegee.'

Dat laatste woord klonk Marc onaangenaam in de oren, maar hij liet het onheil van een opkomende woede onmiddellijk in zich uiteenvallen en kon volmaakt rustig, op een enigszins koel toontje zeggen:

'Zij is mijn protegee niet. In zo'n geval zou ik voor elke leerling opkomen.' En dacht: Rafaël is werkelijk tactloos. Op het verkeerde moment gebruikt hij de verkeerde woorden. Dat moest de rector ook min of meer aanvoelen want hij beloofde Marc met de hand op zijn hart dat hij met Gijs zou praten. Die zou zeker inzien dat hij zich ernstig had vergaloppeerd en zijn excuses had aan te bieden. Dat was het minste. 'Laat het aan mij over.'

Marc was nog niet helemaal tevreden, zei dat Morrenhof wel een motief voor zijn handelen zou bedenken. Maar hij behoorde tegen een leerling niet zo uit te vallen. Marc was er niet zeker van dat de rector het gesprek op de juiste toon zou voeren.

De telefoon ging en tegelijk ging de deur open en kwam Esther Biljardt binnen, zonder eerst te kloppen. Toch brandde het rode licht. Zij doorbrak een code, zij trok zich ook niet terug toen zij Marc zag. Rafaël liet de telefoon overgaan, maakte een eind aan het onderhoud:

'Marc, ik help die hele zaak uit de wereld. Zit er niet over in.'

Marc liep de gang in waar zich de lokalen van de bètavakken bevonden. Hij kwam er zelden. Ook in de dagelijkse omgang had hij met docenten in deze vakken weinig contact. Er waren uitzonderingen. Twee wiskundeleraren lazen romans.

Marc passeerde een natuurkundelokaal en zag Gijs bezig, met een assistent, een proef voor te bereiden. Hij zag de assistent althans een brander aansteken en Gijs een vloeistof uit een fles in een retort gieten. Ze droegen witte jassen. Marc aarzelde. Zou hij zijn collega aanspreken? Nee, het was zeker dat zijn bemoeienis de zaak alleen maar erger zou maken. Hij moest zich op de rector verlaten.

Het café was slechts onduidelijk verlicht door de barlamp met laaghangende roodbruine perkamenten kap, Bobby spoelde traag een glas om en zijn vriend, gebogen over de bar, half met de rug naar Marc toe, het sluike haar over het verschoten, groezelige spijkerjack, beide handen gevouwen om een glas bier, merkte op:

'Die woede van Morrenhof is via het meisje tegen jou gericht. Dat begrijp je toch wel?'

'Nee, dat begrijp ik niet. Daar begrijp ik helemaal niets van.'

'Ze verdragen je niet. Het gaat niet eens om wat je doet of laat. Het is je pure aanwezigheid. En ze weten van jouw bijzondere band met dat meisje. Jou moeten ze hebben. Het gebeurt niet eens helemaal bewust. Maar het gebeurt wel. En wat denk je? Je zit in dat hernieuwde lokaal van je, ver weg van de drukte. De staf gedoogt dat. Dat zet kwaad bloed.'

Marc keek hem ongelovig aan. Wim overdreef. Het was zijn aversie tegen alles aangaande de school.
Het was lange tijd doodstil. Het was al laat. De vuile, kleine ruiten keken uit op de verlaten Zoutmanstraat. Buiten, achter de cafédeur, hing de stilte als in een lange, lage gang. De stilte binnen was even diep na deze woorden van zijn vriend.

Ze namen afscheid op de hoek Laan van Meerdervoort/Suezkade.
'Rafaël zou er met Morrenhof over spreken...'
'Dat zegt hij. Om jou tevreden te stellen. Hij doet het niet.'
'Ik wil geloven dat hij dat doet. Hij heeft het toegezegd.'
Egbers verzekerde hem dat het nooit zou gebeuren. Dat aardige kind van Marc zou uitleg noch excuses krijgen.

HOOFDSTUK 44

'Marc, je wilt weten waarom ik zit te giechelen? Het komt van de pillen die ik krijg. Het is de bedoeling dat ze me kalmeren.'
Hij zag het lichte fronsen bij tegenslag dat hij van haar kende.
Hij had lesgegeven in de eindexamenklas en een klein aantal uitgelezen leerlingen verzocht Stendhals *Le rouge et le noir* te lezen met de altijd werkende aanbeveling: 'Dit is iets voor jullie.' Waarop de leerlingen altijd repliceerden: 'En waarom voor ons, meneer?' Daarop was zijn vaste antwoord: 'Dat begrijp je als je de roman leest.' Een andere kleine groep had hij *Madame Bovary* meegegeven. De leerlingen waren nog niet vertrokken of de deur was opengegooid en Najoua stond in de deuropening, de heel dunne benen onder een kort, donker oranje rokje. Daar stond ze, heel gespannen, het donkere haar was dof en de gezichtshuid flets, rimpels in het voorhoofd. Ze bleef daar maar staan, wat heel ongebruikelijk voor haar was, en begon ineens weer te giechelen.
Ze kwam toch dichterbij, ging niet op de tafel vlak voor zijn bureau zitten, maar op de voorste tafel van de middelste rij, sloeg haar benen nonchalant over elkaar, zei: 'Ik ben niet kalm', onderbrak zichzelf, keek naar het bord: 'O, je hebt een eindexamenklas gehad.' Ze las hardop in correct Frans de titels die hij de klas had aangeboden. 'Marc, ik ben niet kalm, ik heb juist zin de trappen op en af te rennen, te dansen, gek te doen. Ik wil dat iedereen naar me kijkt.'

Het was warm in het lokaal, maar ze rilde van de kou. Ze keek naar haar benen, bewoog ze op en neer en zei:

'Ik ben eerlijk, ik kom ervoor uit dat ik niet dik wil zijn. De meeste mensen spelen komedie.' (Marc dacht: Wim Egbers had haar moeten horen, hij zou instemmend geknikt hebben!) 'Ik zeg precies wat ik denk en voel.'

Ze trok het schoonheidsvlekje grappig op, een kuiltje verscheen in haar linkerwang. Najoua sprong na een korte innerlijke overweging van de tafel, liep achter Marc langs naar het raam en zei met een blik op het dichte struikgewas rond de noodlokalen: 'Ik vind dat dit colbert je heel goed staat. Dat donker met het fijne rode streepje past bij je. Ik zeg precies wat ik denk en voel.'

'Daar ben ik blij om. Ik zag het jasje en ik heb het direct gekocht. Ik zou ook graag willen dat je iets meer at.'

Ze liet de vraag liggen. 'Ga jij trouwen later? Heb je een vriendin? Daar hoor ik je nooit over. Heb je een vriendin gehad? Ik had het al eerder willen vragen. Nee, die vragen mag ik niet stellen. Ik heb het intussen toch al gedaan.'

'Ik heb geen vriendin,' zei hij kort.

'Misdraag ik me? Je doet ineens zo koel.' Najoua was zichzelf niet meer. Ze vroeg opnieuw of ze zich misdroeg. Hij ontkende woordloos, zag hoe doorzichtig de huid bij de slapen werd, had bijna opgemerkt dat zij zich misdroeg jegens haar eigen lichaam als ze weer eens haar zorgvuldig in folie verpakte boterhammen in de prullenbak had geworpen, en dacht aan de afgelopen week, toen ze in een stortbui onder zijn paraplu de school uit waren gelopen. Op het onregelmatig bestrate schoolplein viel een donkere, rechte regen die tegen hun benen opspatte. Ze liep naast hem onder de grote, bordeauxrode paraplu, liep dicht naast hem, in een nerveuze vrolijkheid. Het was niet de uitbundige, onschuldige vrolijkheid van de allereerste keer. Vlak voor ze de trambaan overstaken, struikelde ze en hij had haar kunnen opvangen. Volgens Najoua had ze haar evenwicht verloren door een loszittende tegel. Dat moest het zijn. Hij had gevraagd of ze niet liever terug naar school ging, of ze wel op eigen benen kon staan. Ze kon dan binnen wachten en hij kon de auto halen. Bij het tramhuisje begonnen ze de tweede trambaan over te steken. Hij liep vooruit om te kijken of achter de stilstaande tram geen verkeer kwam. In dat korte ogenblik was ze voor de tweede keer gestruikeld, had languit op straat gelegen. Automobilisten waren uit hun auto gekomen, een kring van vreemden had zich gevormd. Een jonge collega Engels was net met zijn auto uit de poort gekomen en had haar naar huis gebracht.

'Jou mag ik toch alles vragen?' Ze keek hem aan, het hoofd schuin, de halsspieren gespannen.

'Je mag alles vragen. Ik geef niet overal antwoord op.'

'Vind je me niet zo aardig meer?' Haar stem ging omhoog. 'Dat verdraag ik niet, hoor!' Ze liet zijn blik los, staarde het lokaal in, draaide zich weer naar hem toe. Haar lippen gingen van elkaar en ze fluisterde:

'Mamma is tegen mij. En jij?'

'Je weet wel beter.'

'Vanmorgen vroeg ben ik langs je huis gelopen. Ik heb je auto aangeraakt. Ik hoopte dat je me zou zien.'

Ze keek naar de affiche van Jeanne d'Arcs geboortehuis in Domrémy en zei: 'Ik hou van dit lokaal, ik hou van die affiche, het metroplan. Als ik later van school ben, zal ik dat allemaal missen. Dat weet ik nu al. Ik hou niet van het Riagg. Ik ben altijd opgelucht als ik weer hier terug ben.' Ze zweeg en zei na een lange tijd: 'Ik wou dat ik weer heel klein was.'

Hij dacht aan het pakje boterhammen dat hij in een prullenbak had gevonden. Hij had het later die ochtend voor haar neus gehouden. 'Je eet het op waar ik bij sta.' Ze had een klein hapje genomen, erop gekauwd alsof het taai was, had de handen voor haar gezicht geslagen. 'Wat is er?' Hij had haar handen weggetrokken, had ze vastgehouden. In haar blik lag iets smekends. Er lag ook vastberadenheid in. 'Ik ben zo afschuwelijk dik. Ik kan me niet meer op straat vertonen.' Haar stem had getrild. Op dat moment was een klas binnengekomen en was zij aan zijn aandacht ontsnapt. Marc had de klas aan het werk gezet en was het hoofdgebouw in gelopen. Op het toilet hoorde hij haar overgeven. In de garderobenis verderop had hij haar jas gevonden en de zakken nagekeken en twee doosjes laxeerpillen gevonden. Hij had het Riagg aan de Groot Hertoginnelaan op de hoogte gebracht.

HOOFDSTUK 45

Op school heerste een gemoedelijke, ontspannen stemming, die van vlak voor een vakantie. Een van de conciërges liep door de gangen, haalde de absentenbriefjes op. Leerlingen met een tussenuur of van wie een uur was uitgevallen werkten in de studiezaal of stonden in kleine groepjes in de hal te praten. De stem van een lesgevende docent, opklaterend gelach, een deur die in een tochtstroom dichtviel.

Marc had geen les, moest aan zijn verhaal voor het eeuwfeest werken, maar was te onrustig om stil te zitten, liep met zijn ziel onder de arm door de school. Hij zag het rode licht boven de rectorskamer branden, wierp een blik in de docentenkamer, die leeg was, op Kees Herkenrath na. Kees had een vrij uur, zat aan zijn vaste tafel, een kop koffie voor zich, een nieuwe bril op, stelde Marc vast, met een donkerder montuur, dat hem strenger maakte. Kees trok aan zijn middelvinger, die knakte. Hij zat daar in die hoge ruimte in een angstaanjagend alleen-zijn.

Marc had op dit moment geen zin in een gesprek, kon zich terugtrekken, Kees kon hem niet onderscheiden in de schemerige passage. Hij nam zich die gedachte kwalijk en liep regelrecht op Kees toe, legde een hand op zijn schouder, wist niet wat hij moest zeggen, noemde slechts zijn naam, boog zich uit mededogen naar hem toe als wilde hij hem zoenen. Hij liet zijn hand op Kees' schouder rusten, Kees' ogen kregen meer glans en zijn gezicht werd minder gesloten. Daarna verliet hij hem.

Marc hing een tijdje rond bij de beelden, geloofde niet dat voor Condorcet nog een plaats zou worden ingeruimd, zag Esther Biljardt uit de rectorskamer komen, besloot bij de conciërge, aan de overzijde van de hal, een nieuwe voorraad voorbedrukte absentenbriefjes te halen, en ging die richting uit. Een leerling uit de brugklas, die les had in het tekenlokaal op de begane grond, liep ook naar de conciërgeloge en was er een seconde eerder dan Marc.

De conciërge opende het spreekluik en vroeg Marc over het hoofd van de leerling heen wat hij voor hem kon doen.

'Die jongen was vóór mij,' zei Marc. Je kon zien dat het kleine ventje van streek was.

'Zeg het maar,' zei de conciërge.

'Ik kom namens klas 1a. We hebben les van meneer...' Hij kon niet op de naam van zijn docent komen.

'Meneer Vierwind,' zei Marc. Het zei de jongen niets. 'We mogen hem bij de voornaam noemen, maar die ben ik vergeten.'

'Aad,' hielp de conciërge.

'En wat wil je komen vertellen?' vroeg Marc. De jongen wendde zich helemaal tot Marc.

'De leraar zegt niets. Hij zit voor de klas en zegt helemaal niets. We vroegen of we mochten tekenen en hij deed of hij de vraag niet hoorde. We moesten met de armen over elkaar zitten en we mochten niets doen. Het hele uur. Omdat ik klassenvertegenwoordiger ben...' De jongen had in keurige zinnen zijn verhaal gedaan en begon te huilen. Hij stotterde snikkend dat hij de klas uit was gelopen om naar de conciërge te gaan, maar dat hij van de leraar zijn klas niet had mogen verlaten.

'Ga maar terug naar je klas,' zei Marc. 'Ik weet genoeg. Je hoeft niet bang te zijn. Je hebt precies gedaan wat je moest doen.'

Wat een moedig jongetje, dacht Marc. Hij gaat in tegen een volwassene, gaat in tegen het systeem.

De bel ging. De klassen verlieten de lokalen. Marc hield het tekenlokaal in de gaten, zag eerst Vierwind verschijnen, vervolgens de leerlingen. De tekenleraar liep regelrecht op de conciërgeloge af, zei iets tegen de conciërge. Marc keek van afstand toe. Even later verliet Aad Vierwind het schoolgebouw.

Van de conciërge vernam Marc dat Vierwind zich ziek gemeld had. Hij was niet in staat langer les te geven en naar huis vertrokken. Marc trof gelukkig de rector op zijn kamer en vertelde wat hij had meegemaakt. Rafaël had heel even een hand op zijn arm gelegd.

'Je bent er aangedaan van. Je trilt. Ga rustig zitten. Ook dat is het schoolleven.'

Rafaël had deze reactie al eerder verwacht. Vierwind was gepasseerd als conrector. Door collega Biljardt was hij op zijn vingers getikt toen hij die ernstige spelfout in het docentenboek maakte. En zo waren er nog wel meer dingetjes, zoals de idee-fixe dat de staf het vak tekenen onderwaardeerde. Hij zou de arbo-arts inschakelen en Vierwind bellen.

De rector was in een fauteuil tegenover Marc gaan zitten.

In de asbak lag nog steeds het in cellofaan verpakte stuk gum. Marc nam het in zijn hand, las hardop de tekst: 'Errare humanum est.'

'En wie, denk jij, vergist zich in deze affaire?' vroeg Rafaël.

'Dat is wel duidelijk. Er is er maar één die fout is. Een man heeft een klas jonge leerlingen voor zich, en zegt een uur lang niets. Verhaalt zijn gram op hen. Dat is botte plichtsverzaking. Zo'n man moet van school gestuurd worden. Ik begrijp niet, Rafaël, dat jij er zo rustig onder kunt blijven. Wat Vierwind doet, heeft niets met vergissen te maken!'

'Je bent er behoorlijk ontdaan van. Ik hoor het aan je stem. Ik zie het aan je. Je kunt hem wel ik weet niet wat doen. Onze collega tekenen meent redenen voor zijn gedrag te hebben of, in zijn taalgebruik, "redes". Hij zal bij de arbo-arts op het matje moeten verschijnen en zal zeggen dat hij een conflict met de school heeft en als de arts daarin meegaat – wat ik verwacht – zien we hem dit jaar niet meer terug en moeten we een plaatsvervanger zien te vinden. Heel vervelend voor de school. Weet je wat ik verwacht? Die arts gaat zeggen: "Meneer Vierwind, we houden u een tijdje in de luwte." Het Bestuur van de school zal misschien zijn huisadvocaat inschakelen. Eerdere identieke gevallen hebben ook tot niets geleid.'

'Hoe kun je zo kalm blijven. Die vent is niet ziek. Hij wil thuisblijven. Onder de dekmantel van een arbeidsconflict.'

Rafaël had alle tijd en vertelde Marc dat hij met deze docent, zolang hij op school was, problemen had gehad. 'Er is een tijd geweest dat hij alle tafels en stoelen uit zijn lokaal liet verwijderen en op de vloer in kleermakerszit met de leerlingen discussieerde. Stoel en tafel waren bedenksels van de bourgeoisie. In zijn lessen toentertijd werd nauwelijks getekend. Een tijdlang heeft hij de plenaire vergaderingen verveeld met ellenlange rapporten over zijn vak, eiste hij dat tekenen bij de overgang even zwaar meetelde als Frans.'

'Daarin heeft hij geen ongelijk,' meende Marc. 'Waarom zou Frans belangrijker dan tekenen zijn.'

'Het was de toon die kwaad bloed zette. Maar goed, we zullen zien hoe dit afloopt. Ik ben er niet gerust op.'

'Maar Rafaël, die jongen... ik zie hem nog voor me. Die moet toch van "dé docent" voor zijn leven een verachtelijk beeld overhouden?'

'Andere docenten compenseren dat beeld.'

'Ze zouden Vierwind uit zijn huis moeten sleuren. Met die man wil ik nooit meer een woord wisselen.'

'Die kans doet zich misschien ook niet meer voor. Zo'n arbeidsconflict kan lang duren als het hard wordt gespeeld.'

'Dit is toch notoir misbruik!'

'We moeten, ben ik bang, machteloos toezien. Begrijp je nu wie zich hoogstwaarschijnlijk in deze zaak vergist?'

HOOFDSTUK 46

Najoua wachtte hem op. Ze droeg haar roze spijkerrok, die zo strak zat als maar kon. Opzettelijk een maat te klein.
'Ik had mamma beloofd na school direct naar huis te gaan, maar wilde bij jou zijn.'
Ze ging op de voorste tafel zitten, die tegen zijn bureau stond, trok het gezicht van een kleuter: 'Toen ik klein was, deed ik mijn ogen dicht en mamma streelde mijn oogleden. Ze raakte ze heel licht met haar vingertoppen aan.'
Een lange stilte waarin ze haar hoofd liet zakken. Toen ze hem weer aankeek, rolde een traan over haar wang. Ze wilde geen patiënt zijn, was niet iemand die om wat dan ook in de problemen zat.
Marc voelde zich de begrijpende arts die alle tijd heeft en geduldig wacht tot zijn patiënt uit zichzelf verdergaat, nog meer wil loslaten, zodat het waanidee uit haar hoofd verdwijnt. Marc werd in die rol gedwongen, maar wenste dat niet. Ze waren gewoon op gelijk niveau met elkaar om te gaan. In zijn ogen was ze geen leerlinge.
'Marc, ik wacht.' Ze had haar stem veranderd. Najoua, kleine samenzweerster! 'Ik wil mij op iets verheugen. Ik wacht. En ik denk – maar daar mag je met niemand over praten – dat ik bang ben. Ik voel dat er buiten ons afschuwelijk onheil op de loer ligt.'
Het trof hem extra hoe haar mooie gezicht nog beniger was geworden, de huid rond haar neus een blauwe weerschijn had, transparant leek. Uit de lege doosjes laxeerpillen die hij

in één dag had gevonden was op te maken dat ze per dag zeker zestig pillen nodig had. Er mocht geen voedsel in haar zijn. Vlak onder de huid, vooral rond de neus en de mond, hing werkelijk een blauwe zweem.

'Marc, je hebt het moeilijk. Ik benijd je niet. Ik heb ook niets met De Labadie.'

Marc had even verwonderd gekeken, maar begreep haar. Ze doelde op een conflict dat hij had met De Labadie. Het zoveelste. Hij had op het matje moeten komen in diens conrectorskamer. Het was weer gegaan over de coördinatie van proefwerken. Marc was zich volgens De Labadie nog steeds te weinig bewust van de gedachte dat een docent een teamplayer was. Marc had dat voor de zoveelste keer in enkele korte zinnen betwist. De docent sluit de deur van zijn lokaal achter zich. Hij is alleen met dertig of meer leerlingen en hij moet het in zijn eentje met hen zien te rooien. Niemand kan hem daarbij helpen. Daarna was hij zonder groeten weggegaan. Stef had Marc teruggeroepen en in zijn stem had lichte paniek geklonken. Marc was teruggegaan en toen had Stef tot Marcs verbijstering gevraagd: 'Doe ik het wel goed? Hoe kijkt men naar mij? Ik twijfel vaak. Waarom ben ik niet gewoon docent gebleven?' Marc had hem min of meer gerustgesteld. Najoua bracht hij van dit soort gesprekken op de hoogte.

'En heeft Morrenhof je zijn excuses al aangeboden?'

'Nee, Mor doet vreemd tegen mij, kijkt me niet aan. Ik krijg ook geen beurt meer. Hij negeert me gewoon.'

Tot twee keer toe had Marc de rector hierover aangesproken. Rafaël beweerde dat hij met Gijs een gesprek had gehad. Waarschijnlijk zou Egbers gelijk krijgen.

Het meisje staarde naar haar magere armen.

'Kijk eens hoe dik.'

Hij pakte die magere arm en zei dat ze het mis had, dat ze

het helemaal mis had, zichzelf voor de gek hield. Hij zou er bijna Descartes' redenerende rede willen bij halen om zijn gelijk te bewijzen en haar wijze van redeneren af te straffen.

'Als ik niet dik was, zou ik me toch gelukkiger voelen? Wat doe je streng tegen mij. Er is een tijd geweest dat ik alles van je mocht.'

'Je bent onredelijk en dat weet je.'

'Marc, alsjeblieft, blijf jij aan mijn kant staan. En naar die groepssessies wil ik niet meer. Ik moet altijd over vroeger vertellen, moet me van alles herinneren van mijn familie. Ik weet niets van mijn familie en ik wil er niets van weten. Jij, Marc, komt ook steeds aan de orde. Ze willen ook informatie over jouw familie. Ik weet niets over jou. Ze willen weten waar we over praten, ze willen weten of je aan me zit. Wat bezielt ze? Vertel over je leraar. Hoe vaak zie je hem? Laat ze van me afblijven. Ik ga er niet meer heen. Jij moet me helpen, Marc. Ze blijven maar doorgaan, zeuren als een klein kind. Over jou, over jou vooral; tenminste, de laatste tijd. Zelfs over je kleren, je auto. "Heb je bij hem in de auto gezeten? Waarheen? Legt hij een hand op je knie?" "Ja hoor, hij legt een hand op mijn knie, hij kleedt me helemaal uit."' Ze imiteerde de therapeut volmaakt. 'Ze kunnen er niet genoeg van krijgen. Ze denken dat ik alles van je weet. Ze doen zo veel moeite. Wat een moeite doen ze, hè? Ze willen van me winnen, willen me eronder krijgen. Ik kom daar aan. Dag Najoua, fijn dat je er bent. Waar wil je zitten? Zoek maar een lekkere stoel uit. Niet één stoel daar is lekker en ze zien er allemaal grauw en smoezelig uit. Dan zit ik in zo'n kale spreekkamer met één schilderij in een metalen lijst. Een schilderij dat niets voorstelt. Met alleen zwarte vlekken. Waar denken die lui aan als ze je zien? Wat denken ze van ons beiden? Ik vertrouw ze niet. Wat moeten ze van me? En hoe is het de afgelopen dagen gegaan? Je kunt gerust zijn, Marc.'

Ze boog zich naar hem toe, legde beide armen op zijn tafel, liet haar stem zakken.

'Ik ga ze geen dingen van ons vertellen. Ik ben geen kind meer. Ik weet wat ik doe. Die klotesessies. Ze vragen: wat is er tussen jou en die leraar? En dat aparte lokaal? Heeft hij je daar weleens aangeraakt? Vertel! Hoe? Waar? Heeft hij je gezoend? Dat is toch jullie liefdesnestje? Marc, ik ben hard gaan gillen. Niets, niets, er is niets, heb ik geschreeuwd. Waar bemoeien jullie je mee? Drie volwassenen hoorde ik over de gang rennen, de deur opentrekken, de kamer binnen stormen. Marc, ik wil die gesprekken niet meer. Ze willen maar één ding weten... Je begrijpt wat ik bedoel. Ze willen graag horen dat je aan me zit... ja, ga door, ga door. Moet je dat gezicht van die therapeute zien. Ze heeft kleine, donkere ogen die je maar strak blijven aankijken en lang sluik haar dat steeds voor haar gezicht hangt, dat ze steeds naar achteren doet, en dat weer voor haar gezicht valt. Ik weet wel waar ze op uit is... Ze wil dat ik beken. Maar ik ben alleen heel dik, heel mollig. Ik wil niet dik en mollig zijn!'

Ze legde in gespeelde wanhoop haar hoofd een moment op zijn armen, keek naar hem op, keek toen het lokaal rond, haar blik bleef rusten op het geboortehuis van Jeanne d'Arc.

'Je hebt je een ideaal opgelegd.' Marc schaamde zich voor zijn gratuite woorden. Kon hij nou niets beters bedenken?

'Marc, hier in dit lokaal wil ik altijd blijven. Dag en nacht. Ik denk dat ik dan gauw weer beter zou zijn.'

HOOFDSTUK 47

Ze aten poffertjes bij Klein Seinpost aan de bescheiden, korte boulevard van Kijkduin. Een paar dagen geleden waren ze in de cabrio met een flinke omweg naar de haven van Scheveningen gereden en hadden gegeten bij het visrestaurant Dukdalf. Hij wilde haar afleiden en op andere gedachten brengen. Na het eten liet hij haar geen moment alleen, rekende snel af. Gisteren had hij met haar om de haven gelopen. Het eten was dan al zo ver gezakt dat hij haar rustig in een gelegenheid die ze tegenkwamen naar een toilet kon laten gaan. Zelfs door een vinger diep in de keel te steken, zou ze het eten niet meer naar boven kunnen halen. Die keer was ook Najoua's moeder mee geweest. De twee vrouwen hadden samen op één stoel in de auto gezeten, Najoua aan Marcs zijde. Ze hadden het wortelnoten dashboard en stuur bewonderd en gevraagd waar alle knoppen voor dienden. Het was koud geweest en hij had de zittingen voorverwarmd. Najoua wilde weten welk knopje dat was. Ze was uitgelaten geweest en onder het eten had haar moeder gezegd: 'Ze eet tenminste lekker en met smaak. Dat is de laatste tijd wel anders geweest.'

Vandaag was hij met haar alleen. Ze droeg een rokje van groene suède en daaronder een donker maillot. Het haar had ze in de nek met een kam bij elkaar gebonden, wat het smalle en benige in haar gezicht benadrukte. Ze hadden een tafel aan het raam van Klein Seinpost gevonden. Najoua at met smaak. Hij zei: 'Doe je hand eens open.'

Hij strooide een dun laagje poedersuiker en likte het af.
'Mmm, lekker zoet,' mompelde hij.
'Laat je tong nog eens zien?'
Hij toonde zijn tong. Ze zei:
'Hij zit vol spleten en kloven.'
'Alle mannen met hartstocht...' En leidde haar onmiddellijk van deze woorden af door te wijzen op het violet van de zee.

Na het eten liepen ze hand in hand tegen de straffe wind in naar het eind van de boulevard, waar een vissersboot lag. Het was een extreem afgetuigd schip, zonder touw, want of ra. In naden en uitslijtingen groeiden blauwe korstmossen. Het was een fossiele boot. Marc herinnerde zich de tochtjes met oma Koekoek naar Kijkduin. Toen lag de boot nog tegenover Klein Seinpost en elke keer als ze kwamen leek hij weer dieper in het duinzand te zijn weggezakt, ondanks de stutten. Oma zei dan altijd: 'Net een hond die lui in het zand ligt, de snuit op zijn poten.'

Ze liepen nog steeds hand in hand en zij begon over 'La princesse de Clèves'. Die prinses aan het hof was getrouwd met de prince de Clèves. Zij waardeerde haar echtgenoot, maar het was geen liefde. Die man voelde dat en leed eronder.

'Zo was het toch, Marc?'

'Je vat het exact samen tot nu toe.'

En kort na het huwelijk ontmoette zij een ander en ze werd smoor op hem. Maar ze was niet meer vrij. Zij probeerde meester over zichzelf te blijven, ze wist ook niet zeker of die ander wel van haar hield. Zij nam zich voor hem nooit haar liefde te tonen. Zij bekende die liefde wel aan haar eigen man, die in grote verwarring raakte en ten slotte van verdriet en jaloezie stierf. Nu was ze vrij. Pas daarna bekende ze de ander haar liefde en zei er direct bij dat ze nooit van hem zou zijn. Voor de liefde was ze bang geworden. Ze kon zich niet aan hem geven. Dat kon ze niet maken tegenover haar dode man.

'Ja,' zei Marc, 'zo was het. Die ander was de graaf van Nemours.' Hij drukte haar tegen zich aan, verwonderd dat zij zich de inhoud, slechts via zijn samenvatting, zo eigen had gemaakt.

Ze kwamen bij de boot. Hij was weer wat dieper weggezakt. Eens zou hij door het zand worden verzwolgen. Als hij vroeger de boot zag, beving hem altijd een lichte duizeling. Niets zette zijn verbeelding meer in gang dan die oude boot. Zijn oma keek toe als hij erop klom, onbekommerd langs de reling holde, bedwelmd door het zonlicht, van achteren naar voren, en ten slotte vermoedde hij dat de boot bewoog, voelde lichte trillingen onder zijn voeten. Een plotse omslag van het weer, het blauw van de lucht betrok. Wolken met gouden randen kwamen opzetten vanuit de zee, rukten aan de mast. Hij, de kapitein, in de kale omlijsting van het onttakelde schip, voelde dat het bezig was zich op eigen kracht uit het zand los te maken. Hij kon zich nauwelijks staande houden, zo hevig kraakte en schudde de boot. De houten stutten werden weggetrokken. Hij ging op weg, voorbij alle horizonten.

Ze klommen op de boot, renden over het dek, keken door het raampje van de kajuit, dachten beiden hetzelfde. Zij zocht bescherming voor de harde wind die duinzand meevoerde en legde haar hoofd tegen zijn hals. Een gevoel van dierlijk genot en angst kwam bij Marc bovendrijven. Zijn mond kuste het verwaaide haar. Door welk wonder was hij met haar samengebracht, was hun ongeformuleerde samenzwering ontstaan? Ze zouden elkaar nooit verlaten. Zij was zijn kompaan in dit leven. Najoua struikelde in het smalle pad tussen kajuit en reling. Hij hield haar stevig vast. Zij keek op, ging op haar tenen staan, lachte. Ze waren op dat moment onverwachts even zo na dat hun tanden elkaar raakten.

De wind bulderde en tussen hen kwam onverbiddelijk de geur van lathyrus. Daar was hij weer. In dat tumult.

Hij liet haar los. Ze deden niets verbodens en toch voelde hij zich schuldig. De eerste vreugde verdween, gleed uit hem weg. Ook uit haar? Er kwam iets verpletterend dreigends over hen. De vriendschap is een overeenkomst. Stonden ze op het punt die overeenkomst te schenden? Zij was voor hem 'het onvoorziene'. Moest dat behouden blijven, mocht daar niet aangekomen worden?

HOOFDSTUK 48

Egbers speelde met een bierviltje, knakte een rand om. Zijn blote armen waren één spierbundel. Hij moest nog steeds oersterk zijn. Vroeger had hij gebokst en een licentie bezeten. Wim was halfzwaargewicht geweest en had als amateur veel wedstrijden gewonnen.

Marc zat op zijn vaste plaats naast Wim. De naam Spinoza viel. Marc had hem uitgesproken, een moment met zijn gedachten bij een gesprek met Rafaël vanmorgen op diens kamer. De rector had zich een nieuwe editie van de *Ethica* aangeschaft. Op Egbers' gezicht was bij de naam van de filosoof een glimlach verschenen en hij had zijn lege glas naar de barkeeper toe geschoven met de woorden:

'Spinoza, Parre. Parre, Spinoza.'

Hij mijmerde die namen als voor zichzelf, proefde ze op zijn tong als exquise lekkernijen, hapte in het schuim van het bier; nam alle tijd, vroeg zich hardop af of hij deze jonge, onwetende man op de hoogte moest brengen.

Marc kende toch het standbeeld van Spinoza aan de Paviljoensgracht, op het pleintje met bomen, tegenover het huis waar de filosoof woonde, en in 1677 stierf? Marc kende standbeeld en huis. Johan Parre, vertelde Wim, kon onder schooltijd worden overvallen door een verschrikkelijke aanval van geile lust, raakte dan in de greep van een roekeloze, schandalige begeerte. In zijn eigen woorden: het was of een krankzinnig dwergje in zijn kop rondsprong en die aanval kwam zonder aankondiging, was er ineens, zelfs onder het lesgeven. Wie weet door de aanblik van een mooie leerlinge die hij net voor de klas had laten komen. Parre bood geen weerstand. Parre, conrector van de eindexamenklassen en plaatsvervangend rector, stuurde de klas weg en reed, in zijn lijf die allesverslindende begeerte, de mooie kop verstrakt, naar de Paviljoensgracht, kon zijn auto meestal wel kwijt voor een van de Marokkaanse eethuizen of in het aangrenzende Chinatown.

'Achter het huis van de filosoof ligt het doodlopende Spinozasteegje. Je vindt er in de souterrains vooral meisjes uit de Dominicaanse Republiek. Ging Parre gelijk de steeg in? Nee, hij voelde zich schuldig en liep op het standbeeld toe, bleef deemoedig voor het hekje staan dat de sokkel met de zittende denker omgaf, keek omhoog en mompelde: "Nee, dit wil ik niet. Ik ga terug naar school. Ik heb kinderen." Na dit smeekgebed, dat hem moest rechtvaardigen, haastte hij zich naar Spinoza's huis, keek omhoog naar de etage waar hij gewoond had, las de koperen plaquette boven de voordeur, sprak zichzelf weer toe. Hij wist dat niets zou helpen, dat niets hem kon tegenhouden, dat dit virus van de schuld allang tegen elk middel resistent was. Ook de gedachte aan zijn leerlingen – hij was een echte onderwijsman – die nu verveeld buiten of in de studiehal rondhingen, kon hem niet weerhouden. Hij rende de bijna altijd schemerige steeg in, die hij hier in het café de "impasse maudite" noemde. Gedurende de drie, vier minuten dat hij de steeg afdaalde, en de meisjes wenkten, maar hij het nog voor elkaar kreeg niet toe te geven, met zijn verlangen speelde tot zijn tanden knarsten, was hij volmaakt gelukkig. De bevrediging was nabij, niets zou hem daar nog van af kunnen brengen. Er was een holte in hem die gevuld moest worden. Hij ervoer die holte als bodemloos. Parre verloor zich in zijn verlangens. Ze waren boren die steeds dieper in hem doordrongen. Ten slotte ging hij naar binnen. Er waren dagen dat zijn dorst niet te lessen was, dan bezocht hij twee, drie meisjes achter elkaar. Er was veel geld nodig. De collecte bracht niet altijd genoeg op. Aan een marktkoopman verkocht hij kopieerpapier of gummetjes gebruikt bij de meerkeuzetoetsen op het centrale eindexamen, en proefwerkblokken. Hij moest aan geld komen.'

Wim Egbers vroeg om een nieuw glas bier, Marc wilde een droge witte wijn. Bobby vulde aan, een beslagen tong over zijn ingedroogde bloedblaar halend:

'Er waren dagen dat hij al voor schooltijd in de steeg werd gesignaleerd.'

'Maar ook om vier uur 's nachts,' zei Wim. 'Hij wilde niet gered worden. Noch door Spinoza, noch door mij. Ik was op de hoogte. Tegelijk bleef hij een schoolmeester met een sterk ontwikkeld arbeidsethos. Een meisje dat zijn voorkeur had...'

'Ja, dat is een mooi verhaal,' onderbrak Bobby.

'Een meisje dat Nane heette had zijn voorkeur. Een bij uitstek kundige ballenwringster. Effectief en teder. Een dag, op het moment dat hij zijn colbert uittrok en over haar kruk hing, zag hij op de vloer, tegen de verveloze plint, een plaatje van de Madonna, verlicht door een stompje kaars. Op een schoteltje ernaast lagen wat geluksmunten. Die nogal trieste maar toch hoopvolle compositie was hem natuurlijk eerder opgevallen. Nu keek hij beter, bukte zich en ontdekte een opengeslagen schoolschrift – waarschijnlijk hetzelfde waarin jij bij de conciërge hebt moeten tekenen voor je lokalensleutel –, vaag verlicht door het smeulende lichtpuntje en per ongeluk half onder de kruk geschoven waarop hij zijn kleren kwijt kon. (Er was geen klerenhanger; de koperen spijkers die De Labadie heeft bedacht voor de absentenbriefjes hadden hier ook het gemak gediend.) Parre raapte het schrift op en las op bed, vertederd, korte zinnen in een vaak onbeholpen Nederlands. Zij volgde, zoals Nane hem uitlegde, lessen in een buurthuis aan de Paviljoensgracht om het Nederlands een beetje machtig te worden. Het baatte in de deal die ze met de klant sloot. Parre greep die kans onmiddellijk aan. Hij ging haar onderwijzen, ving twee vliegen in één klap, was met zijn werk bezig en maakte zich onmisbaar. Zie je het voor je, Marc? Die twee, naast elkaar op het doorgezakte bed, met een handdoek – waarop een verschoten afbeelding van een voetballer –, en hij schrijft een woord of zin, die zij moet naschrijven. Of hij dicteert, zij zegt na, zij schrijft op, puntje van de tong uit haar mond. Ze werd verliefd op hem en deelde hem stralend mee: "Ik dol van jou, liefie." Hij corrigeerde haar en zij nam zijn correcties snel over. Wat hij haar moeilijk uit het hoofd kon praten? "Het is niet optrekken, maar aftrekken." Als Johan Parre aan de ingang van de steeg verscheen en die begon af te dalen werd zijn komst door een van Nanes amiga's de diepte in geroepen: "Hé Nane, hé Nanino, tu marido!" En alle vrouwen namen de kreet over en krijsten de doodlopende steeg in: "Nane, Nanino, tu marido!" Hoeren hebben altijd de neiging te krijsen. Een van hen kwam er altijd boven uit: "Nane jou zien, dan haar koet blij!"

Het kwam er ook van dat hij anderen ging lesgeven en op de grootste van die piepkleine peeskamers een klasje vormde. Leergierig waren ze zeker. Tussen haakjes, Vierwind, die nu thuiszit, had erbij moeten komen. Die kan wel extra spellingslessen gebruiken. Johan Parre kon zich steeds moeilijker van hen losmaken, bleef langer, was vaak dagelijks honderden euro's kwijt. Niet dat hij voor al zijn geld tegenprestaties eiste. Van nature was hij genereus. Johan Parre bleef steeds langer van school weg onder het mom van didactische bijeenkomsten. Hij was bezig zich te vergooien. Het kon hem niets meer verdommen en niemand kon hem tegenhouden.'

'Daar zat hij altijd,' zei de cafébaas en wees naar Marc. 'Waar jij nu zit.'

'Ja,' zei Wim, 'en hij hield ons nauwgezet op de hoogte van de taalvorderingen die de meisjes maakten en vertelde niet ongeestige details over zijn Nane. Het meisje had zelf een uitdrukking bedacht voor sperma: leche holandesa, Hollandse melk. Parre had alleen zin in haar als ze net een klant had gehad.'

Wat volgens Wim Egbers op een verdrongen homoseksuele geaardheid kon wijzen. Zeker was dat Parre wilde dat ze met geforceerd lage stem sprak, een beetje rauw, een stem die niet paste bij het frêle lichaam, maar wel bij de grote, donkere ogen, de brede, vochtige lippen die uit elkaar gingen als hij haar naderde...

'Ja, Marc, hij zag zich als de nobele pooier en die Nane en de anderen als respectabele vrouwen die keihard moesten werken voor het dagelijks brood. Zo zag Parre de wereld, tegen het einde van zijn nog jonge leven.'

'Herkuleins,' corrigeerde Bobby.

'Je hebt gelijk, hij had zich, ik denk enkele dagen voor zijn dood, een andere naam aangemeten in die wereld in de marge. Herkuleins. Sterke naam.'

'Dat is misschien wel het mooiste verhaal over Parre,' vond de cafébaas, 'als hij op Nane lag...'

'Parre alias Herkuleins,' nam Egbers direct over, omdat hij dit verhaal graag wilde vertellen. 'Hij lag op haar, bewoog naar behoren. Hij lag zwaar op haar, maar zij, van nature soepel, slaagde er toch in zich te verheffen, haar arm onder hem door te strekken en bij zijn ballen te komen. Ze masseerde ze, ze wrong ze teder, heel subtiel. Ze was een geraffineerde. Parre, hoewel een onophoudelijke prater onder het liefdesspel, kon op die momenten van ultiem genot slechts zijn mond houden.'

'Ja, jongen,' vatte Wim zijn verhaal samen na een lang zwijgen.
'Ik mis hem,' zei Bobby en bood een consumptie van het huis aan.
Egbers benadrukte het ideële van Parre. 'Jongelui die daar rondliepen, die nog niet in staat waren te onderscheiden wie wel of niet werd gedwongen zich te prostitueren, bepraatte hij en hij overreedde hen ertoe af te zien van een bezoek, al besefte hij dat volwassen mannen dat net zomin als minderjarigen met enige zekerheid konden onderscheiden. Maar hij vond – en dat was zijn volwassenheid – dat jongeren onder de achttien strafbaar waren, daar niets te zoeken hadden. Mooie kerel.'
'Ik mis hem.'
Ze proostten op de afwezige.
Bobby, ontroerd, de handen plat op de vlekkerige toonbank waarop vroeger pondjes bruine basterdsuiker waren afgewogen:
'Dan kwam hij hier binnen, platzak, de pijp leeg, voldaan. En algauw onrustig.'
'Ja, hij wilde terug,' zei Wim.
'De ontdekking en dat ontslag moeten hem hard hebben aangepakt.'
'Nee, mond houden,' bezwoer Wim hem. 'Geen details. Nu niet.'

HOOFDSTUK 49

'Mijn felicitaties,' zei Rafaël. 'Precies wat ik wilde. Zoiets stond mij voor ogen. Ik heb je nieuwe novelle gisteravond gelezen. Het verhaal leest niet alleen gemakkelijk, het gaat ook ergens over. De allermooiste passage vind ik misschien wel die waarin de hunkering naar puurheid van de hoofdfiguur zich voor de eerste keer uit. Hij blijkt korte tijd een fervent aanhanger te zijn geweest van de vroegchristelijke doctrine die leert: alleen wie zuiver leeft, kan zuiver lezen, en die periode in zijn leven valt samen met een heftig ervaren religieus gevoel dat een uitdrukking vindt in die lectio divina-methode. Werkelijk heel mooi. Je begrijpt dat zo'n idee mij als voormalig gereformeerde extra aanspreekt. Maar dan het verhaal zelf. Een leerlinge wordt verliefd op een jonge docent. Hij betuigt ook haar zijn liefde, gelooft werkelijk verliefd te zijn. Maar als zij, op een schoolfeest, zich met hem wil terugtrekken in een afgezonderd, al lang in onbruik zijnd lokaal, wordt een complex afweersysteem bij de docent in werking gezet waar hij zelf geen vat op heeft. Die mengeling van begeerte en angst heb je adembenemend beschreven. Kortom, ik ben er heel erg blij mee. Hoe gaan we het verder aanpakken? Ik wil dat de novelle fraai wordt uitgegeven. Zo'n mooi verhaal kan niet in een flodderig kaftje. Ik wil dat het Bestuur hiervoor extra geld fourneert. Daarvoor heb ik de volle steun nodig van de commissie die ik voorzit. Om die steun te krijgen is het denk ik goed dat je verhaal ook door een tweede gelezen wordt. Ik wil sterk staan. Jij mag iemand uitkiezen die je daartoe capabel acht.'

Marc was licht verwonderd. Rafaël was er toch verrukt over? Hij had toch voldoende gezag? Of was hij toch bang voor repercussies? Marc dacht aan Kees Herkenrath. Aan hem durfde hij het verhaal toe te vertrouwen.

Hij noemde Kees' naam.

'Het kan. Maar ik aarzel. Kees is – ik weet het uit ervaring – een langzame lezer. En we hebben een beetje haast. En, onder ons gezegd en gezwegen, Herkenrath heeft geen moreel gezag.'

Marc ging in gedachten zijn collega's langs. Hij zou Henk Imanse of Wim Egbers willen noemen. Maar het was zeker dat de rector ze om onderscheiden redenen zou afkeuren. De rector wilde namen die indruk op het Bestuur zouden maken. Marc dacht nog een moment aan de docent Engels die Najoua naar huis had gebracht en met wie hij goed overweg kon. Met deze Frederik Roos, net twintig, had hij onlangs over de Amerikaanse literatuur gesproken. Deze collega wist niet wie Malamud was, evenmin had hij van James Purdy gehoord. Marc had hem Purdy's beklemmende *63: Dream Palace*, waarvan hij verschillende edities bezat, toegezegd.

'Kies jij maar iemand,' zei Marc. 'Ik vertrouw het jou toe.' Hij vond de wending die het gesprek nam onaangenaam en keek uit naar het moment dat hij de rectorskamer kon verlaten. Hij stond zelfs op het punt te zeggen: ik ben nog niet zeker van mijn verhaal. Ik trek het voorlopig terug, ik wil er thuis nog eens rustig naar kijken.

'Komt voor elkaar,' zei Rafaël. Ik denk aan een collega Nederlands of een staflid. Maak je geen zorgen. Je weet hoe ik erover denk. Je weet niet wat dit verhaal met mij doet...'

Hij stak zijn hand uit over de salontafel, drukte uit dankbaarheid die van Marc.

'En dan nog dit. Wat ik zei, is uitgekomen. Vierwind komt voorlopig niet op school terug. Jij bent de enige buiten de staf die ik hierover op de hoogte hou.'

Hij liep naar zijn bureau, haalde een brief uit de la en liet die Marc lezen. Marc keek de brief van de arbo-arts een kort moment in. Hij las te midden van een onbegrijpelijk jargon een zin die hem al bekend was en opviel door zijn eenvoud: 'Het lijkt me goed hem een flink tijdje in de luwte te houden.'

'En nu zit hij thuis,' zei de rector, 'doet boodschappen, sleutelt aan zijn auto. Collega's komen hem regelmatig in de stad of aan de boulevard van Scheveningen tegen. Bestuur en staf willen dat hij weer aan het werk gaat, want er is geen vervanger te vinden. Het Bestuur heeft overwogen een kort geding aan te spannen. Juristen die geraadpleegd zijn hebben geadviseerd dat niet te doen. Er zou niets worden bereikt. Kranten krijgen er lucht van en je bent nog verder van huis.'

'Je blijft zo rustig,' zei Marc. 'Je accepteert het als een voldongen feit. Die Vierwind is niet ziek, er is zelfs geen conflict, hij behoort op school te zijn.' En, extra geprikkeld door de gedachte dat zijn verhaal aan anderen moest worden voorgelegd, viel hij uit: 'Dit is toch onacceptabel. Kinderen krijgen geen les omdat hun leraar liever op het terras van een strandtent zit.' Mét die woorden schoot de begeerte naar een vrouw als een vurige pijl door zijn hoofd, hij dacht aan Parres belangrijkste preoccupatie, de seksuele bevrediging, zag het klasje voor zich, op en rond het bed, in dat kleine, droevige kamertje. Dat moest een wonderlijk feeëriek schouwspel geweest zijn.

Rafaël begon Aad Vierwind zowaar nog te verdedigen. Die had veel vrije tijd voor de school overgehad, de decors geschilderd voor de toneelvoorstellingen, was nooit te beroerd om 's avonds lang door te gaan. Op dat punt was niets te veel voor hem. Met leerlingen had hij de wanden van de fietsenkelder met zonnen en sterren beschilderd. 'Marc, maar met dat alles is hij noch een echte kunstenaar, noch een docent Frans of wiskunde, vakken die toch het verschil maken.

Geen conrector geworden, en per ongeluk, neem ik aan, ook nog een letter te veel in het docentenboek geschreven. Wat direct is afgestraft. Onrecht. Onbillijk behandeld. Maar hou me ten goede, ik wil Vierwinds afwezigheid niet goedpraten.'

Ze namen afscheid op de drempel, maar Rafaël sloot snel de deur toen hij in de verte De Labadie zag.

'Ik moet je nog wat zeggen. De druk op mij neemt toe. Tijdens stafvergaderingen ben je vaak het onderwerp van gesprek: de omgang met dat meisje, de uitzonderingspositie door je lokaal. Die dingen ergeren, storen, vreten door. Je hebt mijn steun, ook die van Fineke Regenboog. Ik wil je wel verklappen dat De Labadie fel ageert, dreigende taal uitslaat. Hij wil je dat lokaal uit hebben. Hij stookt onder andere stafleden. Het evenwicht in de staf dreigt verloren te raken. Dat zijn míjn besognes, dat weet ik wel. Ik mocht dit niet verzwijgen voor je. Ik ben de laatste tijd niet meer bij je lokaal geweest. Ik begreep van De Labadie dat je in de gang op eigen kosten een drinkfonteintje voor de leerlingen hebt laten aanleggen. De dingen daar krijgen zo een onbedoelde vastigheid...'

Marc liep direct de hal uit naar buiten. Boven de binnenplaats stond een schraal, stekend zonnetje. Van zijn trots en blijheid over het geschreven verhaal was weinig meer over. Het verhaal dat hij uit handen had gegeven was hem uit het hart gegrepen en had een adequate vorm gekregen, maar was al bezoedeld, neergehaald, door de eerste de beste lezer.

HOOFDSTUK 50

'Je hebt geen idee hoe afschuwelijk het is om zo dik te zijn.'

Hij voelde nog de magere hand die ze hem had toegestoken. Marc zag de foto's voor zich van Agaath, de jonge vriendin van Henk Imanse. Hij kon wel schreeuwen, hij had zin om te gillen, liep de gang op om bij het fonteintje water te drinken.

Hij kwam terug. Najoua vroeg:

'Hoe denk je werkelijk over mij?' Ze zuchtte diep. Angst overviel hem, de ergste van alle angsten, die hem niet onbekend was, de irrationele, die ervoor zorgt dat de grond waarop je staat wankelt, de dingen om je heen, anders hard en ondoordringbaar, als het schoolbord of de ramen, dof, zacht, sponsachtig worden.

Zij stond bij het schoolbord. Hij raakte haar als antwoord heel kort even aan.

'Slik je geen laxeerpillen meer? Steek je geen vinger meer in de keel?'

'Nee, dat heb ik je toch al gezegd. Mijn keel was rauw maar is helemaal beter, het beste bewijs dat ik niet meer overgeef.'

Hij geloofde geen woord van wat ze zei. Het ging niet goed met Najoua. Marc was bij het Riagg geweest en had met de behandelende therapeute gesproken. Het meisje was bezig zich uit te mergelen. In dit tempo zou ze binnen enkele weken tegen de dertig kilo wegen. Niet vaak maakte de therapeute meisjes mee die in hun streven naar magerte zo meedogenloos waren. Ze leed aan aanvallen van duizeligheid. De kans bewusteloos te raken was niet ondenkbaar. Er zou een moment komen dat ze waren uitbehandeld en dan zou opname in een kliniek nodig zijn om het allerergste te voorkomen. Door het aanhoudende overgeven kwamen al bloedingen in de slokdarm voor. Haar menstruatie was gestopt.

Hoe kwam een meisje op deze gedachte. Alle lectuur die hij hierover had gelezen kon geen exact antwoord geven. De psychiatrie sprak over de angst voor doodgaan, angst voor de vertering van voedsel. De stoornis kwam opmerkelijk veel voor bij overordelijke, consciëntieuze, intelligente meisjes. Het waren niet de geringsten wie het overkwam.

Ook de therapeute kwam met deze antwoorden. Maar ze had tot nu toe verondersteld dat deze aandoening slechts autochtone meisjes trof. Vóór Najoua had ze geen Turkse of Marokkaanse patiënt gehad.

Hij keek naar het dunne, geklitte haar, de onderbroken trillingen in haar gezicht waaruit alle gezonde levendigheid verdwenen was. Ze zei dat ze dingen soms dubbel zag.

'Ik zie jou en ik zie jou er half overheen geschoven. En ik droom elke nacht. Ik zie mijzelf. En even later ben jij het.'

'Alsjeblieft,' smeekte hij, 'je moet beter worden.' Hij was niet in staat een strenge, gebiedende toon aan te slaan, leek verdoofd door wat haar overkwam. Hij kon die ziekte niet anders zien dan als zichtbare uiting van het noodlot.

'Het spijt me voor jou,' zei ze zonder overtuiging. 'Maar, Marc, begrijp me dan, het gevoel vol te zitten is onverdraaglijk. Ik voel me schuldig bij alles wat ik binnenkrijg.'

Hij dacht aan de volmaakte orde die hij de eerste keer op haar kamer had aangetroffen, en aan het eerste gesprek met haar moeder. Op een dag werd ze, als op afspraak, door de andere leerlingen buitengesloten en niemand nam het voor haar op. Eén was schuldig. Dat was zij. Waaraan? Hij wist de woorden van Najoua's moeder nog letterlijk: 'Met eigen ogen heb ik gezien dat ze op het schoolplein alleen in een hoek bij het fietsenhok stond, met de rug naar de anderen die speelden, renden. Heeft het met haar verleden te maken? Ze is als vierjarige in een totaal vervuild huis aangetroffen, onder het ongedierte. Maandenlang had ze de buitenlucht niet gezien. Toen de hoogste groep op schoolreisje ging, werd pas duidelijk hoe ver de uitsluiting ging. Niemand wilde met haar in één tent en ze werd na veel overleg geplaatst bij een andere uitgestotene uit de parallelgroep. Dit is, dat begrijpt u, heel pijnlijk om te vertellen en het is des te wonderlijker dat het nu zo goed gaat.'

Nu sloot ze zich met deze aandoening zelf buiten. Was ze opnieuw schuldig?

De Labadie passeerde het lokaal, leek een moment achter de deur te blijven stilstaan, liep toch door.

Zij zei:

'Iets in me zegt dat ik het goed doe, dat ik me moet gedragen zoals ik doe. Ik moet ziek zijn.'

Ze formuleerde op een niveau dat hij in de eindexamenklas tegenkwam. Ze was haar leeftijdgenoten ver vooruit. Najoua had niemand die ze een vriendin kon noemen. Ze was bij zijn tafel gaan staan: 'Marc, het gaat beter. Ik hoef me niet aan de trapleuning vast te houden. Ik voel me sterker. Dat wilde ik je graag laten weten...' Haar ogen waren groter dan ooit, haar ogen vraten dat gezicht op. '...zou je verdrietig zijn als je op een dag hoorde dat ik er niet meer was? Zou je me missen?' Ogen die ineens helderder leken, maar koortsig glansden. Het was nog een wonder dat ze de lessen kon volgen, op haar benen kon staan.

Hij nam haar hand en drukte die tegen zijn wang. Hij hoorde de voetstappen van De Labadie die weer dichterbij kwamen. Hij hield haar hand tegen zijn wang gedrukt.

'Krijg ik geen antwoord?' Hij liet haar hand voorzichtig

los. 'Ik wil, ik wil een man die anders is dan alle andere.' En zonder overgang: 'O, dat lokaal van ons! Daar kunnen ze maar niet over uit. Ze zijn jaloers op ons. En jouw auto. Daar komen ze ook maar steeds op terug. Ze zijn zo kinderachtig. Een paar dagen geleden had mamma thuis het bad laten vollopen en handdoeken voorverwarmd. Mamma heeft sprookjes voorgelezen. Ik werd slaperig en ik soesde bijna weg in mijn bad en ik zou in slaap gevallen zijn als mamma er niet was geweest. En toen vroegen ze direct: "En waaraan heb je toen gedacht?" Ik dacht nergens aan. Ik kon niet denken.'

Ze onderdrukte een geeuw, ze was slaperig, ze liet haar hoofd tegen zijn schouder zakken.

De Labadie liep langzaam voorbij, wierp een korte blik op het schouwspel binnen, keerde om. Marc keek, naar de blauwige zachtheid van haar arm, de kleine oorlel, het verknoopte labyrint van het oor. Marc dacht: wat zich in haar hoofd afspeelt, tart elke verbeelding.

Haar hele lichaam beefde, zij hield met moeite een snik in, leunde met haar hele lichaam tegen hem, maakte een kort, onhandig gebaar met haar hand dat hij niet begreep. Zij die juist zo precies was in haar bewegen, zo overwogen, als gedicteerd door de discipline van het bloed, een streng gevoel voor plicht, een eeuwenlange dwang van strenge voorschriften. De afgelopen jaren had hij haar aandachtig beschouwd, haast bespied, en gezien dat zij in alles, ook in haar uitbundigheid, zelfbeheersing toonde, en hij had geen neiging tot toegeeflijkheid of verslapping aangetroffen. Altijd waakzaam, lettend op de vorm, de houding trots, recht.

En dan dit.

Ze hield het hoofd gebogen op zijn schouder. Bijna leek het of ze de ziekte in berusting op zich genomen had, of ze van tevoren wist dat dit haar moest overkomen.

Wat had ze zojuist tegen hem gezegd? 'Ik ben beter aan het worden. Nou ja, min of meer. Ik ga twee keer per week voor controle. Ik mag zelf bepalen wanneer.' Haar handen hadden vreemd bewogen toen ze dat zei. Ze had er niet helemaal meer macht over en wat ze zei was niet waar. Ze fantaseerde er maar wat op los.

'Marc, ik weet hoe je nu naar me kijkt. Je kijkt of ik alles in de war heb gestuurd. Als ik leeg ben, voel ik me gelukkig. Ik zweef, ik ben een engel. Als ik leeg ben, voel ik dat er niets is waartoe ik niet in staat zal zijn. Ik heb zin om te eten, ik verlang naar eten – ik heb heus vaak trek –, om het direct weer kwijt te raken.'

Het waren de overgevoeligen die aan deze ziekte leden. De besten. Dit meisje. Hij dacht aan de meisjes en jonge vrouwen die hij gekend had. Hoe mooi en intrigerend ze ook waren, bij de eerste kennismaking was hij al bezig afscheid te nemen. Hij wist niet wat een romance was. Romances leken hem stomvervelend. De eerste ontmoeting met Najoua was anders verlopen. Hij moet hebben voorvoeld (en dat gevoel is geleidelijk aan sterker en bewuster geworden) dat hij via haar – ook door de gewenning aan haar aanwezigheid – de liefde in zou kunnen glijden. Die overdenking kon met niemand gedeeld worden. Maar met dit aangetaste meisje kon hij ook niet zeggen: ik geef die gedachte als een presentje aan mezelf.

HOOFDSTUK 51

'Hè, is Wim er nog niet?'
'Ik verwacht hem elk moment.' Bobby keek op zijn horloge. 'Je hebt toch geen haast? Hij komt heus wel.' Bobby keek hem onderzoekend aan, omdat Marc naast de kruk bleef staan, aan een flard rood neerhangend leer friemelde. 'Je bent nerveus, mannetje. Is er op school iets gebeurd? Zit je in over dat meisje? Ik zal wat voor je inschenken.'
'Nee, ik wil niets drinken. Nu niet. Ik moet nu weg, zeg tegen Wim dat ik met een uurtje terug ben.'
'Ik breng de boodschap over, meneer.' Bobby salueerde, en waarschuwde: 'Ga geen gekke dingen doen, hè? We willen je graag nog een tijdje bij ons hebben.' Zijn bloedblaar leek paarser, gezwollener.
Marc verliet het café, stapte in zijn auto, die hij om de hoek, in de Zoutmanstraat, geparkeerd had. Wim Egbers nam meestal deze weg om naar het café te gaan. Marc had zich deze avond een doel gesteld en hoewel hij hem waarschijnlijk van dat doel niet op de hoogte wilde brengen, had hij Wim toch graag tevoren gezien. Het was lang niet ondenkbaar dat hij alleen al door Wims aanwezigheid zijn plan zou hebben laten varen.

Hij reed over de Laan richting Kijkduin. Marc gaf gas, opgejaagd door zijn begeerte. Zijn handen waren er vochtig van. De machtige klauwen van een niet te stuiten wellust hadden hem de hele dag bij vlagen al in hun greep. Hij, de onervarene, de maagd, hij die de lange wimpers van een vrouw kon bewonderen, van een verstrooide, terloopse erotiek hield, van een zacht strelen, een fijnzinnig handgebaar, van een vrouw die na de eventuele liefdesdaad fluisterend in zijn oor uitbracht: 'Het moet jou toch evengoed zwaar gevallen zijn!'

Fineke Regenboog had nu echt aangedrongen, via een nieuw briefje in het postvak, een datum voorgesteld. Marc ging haar vanavond een bezoek brengen, zou zich vrij, ervaren, natuurlijk gedragen, dacht zich een zinderende ontmaagding, joeg in zijn hete fantasieën zijn zaad tot aan de einden der aarde, verzonk in haar. Die vrouw wilde hem, die vrouw was aantrekkelijk. Hij ging haar en zichzelf bevredigen, rilde om de onontkoombaarheid van wat ging gebeuren.

Overspoeld door het avondlicht reed hij langs de zee en de schuimende vlokken beloofden extase. Haar naaktheid zou hem ontroeren. Hij zag haar benen uiteengaan en zich verrukt staren naar de plek waar het vlees zachter en sponziger dan elders wordt, gaf plankgas en joeg de cabrio over de duinweg achter het Zeehospitium. Vanavond gaf hij zich aan een vrouw en zou onverzadigbaar zijn.

Hij remde af, stopte. Nee, hij ging toch niet naar Fineke, zette dat idee uit zijn hoofd. De gedachte dat het mogelijk was niet te gaan, maakte hem rustig. Hij had de avond in eigen hand. Met een eenvoudig bericht kon hij de avond afzeggen, teruggaan naar het café of thuis enige pagina's in het *Dagboek* van de Goncourts lezen. Maar waarom zou hij de afspraak afzeggen? Zij keek ernaar uit. Nu hij het eenmaal zover had laten komen, zou een terugkeer ook de nodige complicaties geven.

Heel kalm reed hij de brede Surinamestraat in, parkeerde zijn auto ter hoogte van Couperus' borstbeeld, op enkele tientallen meters van haar huis.

In het diepe portaal raakte hij weer een groot deel van zijn kalmte kwijt, drukte in nerveuze haast op de bel, stapte snel naar binnen toen de deur werd geopend. Het leek wel of hij achternagezeten werd. Hij wierp nog een blik achterom naar de straat. Je zou zeggen dat hij met spijt de wereld buiten achter zich liet. Hij had de indruk dat een band werd doorgesneden.

Fineke pakte zijn beide handen.

'Nu ben je er. Eindelijk. Het moest er eens van komen.' Ze ging hem voor naar de serre via hoge, diepe kamers, bleef hier en daar bij een vitrine met niet onaardige snuisterijen stilstaan, gaf uitleg over de herkomst. Ze konden hem geen belang inboezemen. 'Misschien dat jouw gebroeders De Goncourt ze hadden geapprecieerd.' Hij speelde belangstelling.

Bang dat zijn onheilspellende passie het niet lang uithield, bang ook dat ze maar heel kort op dit hoge peil zou blijven – hij voelde een brandende angel zich al een weg banen –, nam hij plots haar gezicht in zijn handen en begon haar hartstochtelijk te kussen. Hij hield op om naar haar woorden te luisteren:

'Ik zag je de eerste keer de school binnen komen... Je bracht iets bij me teweeg. Ik wist dat ik geduld moest oefenen. Ik ben vaak de kant van het lokaal op gelopen waar je lesgaf. Ik had me extra mooi voor je aangekleed.' Ze knikte als het ware tegen zichzelf. 'Ja, wat er met mij gebeurd is... Dit gevoel heb ik niet eerder in mijn huwelijk gehad. Denk niet...' Ze zuchtte diep. Een vreemde, dwaze zucht. 'En herinner jij je nog het sprookje dat je de eerste les in de brugklas vertelde? Een prinses achter tralies, zo heb ik me vaak gevoeld.'

Hij begon te beven als een rietje. Al die woorden had ze beter niet kunnen uitspreken. De tijd dat hij in dit huis was, wilde hij zo woordeloos mogelijk laten verlopen. Het was de enige uitweg. Nee, er was geen uitweg.

Ze zei:

'Je bent rusteloos. Ik voel het. Kom. Wil je dat ik een glas wijn inschenk?' Ze droeg een donkere bloes onder een licht mantelpakje. Een vrouw zo gekleed zou hij een tijdje op het Lange Voorhout kunnen volgen. In deze beslotenheid had de gewaagde combinatie geen effect.

Hij schudde zijn hoofd. Geen wijn.

'We gaan naar boven,' zei hij.

'Heb je zo'n honger?' Zij zou boven zijn honger stillen, zijn dorst lessen. Zij ging hem voor, hij volgde. Halverwege bleef ze staan, keerde zich naar hem om, boog zich tot hun monden elkaar raakten. Hij zoog de hete adem uit haar mond op, kuste haar ogen, hield haar gezicht op afstand, keek verliefd naar haar. Het beven was opgehouden en hij kreeg zijn zelfvertrouwen terug. Hij had recht op een flinke vrijpartij, moest zich van iets bevrijden.

Straatgeluiden drongen vaag tot in de slaapkamer door, maar de herinnering aan de buitenwereld was verzwakt. Met een plons was hij in een andere wereld gedoken. Zij begon zich uit te kleden, hij negeerde de foto's van kinderen op het nachtkastje, luisterde:

'Misschien ben je wel teleurgesteld als je me ziet. Alleen mijn man heeft mij naakt gezien. Ik heb geen andere mannen gekend.' Nog een moment en hij zou haar oneindige duisternis binnen gaan. Marc kreeg haast. Diep in hem was een dikke prop van verlangen en angst ontstaan die alle kanten op kon schieten. Hij had haast, moest zich al weren tegen het gevoel dat hij zich zou uitleveren en uiteindelijk voor de verwarrende seksuele daad zou terugdeinzen. Het bloed klopte aan zijn slapen, zijn gezicht gloeide alsof hij een hele fles calvados had leeggedronken.

Marc keek naar haar borsten die klein en lang waren en vreemd opzij hingen als wilden ze niets van elkaar weten. Hij

stond bij de vensterbank en zij kwam op hem af. Haar lippen waren vochtig en onverbiddelijk, heel precies in het slaapkamerlicht. Ze zei:
'Als ik voor overleg naar school ging, kleedde ik me op m'n mooist. Je moet het hebben gezien. Als ik je in de hal trof, kon ik mijn blijdschap nauwelijks verbergen.'
Met haar gezicht raakte ze zijn voorhoofd aan, hij voelde haar naakte, ronde buik tegen zich. De aanraking riep geen verlangen op, maar bij haar moest de begeerte zich als een vuur vlak onder de huid verspreiden. Najoua had hij dan wel naar een verre uithoek verdrongen, ze keek toch toe. Hij voelde zich hulpeloos en zijn geslacht verschrompelde. Zij begon haar tong in zijn mondholte te bewegen en liet tegen zijn verhemelte schuimende woorden los: 'Jij gaat mij verpletteren, mooie man... Jij...'
Waarom had de begeerte zich teruggetrokken, waarom voelde hij niets voor deze vrouw? Waarom had hij zich deze volstrekt nutteloze vorm van lijden opgelegd? Het was beter eerlijk tegen haar te zijn en als volwassenen te overleggen. De gedachte dat hij zonder te kwetsen met haar tot een vergelijk zou komen maakte hem wonderlijk onverschillig. Nu leek ook de angst op te lossen en werd hij weer een begin van erectie gewaar. Dat symptoom moest gevoed worden. Maar hoe? Door een cerebraal sadisme, dacht hij koel en onbewogen. Hij verbeeldde zich dat hij haar sloeg en het effect was direct merkbaar. Zijn geslacht werd zo hard en gevoelig dat het pijn deed. Die vrouw diende werkelijk gestraft te worden en hij sloeg in gedachte zonder reserve. Hij stond op het punt een woeste minnaar te worden, was zich zo listig aan het pantseren. De opgeroepen beelden raakten snel uitgeput. Hij was immers geen sadist. En toen hij besefte tot welk middel hij zijn toevlucht had moeten nemen overviel hem de hitte van de schaamte en de wanhoop.

'Kus me dan!' beval ze. 'Doe wat met me! Raak me aan!'

Hij kuste haar, koeltjes, berekenend, raakte met zijn neus die van haar aan. Hij speelde. Als man van ervaring. Streek met zijn lippen langs haar mond, deed alsof hij speelde, alsof zij nog veel te verwachten had en hoorde in de verte de luidruchtig rinkelende tram die vanaf de Javastraat de Alexanderstraat insloeg richting Plein 1813 en verlangde zo hevig naar verlossing dat het hem duizelde.

Zij wachtte, pruilde. Hij nam over haar schouder de slaapkamer waar met het immense bed. Door een glazen deur zag hij een kaptafel en een rij flacons met doppen van geslepen kristal en borstels met schildpadden handvat. Hij zou hebben gezegd dat het oma's kaptafel in het huis aan de Suezkade was en dacht aan zijn verleden, aan zijn onmogelijke verleden.

Ze fluisterde:

'Je bent heel geraffineerd, je doet alsof je geen zin in me hebt. Ik ben naakt en jij hebt nog steeds je kleren aan.' Ze verwijlde bij zijn gulp, zij wilde nu toch eindelijk actie, maar ze zou hem niet in zijn naaktheid te zien krijgen. Hij gaf zich niet weg aan de eerste de beste, pleegde geen verraad aan zichzelf. Nee, hij kon niets voor haar betekenen, rook haar warme oksels en de angst begon nu in golven over hem heen te slaan.

Zij had het begrepen en zette een stap achteruit, zij had hem volledig begrepen en keek hem met wijd open ogen aan. Bedwelmd, dronken, maar noch van de liefde, noch van de drank, bracht ze uit:

'Dus je doet me pijn. Jij bent een type dat moedwillig kwetst.' En begon sneller te spreken: 'Wat mankeert je? Kun je het niet? Ben je bang? Verwachtingen wekken.'

Haar blik werd uitdagend, ook een tikkeltje vriendelijker. 'Jij hebt vast een bepaald idee van de liefde, van het leven. Ik ben van mening dat je soms moet kunnen toegeven.' Hij keek in zichzelf, probeerde van heel ver iets hoopvols op te diepen.

Nee, ze had de moed nog niet opgegeven.

'Je bent bizar. Een jongen als jij. Ik weet zeker dat je wel kunt. Je wilt niet. Praat. Zeg wat. Waarom niet?' Haar blik werd boosaardig. Ze wist het antwoord wel. Niemand op school die de geruchten niet kende. Hij had natuurlijk wat met dat Marokkaanse meisje. De school tolereerde zijn gedrag nog, maar niet lang meer.

Marc was opgelucht, wist dat hij gered was, dat hij zonder kleerscheuren dit huis zou verlaten. Nauwelijks verstaanbaar zei hij:

'Je gaat te ver.' Hij legde grote dreiging in zijn woorden. 'Dat laatste had je niet moeten zeggen.' Zij bond in, excuseerde zich.

'Maar je zoekt me toch op! Wat doe je hier dan?'

Hij wilde zeggen:

'Het mag niet van mezelf. Er is geen reden voor mij om hier te zijn.' Het kostte geen moeite zich te beheersen.

Marc maakte een gebaar dat verwarring moest uitdrukken. Als hij die woorden werkelijk had uitgesproken zou ze in lachen zijn uitgebarsten, een bitter lachen.

Zij, nerveus, bedekte met de donkere bloes haar borsten. Hij vermoedde haar borsten en zijn lichaam reageerde direct op die minieme verschuiving van de werkelijkheid. Hij dacht: die vrouw is perfect, die vrouw heeft ondanks twee kinderen (hij had ze niet in zijn klas gehad) een gladde huid en geen striae. Ze is werkelijk een perfecte vrouw, ik laat haar in de kou staan en ze glimlacht naar me, ze is perfect, die vrouw, want zij slaagt erin, net als Wim Egbers, voor de duur van haar aanwezigheid de donkere schaduwen in mijn wereld te verjagen. Nu zou hij op haar toe kunnen lopen en haar in zijn armen nemen, maar zij hield hem met haar woorden tegen:

'Nou goed.' Ze klonk berustend. Ze accepteerde. 'Niemand weet raad met je. Je kunt er waarschijnlijk niets aan doen. Er is met jou iets aan de hand. Maar wat? Wie daar de vinger achter kan krijgen... Ik heb lange tijd de hoop gehad, de vage hoop... En nu ben je hier... Wat heb ik me in het hoofd gehaald?'

Zó, gelaten zichzelf berispend en de diepte van de menselijke ziel erbij betrekkend, kon ze zichzelf een houding geven, haar deceptie verbergen, en zich troosten.

HOOFDSTUK 52

'Ik zal spoedig verdwenen zijn. Gevallen Engel gaat zienderogen achteruit. Ik kan haar al niet meer meenemen naar het café. Mocht ooit een grote vloedgolf het Descartes overspoelen, dan hoop ik dat alle Pilgers en De Labadies letterlijk, met het meubilair, de voordeur uit zullen drijven. De school leidt tot ergernis en hoge bloeddruk. Zag je hoeveel werk Esther Biljardt van Pilger aan het maken is? Vlak voor het plenum waren ze al in geanimeerd gesprek gewikkeld en toen hij het podium op liep en omkeek, knikte ze hem met dat lieftallige gezichtje bemoedigend toe. En na de op hoog niveau gevoerde debatten over kauwgom stak ze haar duim omhoog: hij had het goed gedaan. Die twee hebben wat.'

'Ik geloof er niets van. Opnieuw, Wim, ik wil het niet geloven, want dan zou Rafaël mij nog meer tegenvallen.' Maar het was altijd plezierig naar Wim te luisteren. Dan vergat Marc de buitenwereld. Dan vergat hij het beschamende bezoek aan Fineke Regenboog, dan geloofde hij ook in de uiteindelijke genezing van Najoua. Marc geloofde zelfs dat zijn afhoudende gedrag in het huis aan de Surinamestraat het universum gunstig zou stemmen. Wim was een docent die door zijn leerlingen op handen werd gedragen. Maandelijks maakte Marc een bedrag naar zijn vriend over, hij betaalde ook wekelijks de rekening in het café. Egbers zweeg over deze douceurtjes, beschouwde ze als natuurlijk. Wie weet konden ze Wim hier houden. Daar had Marc veel voor over. Hij overwoog de maandelijkse bijdrage te verhogen.

'Die foto op de kamer van de rector...' begon Marc.

'Daar heb je niets meer te zoeken.'

'Ik kom er veel minder dan voorheen,' gaf hij toe. 'Ik heb zo vaak moeten denken aan jou op die foto daar. Een ernstige man, in een donker kostuum, een donkere stropdas met fijne stippeltjes. Die Egbers had ik ook graag willen meemaken.'

Wim haalde zijn schouders op.

'Das war einmal.' Na een lange stilte bekende Marc dat hij op de rectorskamer was geweest om een verhaal voor het eeuwfeest in te leveren.

'En heeft hij al gereageerd?'

'Vrijwel direct. Hij was er blij mee.'

'Gefeliciteerd. Het is de vraag of de school een mooi verhaal waard is. Dat vraag ik mij in gemoede af.'

Zonder overgang vroeg Marc, terwijl hij zijn vriend even aanraakte:

'Johan Parre...?'

'Wat wil je nog meer van hem weten? Wat er precies met hem gebeurd is? Ik dacht dat je dat al wist. Een touw aan de katrol van het schoolbord. De conciërge heeft hem gevonden.' Een moment had het er alle schijn van dat Wim overstuur zou raken en zijn vuist met een harde klap op de nogal wankele bar wilde laten neerkomen, maar in plaats daarvan maakte hij met zijn soepele, blondbehaarde hand een golvende beweging in de lucht. Wat hij nog wel over Johan kwijt wilde: zijn kersttoespraken in de leerlingenkantine en later in de centrale hal waren vermaard, toegesneden op de jeugd én op de vele, meegekomen ouders. 'Hij kwam uit een eenvoudig hervormd gezin, was van het geloof vervreemd, maar zou nooit denigrerend over zijn milieu en religie doen. Mooie, warme toespraken. Heel wat anders dan het quasi-intellectuele geleuter van Pilger over moreel gezag. Een keer vertelde hij me na afloop, bij een glas in de docentenkamer, dat hij;

zijn ideaal als volgt zag: overdag lesgeven en zijn afdeling leiden en 's avonds een aantal meisjes naar hun werk brengen in de Spinozasteeg, controleren of ze niet te veel kletsten en een deel van de opbrengst bestemmen voor waterpompen in Mali. Hij oversteeg de nobele wilde van de vroege romantiek en wilde de nobele pooier van de *postromantic agony* zijn. En zijn altijd actieve geest zag al de slogan voor zijn "gesloten huis": twee keer klaarkomen voor de prijs van één. En het was niet eens allemaal spielerei. Die Parre was gek en niet gek.'

Rustig reed Marc door de vredige nacht, overdacht Wims woorden, passeerde het Vredespaleis, daalde in een lange bocht af naar de Laan van Meerdervoort en zag het Descartes opdoemen, dat er elegant en verfijnd bij lag, omringd door het geruis van bomen. Het gebouw zelf leek te ruisen.

De blauwige nachtverlichting was aan. Net als zijn collega's bezat Marc de code om de school binnen te komen. Men kon de behoefte hebben rustig te corrigeren of voor de les van morgen zinnen op het bord te schrijven, zodat tijd gewonnen werd. Marc had niet de indruk dat van die mogelijkheid veel gebruik werd gemaakt. Wel waren er de vaste vergaderingen van het Bestuur.

Hij was alleen en liep door de gangen met de hoge caissonplafonds. Het gebouw kraakte van de herinneringen en om zijn toenemende angst te bedwingen riep hij haar naam en haar naam echode door de schemer. Hij was van plan nog even naar zijn lokaal te gaan, maar halverwege de gang die naar het verwilderde park leidde, keerde hij om en verliet haastig het gebouw, over afwisselend donkere en lichtere ruimtes stappend.

Weer buiten drukte hij zijn voorhoofd tegen de kleine betraliede ruit van de voordeur en keek naar de vaag verlichte iriserende massa van de rij filosofen. Je zou zeggen dat ze het hoofd schudden over deze man uit het begin van de eenentwintigste eeuw, met zijn kortstondige geluksmomenten en malaises, zijn eeuwige onrust en onuitwisbare herinnering aan een niet te stillen onmachtige woede.

HOOFDSTUK 53

Meer dan veertien dagen waren voorbijgegaan sinds Marc zijn verhaal aan de rector had laten lezen. Nader commentaar van een staflid of collega had hij nog niet gekregen. Als hij Rafaël in de gang of docentenkamer tegenkwam, groette de rector slechts vaag, leek deze hem zelfs te ontwijken.

Nu, in een geheel verlaten hal, uit zijn kamer komend, kon de rector Marc niet mijden.

'Goed dat ik je zie. Heb je even tijd om mee te lopen?' Hij ging hem voor. In zijn kamer zei hij nog voor hij zat: 'Je moet hebben gedacht...'

'Ja, er was toch zo'n haast, en ik hoor niets.'

'Je moet weten: sinds het moment van inlevering en ons gesprek over jouw geesteskind is er veel gebeurd. Ik begin bij het begin. De dag dat ik je mijn visie gaf was jij nog niet weg of Gijs Morrenhof kwam binnen. Van hem wist ik dat hij, hoewel hij een echte bètaman is, niet de tunnelvisie heeft van veel collega's, en zeker in vakanties een boek leest. Hem heb ik gevraagd jouw verhaal te lezen en snel met een reactie te komen. Die avond nog is hij bij me thuis geweest. In zijn woorden, en hij was, hoe goed hij jou ook gezind is, erg fel: "Dit kan niet. Dit gebeurt niet. Dit verhaal of deze novelle – ik weet het verschil niet zo goed – mag nooit met een imprint van de school verschijnen. Dit gaat ons veel leerlingen kosten aan rivaliserende scholen als het Spinoza en het Haganum. De seksscène waarin het meisje de jonge leraar verleidt is dermate excessief en hard dat ouders in groten getale in het geweer zullen komen." Zo sprak Zarathustra. Zo sprak "Mor". Marc, ik schrok ervan. Heeft hij het wel over hetzelfde verhaal, heb ik me even afgevraagd. Die vrijscène is hard, maar ook mateloos teder. Ik heb je verdedigd en gezegd dat ik achter dit verhaal stond.'

'Dan is er niets aan de hand,' meende Marc. 'Jij bent voorzitter van de commissie die het feest voorbereidt. Jij bent rector. Jij ziet een film en je vindt hem zo mooi dat je even van slag bent. Een ander zegt je dat hij er niets aan vond. Dan ga jij toch niet ineens aarzelen? Zo ben je toch niet? Dan ga jij toch niet zeggen: "Je hebt gelijk. Nu zie ik ook de zwakke kanten van die film."'

'Ik sta achter het verhaal. In de woorden van De Labadie: carrément. Maar ik ben naast een lezer ook schoolleider. Ik ben verantwoordelijk voor deze school. Je mag ook wel weten dat Mor, naast het morele bezwaar en de angst leerlingen kwijt te raken, weinig waardering voor het verhaal zelf kon opbrengen. Het was, naar zijn idee, rommelig, rammelde aan alle kanten. Trek je van die laatste opmerkingen niets aan. Ik ben het niet met hem eens. Maar wat heb ik gedaan?'

'Je hoefde niets te doen. Je hoefde het alleen maar op te sturen naar een drukker.'

'Nee, dat zou een splijting in het docentenkorps kunnen geven. Ik moest wat doen.'

Marc dacht: wat de rector ook zegt, mijn verhaal zal nooit verschijnen. Ik trek het terug, bewaar het voor mezelf. Maar ik zal mijn 'vriend' Rafaël daar nog van verwittigen. Wat heeft hij nog meer in petto?

'Het toeval wilde, Marc – ik kan er niets aan doen –, dat ik Esther in de docentenkamer voor een invaluur nodig had en ik had behoefte aan een second opinion. Maar voor ik haar vroeg, wilde ik jouw mening weten. Kan ik het Esther ter lezing aanbieden of wil je dat ik een ander vraag? Het was aan jou. Ik heb je laten omroepen, je was er niet. Kon je ook nergens bereiken, heb nog de conciërge naar je lokaal toe gestuurd en haar toen het probleem voorgelegd. Zij wilde het graag lezen. Zou daar haast mee maken. Dat heeft ze gedaan. De volgende dag al kwam ze op mijn kamer. Zelfde reactie als Mor, zo mogelijk nog feller. Ook zij vond de werdegang van de jonge docent en de verleidingsscène niet acceptabel. De gedachte dat de hoofdfiguur zijn mannelijkheid meende te kunnen bewijzen via sadistische spelletjes... Die mannelijke hoofdfiguur was nauwelijks een man... Geloof me, ik heb je verdedigd met alles wat in me was. Je verhaal straalt kracht uit. De zogenaamde morbiditeit wordt aannemelijk gemaakt door zijn verleden. Een jongen die nauwelijks zijn ouders gekend heeft, noch een normaal gezinsleven, werkelijk adembenemend is de mysterieuze verdwijning van de moeder op klaarlichte dag. Die afschuwelijke geschiedenis brengt verschrikkelijke nachtmerries voort, een draaikolk van heftige gevoelens. Ik heb je verhaal tot het uiterste verdedigd. Ik zal helemaal eerlijk zijn. Je hebt het recht om alles te weten. Ook Fineke Regenboog van het dagelijks bestuur heb ik het laten lezen. Zij staat geheel achter Esther. Wat nu? Ik weet het niet.'

'Ik trek het terug, Rafaël. Ik heb een verhaal voor school geschreven. Ik vergiste me. Ik heb het niet voor school geschreven. Zit er niet over in.'

'Excuses, Marc. Ik had deze gang van zaken niet voorzien. Mor en Esther hebben beiden gedreigd een buitengewone vergadering hierover bijeen te roepen. Fineke wil het in het Bestuur brengen. Ik zit klem. Het was puur uit enthousiasme dat ik jou toen de uitgave volmondig heb toegezegd. Het verhaal is nog steeds gruwelijk en beeldschoon... En nu je toch hier bent – ik had er een andere keer met je over willen praten –, los van je novelle: beide dames, die ik hoogacht, hebben het toch erg moeilijk met je. In hun woorden: ze vinden je close omgang met Najoua moreel absoluut verwerpelijk. En zij staan niet alleen. Ikzelf kijk er anders tegenaan. Misschien omdat ik je beter ken, misschien omdat ik man ben...'

Hij kon nog wel geloven dat de rector oprecht het verhaal waardeerde. Maar hoe kon Rafaël het voorleggen aan Morrenhof, die nog steeds weigerde Najoua zijn excuses aan te bieden, en vervolgens nota bene aan Esther Biljardt en Fineke Regenboog? En dan de tegelijk bizar nadrukkelijke én totaal achteloze wijze waarop Rafaël zijn spijt betuigd had...

Frederik Roos schoot hem aan. Hij had vanmorgen Najoua in zijn klas. Het meisje had zijn les maar even kunnen volgen. Ze was doodop geweest en had slechts vooruit op de tafel gelegen. De conciërge had haar naar huis gebracht.

HOOFDSTUK 54

Het was een normale dag op school. Stemmen klonken op de eerste verdieping, de conciërge riep via de intercom een leerling op, een collega passeerde met krijtlucht om zich heen.

Henk Imanse, een map onder zijn arm met vast weer een nieuw concept voor een vlijmscherp artikel van zijn hand, riep Marc vanaf de gaanderij op de eerste etage.

'Marc, ik kom bij je.' En toen hij zich bij Marc in de centrale hal voegde, zei hij, met bewondering in zijn ogen: 'Zo sterk van je.'

Marc wist niet waarop hij doelde. Henk troonde hem mee naar de schemerige stilte van de beeldengalerij. 'Joh, iedereen spreekt erover. Het verhaal dat jij voor het eeuwfeest hebt geschreven, en dat je bij nader inzien hebt teruggetrokken. In de staf moet strijd ontbrand zijn. De een is voor het verhaal, de ander tegen. Niemand weet er het fijne van.'

Zijn stem werd zachter. Hij trok Marc nog meer die duistere hoek in bij de beelden, keek hem met zijn kleine, glimmende ogen samenzweerderig aan en toverde dat bekende zelfvoldane, triomfantelijke lachje tevoorschijn. Ja, hij bekende openlijk dat tussen hen een mooie camaraderie was ontstaan. Zij beiden deden iets waartoe de anderen niet in staat mochten worden geacht. Dat werd beseft. Zij brachten, elk op zijn eigen terrein, iets op gang, traden correctief op.

Hij wachtte met spreken, weer verscheen die glimlach. De buitendeur ging open en het korte krulhaar op zijn voorhoofd wipte even op. Hij streek er met gespreide vingers doorheen. Ze keken elkaar aan. Henk Imanse zei dat hij hem in vertrouwen ging nemen. Marc dacht dat hij nieuwe informatie zou krijgen over Henks relatie met zijn jonge vriendin.

'Jou breng ik al op de hoogte, omdat wij gelijk denken, op gelijk niveau staan.' Hij fixeerde een moment een punt in de donkere ruimte om zijn woorden meer effect te geven. Even maakte hij het gebaar alsof hij met zijn vingers iets weg wilde knippen en toen vertelde hij Marc dat hij op korte termijn het Descartes ging verlaten. Hij was gevraagd als onderwijsredacteur bij een landelijke krant. Hij ging het praktische onderwijs verlaten.

Het schrijven was voor hem een wezenlijk genoegen. Het vinden van het juiste woord. Hij ging hier weg, had altijd hogerop gewild. Henk zou nooit meer De Labadie tegenkomen, noch de rector, een man van wie je niet te weten kwam wat je aan hem had.

De bel ging. Een klassendeur werd opengegooid. Leerlingen stormden de hal in. Kees Herkenrath verliet zijn lokaal, zag hen niet en ging de docentenkamer binnen.

'Ik feliciteer je,' zei Marc, maar hij vroeg niet bij welke krant Henk ging werken. Het zou hun gesprek gerekt hebben. Imanse beloofde Marc op de hoogte te houden, vroeg hem erover te zwijgen. Hij wist dat het nieuwtje bij hem veilig was.

Vanaf de plaats waar ze stonden konden ze Kees Herkenrath tot aan de keuken volgen. Kees schonk koffie voor zichzelf in. Imanse en Marc keken elkaar aan. Ze dachten beiden aan hetzelfde. Imanses blik drukte niets uit. Ja, toch, er lag in zijn ogen minachting.

Imanse zei:

'Hij hoort hier niet thuis.'

Marc nam het voor Kees op, tegen beter weten in. Die had vanmorgen nog tegen hem gezegd: 'Zojuist een mooie les gegeven. Ik had de klas volledig in mijn greep. Ze was als was in mijn handen.' Kees Herkenrath leed, maar hij bleef niet thuis zoals Vierwind. Hij wilde werken voor zijn geld. Imanse geloofde dat Kees al zo ver heen was dat hij niet meer leed. Kees wist niet beter.

'Hij lijdt,' zei Marc. ''s Nachts doet hij geen oog dicht. De school is voor Kees een hel, maar hij verzuimt nooit.' Marc dacht: het doet me niets dat Henk Imanse de school verlaat. Henk had geen idee van deze gedachte, keek zoals men kijkt naar de sterren in de Provence, naar het Niets:

'Jij bent een gevoelsmens. Ik heb geen behoefte om voor hem op te komen. Zeker, hij is een kenner van Schopenhauer, maar op school is hij zielig! Op een school horen net zomin als in een bedrijf zielige mensen thuis. Er komt een dag dat hij wankelt en met een kreet voor de klas neervalt.'

Marc wenste Henk Imanse deze dood toe, voorafgegaan door een lange foltering.

HOOFDSTUK 55

Marc parkeerde kort na middernacht zijn auto voor een Marokkaans restaurant aan de Paviljoensgracht. Op het kleine, rechthoekige plein met vier kastanjebomen bekeek hij aandachtig het verlichte standbeeld van Spinoza. Op zijn tenen staand kon hij met zijn vingers over de patina knoppen van de zetel strijken waarop de filosoof zat, het hoofd peinzend in zijn handen. Hier stond Johan Parre voor hij de Spinozasteeg in ging. Van Parre gingen zijn gedachten in snelle vleugelslag naar de rector. Vanaf dit punt – hoek Paviljoensgracht/Stille Veerkade – kon hij de Wagenstraat zien liggen. Tegen twaalven die avond had hij trek gekregen en was naar Chinatown gereden en een smalle steeg in gelopen met aan weerszijden minirestaurantjes van hooguit vijf tafels. Hij bleef voor een gelegenheid stilstaan die hem door de knusheid aantrok, keek wat beter, deinsde terug. Hij keek op de lange, gebogen rug van Rafaël, zijn zwarte hoed op tafel, verstrengeld met een vrouw die zich geheel achter hem verborg, maar die hij herkende aan de fijne, bleke hand waaraan haar zwarte handtas bungelde. Ze gingen volledig in elkaar op. Zij moesten zich hier veilig voelen. Of bezat Esther ook zijn goklustige natuur?

Hij was direct naar het café gegaan, waar hij had gehoopt Wim aan te treffen, maar die was net vertrokken, maakte zich zorgen over zijn hond die had moeten overgeven.

Marc ging met een omweg opnieuw de kant op van de Paviljoensgracht, stond korte tijd in gedachten verzonken voor het huis waar Spinoza had gewoond en ging een nachtcafé binnen op de hoek Dunne Bierkade/Spinozasteeg. Het was druk aan de kleine bar en er klonk muziek. Hij werd direct opgemerkt door de vrouw achter de bar en ze vroeg wat hij wilde drinken. Hij bestelde een glas droge witte wijn. Nee, wijn werd niet geschonken. Er was alleen bier, maar ze dacht na en meende dat achter wel een fles wijn stond. De vrouw had het blonde haar hoog opgestoken en bij elk gebaar dat ze maakte bewogen achter het donkere T-shirt kleine, harde, donkere beesten. De vrouw die nu wegliep om voor hem wijn te gaan halen was een voorafschaduwing van wat hem straks in de diepte van de steeg te wachten stond.

De vrouw overhandigde hem over de hoofden heen een glas wijn, een klant vroeg of ze de muziek harder wilde zetten. Hij dronk het glas in één keer leeg, vroeg een tweede. Zij gaf hem een tweede glas en hij hief het glas in haar richting. Ze stak een hand omhoog. Die vrouw zou hij vanavond kunnen hebben. Hij liet zich door die gedachte en de muziek bedwelmen. Hij luisterde naar de muziek, hoorde een geluid dat zich van de tonen leek los te maken. Het klonk als het snikken van een vrouw. In het café waren behalve de bardame geen vrouwen. Het snikken was nauwelijks hoorbaar en toch heel precies en werd onderbroken door een gejaagd ademhalen. Het ging hier niet om iemand die huilde van verdriet. Het was een huilen van genot. Waar gebeurde dit? In dit café? Achter een deur, vlak boven hem? Was dit snikken en hijgen misschien opgenomen met het liedje? Of was hij slachtoffer van een hallucinatie zoals hij die in onregelmatige intervallen kende met de lathyrusgeur?

De juffrouw achter de bar en de bezoekers leken niets in de gaten te hebben. Hevig geïntrigeerd keek hij om zich heen, in de richting van de deur. Werd hier achter een gordijn of schot heimelijk gelegenheid geboden? Hoorde hij niet Parres stem, zo vaak door Wim Egbers geïmiteerd. Marc dacht op dit moment niet aan Johan Parre, maar 'dacht' hem via de talloze details die Egbers over hem had aangeleverd. Parre wilde dat zijn Dominicaanse vriendin, elke keer opnieuw, zich weer heel gereserveerd, heel preuts betoonde alsof het de allereerste keer was dat zij de liefde ging bedrijven. Als Parre haar kamer binnen kwam, staarde hij naar het meisje, overdacht de genietingen die haar lichaam hem weldra zou schenken. Hij verdroeg geen vrouw voor wie de schroom niet bestond. Dat maakte hem zelfbewuster. Pas na een flinke tijd waarin hij intussen haar huiswerk mondeling overhoorde, mocht ze ontketend raken. Dan kwam het voor dat hij wreedheid speelde, haar tegen een muur duwde, bruusk en ruw ontkleedde alsof hij haar de prachtig glanzende, donkere huid wilde afscheuren. Volgens Parre, hij had het met zoveel woorden tegen Egbers gezegd, genoot de vrouw daarvan. In ieder geval vond ze het de gewoonste zaak van de wereld, bewoog zo min mogelijk, bleef neutraal, het gezicht vaag. Het gedrag van de cliënt ging buiten haar om. Zij gedroeg zich als een ding. Zo zag Parre haar en hij kon dus doen wat hij wilde. Volgens Egbers moest je Parre bovenal zien als een teder, zachtmoedig man, maar die in het gewone leven, al lesgevend, dagdroomde dat hij vrouwen met geweld bezat, dat ze door hem verkracht werden.

Op dat precieze moment had Marc Wim gevraagd te zwijgen.

'Wat is er met jou,' had Wim bezorgd gevraagd, 'je trekt bleek weg.'

Maar Marc had niets losgelaten. En Wim had aan zijn woorden toegevoegd: 'Parre wilde grenzen overschrijden, zijn gevoel voor het absolute bevredigen. Absoluut, zonder compromis, in alles. Ook op school. Vaak brandde tot laat in de avond licht op zijn kamer.'

Marc vroeg in het nachtcafé om nog een glas. In het rumoer, in die voornacht, was er ook dit geruststellende beeld: Johan Parre op dat goedkope, doorzakkende bed, omringd door leergierige, aandachtige meisjes, knus en intiem om de meester verzameld, in koor als in een echte klas korte, Nederlandse zinnen nazeggend.

En dit beeld, toen de nacht al vorderde, minder geruststellend: in het eerste magere licht van de ochtend dat het vuil op de ruiten zichtbaar maakte – alsof er met een heel viezige doek overheen gewreven was – zat de vrouw op een rode plastic emmer, de benen uiteen, en gaf zich over aan een korte rituele wassing, terwijl Parre een kan water liet vollopen. Hij, op zijn hurken, wreef haar nadien droog. Zijn hand trilde. Zij kwam overeind en moest in het Spaans van de Dominicaanse Republiek uitspreken: jij hebben mooie guevo, grande ñema, jij hebben grande pappa, en dat steeds herhalen, in een aanhoudende lofzang op zijn geslacht en die ode moest uitlopen op de woorden 'hombre sperma kijken', die steeds herhaald moesten worden. Uiteindelijk lukte het dan bij Parre.

Hij leek steeds geremder om op normale wijze de liefde te bedrijven. Die vrouw, zo zonder de charme van vrouwelijke koketterie, bracht hem de tranen in de ogen. Parre telde geld uit op de verschoten handdoek, geloofde dat hij bijzondere dingen van haar vroeg, maar voor de vrouw waren het bekende rites, al eerder opgedaan in de omgang met klanten.

Marc nam een slok, dacht aan de borsten van de Dominicaanse, die zacht en warm zouden zijn. Hij zou er zijn vingers in kunnen onderdompelen, verbeeldde zich de trage, lange schokken van het genot.

De vrouw achter de bar nam zijn lege glas van hem aan. Hij kreeg een vol glas terug, zocht een plaats om het neer te zetten en drong zich tussen de bezoekers door die zich vanuit het stadscentrum hier in deze holte verzameld hadden. Zijn glas kon hij kwijt op de smalle, afgebladderde vensterbank. Hij haalde uit zijn binnenzak een foto van zijn moeder tevoorschijn, kuste het portret van de jonge vrouw. Hij keek er lang naar, stopte het weer weg.

Marc dacht aan Najoua, die andere engel. Zonder zijn hulp kon ze niet meer op de verdiepingen komen. De Labadie had toegekeken toen zij arm in arm met Marc, op hem leunend, tree voor tree als een oud hulpeloos vrouwtje de trap had beklommen en boven aangekomen doodop was geweest. Die dag had Marc op de kamer van De Labadie moeten komen. De rector nam die week deel aan een conferentie, De Labadie, vice-rector, nam voor hem waar. Zijn oude schoolvriend had hem meegedeeld dat verontruste ouders in het geweer waren gekomen. Ze waren bang dat hun dochters het Marokkaanse meisje gingen nadoen. Daar waren al aanwijzingen voor. Leerlingen kwamen thuis met verhalen. Morgenvroeg werd door de staf vergaderd. Het besluit kon vallen dat het meisje de toegang tot de school ontzegd werd.

De toon beviel Marc helemaal niet. Hij was extra kalm toen hij zei:

'Ze heeft recht op lessen. Ze gaat niet van school. Het is toch mogelijk dat zij lessen in een lokaal op de begane grond krijgt?'

'Dat is roostertechnisch niet mogelijk. Marc, er is bericht van het Riagg. Zij adviseren opname. Maar er zijn lange wachttijden. Het Descartes verdraagt het niet dat hier opschudding over ontstaat.'

'Die zal komen als je haar de lessen verbiedt.'

'Dit is een extreem geval.'

Marc wilde over haar niet met De Labadie praten. Juist niet met hem. Marc zei: 'Jammer dat je nooit boeken leest. Dan wist je wie Condorcet was. Dan zou je leerlingen met een

lichte of donkere huid gelijk behandelen.' Marc had geschreeuwd. Hij wist dat hij overdreef en onredelijk was, maar was daar ook niet helemaal zeker van. En voegde hem toe: 'Je wilt je via haar op mij wreken. Zij moet weg.'
   De Labadie had hem gesust. Het verbod zou alleen in het uiterste geval worden uitgevaardigd en na inwinning van deskundig advies. Maar hij dacht dat er niet aan te ontkomen viel. De druk van buiten werd te groot.

Wat was dat hard, en onbuigzaam, een school.

'Waarom is de rector juist deze week weg?' had hij op de drempel geroepen.
   'Marc, die conferentie was al maanden tevoren gepland.'

HOOFDSTUK 56

Marc had het nachtcafé – droompaleis voor wie geen uitweg meer wisten – verlaten. Een wellustige regen begon te vallen. De druppels dansten als kleine kogels op het ongelijke plaveisel waarop de rode tl-buizen van de ramen zich weerspiegelden.

Marc keek omhoog naar de streep hemel die zichtbaar was tussen de hoge gevels van de naar elkaar toe buigende huizen. Over enkele uren zouden de lessen op school weer beginnen. Hij had gemerkt dat wanneer hij bij toeval de docentenkamer binnen kwam, aan de tafels werd gezwegen. Was tot voor kort het geheimzinnige verhaal voor het eeuwfeest onderwerp van gesprek, nu had de ziekte van Najoua de school in haar greep. Dagelijks kwam de staf van de school bijeen. Of Fineke Regenboog kwam op school voor nader overleg namens het Bestuur. In de docentenkamer bleef tijdens de pauze het gebruikelijke geklaag over het niveau van het onderwijs, de gebrekkige leraarsopleiding, de geringe motivatie bij de leerlingen achterwege. Men vond het vreemd dat een Marokkaans meisje, hoe ingeburgerd ook, hoe zuiver ook het Nederlands beheersend, aan deze aandoening leed. Anorexia was toch een ziekte van de westerse beschaving? Een kleine meerderheid vond, dat, met alle mededogen, de school niet opnieuw in het nieuws mocht komen. Velen zaten met het probleem in hun maag, maar het ging zeker niet om de lichte of donkere huidskleur. Wim Egbers had tegen Marc herhaald: 'Het gaat vooral om jou. Jij bent een doorn in het oog. Jou willen ze treffen.' Soms ving Marc flarden op van een gesprek in een garderobenis of in een stille passage: 'Hij moet weg, zij is in zijn ban.' Verscheidene keren in een week vond hij een anoniem briefje in zijn postvak, getypt, met de steeds gelijkluidende tekst: 'Vertrek! Je hoort hier niet.'

De rector had Marc die week op zijn kamer geroepen en hem gevraagd mee te werken aan een oplossing van het probleem: 'Marc, probeer haar en haar moeder ervan te overtuigen dat het voor haar beter is voorlopig geen lessen meer te volgen. Het is ook in het belang van het meisje. Haar ziekte werkt aanstekelijk, ze contamineert.' Hij geloofde er niets van, Najoua had geen echte vriendinnen. Hij zweeg over de anonieme post. Hij vertrouwde Rafaël niet, misschien was hij van die brieven wel op de hoogte.

Daar liep Marc Cordesius, rechte neus, mooi getekende wenkbrauwen, in een matblauw, naar grijs neigend kostuum, onder de bordeauxrode paraplu. Hij kon doorgaan voor een flamboyant man verliefd op zichzelf. Hij was flamboyant, maar niet verliefd op zichzelf. In zijn grijsgroene ogen lag een verbeten, vreemde blik. Niet die van de verleider. Toch was hij op weg naar zijn eerste, grote, fysieke liefde.

Een bijna naakt meisje siste:

'Psst. Psst. Ola guapo, venga por aqui. Kom! Kom!' Als een zuigklep opende en sloot ze haar kleine hand, bracht haar gevouwen vingers in snelle bewegingen naar de palm van de hand, om te lokken, om hem binnen te krijgen.

Het meisje bewoog haar schouders met een soepele golfbeweging. Lange benen op lange heupen, donkere schittering van de ogen, nodigende pruillip en een glimlach, een glimlach die zich verbreedde en haar gezicht in tweeën spleet toen ze doorhad dat hij binnenkwam.

Hij zette een stap over de drempel, haar blik ontwijkend, zag bij de plint direct de madonna, en het schoteltje met wat miserabele muntstukken die geluk moesten brengen. Het was een meisje als Parres Nane. Misschien had ze Johan Parre wel gekend en Nane ook.

Ze sloot de deur achter hem, trok het gordijn dicht. Marc Cordesius – in dat piepkleine kamertje, verzadigd van geuren, een mengsel van hitte, kaarsvet, uitgestort zaad en een verstopte afwasbak tot aan de rand gevuld met water waarin vetoogjes dreven, water dat rilde, syfilitisch water – keek naar zichzelf. In een bepaalde fase van zijn bestaan was hij in het benedictijner klooster van Solesmes voor lange tijd in retraite gegaan. Het monachale bestaan dat hij zich had toebedacht, had de pijn moeten bezweren.

Er waren ook momenten geweest dat hij zich in zijn kale cel en geknield op de eeuwenoude plavuizen van de kapel, die gebeden van getuigen voor hem uitzweetten, geborgen had gevoeld. Maar het effect was snel uitgewerkt en het verdriet en gemis waren in heviger mate teruggekomen. Hij had terugverlangd naar de drukte van de boulevards, het flaneren langs modemagazijnen, de aanschaf van een bijzonder colbert, een fraai paar tweekleurige Italiaanse schoenen. Die luxe kon hij zich niet ontzeggen, maar met eten en drinken was hij uiterst sober.

Zij spreidde een rood-zwarte handdoek uit op het oude, smalle bed, waarop onduidelijk door het vele wassen een naakte vrouw stond afgebeeld. Hij gaf geld en ze vroeg hoeveel hij terug wilde. Ze keek hem verrast aan toen hij zei dat hij geen geld terug wilde. Wat voor bijzonders wilde hij? Maar deze elegante klant liet slechts zijn blik door het vertrek gaan, leek te luisteren naar de geruchten buiten. Het maakte haar ook niet zoveel uit wat hij wilde. De fysieke mogelijkheden in het liefdesspel waren beperkt. Ze hurkte voor een nachtkastje, trok de onderste la open om de tweehonderd euro in een washandje op te bergen, keek, gehurkt nog, hem dankbaar aan.

Marc stond nog steeds op dezelfde plaats toen zij overeind kwam, verbaasd dat hij nog geen aanstalten maakte om zijn kleren uit te trekken. Zij streek over de zachte stof van het colbert, over het zwavelgele overhemd en begreep, hoe jong ze ook was, dat hij voor het eerst een meisje bezocht en zijn schroom moest overwinnen. Hij, een 'capitaliste', dat was duidelijk; ze zou hem toegedaan zijn, hielp hem zijn colbert uit te trekken en begon met moederlijke gebaren zijn overhemd los te knopen (en straks zou ze zijn overhemd vanaf het onderste knoopje zorgvuldig dichtknopen en een kam door zijn haar halen).

Hij liet met zich doen, stak een arm uit omdat hij geen zin had tegen te stribbelen. Algauw stond hij naakt in de kamer en zij klakte met haar tong toen ze zijn geslacht zag.

'Bonito, grande pappa.' Ze kon er niet over uit, kwam met haar gezicht dicht bij dat lichaamsdeel. Zijn blik gleed over de prachtige, lichtbruine vlakte van dit gebogen lichaam uit Santo Domingo en hij glimlachte omdat hij aan Condorcet moest denken.

Zij ging op bed liggen en nodigde hem met een kort, lief gebaar uit, had zin om deze man aan het eind van de nacht te verwennen. Marc ging op de rand van haar bed zitten, keek bij toeval omhoog en zag haar naakte lichaam weerkaatst in de spiegel van het plafond. Naast haar op bed kon hij zichzelf zien. Hij stelde zich zijn lichaam boven op de vrouw voor, kwam overeind, deed een paar kleine afgemeten stappen van het bed af. Er was al de sensatie min of meer verlamd te zijn. Hij voelde zich een bang kind. Zij wentelde zich op haar zij, strekte een arm uit, maar de afstand was te groot om hem naar zich toe te trekken. Hij zag haar ribben weglopend naar de oksels opkomen, overwon zichzelf, kwam bij haar, liet een licht gebalde vuist in haar klamme oksel rusten. Zijn lippen bewogen. Zijn gebalde vuist kwam hoger, bleef op het sleutelbeen liggen. Zijn lippen bewogen, gleden over elkaar. Zou hij over Najoua beginnen? Hij kwam terug bij de oksel, voelde de hete, vochtige huid. Wat moest die vrouw met Najoua? Beiden waren intens bezig met overleven. Zij kwam overeind, pakte zijn hand. Hij liet haar even begaan, maar toen ze hem naar zich toe wilde trekken, maakte hij zich voorzichtig van haar los om haar niet te kwetsen. Ze deed verleidelijk, vestigde door plukgebaren subtiel de aandacht op het afwezige schaamhaar, maar hij schudde ontkennend zijn hoofd, aanschouwde zijn hand die dit lichaam zo graag had willen strelen en die hij had teruggetrokken. Hij besefte zijn volkomen onmacht.

Zij had hoge gedachten over haar arbeidsethos, moedigde aan, bewoog geraffineerd haar benen op en neer, spreidde ze.

'Lekken, mi amor?' vroeg ze lief, 'jij, bandito!' Likken, corrigeerde hij in gedachten en had de krachtige sensatie dat vanuit een andere wereld, die van Parre, goedkeurend werd geknikt.

'Nee, nee...' Maar zij deed haar schaamlippen van elkaar. Hij kon niet anders dan denken aan een helrode ring gespannen om een weckpot, hoorde schor gelach in een aangrenzend vertrek en zou een vinger in zijn oren willen stoppen. Hij moest 'tranquilo' en niet 'nervoso' zijn, het aan haar overlaten. Hij dacht: ik moet hier ongerept vandaan komen. Zij had geen haast, want ze wist dat haast cliënten onzeker maakte. Het was haar een eer dat zij bevredigd naar huis gingen en terugkwamen. Zij wilde waar leveren, zeker voor dit bedrag.

Vanaf haar bed begon ze zijn armzalige scrotum te strelen. Het was niet nodig zich te schamen, ze had elke denkbare situatie meegemaakt.

'Nee, nee...' kwam weer van zijn lippen. Het had geen zin. Hij zag wel de verleidelijke schoonheid van dit lichaam, maar kon er niets mee beginnen. Hij verwijderde zich een stap van haar.

Zij speelde boosheid, was als een moeder boos op haar nukkige, dwarse kind. Een kind dat niet meewerkte. Die boosheid, al was ze gespeeld, verdroeg hij niet en de erectie kwam voor even terug.

'Jij niet boos zijn,' zei hij en kon zich voor zijn hoofd slaan om zijn kromme Nederlands. 'Ik schuld. Het ligt aan mij. Jij hebt het goed gedaan.'

Hij keek om zich heen, zag haar veelkleurige rok op de grond en aan een knop van de deur andere kledingstukken. Marc overwoog de rok in zijn hand te nemen. Hij zou met zijn vingers over de stof willen strijken, hij zou toestemming willen vragen hem te mogen aantrekken. Zij zou verrukt zijn, hem helpen zich in haar kleren te steken. Marc vocht tegen de verleiding. Hij zag ervan af, zou zich sterker aan haar binden.

Zij gaf het op, met een blik naar de onderste la. Ze had niet gedacht dat ze het zou verliezen en moest zichzelf bekennen dat ze zo'n type niet eerder had meegemaakt. Ze hielp hem in de kleren, knoopte zijn hemd dicht, kamde zijn haar met haar hand en intussen bleef hij maar zeggen dat zij er niets aan kon doen, dat het helemaal zijn schuld was.

Hij dronk een dubbele espresso in het nachtcafé, reed door de Edisonstraat, bereikte Kijkduin, reed weer door de Edisonstraat en was, zonder zijn bed te hebben gezien, tijdig op school voor zijn eerste les.

HOOFDSTUK 57

Marc vertelde Najoua's moeder dat over enkele dagen een plaats vrijkwam in een gespecialiseerde kliniek achter Eibergen.
De gesprekken onder vier ogen met de rector waren de laatste maanden steeds zeldzamer geworden. Uit zichzelf liep Marc niet meer bij hem binnen. Maar Rafaël had hem deze week aangesproken en hem gevraagd met hem mee te lopen. Op zijn kamer had hij gezegd: 'Jij maakt je grote zorgen over dat meisje. De school ook.' Via een studievriend van de VU had hij contact gekregen met een psychiater die nieuwe methoden toepaste bij de genezing van anorexia. De rector had gepleit voor snelle opname. Marc was aangenaam verrast geweest door de stappen die Rafaël had ondernomen. De toestand van Najoua had een verbod nog langer aan de lessen deel te nemen onnodig gemaakt. Ze was te zwak om nog naar school te kunnen gaan, kon ook thuis de trap niet meer op komen. Ze woog nog geen tweeëndertig kilo. Het was volgens de arts met wie Marc in Eibergen gesproken had tegen de ultieme grens aan. Ze lag de meeste tijd op bed, probeerde op haar beste momenten het huiswerk te maken dat Marc dagelijks bij haar docenten verzamelde.
Haar moeder was blij dat er nu iets ondernomen werd en voelde zich schuldig: 'Ik had strenger moeten zijn. Ik heb steeds gedacht: het is een bevlieging. Het gaat over. Ik krijg er niets meer in, behalve een slokje uitgeperste sinaasappel. Haar lichaam voelt koud aan, het lijkt of het bloed niet meer stroomt.'

Marc sprak de oude vrouw moed in. Ze kwam in goede handen. Daar zaten de beste artsen. Ze zouden haar beter maken.

Hij verliet de huiskamer om het meisje te begroeten. De deur van haar slaapkamer stond open. Tussen de spijlen van de overloop door zag hij dat ze bezig was de sprei van haar bed recht te trekken. Ze droeg een spijkerbroek en een zwart T-shirt. Haar billen waren die van een kleuter. Ze hoorde hem op de trap, draaide zich om, begroette hem met een flauw glimlachje. Op de drempel wachtte zij hem op. Hij kuste haar op beide wangen, raakte even haar dunne, benige schouders aan. Achter haar, in een hoek, lagen kleren op een hoop. Naar haar bed lopend verontschuldigde ze zich:

'Ik behoor ze op te hangen, netjes op te vouwen.' Ze had juist een la van haar kast leeggegooid. Op bed lag een bloes, slordig opgevouwen. 'Denk niet,' zei ze, 'dat ik niets doe. Ik heb de vaasjes en de glazen dieren afgestoft en op een rij gezet, ik heb een hele tijd op een vlek in de spiegel staan poetsen en mijn huiswerk voor Frans is af. Ik ken de subjonctif présent van faire, vouloir, être en avoir uit mijn hoofd. Ik heb ook ander huiswerk gemaakt.' Ze begon het rijtje van 'être' op te zeggen: 'Que je sois...' Hij keek naar het schoonheidsvlekje onder haar oog, bewonderde haar doorzettingsvermogen. Ze liep naar het nachtkastje om haar Franse schrift met de vervoegde rijtjes te laten zien. Ze bewoog, zonder gewicht. Het was een onwerkelijk gezicht, dat lichaam in beweging. Ze toonde rijtjes, de uitgangen in het rood. Hij prees haar.

'Over twee dagen gaan we naar Eibergen.'

'Ook daar ga ik achteruit.'

'Waarom denk je dat?'

'Omdat de school niet wil dat ik nog langer op school kom. Ik ben besmettelijk. Ik ben ziek. Ik menstrueer niet meer.' Ze was op bed gaan zitten, naast hem. Ze provoceerde, durfde dat woord in zijn aanwezigheid te gebruiken. Ze had allang bedacht dat men daarginds weer over haar band met hem zou beginnen, had waarschijnlijk al over een antwoord nagedacht.

'En het rijtje van "faire"?'

'Que je fasse...' Hij wilde haar afleiden, riep de dag op, die eens komen zou, dat ze haar eindexamen zou doen. 'Ik kom op je eindexamenfeestje.'

Ze ging niet op zijn woorden in, keek hardnekkig in een spiegel die op de grond stond, pakte achteloos een poppetje van de vloer, wierp een verstrooide blik om zich heen, liet het onverschillig uit haar hand op de grond glijden.

Jonge docent op ouderbezoek aan het bed van een twaalfjarige. Marc dacht aan die keer dat hij voor het eerst op deze kamer kwam. Zij lag onschuldig in bed op hem te wachten. Maar was zij nu minder onschuldig?

Dan ineens deze zinnen:

'Hoe erger het wordt, hoe beter het voor me is. Dan alleen is er kans dat ik beter word.' Een korte blik van verstandhouding. Dat waren woorden van de therapie. Daarna sloot ze kort haar ogen als wilde ze haar eigen gedachtegang beter tot zich laten doordringen, herhaalde de laatste woorden. Ze sprak ze dromerig, met gesloten ogen uit, maar toen ze weer opengingen, was haar blik waakzaam.

Hij legde zijn hand op haar dunne knie, maar had haar dicht en met geweld tegen zich aan willen drukken. Zij steeg in zijn visie boven iedereen op school uit, zweefde boven dat gebouw aan de Laan van Meerdervoort. Hij herinnerde zich het wonderlijk licht dansende meisje in de regen, herinnerde zich hoe de donkere regenbuien toen de kortstondige illusie van door een lantaarn verlichte straathoeken schiepen en moet hebben beseft: zij is mij gegeven. Je zou kunnen zeggen dat hij vanaf dat moment in haar dienst was gekomen, dat hij zich tot haar beschikking had gesteld.

Ze sloeg met gratie haar lange benen over elkaar. Hij bespiedde haar gebaren, probeerde uit elk een betekenis af te leiden. Najoua schopte haar schoenen uit en zei met een effen stem, achteloos, alsof het over die net uitgeschopte schoenen ging: 'Waarom kijk je zo naar me?'

Zij had hem bij die woorden niet aangekeken. Hij ging tegenover haar op de grond zitten en omvatte voorzichtig met beide armen haar onderbenen. Ze boog zich naar hem toe. Hij dacht: over een paar jaar zal ze meer dan wie ook van de klas volwassen zijn en alles aankunnen. Zij was nu al verder dan wie ook.

Ze kwam van haar bed, begon de kleren die over de vloer verspreid lagen snel op te rapen, dumpte ze in de la. Zo begon ze ook orde aan te brengen in overal rondslingerende boeken, hield daar abrupt mee op, keek in een van de vele spiegels.

'Zeg iets tegen me,' zei Marc. Het was bijna een bevel.

'Wat moet ik zeggen? Ik wil je niet verdrietig maken. Ik kan toch niet tegen je zeggen dat ik graag overgeef, dat ik me dan minder ongelukkig voel?'

HOOFDSTUK 58

Het was een zacht voorjaar en de tijd verstreek.

Vandaag, twee maanden na haar vertrek, had hij op het moment dat hij zijn lokaal binnen ging om les te geven aan haar klas, sterker en heftiger dan ooit Najoua's afwezigheid gevoeld. Het moest met het weer te maken hebben en met de zoete geuren die vanuit het verwilderde park zijn lokaal binnendrongen. Als een vreemde was hij naar binnen gegaan en hij had minutenlang zijn mond niet durven opendoen. Hij had het schoolbord, de spons in het emmertje om het bord nat af te nemen, de tafels en stoelen, de kinderen, als vreemd en stekelig ervaren. Hij hoorde hier niet meer thuis. Kon zijn gemoedstoestand te maken hebben met de drie korte, anonieme briefjes die hij op drie achtereenvolgende dagen in zijn postvak gevonden had en thuis bij de andere in een envelop had gestopt? Ze waren eensluidend, venijniger dan anders, platter ook:

'Smeer 'm'.

Gisteren had hij haar in de kliniek opgezocht.

Twee keer per week ging hij naar Eibergen, afwisselend met haar moeder of alleen.

Zij had hem opgewacht, in een ontvangstvertrek, met de rug naar hem toe, een zakdoek verfrommelend, uit het raam starend. Wachtte ze tot hij iets zou zeggen? Ze bewoog haar vingertoppen tegen de ruit. Hij sprak zacht haar naam uit. Het was een mislukte poging die uit te spreken als vroeger, toen alles nog gewoon was. Haar naam klonk hem vreemd in de oren. Ze keek om, ademde diep in en haar borsten staken naar voren. Het gezicht leek hem vaal en uitgehold.

Hij was geschrokken van haar intens in zichzelf gekeerde blik. Heel kort en gluiperig kwam de gedachte op dat zij hier zou kunnen sterven. Ze liet de afwerende houding even varen, gaf hem verstrakt, stijfjes, een hand, zei niets, maar bleef hem aankijken, de lippen een smalle streep. Marc legde een hand op haar schouder en voelde door de stof van de jas heen dat ze beefde. Een onstuitbaar beven dat de uiting moest zijn van de waanzin, van deze boosaardige aandoening van de geest die slechts veinsde het goede te willen. Hij was dichter bij haar gaan zitten, zijn hand streelde haar nek, haar schouder, maar raakte haar nauwelijks aan, als bang iets te breken. Vergiste hij zich? Het leek of ze hem toch verwachtingsvol aankeek en dat het beven minder werd. Zijn blik ging door het kale, steriele ontvangstvertrek – ook met één abstract schilderij in een metalen lijst –, hij nam de vuilstrepen rond de lichtknop waar en ze stoorden hem.

Ze waren naar buiten gegaan en ze had de jas tot bovenaan dichtgeknoopt. Ze had het koud ondanks het extreem zachte weer. De kliniek bestond uit een groot aantal paviljoens in een uitgestrekt park, vol bomen, met op gazons hier en daar een marmeren beeld.

Bezoekers en patiënten zaten op banken. Sommige patiënten droegen een witte, hooggesloten kamerjas. Vanuit de verte leken het badjassen. Je zou zeggen een kuuroord in Baden-Baden of Contrexéville. Zij excuseerde zich voor haar zwijgen.

Marc wandelde met haar over een van de rechte paden, verbeeldde zich dat zij het witte marmer van een sluimerend beeld met zijn lege ogen wakker maakte door het aan te raken. Ze zei onverwacht:

'Hier heb je de tijd om je gedachten te ordenen.' Haar stem klonk vlak en dun.

De achteloze, matte toon was teleurstellend. Hij mocht slechts een halfuur blijven en ze gingen terug naar de ontvangstruimte. Hij nam afscheid door haar hand te pakken.

'De volgende keer ben je iets beter.' Dat was buitensporige hoop.

Ze reageerde niet op die woorden en verwijderde zich een gang in. Hij kon haar niet bereiken.

Nog voor hij bij de buitendeur kwam, werd hij aangesproken door een van haar therapeutes. Ze vroeg hem de komende weken niet op bezoek te komen. Dat gold ook voor haar moeder. Haar stond een behandeling te wachten die nogal onalledaags was, met harde confrontaties, maar op den duur in negen van de tien gevallen genezing of opvallende verbetering gaf. Die behandeling vroeg een loslaten, een zekere onthechting van de directe omgeving.

Marc had gevraagd wat die confrontaties inhielden. Zij wilde daar niets over kwijt, maar toen Marc aandrong had zij in het algemeen wel iets willen zeggen. Ze sprak over de *hot-chair*.

'U moet zich een gewone keukenstoel voorstellen.' (Marc stelde zich een elektrische stoel voor met elektroden.) 'De patiënt zit op de stoel en de groep, met de arts en de therapeute, zitten er op de grond omheen. Je moet praten, de groep vertellen waarom je geen eten in je lichaam verdraagt, hoe de thuissituatie is, wie je vriendinnen zijn, hoeveel laxeerpillen je slikt enzovoort. Je kunt wel proberen iets achter te houden, de groep komt erachter, de groep is macht, is hard, compact, als een blok, is op het wrede af, nee, is hardvochtig, wreed, pikt het niet als iemand liegt. Het is ondenkbaar dat iemand de stoel verlaat zonder in hartverscheurend snikken uit te barsten. Of de patiënt gilt. De methode werkt bijna altijd.'

HOOFDSTUK 59

Het kon gebeuren dat hij na een les aan zijn bureau wat mijmerde, woorden voor zijn rubriek zocht of aan het bedenken was wat er op dit moment met Najoua gebeurde, of zich afvroeg of hij naar het eeuwfeest van de school zou gaan, en dan opstond om de lege klas in te lopen.

Zoals nu.

Hij ging op een van de stoelen achter in de klas zitten, keek naar het bord waarop hij het afgelopen uur in zes gym 'gésir' en 'clore' had geschreven. Hij hield van deze defectieve werkwoorden, die nog maar enkele vormen bezaten: ci-gît en het deelwoord clos in *Huis clos*.

Hij hoorde het miauwen van een poes, meende dat net ook al te hebben gehoord. Marc verliet zijn lokaal en liep door de gang naar buiten. Hij bukte zich, spiedde door het dichte onderhout, waar een vochtige schemer heerste. Er was geritsel te horen van iets wat wegglipte, maar hij kon nauwelijks iets onderscheiden. Het kon ook een rat of bunzing zijn geweest, beesten die van duisternis en vochtigheid hielden. Jammer dat hij de poes niet meer zag. Ze zou ongetwijfeld hongerig zijn. Hij wilde een hongerige poes wel te eten geven. Hij had er behoefte aan om zijn hand over het zachte vel te laten gaan.

Hij keerde terug naar zijn lokaal.

Gisteren had hij de avond met Wim in het café doorgebracht. Wim was meer dan ooit bruusk, abrupt in zijn taalgebruik geweest, van de hak op de tak gesprongen, onrustiger dan anders. Ook schielijker drinkend. Het moest met zijn gemoedsgesteldheid te maken hebben. Wim was gejaagd. Soms balde hij een van zijn handen tot een vuist. Marc wist niet wat hem dwarszat. Misschien een heviger verlangen naar het Zuiden, een heviger angst Gevallen Engel te verliezen. De hond lag de hele dag te hijgen en keek hem vanuit haar mand met wijd open ogen aan, de kop nat van het zweet, de wimpers ook. Dan omhelsde zijn vriend het beest en probeerde het met zacht strelen over zijn kop en buik en achter zijn oren rustig te krijgen.

Waar had Wim over gesproken? Hij meende dat het verval van het Descartes in het gedrag van de mensen wortelde die tezamen het Descartes vormden.

'Marc, verscheidene keren per dag slaan onze collega's elkaar op de schouder, drinken koffie, maken een praatje. Wie meer dan drie dagen ziek is, krijgt een boeket van de bloemendienst, die ook zorg droeg voor de flamboyante graftak bij Parres begrafenis. Illusie van verbondenheid, collegialiteit, vriendschap. Maar wie ernstig ziek is geweest en herstellend, in de pauze even langskomt, kan slechts op heel kortstondige belangstelling rekenen. Ieder heeft haast, is in sectieoverleg, wacht op de bel. Daar gaat de bel al. Is het de eerste of de tweede? De klas wacht, de koffie wacht, het plenum wacht. Wie met pensioen of met de VUT gaat en denkt: ik heb vrienden gemaakt, die komt mooi op de koffie. Je hoort nooit meer wat, je ziet niemand meer. Het is voorbij. En als je iemand ziet, weet je niet waarover je moet praten. Je moet naarstig op zoek gaan naar vrijwilligerswerk of een cursus kunstgeschiedenis van het hovo, hoger onderwijs voor ouderen. Want je wilt ineens weten waarom een immens wit doek met een zwart vierkantje symbool staat voor de progressie in de schilderkunst. Zo is het overal, Marc, in elk bedrijf of instituut, maar hier is de illusie sterker, dus de deceptie groter.'

Lang na middernacht had Marc zich naar Wim Egbers toe gebogen en hij moest hem bijna verliefd hebben aangekeken toen hij had gezegd:
'Ik luister zo graag naar je. Praat door. Blijf altijd praten. Je moet altijd blijven.'

Marc ijsbeerde door zijn lokaal. Wat had Rafaël hem verteld toen ze nog vertrouwelijk met elkaar waren? Marc had op een dag de barbaarse rapportenvergaderingen ter sprake gebracht. Rafaël had toen gezegd dat die bleven zoals ze waren. Die vraag naar de onderbouwing van het cijfer bleef erin. Het dwong de docent zich rekenschap te geven van wat hij deed. Hij erkende dat de argumentatie bijna altijd clichématig en dus op zich zinloos was. Het ging er slechts om structuur aan te brengen in de bijeenkomst, een beetje grip op de chaos te krijgen.
'De chaos, Marc, is op deze school een constant aanwezige dreiging.' En toen had hij zich opnieuw van een kant laten zien die Marc niet achter hem gezocht had. 'Marc, de dagelijkse drang om de impasses van Chinatown in te duiken, om te gokken, kan mij in die mate overvallen dat ik iets moet doen om dat te bezweren. Wat ik dan doe? Ik spreek op mijn kamer hardop Latijnse teksten uit. Ik gil ze uit. Zinnen uit Tacitus, Juvenalis. Ik ben doodsbang.'
Marc dacht aan het volmaakte absentiesysteem dat De Labadie bedacht had. Het was al uitgehold. De conciërges hadden geen zin of geen tijd om elk uur de hele school door te lopen, lieten dat werk over aan strafklanten, en die streepten voor geld of sigaretten genoteerde leerlingen door.

Hij klom op zijn bureau. Over het hoge struikgewas heen kon hij de Laan van Meerdervoort onderscheiden, zelfs een glimp van de trambaan die even leek terug te deinzen voor de hoge gebouwen van de Javastraat en zich toen verloor in de diepte van de Zoutmanstraat. Hij hoorde het onvaste, ijzige krijsen van een ekster. Even later verliet Marc zijn lokaal, dat hij zorgvuldig afsloot, zocht nog naar de poes, nam in het struikgewas de bemoste trap die naar het labyrint van de kelder voerde en kwam bovengronds, achter de trap, in de centrale hal.

HOOFDSTUK 60

Hij zat naast haar op een stenen bank, eindelijk weer.

Een andere wereld. Ze keken naar de perken met geraniums en de licht bewegende schaduw van een magnoliatak. De zonneschermen van de paviljoens waren neergelaten, de gebouwen leken te slapen, blonken krijtwit.
 Hij vroeg hoe het ging.
 'Het gaat beter, langzamerhand. Je moet je niet ongerust maken. Het is goed dat ik hier ben. Ze gaan me hier weer beter maken. Ik ben ook al aan werk voor school toegekomen. Met *La princesse de Clèves* ben ik net begonnen. De woorden die ik niet ken, zoek ik op. Ik weet al waar het boek over gaat. Dat scheelt.'
 'Je zult het vast mooi vinden. Als je het uit hebt praten we er samen over. Ik ben blij dat het beter gaat. Het komt eens goed.'
 Ze keken uit op een bassin zonder water, met een bodem vol scheuren. Er was in het park, vlak langs hen heen, maar ook op andere lanen tussen bomen, het onophoudelijke, maar vluchtige voorbijgaan van verplegers en patiënten – blauwig wit schuim als van trossen hortensia's, dat de schaduw telkens een moment brak.
 Hij ondervroeg haar met zijn blik, wilde weten hoe het met het eten ging. Ze glimlachte slechts mysterieus, knikte. Marc zei:
 'In de vijfde heb je ook al je eerste absolverende tentamens.

De boeken die voldoende zijn hoef je in de zesde niet opnieuw op de lijst te plaatsen.' Hij stelde zich voor dat De Labadie gecommitteerde zou zijn. Marc zou een tien voorstellen en zijn collega zou daar ver onder zitten. Maar met Stef zou hij nooit meer tentamineren. Ook de rector had ingezien dat op dit punt geen werkbare situatie mogelijk was.

Ze maakte haar handtas open, die schuin over haar schouder hing. Een kleine, rode handtas die hij niet eerder had gezien en waaruit ze een handvol losse pillen haalde. Haar blik was uitdagend. Ze had ze van een patiënt op de afdeling gekregen. Als ze gegeten had, nam ze een pil en raakte ze het voedsel direct weer kwijt.

'Ik neem je in vertrouwen. Niets zeggen, hè? Jij mag het weten.' Ze at vooral pillen. Zou hij ze voor haar willen meebrengen? Ze had ze dringend nodig om het eten zo snel mogelijk uit haar lichaam te krijgen. 'Ja, doe je het? Ik probeer elke dag een bladzij uit jouw boek te lezen.'

'Maar...' Het had niet eens zin haar dit gedrag te verwijten. Hij zou morgen naar de kliniek bellen.

Een verpleger passeerde. Zijn blik rustte een moment nadrukkelijk op Marc en toen wendde hij zich af. Wist hij wie Marc was? Zag hij in hem een schuldige? Najoua kwam overeind, wilde Marc aan hem voorstellen. Hij was een van haar therapeuten. Zij, ineens opgewekt, deed enkele stappen, zei zijn naam, riep. De man bleef staan en ze sprak met hem, wees naar Marc. De therapeut draaide zich naar Marc om, schudde zijn hoofd, liep door. Hier moeten, dacht Marc, ook in de omgangsvormen andere wetten heersen. Het kon natuurlijk zijn dat hij haar docent niet wilde leren kennen op dit moment, in het kader van de behandeling.

Ze kwam beschaamd naast hem zitten.

Op een dag.

Op een dag kon of wilde ze niet meer eten. Het ging boven

haarzelf uit. Het zou een vorm van verschansing zijn, het hoofd afwenden van het gewone bestaan, een vorm van bewuste amputatie. Het gevolg: het isolement, deze kliniek, deze groene schemer, met op zachte toon gevoerde gesprekken, onder bomen, en – waar hij geheel buiten stond – de psychiatrische protocollen. Het protocol. Sinds zijn komst op het Descartes had hij ze in maten en soorten meegemaakt. Het woord alleen al was een last. Hij streek met zijn middelvinger over de binnenkant van haar handen.

Ze friemelde aan haar handtasje. In een paar maanden was ze jaren ouder geworden. Ze was al oud met die rimpels van het aanhoudende fronsen, hij wist al precies hoe haar gezicht er over jaren op een dag zou uitzien. Hij wilde verlost zijn van dat onverdraaglijke visioen en werd overvallen door zo'n hevig gevoel van schuld dat hij zich met beide handen aan de bank vastgreep. Hij had haar idee-fixe, haar opsluiting veroorzaakt. Ook haar gezwollen neusvleugels, de ingevallen huid rond ogen en wangen waar alle vlees verdwenen was. Zou ze ooit haar normale gewicht terugkrijgen? Hij dacht aan de allereerste ontmoeting. Haar subtiele bewegingen, haar spel dat met zo veel ernst en tegelijk uitbundig werd gespeeld, de weerglans van de rode cape in het water, de onbezorgdheid en daarboven de inktzwarte rivieren slingerend tussen klippen.

Nu keek zij hem een moment met moederlijke tederheid aan. Raadde ze zijn schuld, voelde ze zijn angst? Een glimlach. Haar glimlach is een innerlijk glimlachen dat haar gezicht van binnenuit verlicht.

Zij was gaan staan. Tegenover hem het magere silhouet dat een formidabel gewicht op hem legde. Hij hoorde haar ademhaling en luisterde, had de indruk dat ze zich wilde excuseren, dat ze zelf verbaasd was. Hij hoorde het ruisen van de parasoldennen boven hen. Je kon niet eens zeggen of ze nu verdrietig of gelukkig was. Ze was ontoegankelijk. Nog steeds ging zijn vinger zacht over haar hand.

Hij zou haar door elkaar willen schudden, aan haar, zo voorlijk, willen vragen wat haar bezighield, maar besefte dat het nu niet ging om willen of niet willen. Buiten haar om was iets besloten.

Ontoegankelijk? Ze begon uit zichzelf te vertellen. 'En soms, Marc, moeten we elkaar een hand geven en de ogen sluiten en dan krijgen we de opdracht Iemand of Iets te roepen. God als je gelovig bent of een Hogere Macht. En dan moet je hardop je problemen in alle openheid voor Hem neerleggen. Ik weiger anderen een hand te geven en hardop tegen Iemand te praten. Ik doe in gedachten mee. Ik wil niet als de anderen zijn. Dan vragen ze: "Tegen wie praat jij?" Ik geef geen antwoord. Dat zijn zaken waar ze niets mee te maken hebben.'

Een lichte rilling trok over haar schouders. Hij trok zijn colbert uit, drapeerde het om haar heen. Ze bedankte hem met die naar binnen gekeerde glimlach.

Het was tijd om afscheid te nemen. Zij bleef hier, te midden van artsen, therapeuten. Had hij vertrouwen in hen? Wat deden ze nog meer met haar? Wat brachten ze teweeg aan onbedoelde reacties? Ze keerden haar binnenstebuiten, en dan? Was ze dan genezen? Kon hij hen vertrouwen? Of had ze te maken met doodenge mensen die de geest uiteenrafelden en er geen flauwe notie van hadden hoe de geest zich weer zou kunnen hervinden. Hijzelf, in zijn appartement aan de place Jean Lorrain, had ook eens overwogen hulp in te roepen, maar had het uit angst nagelaten. Hij zou er nooit achter komen of hij daar goed aan had gedaan. Op dit moment wist hij alleen dat hij een vreemde, maar krachtige jaloezie voelde. Zij was hem ontnomen. Men had haar van hem afgepakt.

'En,' vroeg Marc, 'als ik direct wegga, wat ga je dan doen?'

'Ik ga eerst op bed liggen.'
'Lezen?'
'Misschien.'
'En dan?'
'Ik blijf liggen tot ik geroepen word. Voor het eten. Of voor een gesprek.' De toon was weer gelaten.

Hij zoende haar op de mooie rechte, maar fragiele brug van haar neus, die op instorten stond. Hun vingers, hun nagels raakten elkaar.

HOOFDSTUK 61

Hij keek naar Najoua's kleine voeten. Haar blik was vandaag minder leeg, minder verzonken.

'We waren, Wim Egbers, de hond en ik, gisteren bij de dierenarts. In de spreekkamer legde de hond haar kop op mijn schoot. "Blijf zo zitten," zei de dierenarts tegen mij. "Ik ga haar eerst een roesje geven."
 Najoua, het was een man naar mijn hart. Dat zag ik al toen we binnenkwamen. Gevallen Engel had bijna geen adem, knipperde constant met haar ogen. De arts begon tegen de hond te praten: "Ja, lieve, oude dame, oud worden is leuk noch eenvoudig." Met zijn hand ging hij over het lange lijf. "De Fortecor die ik je heb gegeven, helpt niet meer. Jij gaat zo lekker slapen." Daarna begon hij mij fase voor fase uit te leggen wat hij ging doen. Hij zag Gevallen Engel bijna als een mens. Zo hoort het ook. De hond keek mij hoopvol en begrijpend aan. Ik hoorde Wim Egbers in de wachtkamer heen en weer lopen. Wim durfde er niet bij te zijn. De arts werd nog intiemer in zijn toon tegen de hond.
 "Ik ga je nu een prikje geven, blijf zo stil mogelijk staan. Ik begrijp dat je van nature een hekel aan dierenartsen hebt, je voelt er niets van. Hopla, het is al gebeurd. Flinke hond." En hij streelde weer haar platte, lange kop.
 De hond keek mij met haar grote ogen aan. Haar gezicht was alleen nog maar oog. Ze voelde zich wel op haar gemak, ik was erbij, haar baas hoorde ze vlak achter de deur, én er

werd tegen haar gesproken. Ik denk dat ze besefte ertoe te doen. Want toen ze de spreekkamer binnen kwam was ze heel bang geweest, ze was over haar hele lichaam gaan trillen, maar de angst was nu helemaal weggeëbd en het beven opgehouden. En nu begon ze vaag te kijken, haar oogleden vielen langzaam toe, ze zakte langzaam door haar poten. Op dat moment hebben we haar samen op de tafel getild. De arts begon het spuitje klaar te maken terwijl hij tegen het dier bleef praten. "We zijn altijd vrienden geweest en dat zullen we altijd blijven. Ik vond het altijd plezierig als je met je baas langskwam. Direct nog een klein prikje. Daar ziet een grote dame als jij niet tegen op."

De dierenarts vroeg mij toen haar kop stevig vast te houden. Wim liep heen en weer, vlak achter de deur. Ik verwachtte dat Wim op het moment suprême toch binnen zou komen om afscheid van zijn geliefde vriendin te nemen. Wim had zulke mooie theorieën over de natuurlijke sociale band tussen hond en mens. Het was niet zo gegaan dat in de grijze oudheid wilde honden rond een kamp zwierven en zo geleidelijk aan een verbond was ontstaan. Nee, een hond was een dier, zoals hij dat zo vaak heeft beweerd, met sterk spirituele kwaliteiten. Wim was er ook van overtuigd dat Gevallen Engel zo had gebeefd op weg naar de dierenarts en bij binnenkomst in de behandelkamer omdat zij wist wat haar te wachten stond. Andere honden vóór haar lieten vlak voor ze hier in slaap waren gebracht geheime, voor de mens onzichtbare, boodschappen achter.

Een lange rilling trok over haar lijf, een licht klagen kwam van haar lippen. Ze strekte haar lange voorpoten die ooit zo'n geweldige snelheid hadden ontwikkeld, haar oren bewogen, gingen omhoog, misschien van verbazing, ze zuchtte, een heel diep zuchten, nog een lange huivering... Ik kreeg toen wel tranen in mijn ogen. Met haar riem en halsband ging ik de wachtkamer binnen. Wim begon onhoorbaar te huilen toen ik ze hem gaf. Ik heb hem getroost. Gevallen Engel heeft niet geleden, ze is zacht de andere wereld in gegleden. Het was verdrietig en ook heel mooi. Ook heel geheimzinnig.

Ik zei tegen Wim: "Ze heeft nu weet van de andere wereld, waar geen lijden is. Er is een hemel voor honden." En daarna zijn we samen naar De Zon gegaan. De caféhouder had ook om het dier gegeven. We gingen hem verslag uitbrengen. Het was een bijzondere avond. Bobby's bloedblaar was van een hel paars alsof er licht in brandde. Misschien wel een van de laatste avonden met Wim. Hij zal nu wel snel naar het Zuiden afreizen.'

Najoua's kleine voeten bewogen in het grind. Hij hoorde haar ademhaling. Ze bleef naar de grond kijken, maar hij wist dat ze huilde. Ze zei zacht:

'Jij hebt al het mogelijke gedaan.' Daarna richtte ze haar gezicht naar hem op. 'Marc, ik hou zoveel van je. Zoveel...'

HOOFDSTUK 62

Een ober kwam in de feestzaal langs met warme beenham, maar Marc bedankte.

Wim Egbers was met de noorderzon vertrokken, zelfs zonder een woord achter te laten. Een kleine schuld bij het café had Marc direct voldaan. Kort had hij met Bobby Hamer nagepraat en hem toen een hand gegeven. Hij zou hier nooit meer terugkomen. Zonder Wim Egbers was de kaalte er onverdraaglijk. Wim zou hij nooit meer terugzien. Ook bij camping Ockenburg was geen bericht achtergelaten. Verbluffend was dat hij Wim niets kwalijk nam, dat zijn gevoelens voor hem intact waren gebleven, dat zijn loyaliteit ongeschonden was en dus extreem moest zijn. Een vriend die buiten de gewone orde stond.

Egbers' postvak was na het bekend worden van zijn vertrek direct geruimd en van zijn code ontdaan. De Labadie had persoonlijk, en met diep afgrijzen, toegezien hoe een onderwijsassistent het volgepropte, in lange tijd niet geopende postvak leegde en vervolgens met een smal latje dichttimmerde. Die situatie zou zo blijven tot zich een nieuwe docent aandiende. Zo moest het ook met Parres postvak gegaan zijn. Zo zou het ooit ook eens met dat van Marc gaan. Over Egbers' onverwachte vertrek was in de docentenkamer niet gesproken. Och, hij was een schadelijke collega geweest. De school zou een stuk opknappen met zijn vertrek. Dat was nog maar de vraag.

Rafaël Pilger danste met zijn liefje, terwijl zijn vrouw, collega's, bestuursleden, een glas in de hand, toekeken. Van de harnaszaal, waar straks het buffet zou worden opgediend, was de dansvloer door een laag bakstenen muurtje gescheiden. De rector danste met grote, houterige stappen. Esther had hem de dansvloer op getrokken. Hij kon niet dansen. Hij danste. Het was geen gezicht. Er bewogen nog twee paren, wel iets soepeler, maar toch ook verloren in de grote ruimte. Het leek of het feest al aan het inzakken was. Een zekere matheid hing over de avond, die vanwege het eeuwfeest glansrijk behoorde te zijn, een lichte droevigheid, misschien veroorzaakt door de heroïsche ambiance van dit vroegmiddeleeuwse kasteel in de Betuwe dat oude verrukkingen beloofde. Er werd veel gedronken, maar je zou zeggen dat de gasten steeds nuchterder werden.

De rector verschoof zijn hand over de blote rug van Esther Biljardt, had slechts oog voor haar.

Marc nam een slok van zijn glas rode Beaune-wijn, de echtgenote van Rafaël verwijderde zich, kon niet aanzien wat zich voor haar ogen aan het afspelen was, groette Marc in het voorbijgaan vriendelijk, maar beschaamd. Hij keek haar met deernis na, zou nog wel gelegenheid krijgen met haar een praatje te maken. Het was zeker dat zij een ongemakkelijke avond tegemoet ging waarvan het einde nog lang niet in zicht was.

De ober kwam opnieuw langs, maar Marc bedankte. De wijn smaakte hem niet, hij had ook geen trek in warme beenham. Marc zette zijn glas op een console, naast een blinkende helm met neergelaten vizier. Van Egbers glipten zijn gedachten naar Henk Imanse, die ook de school verlaten had. De baan bij het dagblad was om onduidelijke redenen niet doorgegaan, maar hij wilde niet langer aan de onverbiddelijkheid van de schooluren gebonden zijn en de vrijheid van een freelance publicist proeven. Hij had Marc bekend dat zijn vriendin hem de bons gegeven had. 'Dat was toch Agaath,' had Marc onmiddellijk gereageerd. 'Dat je haar naam nog weet!' Imanse had hem hoogst verbaasd aangekeken en was toen weer snel bij zijn eigen misère terechtgekomen. Hij had verdriet, wist niet hoe het verder moest. Het wonderbaarlijke lichaam van zo'n meisje, net achttien, zo soepel. Het was niet alleen het seksuele, ook de esthetiek, kortom *le merveilleux*. Kijken gaf al voldoening. Wat hij met haar beleefd had, was niet in woorden te vatten. Zelfs híj kon dat niet.

'Najoua, Najoua...' mompelde Marc.

'Wat zei je?' vroeg een collega die dicht naast hem bij de dansvloer stond. Marc vond het niet nodig antwoord te geven. Hij vroeg zich af waarom hij niet in Den Haag was gebleven. Wat had hij hier te zoeken? Kees Herkenrath had hem overgehaald. Deels voor hem was hij gegaan, deels uit nieuwsgierigheid. Hoe verliep zo'n avond?

Hij keek naar het feest dat maar geen feest wilde worden, zag hoe ongelukkig sommige collega's hun glas vasthielden, al jaren worstelend met een vervelend probleem. Zij schreven extreem veel op bord, vaak verkrampt, niet losjes uit de pols. Ze kregen ten slotte vervormde vingers alsof ze gewrichtsreuma hadden.

In een groot aantal touringcars, in colonne rijdend over de smalle dijken, waren de meeste gasten hierheen gebracht. Via een formulier in het docentenboek had men zich voor een plaats in de bus kunnen inschrijven. De staf had ontraden op eigen gelegenheid te gaan.

Marc Cordesius was toch met eigen vervoer gekomen. Hij had overwogen Kees uit te nodigen met hem mee te gaan, maar had ervan afgezien. De kans was groot dat Marc eerder terug wilde en hij zou dan gebonden zijn. Waar hing Kees uit? Op dit moment kende hij de sterke behoefte in zijn buurt te zijn, naast hem te staan, al kon hij Egbers' verdwijnen niet compenseren. Maar een woord van Schopenhauer kon ook troosten, een woord dat Kees de laatste tijd, onder het genot van een kop koffie, zomaar aanhaalde: 'Slechts het ergste gebeurt.'

Hij kon zijn collega Duits niet vinden. Wat ter wereld zou Kees op dit moment kunnen doen? Had hij zich in de bibliotheek van het slot teruggetrokken? Marc had niet moeten gaan, spande zich in om door de schemer heen Kees te ontdekken, kwam met zijn blik weer bij de dansvloer.

Rafaël danste, Esther droeg haar jade armband, de houten dansvloer kraakte. Het orkest speelde een medley van deuntjes uit een lang vervlogen tijd. Het was bijna zeker dat Marc nog voor het warm buffet het kasteel zou verlaten.

Nu zag hij in de verte Kees Herkenrath, en hoog boven zijn collega, in de gotische ramen, weerspiegelden zich de vlammen van een open haard. Rond het kasteel lag verwilderd bos.

De rector danste intiem. Hij was in de ban van die vrouw. Voor niets anders had hij op dit moment belangstelling. Het was niet zo verstandig dat hier openlijk te tonen.

HOOFDSTUK 63

'Amice, jouw hart ligt niet bij de school, maar bij heel andere dingen. Ogenschijnlijk doe je vreselijk je best, maar je blijft afstand houden.'

Dat was de stem van Mor en die woorden waren ongetwijfeld tot hem gericht. Marc had ze ondanks de te harde muziek goed verstaan en ze waren als scherpgepunte pijlen zijn hart binnengedrongen. Dit waren vileine, beledigende woorden. Dit waren beschimpingen. Iemand moest kennelijk afgemaakt worden. Daar was het Descartes altijd al goed in geweest. Ja, collega Morrenhof posteerde zich vlak voor hem. Te dichtbij. En bij Mor leek de drank wel aan te slaan. De toon waarop hij had gesproken was jolig of spottend of iets ertussenin en hij had vuurrode konen en een dooraderd ooglid trok. 'En waar ik kom, je kunt er donder op zeggen, gaat het over jou. Afstand. Maar niet tot dat kind. Te weinig hart voor de zaak en te weinig repetities.' Het was het oude liedje en nu bestond hij het zelfs om Marc halfdronken de oude vuistregel voor het minimumaantal repetities per kwartaal onder de neus te wrijven: minstens zoveel repetities als het aantal lesuren per week in dat vak. Die Gijs Morrenhof, opvolger van Jos Nelek, voorlopig conrector, boodschapper van slechte tijdingen, ophitser, roddelaar. Zijn volle gezicht met de witte wimpers stond ernaar.

Marc draaide zich gedeeltelijk naar hem toe, staarde roerloos langs zijn collega natuurkunde en hem overviel een dwaze, maar opwindende gedachte: dit vergeefse, dodelijk saaie, oerburgerlijke feest in dit geperverteerde feodale decor ging hij nieuw leven inblazen. Hij ging iets op gang brengen, huiverde bij voorbaat van genot en was Morrenhof dankbaar.

Het orkest speelde een deuntje dat door enkelen werd meegeneuried. Hier en daar maakten zich kleine groepjes los die richting het buffet liepen, die zich weer verspreidden, die op hun beurt uit elkaar vielen. Een paar dames in wit piqué bloesje op een lange zwarte rok spiedden de dansvloer af om zich te laven aan het onoorbare dat zich daar afspeelde. Zij behoorden tot de weinigen die zich min of meer aan het feest uitleverden, zochten munitie voor hun verschraalde dromen.

Die slungelige Rafaël danste nog steeds. In beider bewegen lag niet de minste elegantie en dat moest aan de vervoering afbreuk doen. Hoe was het mogelijk dat hij op deze vrouw viel? De rector was binnen handbereik van Marc. Hij kon hem nodig hebben. Zou Marc alle zelfbeheersing verliezen en op het punt staan iets fataals te beginnen, dan kon hij hem aanspreken, zelfs aanraken.

Morrenhof stond nog steeds in de buurt van Marc. Wat had hij met hem te maken, wat was overgebleven van de vertrouwensband met de rector? Aan beiden ergerde hij zich, beiden begonnen zijn woede op te wekken en onder de woede voelde Marc de onrust en de angst. Voorzag hij de gevolgen van zijn onstuitbaar opkomende drift?

Mor, eenmaal op gang, het oog onafgebroken op Marc gericht, kon niet stoppen, trok zijn bovenlip op, kneep even zijn ogen toe: 'En altijd die fraaie kleding. Mijn collega is een dandy. Ja, ik doceer wel natuurkunde, maar het woord "dandy" is mij niet onbekend.'

Marc droeg die avond een overhemd in een koel vermiljoen, een smalle stropdas van donkere zijde, een linnen kostuum. Mor nam hem op van het hoofd tot de voeten, provocerend. De Labadie passeerde.

De door irritatie en angst getinte onrust die Marc steeds meer te pakken kreeg, werd niet alleen veroorzaakt door woorden en toon van de exacte collega. Natuurlijk, hij werd er volkomen ten onrechte van beschuldigd zijn werk niet goed te doen en, nog erger, niet van zijn werk te houden. Het was niet de eerste keer dat die verhalen hem ter ore kwamen. De onrust had vooral met zijn eenzaamheid te maken. Hij voelde zich verlaten. Daarom diende iets buitenissigs te gebeuren, een serieuze ontsporing. Een verwarrend, troebel gevoel beving hem, een vreemde opwinding. Een oude galm in dit kasteel vol harnassen, blazoenen en wapens teweegbrengen! Een onvergetelijke avond creëren die nog lange tijd zou nadreunen.

Maar eerst, dacht hij, probeer ik bij Kees Herkenrath te komen. Van allen hier is hij me het meest na. Ik zie hem in de verte, alleen, bij het open vuur. Eerst ga ik met Kees discussiëren over Schopenhauers diepe pessimisme. We zouden het en passant ook nog even kunnen hebben over de beroemde 'silhouetten' die Schopenhauers zus uitknipte.

De rector danst. Het dansen ziet er zo ontmoedigend uit. Hoe moest een werkelijke vrijpartij van die twee eraan toe gaan? Marc wilde het voor geen goud weten. Het kon niet verheffend zijn.

Had De Labadie Marc ook niet, lang geleden, verweten dat hij afstand hield, dat hij, onbewust waarschijnlijk, een destabiliserende factor was? Ja, Marc had veel zin om te destabiliseren en hij was er op dat moment van de party heel zeker van dat hij zich op enig moment deze avond genot en genoegdoening ging verschaffen, maar hij wist nog niet hoe. De tijd zou het leren. Najoua zou hier moeten zijn, zou het vervolg van de avond moeten meemaken. Het kon haar genezing alleen maar bevorderen. Voor haar ging hij roet in het eten gooien, want hij had wel door dat niet zozeer de infantiele roddels, maar haar ziekte, haar ontsporing meespeelden. Hij wilde hier niet zijn. Nu hij hier was... Dat alles, in een ballet van beelden, danste door zijn hoofd. En in de opstekende wind buiten en de striemend neerslaande regen dansten de oude bomen woest achter de hoge ramen.

Kees verloor hij uit het oog.

'Ach,' zei Marc, want de woede die hij nodig had om te ontsporen welde nog niet in voldoende mate bij hem op, dreigde zelfs bij de ontketende natuur buiten ineen te zakken, moest kunstmatig weer opgewekt worden, 'wordt zo over mij gesproken?'

Wat was hij kalm. 'En jij brieft die kletspraatjes als een klein kind, nog wel tijdens dit feest, aan mij over?' Ja hoor, de woede kwam terug, lag als het ware op de loer, was nu al niet meer terug te dringen. Nog stelde hij zich dromerig, nadenkend op, de blik in de richting van de dansvloer:

'Rafaël, er gaat iets mis... Kom...' Maar zijn woorden waren zacht uitgesproken, stokten bovendien. Rafaël was bezig de hals van Esther Biljardt te zoenen en nu draaide hij haar hoofd zo vreemd dat hij haar zoende op het achterhoofd, daar waar niet de ogen zijn.

In Marc brak nu definitief het rumoer los. Hij keek opnieuw naar de rector, schudde ontkennend het hoofd als om in zichzelf de almaar toenemende onrust te accepteren (of te bedwingen: hij wist het zelf niet meer).

Had Rafaël hem toch gehoord? Hij keek immers met verbaasde blik Marcs kant op. Het kon toeval zijn. Misschien besefte hij zijn ongepaste gedrag en wilde hij weten waar zijn vrouw zich bevond. Wie weet voelde hij zich schuldig. En als hij werkelijk de desperate toon in Marcs woorden had opgevangen zou hij waarschijnlijk denken: er kan toch niets misgaan. Het is een groots feest. De toespraak die hij had gehouden was lang geweest en had zelfs een enkele spitse opmerking bevat.

Fineke Regenboog, in een jurk die haar schouders bloot liet, passeerde met een strak gezicht. Ze was ongetwijfeld mooi. Marc kreeg een oude comtoiseklok in het oog. De grote wijzer legde met kleine, maar goed waarneembare schokken zijn baan over de wijzerplaat af.

Het was bijna halftwaalf.

Te middernacht zou het buffet beginnen. Fineke Regenboog dook onder in de massa. Hij zag onbekenden die met hun blik de schemerige ruimte doorzochten en zijn kant opkeken.

Fineke was even later weer vlak bij hem, sprak Marc bedeesd aan.

'Je vermijdt me. We kunnen straks toch een glas wijn drinken? Bij mij thuis... Het was mijn eigen schuld. Ik was te gretig. Ik had ook zo naar je uitgekeken.'

'We zien elkaar straks bij het buffet,' zei hij.

Om hem heen nestelde zich gefluister. Marc ervoer door de afwezigheid van Najoua en Wim de leegte. Die leegte moest gevuld worden. Het was zijn heilige plicht zich niet langer in te houden.

De comtoise sloeg halftwaalf.

Esther Biljardt keek zijn richting uit, mompelde iets binnensmonds. Het moesten ongearticuleerde klanken van vijandigheid zijn. Zou zij zich haar entree op school herinneren?

'Wat zei je ook alweer, Morrenhof?'

Marc wachtte het antwoord niet af.

HOOFDSTUK 64

Het was slechts een duwtje dat Marc hem gaf, eerder een achteloze, onverschillige aanraking (Marc was van nature geen vechtersbaas), een simpel, maar toch niet helemaal ingehouden strijken langs. Morrenhof, verrast, verloor zijn evenwicht, struikelde over eigen of andermans voeten, viel met zijn zij op de opstaande rand van het lage muurtje, snakte direct naar adem. Zijn glas viel in scherven op de plavuizen. Het gerinkel van glas drong niet tot Marc door, maar hij was nog zo bij zinnen dat hij, bang voor vlekken op zijn magnifieke overhemd, de opspattende wijn kon ontwijken.

In de verte, in de hoger gelegen harnaszaal, steeg al de damp van warme spijzen op, waarin zich onduidelijke gestalten bewogen.

Wie dichtbij stonden, wisten niet wat ze met de situatie aan moesten, maar Marc was op zijn collega toegelopen, sloeg hem genadeloos in het gezicht, ontwaarde zijn glas wijn op de console, gooide dat in Morrenhofs richting, miste hem op een haar na. Het glas spatte uiteen op de rand van de muur. Marc was buiten zichzelf, schopte, sloeg waar hij hem raken kon. Hij ging die Mor doodmaken. Had hij een pistool bezeten, hij zou geschoten hebben, dood en verderf zaaiend.

Deze school. Dit feest. Een groot theater vol illusies.

'Op klaarlichte dag. Ontvoerd op klaarlichte dag. Geen aanknopingspunten. Op klaarlichte dag.' Hij wist niet eens dat hij schreeuwde.

'Waar heeft hij het over?' vroegen omstanders. 'Hij is door

het dolle heen. Hij is gek. Die hadden ze nooit op school moeten halen.'

Als in een draaikolk dook de gestalte van de rector op, verdween weer, dook een blote schouder, een naakte rug, een geheven hand op. De mond van Mor was wijd opengesperd. Marc zag tanden tussen de bleke, vlezige lippen, schuimig speeksel, een blauw verhemelte. Hij leek te glimlachen, maar het was de grijns van zijn van angst vertrokken gezicht. Hij voelde, hij wist dat Marc kon doden. Niemand kon hem tegenhouden. Niemand deed iets om hem tegen te houden. Marc had een moment de indruk dat zijn moeder als in een droom met trage gebaren op hem afkwam en weer uit zijn gezichtsveld verdween.

Marc sloeg.

Wim Egbers had hem moeten zien.

Marc vond halflege glazen op een statafel, die hij met één arm schoonveegde. Hij was meedogenloos, niet te stuiten. Plavuizen, helmen en harnassen glommen als spiegels. Marc was bezig een schuld in te lossen. Zo voelde hij dat. Terwijl hij weer op weg was naar zijn slachtoffer omklemden twee armen hem, trokken hem weg, maar hij rukte zich moeiteloos los, kwam terug, pakte Morrenhof bij zijn schouders, maar die, in een laatste krachtsinspanning, klampte zich aan Marcs been vast, haakte zich aan hem als een klit in het haar. Marc schudde hem ruw van zich af. Morrenhof rochelde. Een glas viel. Iemand was aan het doodgaan en ademde met grote moeite lucht in, als gezeefd door zijn tanden.

Marc Cordesius werd naar een aangrenzend vertrek gesleurd. Onder de handen van twee potige gymleraren – dit keer niet in een trainingspak – voelde hij de aderen van zijn nek. Marc schreeuwde, maar wist het niet zeker want hij hoorde zijn eigen stem niet. Hij gilde en hoorde zijn stem niet eens. Waarschijnlijk hadden zijn ogen op dat moment ook geen blik.

De twee gymleraren slaagden er niet in de deur van dat vertrek open te maken. Veranderde op dat moment de belichting? Je zou zeggen dat alle aanwezigen witte kostuums en witte feestjurken droegen. Marc wrong een hand vrij en kreeg een leeg glas te pakken, dat hij in zijn hand hield alsof het een steelhandgranaat was, keilde het door de ruimte en op slag werd alles en iedereen donkerpaars.

Hij kwam helemaal vrij, kwam bij zijn slachtoffer, drukte hem met een knie in zijn maag tegen de grond, leunde met zijn volle gewicht op hem, sloeg op dat dociele, onduidelijke lichaam dat zich leek uit te leveren aan zijn slagen, alsof hij al niets meer voelde, buiten bewustzijn was. Marc liet hem los, Gijs Morrenhof viel opzij. Marc begon opnieuw te slaan, vooral op zijn hoofd omdat volgens Descartes daar alle kwaad gelokaliseerd was.

Gretig luisterde hij naar het rumoer rondom, naar zijn eigen snelle ademhaling. Hij die ging doden. Hij tegen allen. Hij, alleen, maar hij was rustig, zonder angst. Er was bijna een glimlach. Wat hij deed was bevrijdend, rustgevend, bemoedigend. Van alle kanten hoorde hij snelle voetstappen, een wandlampje met laaghangende, donkerrode kap schommelde vertwijfeld alle kanten op. Een kruk viel om.

Morrenhof bewoog niet meer. Rondom was de mauve immense vlakte van de zaal en aan zijn voeten zijn collega natuurkunde die naar zweet en angst rook.

Zijn tijd op school was voorbij. Marc zag bloed op de rug van zijn hand, klodders bloed tussen zijn vingers. Zijn eigen schreeuwen of gillen of een ander lawaai had hij nog in zijn oren als een donker loeien van de storm.

Twee, drie gymleraren voerden hem weg tussen een haag van verstarde, vijandige gezichten. Hij bood geen verzet. In het voorbijgaan zag hij op de glanzend witte wijzerplaat en op de koperen wijzers van de comtoise ook bloedspetters.

Hij vroeg of ze hem wilden loslaten. Het klonk als een zacht uitgesproken bevel. Ze deden wat hij vroeg, begrepen wel dat die diep in hem opgestapelde drift geluwd was.

Het kind achter het wagentje op dat zinderend hete, rumoerige plein. Hij herinnerde zich er niets meer van, natuurlijk niet. Hoe zijn handen duwden, hij kón het zich niet herinneren. Maar er waren momenten dat hij zichzelf zag. Daar stond hij, alleen met de kinderwagen, alleen te midden van alle lawaai en geuren en hitte, mateloos alleen.

HOOFDSTUK 65

Marc liep de zaal door, ervan overtuigd, zo leek het, dat hij zeker wist waar hij heen ging. Naar de gasten wachtend bij het buffet keek hij niet, alsof de essentie zich voorbij hen bevond, verderop, waar een hoger gedeelte begon. Hij liep enkele treden op, voelde warm bloed tussen zijn vingers.

'Waar is Najoua?' vroeg hij zijn begeleiders en excuseerde zich direct, had zich elders gewaand.

De bomen stonden dicht om het kasteel, als het woud met reuzeneiken van Roodkapje. Ze ruisten sonoor, of was dat de gejaagde ademhaling van de schoolgemeenschap? Een tak knerpte tegen het gotische raam. Aan het plafond hingen verschoten vlaggen met verschoten bloedvlekken en standaarden van oude legioenen die bewogen in een verontrustende windvlaag. Hij had voor het eeuwfeest een gothic novel moeten schrijven, met tocht die door kille ruimtes trok en valluiken. Dat verhaal zou zeker geaccepteerd zijn. De regen was opgehouden en de maan kwam tevoorschijn, zo wit dat ze van krijt of schoon zand leek. Marc had de indruk, door de ver uitspringende muren, consoles en vitrines met harnassen en wapentuig, door een onmetelijke kamer en suite te lopen, een ruimte die zich bleef ontplooien in nieuwe vertrekken zonder dat hij deuren hoefde te openen. Door de smalle, hoge ramen viel blauw fosforescerend licht. Ja, hij had zijn verhaal hier moeten laten spelen, had de sterke sensatie in zijn eigen verhaal te lopen. Het decor was volmaakt en het drama had net plaatsgevonden. Het verhaal lag klaar.

Hij draaide zich om, meende in de verte, vanuit deze hoge plek, een glazen, doorzichtige wand te zien en daarachter, in een halve cirkel, de schoolgemeenschap. Er was geen wand, er was de diepe kloof die hen scheidde.

Een demasqué. Een onvoorstelbaar schouwspel. De vale gezichten waarin hij door de afstand niets persoonlijks kon onderscheiden, zagen er in hun stilzwijgen verbeten uit. Bestuursleden, collega's, andere medewerkers hadden noch rood vlees, noch gekweekte tilapia gehad. Een rijk en overdadig buffet was hun toegezegd. Marc hoorde in zijn overspannen fantasie achter de zware, metersdikke muren doffe kanonschoten, explosies, een rode horizon die plots verduisterde als vlak voor een zomeronweer. Voor hem bevond zich het brede front dat elk moment ten aanval kon trekken. Als vanzelf, zonder dat het enige moeite had gekost, dacht hij, ben ik het Descartes binnen gekomen en het kan niet anders of ik zal er met geweld uit worden gegooid. Wim Egbers kwam hem voor zijn geestesoog. Hij droeg zijn jack met de vuurspuwende draak en bewoog zijn soepele hand als een slang over de bar van het café in de Van Speykstraat. Wim had hier moeten zijn.

Hij herinnerde zich zijn eerste weken op het Descartes. Marc zat aan een van de tafels in de docentenkamer, op een strategische plaats, niet ver van het podium, zodat niets hem kon ontgaan, geen gebaar, geen knippering van een oog, geen gesprek. Zijn collega's dachten dat hij werk corrigeerde of een roman las, maar hij luisterde, keek toe, genoot. Hij was één met zijn collega's, én stond erbuiten. Hij gaf zich volledig aan de school over en onthechtte zich. Hij wilde een ware docent zijn, maar weigerde te coördineren en liet zo in de Franse sectie het gebouw van de coördinatie – in de woorden van De Labadie – in elkaar storten.

Er viel niets meer te doen. Hij hield zijn rechterhand, die niet bloedde, voor zijn gezicht om nog meer in gedachten te verzinken.

Een ziekenauto reed met blauw zwaailicht het voorplein van het slot op. De boosheid waarmee naar hem werd gekeken, nam toe. Ze wilden hem verscheuren, maar zijn verhitte gemoed was gekalmeerd, voor altijd, zijn hart zou om deze mensen nooit meer sneller slaan.

Het kwam hem voor dat de school een persoon was en die persoon had hij uitgeschakeld. Ging zijn hart werkelijk niet sneller slaan? Nu was hij toch te vlug met zijn gedachten. Een gedachte kwam de vlak daarvoor beleefde sensatie altijd hijgend achterna.

Kijk, iemand maakte zich los van de massa die uiteenweek, iemand kwam op hem af. Hij hoorde voetstappen op plavuizen. Uit die massa voor hem kwam iemand die hij nog niet kon herkennen in het licht van de flakkerende en door tochtstromen onophoudelijk diep doorbuigende kaarsvlammen. Trouwens, bij aankomst hadden op het voorplein flambouwen in houders gestaan. Die zouden door de regen wel niet meer branden.

Iemand naderde.

Nu zag hij wie daar op hem afkwam. Marcs hart sprong op van vreugde. Het was Kees Herkenrath. Kees kuchte om zijn verschijnen aan te kondigen. Hij was zo bescheiden, zo timide, maar hij leefde in een tijd waarin kennis nauwelijks op prijs werd gesteld.

Kees was moediger en hoogstaander dan wie ook. Hij koos voor Marc. Je hoorde zijn courage aan de vastberaden klank van zijn voetstappen. Hij was met een voorbeeldige daad bezig. Hij schudde Marc de hand, zei niets, ging naast hem staan.

Die andere verstotene. Die andere uitgestotene. Zij, met z'n tweeën, tegenover de rest. Nu begon de regen weer te vallen, in verhevigde mate, en je zou zeggen dat een vlaag regen hen nog meer van de anderen scheidde.

Hij hoorde zacht Kees' stem in zijn oor, fluisterend: 'Gaat het goed met je?' Toen zag hij een kleine snee op Marcs voorhoofd en zijn bloedende linkerhand. 'Maar je bent gewond. Je hebt ook zo hard geslagen.' Kees verdween van zijn zijde, liep op de dampende rode vlezen op de buffettafel toe, vroeg iets aan een van de cateringmeisjes. Hij kwam terug met een glas water. Hij deed wat water in zijn ene hand en met twee vingers van de andere raakte hij Marcs voorhoofd aan. Het was eerder een liefkozing. 'Slechts een ondiepe wond,' mompelde Kees. Marc voelde de aanraking en daarna die van Kees' hand op de rug van zijn hand en had de neiging dicht tegen hem aan te kruipen, in zijn armen weg te duiken.

Daar, die twee. Wim had hen moeten zien. Hij zou hebben gezegd: dat ziet er sterk en vitaal uit. Niet des schools. Ja, dat is krachtig en goed gespeeld. Wim Egbers had moeten blijven. Ook voor hem had hij gevochten, ook een beetje voor die frauduleuze, losbandige Johan Parre. En voor Najoua, ver weg in de kliniek. Iets of iemand moest aan diggelen worden geslagen. Dat was buiten hem om besloten en hij had even de neiging omhoog te kijken.

Kees naast hem, diens ogen verkleind in een grijns in een delta van rimpels, en Marc zelf, in zijn als door een wonder onbevlekte kleding, beiden in het vreemd vallende licht, onwaarschijnlijk en ongelooflijk van goud, als goden, onbeweeglijk, met hun blik de meute het zwijgen opleggend, en vlak onder dat goddelijke gevoel verbleef een onzegbare, onstilbare melancholie.

De school staarde hen aan. Ze waren twee vreemde, zeer zeldzame dieren, zojuist gevangen.

Kees mompelde:

'Magistraal, jij regelt catastrofes.' De geheimzinnige intensiteit van deze woorden sloot troost in, sloot voor dit moment ontreddering uit. Kees Herkenrath was een balsem in deze ongewatteerde ruimte. Hij gaf zijn vriend een klopje op de schouder, liet zijn hand liggen. Straks zouden ze samen in zijn MX-5 in grote snelheid naar huis rijden, wie weet doorgaan naar zee. Dat zou een aangenaam ritje worden.

HOOFDSTUK 66

In zijn lokaal voelde Marc Cordesius zich op zijn gemak, voelde hij zich veilig op een burgerlijke manier. Onkwetsbaar. Wie kon hem daar raken?
 Via de met vochtig mos en weelderig hoog gras overdekte trap naar de fietsenkelder kon hij de buitenwereld bereiken.
 Een tram passeerde. Soms klom hij op zijn tafel en kon zien waar de Laan zich vernauwde en zich de Javastraat in perste en dan nog nauwelijks de naam van verkeersader verdiende. Je dacht in dit flauwe, violette licht van de avondschemering aan een rivier vol van sap uit geplette seringen, een stroom bloed.

De rector had de ochtend na het feest contact met Marc opgenomen, wilde de precieze toedracht horen. Marc had hem kort de aanleiding verteld. Rafaël had aangegeven dat Gijs Morrenhof over de schreef was gegaan, dat op Marcs lesgeven en cijfers verzamelen weinig viel af te dingen, maar hij vond zijn reactie buiten alle proporties. Onacceptabel, zó op iemand inhakken. Hij kon Marc meedelen dat Morrenhof voorlopig in het ziekenhuis moest blijven, dat een rib in zijn long was gedrongen. In de ambulance was hem zuurstof toegediend. Vanmiddag zou met het Bestuur over Marcs situatie vergaderd worden. In de loop van de dag had de rector gebeld. Er was lang vergaderd, er was overleg met de familie geweest. Er zou van die kant geen aangifte worden gedaan. Ook het Bestuur van het Descartes wilde geen werk van de zaak maken. Rafaël liet doorschemeren dat hij voor Marc gepleit had, dat hij veel voor de leerlingen, dus veel voor de school, betekende. Het was een zware strijd geweest en het had maar heel weinig gescheeld of Marc zou volgens de richtlijnen van het ambtenarenreglement zijn geschorst, hangende een nader onderzoek. Eerst zouden nu tien dagen vakantie volgen. Daar was de schoolgemeenschap hard aan toe. Daarna kon Marc gewoon op school komen.

Rafaël had gesuggereerd excuses aan zijn collega aan te bieden, de familie een bezoek te brengen. De vorm liet hij aan Marc over. Het zou misschien iets goedmaken en de werkbaarheid op school bevorderen. Rafaëls stem had heel zakelijk geklonken. Marc had de suggesties niet overgenomen, had geen spijt van zijn daad, voelde zich hierin op geen enkele wijze schuldig.

Nog weken na die korte vakantie trof hij in zijn postvak nota's van collega's aan. Hun kleding had bloed- of wijnspatten opgelopen. Hij betaalde de reinigingskosten ruimschoots, gireerde minstens het dubbele.

DEEL III

HOOFDSTUK 67

Het vierde schooljaar voor Marc was enige weken oud. Deze zomervakantie had hij Den Haag niet durven verlaten. Hij wilde zo dicht mogelijk bij Najoua en haar moeder blijven.

Marc werkte in zijn lokaal, las enkele scènes in het *Journal* van de gebroeders de Goncourt. In hoofd- en bijgebouwen ging automatisch het blauwe nachtlicht aan. Hij dacht aan Najoua, en vroeg zich af, ook wel onder invloed van de schrijvers die hij net gelezen had, of hij van haar hield zoals jonge adolescenten beminnen, als in een droom, vol respect, mysterieus, dat wil zeggen, zonder helemaal man te zijn. Hield hij van haar zoals van zijn moeder, als van een heilige bijna, een fee, niet helemaal als vrouw. Hield hij wel lichamelijk genoeg van haar, was er wel de overgave van zijn hele wezen? Hij vroeg zich af hoe de liefde zich bewees en of het in het algemeen beter was de beminde de rust en het respect van de onthouding te geven of de pijn, onrust en vreugde van de actieve passie. Maar hij nam zich dit gedroom hoogst kwalijk. Hij had al zulke intens intieme momenten van geluk met haar gekend. En wat was hij nu aan het doen? Hij was een muur, een schot, tussen hen aan het oprichten. Het was waar – hij gaf het toe –, hij was bang voor de niet-gedroomde liefde. Wat was hij nu toch aan het doen? Was hij werkelijk een afscherming aan het opbouwen tussen een opgelegd ideaal dat bijna religieus en monachaal van aard was, en de nederige realiteit van de zwakkere man? Was hij soms bang dat als zijn vaak opspelende begeerte die muur niet tegenkwam, hij tot ongekende excessen in staat was?

Iets bonkte tegen de deur van zijn lokaal. Hij schrok, maar hoorde tot zijn geruststelling het klagelijke miauwen van een poes, en tegelijk ook weer dat zachte, maar aandringende bonken.

Hij deed de deur open en de poes kwam binnen. Hij, op zijn hurken, streelde het dier en ze drukte, blij met deze aandacht, aanhankelijk, haar zachte vacht tegen hem aan. Geroerd bleef hij het dier strelen. Ze was onverzorgd, had ingevallen flanken, maar de blauwe vacht glansde. Toen ze wat meer in het licht van de plafondlamp kwam, zag hij dat op de plaats van haar ogen slechts oogkassen zaten. Ze moest door een ongeluk of een bilaterale oogziekte beide ogen zijn kwijtgeraakt.

Hij informeerde bij de werksters. Niemand had haar ooit gezien, niemand wist waar ze vandaan kwam. Een van de werksters zei:

'Uw lokaal is omgeven door hoog struikgewas. Daar kan van alles in zitten. Als u 's avonds aan het werk bent, kunt u gemakkelijk beloerd worden.' De werkster rilde. Ze was werkelijk bang als ze daaraan dacht. Het zou niets voor haar zijn, zo'n lokaal achteraf.

Ze had gelijk. Hij kon ongezien worden gadegeslagen. Aan die mogelijkheid had hij niet gedacht. Ze was gewoon niet in hem opgekomen. In zijn leven tot nu toe was hij veel alleen geweest. Misschien dat hij daarom niet bang was aangelegd.

Uit de schoolkeuken nam hij die avond wat melk en een schoteltje mee. De poes wachtte hem op, streek langs zijn benen. Hij zette de schotel met melk onder het schoolbord en ze begon gulzig te drinken. Hoe kwam een blinde kat aan voedsel, drinken? Het was nog een wonder dat ze leefde, het was een wonder dat ze Marc Cordesius had ontmoet.

Hij bevestigde een bericht aan het buitenhek van de school waarop hij de poes beschreef, kocht een mand en een zacht dekentje. Ze kreeg haar vaste plaats onder het schoolbord. Hij hoopte niet dat zich een eigenaar zou aandienen en haalde na enkele dagen het bericht weg. Hij bedacht een naam voor haar. Ze zou Gevallen Engel 2 heten. Marc hechtte zich aan het dier. Ze stak haar kop uit het wollige dekentje, hij streelde haar, ze drukte haar kop tegen de binnenkant van zijn hand en hij sprak tegen het dier alsof het een mens was.

'Waar kom je toch vandaan, poes? Wat voor leven heb je gehad? Wat is er met je gebeurd? Najoua zal helemaal beter worden, al zal er nog veel tijd overheen gaan. Zonder haar kan ik niet leven. Hoor je dat, poes? Zonder haar kan ik niet leven.' Ze hoorde hem, rekte zich uit, een donkerblauwe massa die spinde.

Zodra hij aan zijn tafel ging zitten om te lezen, kwam ze uit de mand, sprong op zijn tafel, sloeg met haar poot naar de bladzij die hij omsloeg. Het liefst wilde ze liggen op het boek dat hij aan het lezen was.

Buiten woei een schrille oostenwind. Hij stak zijn hand naar de poes uit, zei dat ze geluk had gehad, zij duwde haar kop tegen zijn hand, tegen zijn wang en hij tastte teder de omtrekken van haar schedel en oogkassen af.

De leerlingen keken even gek op, maar waren snel aan de poes gewend. Onder de les bleef ze in de mand. De leerling die die dag een bijzondere prestatie leverde, mocht haar eten en drinken geven. Dat kon een doorgaans zwakke leerling zijn die onverwacht, in correct Frans, een opvallende analyse gaf van Camus' *Le Mythe de Sisyphe* of een gemiddelde leerling die een discussie begon met een moeilijke constructie als 'Il me tarde de vous raconter...'

De leerlingen waardeerden het lokaal, waren ook nooit te laat in de les, ondanks de afstand. Er viel ook steeds wat anders te zien. Het was letterlijk een opzichtig lokaal. Aan weerszijden van het bord hingen sinds kort foto's en geschilderde portretten van favoriete Franse auteurs, zoals het beroemde portret dat Fantin-Latour van Verlaine en Rimbaud maakte en dat van Jean de Tinan door Félicien Rops. En er was de levende poes, het geliefde dier van de Franse symbolisten.

De leerlingen waren hier vanzelf stiller, onder de indruk. Marc geloofde hartstochtelijk dat de literatuur op jonge mensen in deze ontvankelijke leeftijd een onweegbare, maar wezenlijke indruk achterliet, dat hun een leven lang op moeilijke momenten extra kracht kon geven.

De Labadie verdroeg dit lokaal met poes niet. Het gedrag van Marc ging tegen alle bestaande regels in. Soms zag Marc hem zijn kant op komen. Hij bleef van afstand toekijken, overleggend met zichzelf, en verdween dan. De Labadie met zijn formalistische inslag wist hier geen raad mee, wilde orde 'tout court', en wat hier gebeurde viel buiten de orde. Het moest hem danig verwarren. Hij zal er opnieuw met Rafaël en het dagelijks bestuur over gesproken hebben, maar ze leken Marcs eigenzinnige gedrag te accepteren. Waarschijnlijk werd gedacht: daar doet hij nog het minste kwaad. We laten het voorlopig zo.

HOOFDSTUK 68

In een vrij uur, als hij zin in een kop koffie had, nam hij de weg via de kelder en sluis die ooit door Vierwind met donkere zonnen en wanstaltige sterren – zijn surrealisme, zijn conceptuele kunst – beschilderd was. Aad was nog steeds niet op school terug, ontving wel zijn volledige salaris. Hij was niet ziek, er was geen conflict en toch was hij legitiem afwezig.

Marc verscheen tijdens de pauze niet meer in de docentenkamer. Vaak bood een leerling aan koffie of een glas melk voor hem te halen. Naar de docentenkamer keek hij slechts als naar een al snel vergeten decorstuk, het overblijfsel van een eerder bestaan. Het hele gebouw, waarvan de gangen en dwarsgangen en schemerige passages lange tijd zo vertrouwd waren, kwam hem als vreemd en ongastvrij voor. En als hij collega's tegenkwam, gingen ze elkaar met een vaag achteloos niet-groeten uit de weg.

Fineke Regenboog meed hem niet. Ze kwam hem wel niet meer in zijn lokaal opzoeken, maar had via een bericht in zijn postvak laten weten dat ze hoopte 'on speaking terms' met hem te blijven, dat ze dacht hem te begrijpen. '*Ik ben zonder wrok.*' Marc keek naar de poes, hoorde haar ademhaling, praatte met zijn leerlingen na over de literatuurlijst, de tram tinkelde en maakte in de bocht naar de Zoutmanstraat even het geluid van ijzer op ijzer. Een golf dankbaarheid overspoelde hem. Hij kreeg er bijna een steek van in zijn hart. Zijn leven hier was zo geruststellend, zo logisch, zo irregulier. Even irregulier was Najoua's verblijf in de kliniek.

Ze ging vooruit volgens de artsen. Hijzelf nam dat nauwelijks waar. Marc had haar verteld over zijn vechtpartij. Een gezonde Najoua zou details hebben willen weten, laaiend enthousiast en vol spijt er niet bij te zijn geweest. Nu was haar reactie slechts een flauwe glimlach.

Hij was bang dat de artsen daar haar steeds meer van hem afnamen, dat ze werd gehersenspoeld, vlakker gemaakt. Maar dat afgebroken feest, de verschijning van de poes, zijn beschrijving van nieuw verworven affiches, hadden haar toch meer gedaan dan hij eerst vermoedde. Bij elk bezoek kwam ze erop terug, vroeg hoe het Gevallen Engel 2 verging, wilde precies weten waar nu Jeanne d'Arc of de reeks Vézelay hing. Ze was toch aan de beterende hand.

Het trillen van een raam en vervolgens het kraken van de houten gangvloer kondigde van ver de nadering van een bezoeker aan. Kees Herkenrath was zijn meest regelmatige gast. Met Kees ging het steeds minder. Angst verkrampte de slechte huid van zijn gezicht en elke keer vroeg Marc zich af of hij deze dag zonder al te veel kleerscheuren door de lessen heen zou komen. In Kees' ooghoeken verzamelde zich steeds meer verhoornd, vuilgeel weefsel.

Ook kwam een enkele keer Frederik Roos een praatje maken. Hij was een adept geworden van de Amerikaanse schrijver sinds zijn lectuur van *63: Dream Palace*. Hij vond het de betoverendste novelle die hij ooit in zijn leven gelezen had. Ze was intens wreed en intens teder. Met deze schrijver daalde de lezer af in de hel. Frederik sprak weinig, hij keek vol bewondering om zich heen, gaf Marc een hand en vertrok weer. Het leek of hij met spijt terugging naar het echte Descartes.

Zo had hij een leven georganiseerd dat nog maar weinig samenviel met het werkelijke schoolleven, een arrangement dat de illusie schiep daaraan vreemd te zijn. Toch bleven de plenaire bijeenkomsten, de rapportenvergaderingen en de tentamens voor het schoolonderzoek. Hoewel hij met weinigen nog contact had, voelde hij de toenemende onrust onder het personeel, teweeggebracht door de rectorale verliefdheid. Esther Biljardt zou zich met het beleid van de school bezighouden, zich met invaluren, zorguren, teamdagen en vooral met het lesrooster bemoeien. De staf, zwak, liet over zich heen lopen.

De tram knarste. Het wegdek van de Laan van Meerdervoort zou nu als glanzend gewreven zijn. Op de tafel in zijn lokaal lag een vel papier waarop hij bezig was met zijn rubriek voor het NGL-blad. Hij beschreef openhartig het isolement waarin hij zich gemanoeuvreerd had. Hij nam het stuk papier in zijn handen, wierp er een snelle blik op. Er stonden nog slechts enkele regels. Boven aan de bladzij, rechts, had hij haar voornaam geschreven en met een lange rode streep recht naar onder aan de bladzij, in hoofdletters: mijn liefste.

Hoe lang zou hij nog doorgaan met zijn rubriek? Hoeveel tijd was hém op school nog gegeven? De staf van de school had moeite met zijn column, omdat die een kijkje in de keuken van de school gaf. Toen Marc, nog voor de vechtpartij in het kasteel, Rafaël om een kleine gunst had gevraagd – het omzetten van een les –, had de rector hem die gunst wel willen toestaan, maar hij vroeg hem daarbij als tegenprestatie een punt achter zijn rubriek te zetten. Te vaak plaatste hij, naar zijn idee, de school voor de buitenwereld in een verkeerd daglicht, hoewel hij de school altijd met een gefingeerde naam aanduidde. In het land begreep men direct dat het om het Descartes ging. Marc had kort nagedacht en hem toen gezegd dat hij de gunst als niet gevraagd moest beschouwen.

Was zijn tijd bijna op? Geconsumeerd? Die tijd moest opgerekt worden. Hij wilde nog meemaken dat Najoua eindexamen deed.

Zijn gedachten gingen naar Henk Imanse, naar zijn onheilsprofetie: 'De vernietiging van het onderwijs is in volle gang. Leerlingen die nu van school komen, weten weinig. Er is een tijd geweest dat wij hun facultatief Spaans, Russisch, Chinees en filosofie aanboden, met bijbehorende competente docenten. Dat gebeurde in een recent verleden.' Zijn geest vluchtte toen snel naar Wim Egbers, aan wie hij zich met alles wat hij bezat gehecht had en die nu waarschijnlijk voor zijn caravan in de zon zat.

HOOFDSTUK 69

Voor Kees was de rapportenvergadering opnieuw vernederend geweest. Marc had naar hem gebaard samen de vergaderruimte te verlaten en ze waren opgestaan. De Labadie had hun toegebeten dat hier niemand zonder zijn toestemming wegging. De anderen, in carré achter hun tafel, hadden voor zich uit gekeken, sommigen met de inklapbare blikken trommel met boterhammen voor zich, of een groene appel waarin een mesje stak. Marc en Kees waren bij de deur gekomen. De Labadie was van zijn tafel vol leerlingendossiers en cijferlijsten opgestaan en snel naar de deur gelopen om hen het weggaan te beletten.

'Nee, zo gaat dat niet,' had hij gezegd. Hij had bijna geen stem gehad en zijn verweer was algauw voorbij. Kees had gedecideerd de kruk van de deur omlaag geduwd. Hij was bezig één keer in zijn leven alle minachting te overstijgen. Stef had nog kunnen uitbrengen:

'Hiervan wordt de rector op de hoogte gebracht.'

Ze liepen samen de trap af, maar halverwege hield Kees, bleek en hologig, hem staande, legde een hand op Marcs arm. In hem had hij een ware vriend gevonden. Dat wilde hij vertellen en nog veel meer, maar hij kon geen woord uitbrengen.

Ze bleven daar staan, roerloos als de grote filosofen waarop ze neerkeken. Die hadden in het verleden het heldere denken gepropageerd en neergelegd in verhandelingen en verhalen als *Candide* en *Micromégas*. Van dat denken was op het Descartes weinig overgebleven. Kees haalde zijn zakdoek tevoorschijn, drukte die tegen zijn wang, tegen zijn ogen.

Rafaël Pilger was afwezig. De conciërge wist alleen te vertellen dat de rector zojuist de deur uit was gelopen en naar alle waarschijnlijkheid tegen halfvijf weer op zijn kamer zou zijn.

Marc kon niet nalaten te glimlachen. Het was ook de vrije middag van Esther Biljardt, zij had vandaag geen klassen ter bespreking.

Kees Herkenrath greep, in een bedwongen, aanhoudende kreet, Marcs arm, en zakte ineen tegen zijn vriend. Hij zou zijn gevallen als Marc en de toeschietende conciërge hem niet hadden opgevangen. De laatste, mannetjesputter en ijzervreter, droeg hem naar het zijvertrek met de kopieerapparaten. Kees' gezicht was extreem bleek en hij leek volkomen uitgeput. De conciërge voelde zijn pols en zei dat zijn hart aan de oppervlakte van zijn huid sloeg. Het was een uitdrukking die hij van een hospik in de Balkanoorlog had geleerd. Het was zeker dat Herkenrath er niet best aan toe was. Hij belde het Bronovo-ziekenhuis.

Kees werd voor observatie in het ziekenhuis opgenomen. Marc was met hem meegereden in de ambulance en was voor vijf uur op het Descartes terug.

Op de eerste verdieping waren nog vergaderingen bezig; ze waren alle uitgelopen. Voor elke vergadering stond een uur. Niet één conrector slaagde erin een klas binnen die tijd af te werken. Marc wachtte in de lege docentenkamer op Rafaël, pakte uit verveling een onderwijsblad dat *Didactief* heette. Hij had het eerder zien liggen, maar nu kwam de titel hem als ergerniswekkend kinderlijk voor. Hij probeerde op een lieflijke manier aan Najoua te denken, maar kreeg geen helder beeld van haar, ze bleef als een vage weerschijn, als een gezicht achter een bewasde ruit, en hij schrok van de gewaarwording dat zijn verlangen naar het meisje op dit moment leek te zijn losgeweekt van zijn lichaam. Een abstractie. Hij liet het blad door de zaal scheren om die gedachte zo ver mogelijk terug te dringen. Het kwam ergens op het podium terecht. Om het lot goedgunstig te stemmen liep Marc de paar treden van het podium op, legde het blad terug op de schap.

Rafaël excuseerde zich, moest onverwacht buitenshuis zijn. Hij ging hem voor naar zijn kamer.

'Wat brengt je hier?' De rector sloeg een vrolijke toon aan. Marc vertelde hem kort wat zich tijdens de rapportenvergadering van vijf gym had afgespeeld.

'Ik kan je zeggen dat zolang die wijze van vergaderen niet verandert, Kees noch ik er een volgende keer bij zal zijn.'

'Je bent verplicht om te komen. Het staat in je arbeidsovereenkomst. Dat zou plichtsverzaking zijn, beste Marc.' Hij hield zijn opgewekte toon nog steeds vol, had waarschijnlijk in de armen van Esther Biljardt gelegen, midden op de dag. De latinist-schoolleider genoot van het volle leven.

Ze stonden tegenover elkaar. Rafaël had hem geen stoel aangeboden.

Marc opperde een mogelijk idee over een andere aanpak van de rapportenvergadering. Er konden toch voorbesprekingen plaatsvinden tussen conrector en klassendocent. Die vergaderingen waren volstrekt overbodig. Het betekende ook dat minder lesuren vervielen. En dat er minder pijnlijke momenten zouden zijn. Rafaël gaf aan dat die gedachte al ver voor Marcs komst naar voren was gebracht, maar hij wilde haar na wat gebeurd was graag nader uitwerken.

'En op zeer korte termijn, Marc, omdat jij er zo'n waarde aan hecht. Maar als er een goed plan ligt, zal er wel een buitengewoon plenum nodig zijn om die nieuwe vorm officieel te bekrachtigen.'

'Je vertelde me ooit in vertrouwen dat je dit soort dingen in je eentje besliste.'

'Ik beslis daarover, maar formeel is er een buitengewoon plenum nodig. Laat het aan mij over. Het is goed dat je erover begonnen bent. De situatie kan tot uitwassen leiden. Je plan neem ik zonder meer over.'

Zijn blik was amicaal, uiterst welwillend. Pas op dat moment verwittigde hij de rector van Kees' opname in het ziekenhuis en gaf enkele details. 'Zeer verdrietig. Dit verdient hij niet. Ik ga hem vanavond nog opzoeken.'

Van Rafaëls welwillendheid en van wat over was van hun vriendschap maakte Marc gebruik. Hij geloofde niet dat hij in de toekomst nog zo'n gelegenheid zou krijgen.

'Er is nog iets,' begon Marc. 'Je zult wel begrijpen wat ik je wil zeggen.'

'Ik heb geen idee.' Maar Marc zag dat zijn gezicht veranderde. Hij hield zijn hoofd omlaag, draaide dat iets van Marc weg. Rafaël was op zijn hoede.

Marc zei dat hij eerlijk tegen hem wilde zijn. 'Je bent te veel afwezig. Je bent onbereikbaar. Die Esther tast jouw gezag aan.'

Rafaël reageerde geërgerd, afwerend.

'Dit is mijn zaak. Ik laat me niet onder druk zetten. Je hebt over mij toch niet te klagen, wel? Ik laat jou in je noodlokaal. Bij het Bestuur moet ik je aanwezigheid daar onophoudelijk verdedigen. Ik hou je de hand boven het hoofd. Ik pleit voor jou, en laten we wel wezen, jij bent toch wel de laatste die mij mag kapittelen.' Hij keek hem aan, en voegde er venijniger aan toe: 'En dat zeg jij tegen mij, jij, zolang je op school bent... in de weer met die Marokkaanse!'

HOOFDSTUK 70

De poes kwam uit haar mand onder het schoolbord, liep met ernstige tred op Marc toe, berekende feilloos de afstand, sprong op zijn tafel. Hij trok haar over zijn papieren heen naar zich toe en zei liefkozend: 'Gevallen Engel van me, ik had een vriend aan wie ik met alle kracht was gehecht, maar hij is ervandoor gegaan, heeft nooit meer iets van zich laten horen. Misschien is hij gelukkig op zijn armetierige stukje grond in de Provence.' De poes hief haar kop, luisterde vol aandacht, spinde nog harder, draaide ineens haar kop met gespitste oren. Volgde ze een geluid dat hij niet kon horen? Hoorde zij het ruisen van de bomen in het park van het Vredespaleis? Of had zich een onverlaat in het dichte struikgewas rond de noodlokalen verborgen? De poes als waakhond.

De ramen trilden. Het was duidelijk dat iemand naderde. Hij zag het profiel, bijna had hij gedacht 'het verloren profiel', van zijn collega Duits. Kees, uit het ziekenhuis ontslagen, maar nog niet aan het werk, kwam Marc een bezoekje brengen.

Marc maakte een espresso met een recent aangeschaft apparaat, terwijl Kees de klas rondliep en de auteursportretten bekeek. Hij verkoos boven allen de hermetische dichter Mallarmé, die eens betoogd had dat de wereld erop gemaakt was om op een mooi boek uit te lopen. Mallarmé had zelf de uitdaging aangenomen maar slechts enkele fragmenten van dat boek nagelaten.

Beide collega's zaten tegenover elkaar aan een schooltafel,

de poes lag in haar mand en spinde zo luidruchtig dat je haar keel zag trillen. Kees zei zonder directe aanleiding, maar alles kon aanleiding zijn – het spinnen van de poes, de op het bord geschreven vervoeging van het werkwoord 'être' in de subjonctif, die volgens Stef de Labadie niet meer onderwezen hoefde te worden, de affiche van Jeanne d'Arc –: 'Marc, je hebt geen idee, nee, je kunt je het niet voorstellen. Ik schrijf iets op bord en ik zeg tegen de klas: "Schrijf dit over in je schrift. Het is belangrijk." Ze negeren mij, horen me niet, zien me niet, zitten met de rug naar me toe. Ik ben er niet. Soms, de armen tegen mijn zij gedrukt en de handen plat op tafel, kijk ik naar de amorfe massa. Amorf in mijn optiek, want ze zijn met van alles bezig. Ik schaam me. Mijn handen duwen tegen het tafelblad alsof ze er doorheen willen. Wanorde. Negatie. Een klas, wat een onbegrijpelijk geheel. Een kleine massa rond één of twee leiders. Het donkere rumoer. Welke absurde krachten in een groep van dertig leerlingen. Je zegt tegen jezelf...'

Hij begeleidde zijn zinnen met een beweging van zijn schouders naar voren, alsof hij met zijn woorden vocht, alsof hij duwen in zijn rug kreeg. 'Marc, je hebt geen idee. Ineens een stem uit de klas! "Herkenrath weg! Herkenrath oprotten!" Je zegt tegen jezelf: dit lesuur gaat voorbij. Je blijft rustig. Je glimlacht naar de klas, maar het is een glimlach die is losgeweekt van je gezicht, eerder een onstoffelijkheid. Je glimlacht naar de klas, je pakt een krijtje en schrijft een woord op het bord, je hebt niets gehoord, je doet alsof je je prettig voelt, dankbaar, je kijkt naar buiten en je ziet het gouden licht over de Laan en je glimlacht naar het licht. Ik denk op die momenten altijd aan mijn vriend Schopenhauer. Een paar tellen gaan voorbij die uren duren. Je glimlacht weer eens en je denkt van jezelf: hij glimlacht weer; je denkt: hij glimlacht als een idioot. Je schrijft het huiswerk op het bord voor de volgende keer hoewel de les nog nauwelijks begonnen is en je hoort opnieuw: "Herkenrath wegwezen!" Je houdt je hand tegen het bord, je voelt je hand nat worden, je trekt een glinsterend spoor over het schoolbord. Je hoort: "Smerige slak". En je zegt tegen de groep: "Jongens en meisjes, schrijf dit op. Hierover krijg je de volgende keer een overhoring." Ze schrijven niet, op enkele braven na. Een paar sissen, achter in de klas. "Non-valeur."'

Kees bukte zich, aaide de poes die, de kop schuin, hem vragend aankeek. Kees ging staan. Wat ging hij doen? Hij wees op het portret van de gebroeders de Goncourt. Hij merkte op dat ze een leven lang door de kritiek vertrapt waren. Daarom begonnen ze hun *Dagboek* en richtten ze de Académie Goncourt op, die hen voor de vergetelheid moest behoeden. Ze waren daarin geslaagd. 'Marc, jij vertelt de klas over hun leven, hun werk, het huis dat ze aan de rand van Parijs bewoonden. Jouw klas luistert.'

'Niet altijd, hoor.'

Kees trok zijn colbert uit, stroopte de mouw van zijn linkerarm op, draaide zijn arm en toonde aan de binnenkant een ritssluiting van littekens van pols tot elleboog. Hij zei:

'De klas doet wat haar uitkomt. Ik besta niet. Het was een jaar voor jij hier kwam. De klas deed wat haar goed leek en toen kwam voor de eerste keer in mijn leven de gedachte in mij opzetten... slechts de gedachte, maar ze drong zich in grote, duizelingwekkende hevigheid aan mij op. Dat kon een uitkomst zijn: er was nog niet de gedachte aan het gebaar, maar ik bezat een vlijmscherp stanleymesje, ooit meegenomen uit het handenarbeidlokaal. Het lag al lange tijd in de la van mijn bureau. Ik schreef iets op bord en er was die keer een heidens kabaal, voorwerpen vlogen langs mijn hoofd tegen het bord en ik zei tegen mezelf: "Waarom ik?" En je zegt: "Och..." En je schrijft nog een woord op bord, ik beefde zo dat ik mijn nagels tegen het bord hoorde tikken. Op dat moment had ik in mijzelf kunnen steken. Er was de mogelijkheid, de verzoeking, en het was de bel denk ik die een eind aan de verzoeking maakte, want je kunt je niet van kant maken voor de klas, maar na de bel, toen de klas verdwenen was, bleef de mogelijkheid bestaan. Toch ben ik nog steeds aan de school gehecht, aan het gebouw, aan sommige collega's. Er is een dag geweest dat ik de grens overschreed en me heb willen doden, ik sneed alles aan aderen en pezen door wat ik in mijn arm kon vinden. Het is verschillende keren gebeurd. Maar ik kom niet hier om je dat allemaal te vertellen...'

Hij zweeg, keek de wanden met boeken langs, geloofde dat hij zo aan het opbiechten geslagen was door de geïsoleerdheid van de locatie. 'Maar wat me onlangs zo verbaasd heeft, en elke keer opnieuw verbaast... Ik kan er nog niet over uit. Bij mij werd diabetes ontdekt, ik ben door artsen onderzocht en er moest vaak bloed geprikt worden. Ik toonde mijn onderarm, de verpleegster zocht een ader, gleed over dat woud van littekens dat mijn onderarm mismaakt heeft. Nooit heeft iemand daarnaar gevraagd. Is dat gêne, prudence, angst? Of zien ze niets!'

Hij lachte een beetje, trok zijn mouw weer omlaag. Het lachen klonk onecht. Marc pakte zijn hand, die klam aanvoelde. Van buiten, uit het park, en de bosschages rondom, kwam met de zachte lucht de geur van zoete bloemen het lokaal binnen. Gevallen Engel beschouwde Kees aandachtig, met gefronste wenkbrauwen. Kees' wangen waren holler dan ooit, zijn ogen hield hij halfgesloten, kieren waren het: 'Marc, ik heb voor de klas mijn waardigheid weten te behouden. In al die jaren heb ik mij nooit laten gaan, ben ik nooit in onbeheersbare drift ontstoken, maar ik rook mijn eigen angst.'

Hij begon het lokaal rond te lopen, pakte van de schap een

van de twee dundrukdelen, bestemd voor de elite onder de leerlingen die nieuwsgierig was geworden naar het *Dagboek van de Goncourts*, bekeek het katern foto's, zei zonder op te kijken, leunend tegen de dunne achterwand, dat hij vandaag weer sterk met die gedachte had rondgelopen. Waar diende zijn leven nog voor? Vanmorgen had hij met het mes in zijn handen gestaan.

Hij zette het boek terug, liet zijn hand over de gladde, witgesausde wand glijden en zei ineens, alsof hij weinig aandacht aan de woorden schonk die hij ging uitspreken, alsof hij misschien ook niets ging zeggen, zonder al te veel te beseffen wat voor woorden het waren: 'Maar je kunt er geen eind aan maken als het dag is. En nu ben ik hier.'

Kees Herkenrath begon daarna zelf over Johan Parre, een collega met wie hij goed overweg kon. 'Parre heeft mij voor zover in zijn vermogen lag gesteund. Bij conflicten met ouders of leerlingen bleef hij aan mijn kant staan. Hij behoorde tot de zeer weinigen die niet op mij neerkeken. Daarom was ik blij met jouw komst op het Descartes. Ik heb zelfs weleens gedacht dat het Parre was die jou van boven hierheen heeft gestuurd. Johan kwam uit een religieus gezin. Hij heeft vlak voor het precieze moment aan God moeten denken, een gebed uitgesproken. Maar wat heeft hij gedacht? Wat gebeurt er met je? Was hij bang? Wat Johan zichzelf heeft aangedaan moest volbracht worden, vond buiten elke verstandelijke redenering plaats.' Kees had er veel over nagedacht, geloofde zelf in een soort explosie van beelden, die in grote snelheid over elkaar heen schoven, dat kort voor hét moment een ongrijpbare verdichting van alle je bekende beelden ontstond die ze van betekenis deed veranderen, en Kees geloofde dat op dat ogenblik van totale verblinding je een hevig en diep verlangen beving naar de Andere Wereld, die zonder pijn, zonder vernedering was.

HOOFDSTUK 71

Een plenum veroorzaakte op zich al, elke keer opnieuw, een nauwelijks bedwongen koortsigheid, zoiets als een op touw gezette agitatie. Een buitengewoon plenum deed dat in heviger mate. Zeker dit, omdat het pas maanden na een eerste aankondiging, en na nog eens twee weken uitstel, plaatsvond. Het werd nu als buitengewoon gezien omdat het niet binnen de gestelde termijn van drie dagen, volgens de statuten, had kunnen plaatsvinden.

Marc hield zich op in de hal, bij de filosofen, uit de loop. Zeer weinigen waren nog genegen met hem te praten, met hem gezien te worden. Wie Marc in de gang tegenkwam, ontweek hem door in een nis te duiken of af te slaan een passage in.

De rector kwam met papieren zijn kamer uit, zag Marc en wenkte hem.

'We gaan beginnen. Ga er maar van uit dat jouw idee erdoorheen komt. Ik heb de staf op één lijn weten te krijgen. In de vergadering zal nog wel forse tegenstand zijn, schat ik in. In principe wil men zaken bij het oude laten. Het is eigen aan het beroep. Maar het gaat lukken.' Marc voelde tot zijn verbazing Rafaëls hand op zijn schouder. 'Kom na afloop bij me langs. Dan praten we nog even na.'

Marc onderging een vreemde, nederige dankbaarheid, vond zijn vaste plaats achterin, alleen op de achterste rij, naast de plantenbak met sansevieria's.

Omdat het reguliere plenum kort op deze vergadering zou

volgen (het was gepland op het jaarrooster en kon niet worden verschoven) en de agenda van die bijeenkomst overladen was, waren er punten van die agenda op de onderwerpenlijst van dit plenum gezet. Zo had De Labadie een nota geschreven waarin hij een onderbouwd voorstel deed leerlingen die goed konden leren, maar bij het overgangsrapport een lijst van slechts zessen hadden, te laten doubleren. Je behoorde je talenten niet onder de korenmaat te zetten. De nota was gedeponeerd in de postvakken van alle medewerkers.

De rector opende met huishoudelijke mededelingen.

Wat betreft collega Morrenhof kon hij vertellen dat zijn genezing voorspoedig verliep. Na de zomer zou hij weer met zijn lessen beginnen. 'Wat betreft collega Herkenrath: we wisten natuurlijk van zijn diabetes, maar er zijn vrij ernstige hartproblemen bij gekomen. De verwachting is dat hij tot de zomer thuisblijft. Via de bloemendienst is al een fraai boeket thuisbezorgd. Wat betreft de leerlinge Najoua Azahaf, met haar gaat het geleidelijk aan beter. Een nieuwe behandelingsmethode blijkt aan te slaan. Zij maakt trouw haar huiswerk, dat wekelijks door collega Cordesius wordt verzameld en bij haar gebracht. Dat loopt.'

De geur van soep en warme saucijzen, voor wie straks iets hartigs wilde, trok de zaal in. Hier en daar speelde een vlek licht op een blad papier.

In de pauze verliet hij het hoofdgebouw. Hij had geen trek in een warme saucijs en wilde naar Gevallen Engel toe, in zijn lokaal zijn. Hij moet er verward hebben uitgezien, want achter zijn rug werd gelachen. Hij herkende de korte, schrille lach van Esther Biljardt.

Via de sluis en fietsenkelder haastte hij zich naar zijn lokaal om er even rust te vinden. De poes kwam hem spinnend tegemoet. Hij gaf haar extra melk. In de warme, livreske intimiteit van zijn klas besefte hij dat hij daarnet in de ondergrondse ruimte bang was geweest. Vanuit een duistere hoek had iemand hem gade kunnen slaan, hij had achtervolgd kunnen worden. De vervormde zonnen en sterren van Vierwind hadden hem boosaardig aangekeken. Hij schaamde zich voor deze angst die hij niet eerder kende en die nergens op sloeg. De poes likte de melk op. De tong van Gevallen Engel was een fijn, helrood vlaggetje.

Een kwartier later was hij weer in het hoofdgebouw, hij had de weg genomen die hem boven onder de trap in de hal deed uitkomen. Stef was bezig kleine smerigheden op te rapen, broodkruimels, papiersnippers, verfrommelde boterhamzakjes. Je zag dat hij zich op een zekere manier gelukkig moest voelen. Hij had van het oprapen een cultus gemaakt, ontfermde zich over alles wat voor zijn voeten kwam, zou het liefst als een peuter alles wat hij opraapte in zijn mond gestoken hebben.

De bel luidde, de docentenkamer stroomde vol, de bijeenkomst begon nagenoeg op tijd.

De rector ontvouwde helder de nieuwe vorm voor de rapportenvergadering die de staf zich gedacht had, keek de zaal rond, vroeg om een reactie, wachtte lange tijd om de gelegenheid te geven een vraag te formuleren. Wilde werkelijk niemand verduidelijking, tekende niemand bezwaar aan? De zaal, comateus, liet zich niet horen.

Vergaderen op het Descartes, de zaal stampvol, de zware lucht die tegen de ramen stond. Marc huiverde van het hoofd tot de voeten. Een vergadering op het Descartes is hetzelfde als het stopzetten van het leven. Marc dacht aan de groene schemer in de lanen van de kliniek, aan de grote, rechte Laan van Meerdervoort die ten slotte met een scherpe bocht omhoogliep naar Kijkduin. De wind voerde het ijle getinkel van de tram aan. Er was zo weinig deernis. Wist men wel hoe nerveus Herkenraths handen bewogen als hij lesgaf, hoe in woedende haast zijn vingers tussen elkaar door gleden, naar de naad van zijn broek tastten, hoe zijn keel dichtgeschroefd zat...

Marc 'zag' de vergadering. Ze was daar, in de docentenkamer, even bleek als het licht buiten. Kalm blijven. Kalm blijven.

Weer het getinkel van de tram, even fijn als de veranderde stem van Najoua, de Najoua uit een vorig leven.

Er was nog een rondvraag. De vervanger van Aad Vierwind, die nog maar kort op school was en de gewoontes niet kende, sneed zomaar, zonder inleidende woorden, het probleem van de te korte pauzes aan. Hij wilde dat de pauzes acht minuten langer werden en hij wilde die acht minuten afhalen van de lessen in de cognitieve vakken. Terwijl de tekendocent sprak, trommelde iemand gedachteloos, ononderbroken, met zijn vinger op de leuning van zijn stoel. De onervaren tekendocent werd hard geattaqueerd. Van een lesuur wis- of natuurkunde kon geen seconde af.

Na afloop bleef Marc in de hal wachten. Het was de bedoeling dat hij nog met Rafaël na zou praten. Maar Rafaël werd aangesproken door Esther en daarna liep hij achter haar aan naar zijn kamer. Hij sloot de deur achter hen. Kalm blijven, Marc. Kalm blijven. Van Rafaël heb je helemaal niets meer te verwachten.

HOOFDSTUK 72

Marc liep langs de vertrouwde rijen boeken, nam een Flaubert in de hand, onderging een bedwelmend genot als hij de onnavolgbare volzinnen las. De poes streek langs zijn been, met geheven staart. Zodra hij een rondgang begon, kwam ze uit haar mand.

Hij sprak tegen haar:

'Lieve Engel, hoe had ik het ooit daarginds in het echte schoolgebouw kunnen volhouden? Begrijp jij, blinde poes, dat Bestuur en staf mij tot nu toe geen strobreed in de weg leggen? Ik heb het vermoeden dat de steun niet eeuwig zal zijn.'

Een kalme regen viel. Hij stelde zich de open ruimte tussen de lokalen en het dichte struikgewas als een klein provinciaals schoolpleintje voor. Zijn blik verloor alle scherpte en waakzaamheid, werd dromerig. Gevallen Engel sprong op zijn schoot, gaf hem spinnend kopjes. Blind wist ze hem toch altijd feilloos te vinden. Welk beeld zou zij zich van haar baas maken?

De dagen werden korter. Als Wim Egbers nog in het land was, zou hij op dit moment in het schemerige, slecht verlichte café zijn. Wim had niets meer van zich laten horen. In het café was Marc nooit meer geweest, zelfs de Zoutmanstraat en de Van Speykstraat meed hij. Kees Herkenrath zou nooit meer op school komen. Dat was nu zeker, maar met Najoua ging het beter. Volgens de artsen was er duidelijk vooruitgang, al was er nog geen sprake van dat ze de kliniek kon verlaten, op zo nu en dan een weekend na.

Zijn oog viel op een uitgave van Verlaines *Fêtes galantes* en hij las met zachte stem enkele wonderschone regels:

Le soir tombait, un soir équivoque d'automne
Les belles, se pendant rêveuses à nos bras

en voelde de mooie Najoua, dromerig, aan zijn arm.

Marc overzag zijn leven. Het leven met een manco. Nog had hij niet de woeste passie, de ontdekking van het onterughaalbare, het onvergelijkbare, meegemaakt.

Op deze school was hij korte tijd als de nooit voldane verleider gezien, de man die vrouwen verzamelde, die nooit verzadigd raakte, de donjuan die, uit angst, niet bevredigd wilde worden, die de liefde slechts zag als een rite. Zo had hij zichzelf ook gezien.

Maar op een regenachtige dag had Najoua hem opgewacht en was ze in zijn leven gekomen. Wie was zij? Roodkapje, verloren diep in het Regenwoud, op weg naar het huisje van Grootmoeder? Marc wist nog dat hij toen had geglimlacht, omdat hij zichzelf de rol van Wolf had toebedeeld, zich schuilhoudend achter een Woudreus om haar op het juiste moment te bespringen. Maar er was geen kwaad in hem. Zij had toen de bizarre indruk op hem gemaakt dat zij meer wist over jou dan jij over haar, alsof ze jou al lange tijd in het geheim had bestudeerd. Wie was zij? Die mengeling van onschuld en vroege wijsheid, die voorlijkheid in haar doen en laten, vaak ook in haar woordkeus, en dan de eerste signalen van de stoornis, de heftigheid algauw.

Tussen hen was de liefde. Ze zouden elkaar beminnen. Eens zou de sensualiteit het bij hem winnen van de schroom. Wanneer? Er hoefde niets te worden uitgelegd. Wat voor hem lang onmogelijk had geleken zou gebeuren. Niet vannacht. Niet morgen. Eens, op een nacht.

Zij zou helemaal beter worden. Hij dacht opnieuw aan haar triomfantelijke verschijning op de verregende Laan van Meerdervoort. Alles aan haar bewoog. Hij herinnerde zich hoe ze in zijn lokaal verscheen na een les, dansend, blij. Het hele lichaam toonde aan dat zij genoot, plezier had, de souplesse waarmee ze op de tafel voor hem ging zitten, de glimlach op haar lippen die zin hadden om te zoenen. Je vermoedde intuïtief hoe zij eruit zou zien als adolescente, als volwassene. Een meisje, een kind nog, dat uit de duisternis van de regen tevoorschijn tredend op hem gewacht had en nu had de duisternis haar tijdelijk hernomen. Roodkapje had zich weer diep in het Woud verstopt.

Hij keek op omdat hij een blik op zich gericht voelde. Esther Biljardt verdween haastig in een van de gangen op de hoogste verdieping. Het was hem eerder overkomen. Hij herinnerde zich haar woede en verbazing toen hij haar had duidelijk gemaakt dat er nooit een afspraak zou komen. Ze had hem, verbluft, met haar blik gewogen. Rond haar mond was van agitatie een plooi verschenen die een donkere streep over haar wangen trok, waaruit alle kleur was weggetrokken. Haar gezicht één grote, bleke, zinloze vlek.

'Lieve poes, ik wil een onverbiddelijke, onvoorwaardelijke liefde, zonder terughoudendheid, brandend heet, zonder mist, schaduw, duisternis.'

De poes keek langs hem heen. Spon en draaide haar kop naar hem toe.

Gisteren, bij zijn bezoek aan de kliniek, had zij na lange tijd weer haar kleine, rode handtas bij zich. Had hij zonder het te beseffen haar een korte, vragende blik toegeworpen? Zij had het zo opgevat, de vraag begrepen en een gebaar naar haar tas gemaakt. Je mag kijken, hoor! Geloof je me niet? Hij wilde niet controleren, geloofde haar. Hij moest haar toch kunnen geloven?

Een tram passeerde op de Laan, stond een moment in vuur en vlam in de weerschijn van een neonreclame. Flarden van het getinkel bleven een moment in het lokaal hangen. Hij besefte eerst niet dat hij zat te huilen, totdat hij tranen op zijn wangen voelde. Hij huilde geluidloos. Waarom tranen? Vanwege de tinkeling van de tram, als van een fijn klokje. Maakte hij zich toch ongerust over haar ondanks alle vooruitgang en geruststellende woorden van de therapeuten? Of was het zijn curieuze verblijf in dit bouwsel, de geringe binding met de gemeenschap, de ontworteling? Hij liet zijn tranen lopen.

HOOFDSTUK 73

Een glimlach trok over zijn gezicht. Vanmorgen had hij lesgegeven aan een vier gym. Zonder een woord Nederlands te gebruiken had hij een eerste algemene presentatie over de Franse literatuur gegeven. De aantekeningen die hij al vertellend op het bord maakte, hadden de leerlingen overgenomen. Hij had dat uur meer stof geboden dan hij van plan was. Vijf minuten voor het einde van de les had hij ze laten gaan. Via kelder en sluis konden ze hun kantine bereiken zonder een altijd controlerende conrector tegen het lijf te lopen en wat langer van de pauze genieten.

Ze waren nog niet weg of de ramen van zijn lokaal begonnen te trillen. Iemand naderde over de kierende plankenvloer van de gang die de lokalen met elkaar verbond. Het was De Labadie, die zonder kloppen de deur opende en, na een lange rondgaande blik door de klas alsof hij de aanwezige leerlingen aan het tellen was, quasi-verrast vaststelde:

'Hé, waar is de klas? Volgens het rooster behoort hier nu te worden lesgegeven.' Hij keek opnieuw het lokaal in en toonde zich opnieuw verbaasd. 'Geen klas?' O, wat voelde hij zich nu machtig, je hoorde het aan de toon. Nu had hij zijn oude schoolvriend op heterdaad betrapt.

Marc vroeg zich af of hij antwoord zou geven, maar de feitelijke constatering was terecht. Er was geen klas.

'Er is hard gewerkt. Ik heb ze eerder laten weggaan. En we waren al voor de bel begonnen.' Op het moment dat hij begon te spreken had hij al spijt van zijn rechtvaardiging. De

Labadie zei dat hij geen genoegen nam met dit antwoord. Een klas behoorde in het lokaal te zitten tot de bel ging. Hij zou hierover met de rector spreken.

'Je kunt je hier wel verstoppen en je boven en buiten de wet voelen... Ik ga de rector hiervan op de hoogte stellen.' Hij sprak op een toon alsof hij een belangrijke beslissing meedeelde. Daarna wierp hij een verbaasde blik op de mand met de poes. Je las daarin: wat moet dat beest daar, een school is geen asiel.

Marc, zittend aan zijn bureau, onder het zijbord met de vervoeging van het werkwoord 'clore' en de titel van Sartres toneelstuk *Huis clos*, zag Stefs gebaren, zijn heen en weer schietende ogen, hoorde zijn woorden en had de indruk dat hij De Labadie *dacht*. Hij zag hem meer als een idee dan als een mens van vlees en bloed. Marc besefte hoezeer het bestaan van die collega hem niet raakte, hoe onpeilbaar de afstand was.

De zon kwam onverwachts door en het licht deed de achterwand met de affiches opvlammen, maakte De Labadies gezicht doorzichtig als glas.

Marc was dankbaar om de zon die zich in de witte, heiige hemel ineens had vertoond, om zijn onmiddellijke warmte, als een flinke slok eau de vie. Na het vertrek van de conrector had Marc een stoel buiten gezet en was in de zon gaan zitten. Gevallen Engel was aan zijn voeten gaan liggen. Fijn, doorzichtig stof woei: de hitte zelf misschien? Een paar duiven draaiden log en wankelend om hun as. Eén miste een poot, viel steeds om, kwam toch weer overeind. Marc had met het dier te doen. Opnieuw die zijwaartse val. Een moeilijker overeind komen. Het dier zou de avond niet halen.

De zon stak. Als de zon steekt, is hij een bui aan het halen. Die uitdrukking herinnerde hij zich van heel lang geleden. Ze was zomaar in hem opgedoken. Marc herhaalde die beeldende uitdrukking hardop en zag het tafereel lijfelijk voor zich. Het had maar een haar gescheeld of hij had omhooggekeken.

Nu keek hij alsnog omhoog en zag de bui al hangen. De poes zocht haar mand op toen de regen begon te vallen, maar Marc bleef buiten, van afstand, naar zijn eigen schoolgebouw kijken, en zag in die loods van vijf lokalen in het afnemende licht een boot van grijs licht. Hij rende naar binnen, deed in alle lokalen het licht aan, ging weer naar buiten en nu voer daar een schip met verlichte kajuiten.

Hij bestrafte zichzelf, moest aan het werk. De rubriek voor het NGL-blad moest nog geschreven worden. Ze kostte hem toch meer moeite omdat hij nog maar weinig nieuws uit de docentenkamer opving. Maar het bezoek van Stef zou een onderwerp kunnen zijn.

Aan zijn bureau, om zich heen kijkend, kon hij nog niet goed aan het werk komen, zocht een openingszin voor zijn verhaal, dacht aan het moment dat hij met oma de boulevard van Kijkduin op was gelopen, de oude vissersboot verwachtte te zien maar nauwelijks bewust, op een heel primitief niveau, een uiterst minieme verschuiving in de omringende realiteit gewaar werd, een andere tint, een ander soort schaduw, een verandering in de dichtheid van de dingen, zo gering dat niets redelijkerwijs de afwezigheid van de boot had kunnen aankondigen. Wanneer, waar, was op het Descartes die minieme verschuiving begonnen, die onzichtbare, maar gapende spleet?

De rubriek wilde niet lukken. Hij zou de redactie binnenkort laten weten dat hij er echt mee stopte. De zin tot het schrijven van zijn bijdrage ontbrak steeds vaker.

Rafaël had hij op school in tijden niet meer gezien, maar hij was hem nog enkele keren in gezelschap van Esther in de buurt van de Wagenstraat tegengekomen, waarbij de rector een vermomming droeg. In zijn ogen had Marc de begeerte en het genot om het geheime gezien. Rafaël was aardig bezig zijn verstand te verliezen, pakte wat zich aanbood.

De poes sprong op schoot, hij drukte haar zachte kop tegen zich aan, kuste het dier, sprak tegen haar, begon toen als in een roes te schrijven:

'Pas op, Rafaël, die vrouw is kwaadaardig. In de docentenkamer wordt ze Madame de Pompadour genoemd. Ze palmt je volledig in, Rafaël, ze windt je om haar vinger.'

HOOFDSTUK 74

Voor Gevallen Engel had hij een halsband met een belletje en een rood strikje gekocht. Hij speelde met de indigoblauwe poes, verfrommelde een stuk papier, liet het dier aan de prop ruiken, stopte hem in de neus van zijn schoen. Hij had zijn hand nog niet weggetrokken of ze sprong erop af, stak haar poot in de schoen, dook er met haar kop in, trok de prop eruit en hield hem als een trofee een moment tussen haar voorpoten. Ze liet hem vallen, hief vragend haar kop op. Marc stopte de prop nog dieper weg, zij wachtte gespannen af, dook, vond hem, kreeg geen genoeg van het spel.

Tijd ging voorbij. De hele dag had de zon op de ramen gestaan en de ruiten voelden nog steeds warm aan. Hij zocht in De Goncourt scènes die hij aan een zesde klas zou kunnen voorleggen, liet zich door de poes tot hun nieuwe spelletje verleiden, stopte met een licht schuldgevoel een propje papier in haar oogkas en zij wipte het er handig met haar poot uit.

Hij nam de poes in zijn armen, liep met haar door het lokaal, liet haar ruiken aan de boeken, aan de spaanplaten van de tussenwand, ging toen met haar naar buiten. Hij zette het dier op de grond. Gevallen Engel rende in dwaze sprongen op de trap naar de fietsenkelder af, probeerde met vrolijke hoge sprongetjes iets onzichtbaars te grijpen waarvan zij misschien de adem voelde, rende terug naar Marc, die haar op zijn hurken en met zijn armen wijd uitgespreid opving en als een kind in zijn armen sloot. Hij zoende haar op de ogen, zat aan het beest te frommelen, te frutselen, kon maar niet van haar afblijven. Engel hoog boven zich uittillend overzag Marc de wildernis. Zou het geen goed idee zijn die weg te kappen en in plaats daarvan op eigen kosten een kleine Versailles-tuin in de trant van Le Nôtre te laten aanleggen, met geschoren buxushagen, symmetrische perken en waterpartijen? Zijn gebouw achter hem was dan Le petit Trianon.

'O, lieve poes, ik draaf weer zo door.'

De nachtverlichting in het Descartes ging aan.

Niet de school die hij zich herinnerde. Ze maakte met de hoge, strakke muren en de in het donker vervormde dakranden een verstarde indruk. Het was het moment dat Marc wat beweging ging nemen en met de poes het hoofdgebouw in liep. Samen wandelden ze door de straten en stegen van die stad. In de garderobenissen hingen vergeten regenjacks. Marc zag ze als resten van een verloren strijd. Want hij kon wel tegen zichzelf zeggen dat hij, door zich hieruit terug te trekken, een zekere overwinnaar was, hij kon wel zeggen: kom, jij hebt ze allemaal verslagen, maar intuïtief voelde hij zich verliezer. Maar verslagen door wat? Door wie? Ook in zijn eerste jaren op het Descartes had hij zich nooit helemaal een overwinnaar gevoeld. Toch was hij korte tijd populair en gevierd onder zijn collega's geweest. Onder de leerlingen was zijn reputatie slechts toegenomen.

Uit angst voor het grote huis aan de Suezkade met zijn schimmen werkte hij steeds vaker 's nachts op school door. Als hij aan zijn bureau even insluimerde, droomde hij dat hij achterna werd gezeten door een met zwarte, kleverige veren overdekte man. Marc rende over de Laan, sloeg de Suezkade in, maar nog voor hij de deur kon bereiken, werd hij gegrepen.

Hij schrok wakker. De eerste vogel, in de bosschages rond het noodgebouw. De zon kwam op boven de Laan, de bomen in het park van het Vredespaleis waren violet. De vogel zweeg.
  Op een nacht, toen hij net was wakker geschrokken, overviel hem een diepe angst. Hij begon, om zich los te maken van de ban en wat lichamelijks omhanden te hebben, de tafels in lokaal E naar elkaar toe te schuiven, schoof zijn bureau meer naar het midden, weg van het raam en het ondoorzichtige struikgewas, bouwde een wal om zich heen van op elkaar gestapelde tafels en stoelen. De poes vond het prachtig, beklom de fortificatie. Marc voelde zich iets veiliger, maar besefte steeds sterker dat hij 's nachts, met het licht aan, voor ieder goed zichtbaar was, een gemakkelijk doelwit, kwetsbaar. Wie kwaad wilde, kon hem gemakkelijk besluipen, tot heel dichtbij naderen, beschieten. Onverlaten konden na hun daad gemakkelijk wegkomen. Hij maakte zich natuurlijk bang voor niets. Wie zou hem kwaad willen doen?

Het regende de hele nacht. Een zondvloed. De sluizen van de hemel stonden open. Het platte dak hield het. Het egale tikken vlak boven zijn hoofd en tegen de ruiten maakte hem slaperig.
  Hij keek op en zag dat een silhouet zich uit het donker buiten losmaakte, op hem afkwam. Het was zijn moeder, die met een bedroefd gezicht door het raam staarde. Marc was verbaasd over zichzelf. Zij stond daar, vol verdriet, maar ook plechtig, bijna priesterlijk, en het sprak vanzelf dat ze daar stond. Mamma keek achterom de duisternis in, misschien omdat zij iets hoorde. Hij hoorde stemmen door elkaar. Je zou zeggen dat zich daar oneindig veel anderen bevonden. Wachtte zijn moeder op iemand die ook aan het raam zou

verschijnen? Hij zag haar zo duidelijk, maar ze was, tegen de ondoordringbare donkerte, in de omlijsting van het raam tegelijk buitengewoon vaag, roerloos in zichzelf verzonken, nadenkend over een geheim waar hij buiten stond.

Eindelijk, een vogel die zich loswrong met veel geklapper, dan koerende duiven, de eerste tram – die van twee over zes – die kort de weerschijn van een verlicht uithangbord meenam.

De tram stopte ter hoogte van de plaats waar hij de eerste keer met Najoua de trambaan was overgestoken. Marc zag enkele reizigers in het tramhokje.

De tram vertrok.

Hij begon zijn vesting af te breken, voelde zich vreemd en beschaamd.

HOOFDSTUK 75

Die middag was er direct iets wat Marc alarmeerde. Iets onbenoembaars dat traag langs de hoge muren van de centrale hal naar beneden gleed, en hem meedeelde dat dit zijn laatste nieuwjaarsreceptie zou zijn.

Hij dacht aan Najoua, die als alles goed ging over enkele weken definitief thuis zou komen. Ze was met haar schoolwerk nauwelijks achteropgeraakt en zou in het nieuwe schooljaar zonder achterstand in de vijfde meekunnen. De komende maanden zou ze thuis kunnen aansterken. In de kliniek had ze hem een feestje beloofd zodra ze thuis zou zijn, een prelude op het eindexamenfeest.

Van ver drongen stemmen tot hem door. Groepjes collega's troffen elkaar in de centrale hal, schudden handen, wisselden vakantie-ervaringen uit, waren hartelijk, negeerden een toegestoken hand als het zo uitkwam.

Marc, onrustig, pakte een boek, zette het terug, zette boeken recht. Het was alsof aan zijn mouw werd getrokken. Was het niet beter dat hij zich toch voor korte tijd op de receptie liet zien? De geluiden die via een geopend raam tot hem kwamen, werden sterker. Hij hoorde een luid lachen. Je zou zeggen dat de brief van de commissie effect sorteerde, dat er dit jaar extra belangstelling voor de nieuwjaarsreceptie was. Nieuwsgierig, aangetrokken tot de gemeenschap waartoe hij nog steeds behoorde, maar waar hij zichzelf buitengesloten had, verliet hij zijn lokaal, zag vanuit de gaanderij op de eerste etage de grote drukte in de hal, de volte in de docentenkamer, waar stoelen werden bijgezet, hij onderscheidde veel bestuursleden. Het was misschien goed zich onder de aanwezigen in de hal te mengen, hier en daar een hand te geven. Frederik Roos zou zijn aanwezigheid zeker op prijs stellen. Ik ben dan gezien, dacht hij, de rector weet dan dat ik me niet onttrek. Het is niet nodig de receptie zelf mee te maken.

Rafaël kwam net zijn kamer uit en Marc liep op hem toe om hem te begroeten, maar Rafaël deed of hij Marc niet zag, sloeg rechts af de donkere passage in naar de docentenkamer. Marc was onaangenaam getroffen. De rector moest hem gezien hebben.

Marc ging hem achterna, herinnerde zich zijn allereerste nieuwjaarsreceptie op het Descartes, zijn ontvankelijkheid voor het geruis van zacht gevoerde gesprekken waarin spannende onthullingen werden gedaan of toespelingen gemaakt op zaken die voor zijn tijd speelden. Hij herinnerde zich de onduidelijke schaduwen tegen de wanden, het gedempte gonzen dat belofte en dreiging inhield. Net als toen stond op het podium, tussen palmen in kuipen, de lessenaar voor de sprekers.

De rector onderhield zich met Fineke Regenboog en andere bestuursleden. Esther kwam erbij staan, mengde zich in het gesprek. De laatste, in een donker mantelpakje – faux chanel –, het haar in opstaande rastastaartjes, als zwarte reptielen, hoorde hij enige malen het woord 'paparazzo' gebruiken. De gezichten stonden ernstig. De sfeer was zo plechtig. Zouden er belangrijke mededelingen worden gedaan? Wat was er gaande? Was in de vakantie een collega ernstig ziek geworden of overleden? Dan had hij het gehoord of gelezen in het docentenboek. Waarom was het hele Bestuur in het donker gekleed? Hij schoot in de hal de hulpconciërge aan. Nee, die wist van niets, had ook geen tijd voor Marc. Er moesten stoelen uit een leslokaal worden gehaald. Het zou overvol worden. Marc haastte zich een lege gang in. Nee, hij ging niet naar de nieuwjaarsreceptie. Hij liep naar zijn lokaal. Er was genoeg te doen aan voorbereiding. Hij ging dagelijks naar zijn huis aan de Suezkade, sliep er overdag enkele uren, haalde de post op.

Het was bijna vijf uur. Hij pakte zijn schoudertas om straks langs zijn huis te gaan, keerde terug, de centrale hal was nu op een enkele collega na leeg. Zij stonden te wachten op een zitplaats die binnen voor hen gereedgemaakt werd. De hulpconciërge trok de buitendeur dicht en draaide hem met een grote sleutel in het slot. Dat had Marc nog nooit gezien, maar er konden van buitenaf gemakkelijk vreemden het gebouw binnen lopen. Misschien waren er nieuwe voorschriften. De hulpconciërge kwam, toen hij Marc zag, haastig op hem toe:

'De rector heeft naar je gevraagd.' De conciërge liep voor hem uit de tot stikkens toe gevulde docentenkamer in, waar een gespannen, oververhitte sfeer heerste en op fluistertoon, maar duidelijk opgewonden, gesprekken werden gevoerd. Zo'n massale opkomst had Marc niet eerder op het Descartes meegemaakt. Ze overtrof zelfs die bij de diploma-uitreiking. De stoelen stonden tot in de keuken, ook op de vide, die van hoog over de zaal uitkeek. Wie daar geen zitplaats had, leunde tegen de archiefkasten, waar door de administratie zorgvuldig het verleden van de school werd vastgelegd.

Marc liep op Rafaël toe, die in gesprek was met de bestuursvoorzitter, Fineke Regenboog van het dagelijks bestuur en Esther Biljardt. Marc bleef op korte afstand staan, keek om maar zag geen hulpconciërge meer. Niemand nam notitie van Marc Cordesius, toch was er niemand die hem niet zag.

Op dat moment pas kreeg hij door dat het beter was zo snel mogelijk deze zaal te verlaten. Hij keerde om, liep op de deur toe naar de passage, maar de hulpconciërge trok hem dicht, ging voor de deur staan.

'Laat mij eruit,' zei Marc.

'Ik heb consignes. Ik mag niemand meer de zaal uit laten.' Marc overwoog de man opzij te duwen, maar het was beter nu zo min mogelijk ophef te maken. (Vreemd, dacht hij wel, ik kon altijd goed met die man overweg, ik maakte vaak een praatje met hem. Nu heeft hij orders van een hogere autoriteit. Zou hij in lichte gewetensnood zijn?) Het was niet aan hem te zien geweest. Hij zag er onverbiddelijk uit. Marc, in zijn geval, had de deur wel geopend.

Hij moest snel zijn. Via het podium zou hij bij de deur naast de open keuken kunnen komen en via drie, vier kleine trappen van enkele treden de gymzaal kunnen bereiken. Hij zag dat de andere conciërge zich voor die deur had geposteerd.

Marc Cordesius zat in de val.

HOOFDSTUK 76

Er zat een massa mensen in die niet al te grote ruimte. Marc zag op rijen schedels neer, op rijen monden waarboven een waas van gemompel zweefde. Hij overzag de aanwezigen en zag geen gebaar van bemoediging. Had hij bemoediging nodig? Hij droeg die dag zijn lichtgrijze, fijngestreepte kostuum, een zachtblauw, naar matgrijs neigend overhemd, een smalle stropdas van donkere zijde en spits toelopende lakschoenen van het zachtst denkbare leer. Ze zaten als gegoten.

Marc keek nadrukkelijk om zich heen, trachtte wat hij onderscheidde met de grootst mogelijke aandacht in zich op te nemen, alsof hij dit alles voor de laatste keer zou zien. Hij ging met zijn blik de rijen langs, als in zijn klas tijdens een les, zodat hij wist wie vandaag allemaal getuige waren, zag Stef de Labadie die spiedend naar de vloer keek. Hij zou zijn eeuwige strijd voortzetten en Marc raakte een moment door ontferming bewogen. Rafaël had op de eerste rij plaatsgenomen tussen Esther Biljardt en zijn vrouw in. Haar had hij nog nooit op een nieuwjaarsreceptie gezien. Rafaël keek zijn vrouw lief aan, legde even zijn hand op haar arm. Esther raakte heimelijk Rafaëls arm aan, keek met een verliefde blik naar hem op, monsterde hem. Eens, maar hoe lang geleden, had ze Marcs schoudertas gestreeld en aan het blanke leer geroken.

Zaten zijn kleren wel in orde? Ja, Rafaël had haar blik begrepen, trok zijn stropdas recht en wat strakker aan, deed zijn colbertje dicht, voelde aan zijn binnenzak, maakte zich in alle opzichten presentabel. Een modelrector ging zo dadelijk het woord voeren.

De bestuursvoorzitter, die ook de ingrediënten voor het buffet geleverd had, opende kort en gebruikte in enkele zinnen vier, vijf keer de term 'hoogwaardig onderwijs'. De rector intussen was bezig met zijn kleine besognes, zat weer aan zijn stropdas, voelde aan zijn binnenzak, wierp een blik op zijn vrouw, toen op zijn geliefde om zich nog meer gerust te weten over zijn uiterlijke verschijning, maar bleef een grijze muis. Hij gaf een teder tikje op de arm van zijn vrouw, deelde hetzelfde tikje aan Esther uit. Het was zijn tijd.

Rafaël Pilger besteeg de paar treden, ferm. De stilte was al enorm, ze werd nog enormer. Flakkerend licht speelde op de lange tafel met gerechten, op de donkere rug van Rafaël Pilger die achter de lessenaar stond. Allen, onder hem, in de zaal, hielden hun blik in gestolde onbeweeglijkheid gericht op de schoolleider.

Marc had hem niet eerder in deze staat gezien.

Hij was nerveus, zijn handen op de randen van de lessenaar trilden. Hij was niet zichzelf. Marc hoorde hem ademhalen. Misschien was hij er door haar op uitgestuurd, omdat op de een of andere manier hun beider positie in het geding was. Esther hief arrogant haar gezicht, alsof haar werk er voorlopig op zat, zij hem voldoende – afdoende – geïnstrueerd had. Nu moest hij het afmaken.

Marcs naam viel.

Nu moest hij het afmaken. Hem afmaken. Marc besefte volledig zijn weerloze positie. Hij was ook heel nieuwsgierig, keek een moment omhoog, zag de rails tegen het plafond voor de toneelgordijnen. Waren hier in het verleden niet de klassieke tragedies van Racine opgevoerd?

Rafaëls stem had ernstig geklonken, zijn gezicht was wit weggetrokken. Uit zijn binnenzak haalde hij enkele vellen papier, die hij openvouwde, even in de lucht hield boven de lessenaar. Blikken sneden door de ruimte. Op alle gezichten lag de beate ernst van die van heiligenbeelden. Esther zag er zo gulzig uit, had zo'n zin hem te verscheuren en dan fijntjes te verorberen.

De stem van Rafaël:

'Ik ben hier niet op school gekomen om dit te begrijpen. Dit schreef ik vanmiddag op een memoblaadje: "Verrader". Ik omkringelde het met rood en onderstreepte het. Ik heb het woord opnieuw opgeschreven in kapitalen. Jij hebt mij een tijdje gefascineerd, maar je bent niet meer dan een anomalie, een tegenstrijdigheid, een afwijking. En daarna, dames en heren, heb ik het papiertje van me afgeduwd, maar ik heb het niet verfrommeld of verscheurd. Ik bewaar het. Er is een tijd geweest dat ik je als een echte vriend beschouwde en ik beken dat ik korte tijd zelfs het plan had je voor de toekomst gereed te maken als mijn opvolger. En nu verdraag ik je niet meer.'

Was de wereld buiten op de hoogte van wat hier gebeurde? Zou Wim Egbers er in het Zuiden op de een of andere wijze weet van hebben? Wim had hier behoren te zijn. Marc stelde zich zijn abrupte ingrijpen voor. Maar hij moest zijn aandacht erbij houden, zich niets laten ontglippen. Rafaël hield de tekst van de door Marc geschreven column opnieuw het publiek voor, citeerde de titel 'Madame de Pompadour' en enkele veelzeggende passages. De rector gaf aan dat dit abjecte verhaal bedoeld was om publiekelijk te verschijnen, dat dit door ingrijpen van de hoofdredacteur verijdeld was.

Marc had een fabel geschreven onder die titel. Ze speelde zich af op een niet nader aangeduid provinciaal gymnasium. Onder het schrijven had hem dezelfde gedachte bevangen als tijdens het feest op het kasteel. Hij wilde iets op gang brengen. Maar hij had het nog niet verstuurd of had spijt gekregen en de redactie diezelfde dag een onschuldiger bijdrage gestuurd over de wenselijkheid Portugees, als de meest zangerige van alle Romaanse talen, facultatief aan te bieden. In een begeleidend briefje had hij zijn eerste bijdrage teruggetrokken. Er was geen reactie op gekomen.

Marc voelde niet de geringste aanvechting zich te verdedigen, een juiste voorstelling van zaken te geven. Hij stelde zich wel voor wat zich in de kerstvakantie had afgespeeld. De column was Rafaël toegespeeld en die had onmiddellijk zijn geliefde verwittigd. Hij zag die twee, in de kerstvakantie, in een gelegenheid rond de Wagenstraat, samenspannend. Haar hese stem zou sissen: 'Je maakt hier werk van. Dit laat je niet op je zitten. Het gaat om jouw positie. Hou je van mij? Kom dicht bij me. Jij bent het kostbaarste wat ik bezit. Die charlatan, die komediant, wil je kapotmaken. De nieuwjaarsreceptie is hét moment.' Hij zag de dansvloer in het kasteel, zag haar naakte, benige schouders.

De rector borg de tekst op, vervolgde:

'Je hebt een bepaalde, een heel specifieke manier om subversief, ondermijnend, te zijn. Vijfde-colonneactiviteiten. Je kunt er allerlei woorden voor bedenken. Mijn vrouw en mij heb je in grote verlegenheid gebracht. Je hebt ons gezin een meer dan afschuwelijke kerst bezorgd. Nee, ik verdraag je niet meer.'

Marc onderscheidde hem als een donker profiel in het licht.

'In wie ik een vriend zag...'

Men keek zijn kant op. Hij had de indruk door alle blikken te worden opgeslokt.

Hij haalde toch weer Marcs tekst tevoorschijn om er een zin uit te citeren. Een volzin. Rafaël legde accenten om bijzondere aandacht te vragen, om de perfidie van deze man te benadrukken.

Een donkere trots overviel Marc. Zijn grijsblauwe ogen waren onzichtbaar onder de neergeslagen oogleden. In de vijandige stilte hief hij zijn hoofd.

HOOFDSTUK 77

De rector herhaalde:
'In wie ik een vriend dacht te hebben. Aan wie ik wezenlijke zaken toevertrouwde. Ik heb op het punt gestaan een brief te sturen met slechts drie woorden: *non te tolero*. Maar ik heb het niet gedaan.'
Marc wenste dat hij hete tranen van schaamte uit zijn ogen moest wegvegen. Hij schaamde zich voor de school. Ze wist geen raad met hem. Zou hij een beweging maken naar zijn ogen toe, spelen dat hij tranen uit zijn ogen wreef?
'...die mij in aanraking bracht met schrijvers van wie ik nooit gehoord had en die, zo bleek mij bij lezing, behoren tot het allerbeste wat aan literatuur bestaat. Jean de Tinan, Maritain, Huysmans... We spraken over hun boeken...' Wat deed Rafaël het goed. Homo politicus. Hoe vond hij de juiste woorden? Homo eligens. Nooit had Marc hem zo in vorm gezien. Hij ging zo beheerst tekeer in deze bloedhitte. Want van airconditioning had men op het Descartes nog nooit gehoord, de verwarming stond hoog en ramen en deuren bleven gesloten. Een broeikas. Een 'serre chaude' zou Stef zeggen, wiens vingers naar een stofje in een lichtstraal graaiden. Nee, geen raam stond open en niemand klaagde. Niets van wat hier gebeurde mocht tot de buitenwereld doordringen.
Rafaël had zijn handen over elkaar gelegd op de lessenaar. Hij was rustiger geworden, hij ging winnen. Marc zag het langgerekte silhouet tegen de achterwand, zijn verbeten gezicht. Een meester in het gokken. Hij zou winnen. Rafaël

was bezig er een mooi nummer van te maken, maar hij speelde geen eerlijk spel. De jaren overziend op het Descartes had hij hem nooit op pure zuiverheid kunnen betrappen. Deze aanval vond plaats onder een vals voorwendsel, maar hij gaf hem geen ongelijk. Marcs dagen op school waren geteld, Rafaël had nog vele jaren voor zich.

Voor de zaal was het duidelijk. Hun rector, hun leider, had het gelijk aan zijn kant, was door het slijk gehaald.

Vlak voor kerst had Marc in de pre-eindexamenklas de komedie in de zeventiende eeuw behandeld. Het was toevallig, dit bijna samenvallen met deze 'smerige' komedie, 'si ignoble' zou De Labadie zeggen, als hij het woord 'ignoble' tenminste kende. Zo vuil. Een parodie op een komedie, een rechtszitting en kruisiging tegelijk.

Esthers blik was bij voortduring op Rafaël gericht. De hele kerstvakantie was naar deze middag, naar dit hoogtepunt toegewerkt. Hij zag de koortsigheid, de blosjes op haar wangen, in haar hals. Zij zou aan het seksuele genot denken dat haar in de komende tijd wachtte. De seksuele opwinding was er al. Hij wendde zich van die vrouw af om andere details waar te nemen.

Hij hoorde Rafaël zeggen:

'Dat moet je toch een groot plezier doen, dat je het evenwicht hier zo verstoord hebt, de balans naar de verkeerde kant hebt doen doorslaan, naar die van de roddel en achterklap.'

Een glimlach trok over Marcs gezicht omdat hij zijn oude vriend voor zich zag. Wim Egbers zou met stelligheid beweren dat Marc deze vernedering gezocht had. 'Jij wist in zekere zin wat je zou overkomen. Je wilt dat het je overkomt. Je werd naar die nieuwjaarsreceptie toe gezogen. Je "wist" dat je er terechtgesteld zou worden.' Had Wim gelijk? Het was waar dat hij de vernedering ten volle wilde ondergaan, niets van het schouwspel wilde missen. Hij volgde de beweging van Rafaëls lange, onbehaarde hand.

'Dit heimelijke gedoe...'

De rector maakte met zijn ene hand kleine, opwaartse bewegingen om zijn diepe afschuw kracht bij te zetten.

'Jazeker, ik vertrouwde hem. Ik had hem hoog. Maar hij bleek in staat leugens rond te strooien, mij in een verkeerd daglicht te plaatsen.'

Marc zag Wim Egbers in het café. Wim hief zijn bijna lege glas om een laatste slok te nemen. Daarna was hij abrupt vertrokken. Hij was bruusk in alles.

'Het laffe verraad van deze vriend... Minder dan een jaar geleden hebben we over de ziel gesproken, heel vertrouwelijk.' Rafaël tikte met zijn vinger tegen de lucht om de woorden kracht bij te zetten...

Marc probeerde alle woorden vast te houden. Straks ging hij naar zijn lokaal om die alle op te schrijven.

HOOFDSTUK 78

De rector wees op zijn vrouw.

'Zij wilde er vandaag bij zijn.' Marc had de indruk dat Rafaëls vrouw niet goed raad wist met de situatie, zich alle mooie woorden ten spijt gebruikt voelde in een politiek spelletje. Ze had een mooi, voornaam gezicht. Ze moest van goeden huize zijn en het was de vraag of zij zich in gezelschap van een type als Esther Biljardt thuis voelde.

Achter in de zaal gingen enkelen staan om beter te kunnen zien. Niet iedereen wist hoe de vrouw van de rector eruitzag.

Marc dacht aan het portret van het lerarenkorps, met Parre en Egbers, afstekend tegen het wit van de muur in de rectorskamer, en verbaasde zich over de onmetelijke afstand tussen de werkelijkheid van die herinnering en dit moment.

Van de aanwezigen was geen tegenwerping, geen kritisch woord te verwachten. In het allerbeste geval zou Frederik Roos kunnen opstaan om een goed woordje voor Marc te doen. Maar het was een bedeesde, jonge man, die niet graag in het openbaar sprak. Was hij wel aanwezig? Marc had hem niet gezien, nam hem in ieder geval niets kwalijk.

Je kon zeggen dat het optreden van de rector de gemeenschap nieuwe hoop gaf, extra recht op een goed leven als docent. Ze schaarde zich maar al te graag achter hem. Wat kon ze anders?

Hij dacht aan het sprookje dat hij eens in de brugklas begonnen was en nooit had afgemaakt, omdat hij niet wist hoe het afliep. De vis in de diepte van de zee, verbeeldde hij zich nu, nam, ter ere van de bevrijde prinses, in de grot waar hij woonde deel aan een groot defilé. Er waren met bloemen versierde praalwagens van een carnaval of een bloemencorso die in een rode stroom voorbijtrokken. Op elke wagen werd een gedachte uitgebeeld: de Wellust, de Begeerte, de Jaloezie. Ze waren als goden vermomd en trokken voorbij in een explosie van muziek en gezang en tromgeroffel. Er was ook een praalwagen aan het Zuivere Denken gewijd. Op die wagen was niets te zien. Ja toch, in een hoek een slinger van kleine roze roosjes. Och, hij verzon maar wat. Na afloop werden alle aanbeden goden, dof glanzend, op een ongebruikt bedrijventerrein buiten het dorp op een hoop gegooid.

Rafaël kwam aan zijn laatste woorden toe. Zijn schouders leken wat minder ingezakt. Hij kon tevreden zijn, had zijn gehoor zonder veel moeite meegekregen. Men had op dit pijnlijke, kietelende, fascinerende schouwspel zitten wachten. Het was hoognodig geweest. Er moest gestraft worden, er moest een zondebok zijn.

De rector maakte van zijn papieren een rolletje, liet zijn blik naar alle hoeken van de zaal gaan, waaruit een troebel, donker, vijandig grommen opsteeg voor de leider. Nog meer bijval. Men ging staan en applaudisseerde. Hij bedankte. Zijn werk zat erop. De bestuursvoorzitter reikte de rector de hand om hem van het toneel af te helpen. Rafaël zocht met zijn ogen goedkeuring bij zijn vrouw, heel kort, en toen, in de drukte die hem omringde, veel langer, bij Esther, verloor zijn blik in die van haar.

Wim Egbers had tussen neus en lippen eens tegen hem gezegd: 'Jij, zo zacht, zo inschikkelijk.' Letterlijk diezelfde woorden had Henk Imanse hem toegevoegd tijdens een gesprek in de docentenkamer. 'Jij, altijd even inschikkelijk, zacht.' In beide gevallen had Marc wel geprotesteerd: 'Ik ben juist hard, boosaardig, meedogenloos.' Beiden hadden gelijkelijk geantwoord: 'Ja, zo zou je willen zijn!'

Om de rector heen had zich een kring van bewonderaars gevormd. Van alle kanten werd hij met zijn optreden gefeliciteerd. Het was goed dat de dingen eens bij de naam werden genoemd, dat er grenzen werden gesteld. En daarna begon ieder zich te bewegen.

De wijze waarop Rafaël dit gespeeld had, verdiende bewondering, maar Marc vroeg zich wel af wat er van de bijeenkomst was terechtgekomen als hij was thuisgebleven. Zou hij met een smoesje naar school zijn gelokt? Hij had de stad uit kunnen zijn. Het kwam voor dat hij via het Velperbroekcircuit naar de Duitse grens reed en op de autobaan richting Oberhausen extreem hoge snelheden behaalde.

Marc stond nog steeds op het podium. Hij moest toch verdoofd zijn, want hij hoorde de vlagen rumoer van grote afstand en de steelse blikken die op hem werden geworpen kwamen van verre. Er was belangstelling voor de schalen met voedsel, maar zolang hij daar stond, durfde niemand het podium op te komen.

Ja, hij geloofde – hij moest wel geloven – dat Wim Egbers gelijk had. Op de een of andere manier moest Marc toch vermoed hebben wat speelde en had hij zich min of meer als offer aangeboden. Slacht mij maar, als het schaap dat stom is voor het aangezicht van zijn scheerder. Kruisig mij. Hij dacht deze woorden, zag er heldere beelden bij, via de schilderkunst van de Vlaamse primitieven, hij dacht ze met het diepe besef dat die woorden tegelijkertijd te sterk waren voor het absoluut intuïtieve van zijn aanwezigheid hier. Hij had hier evengoed niet kunnen zijn. Nee, dat was nu ook weer niet zo.

Hij nam waar dat Rafaël en Esther heimelijk in het voorbijgaan, heel kort, hun vingers verstrengelden. Hij verlangde op dat moment naar goddelijke almacht. Hun verstrengelde vingers zouden voor altijd vastzitten. Hun hand zou eraf moeten om ze van elkaar los te maken. Het zou waarschijnlijk het einde van het Descartes betekenen.

Rafaël bewoog zich van het ene groepje naar het andere, steeds maar nieuwe felicitaties in ontvangst nemend. Wat werd de rector van het Descartes geprezen. Hij kon er ook maar geen genoeg van krijgen.

Marc glimlachte om zijn meedogenloze fantasie. Hij stond daar nog steeds, onberispelijk gekleed, onberispelijk aan het kruis genageld. Geen die zich om hem bekommerde. Dat viel hem toch tegen. Maar de jonge docent Engels deelde niet in de algemene vreugde, feliciteerde de rector niet, stond vanuit de verste hoek naar hem te kijken.

Eén die zich om hem bekommerde, één die misschien de donkere schaduw zag, erger dan verdriet, diep in zijn blik, die niemand, ook Najoua niet, had kunnen uitwissen, een onstilbaar, hopeloos gevoel dat onder alles hing wat hij deed. Op dat punt was hij ontoegankelijk, ontsnapte aan allen. Van zijn wanhoop had hij zijn hoogstpersoonlijke geloof gemaakt.

Hij zette een kleine stap, want hij dacht aan Najoua, die heel binnenkort thuis zou komen, zette nog een kleine stap omdat hij iets in zijn borst voelde bewegen, iets wat zacht en warm was en op hoop leek en waar niemand bij kon komen. Hij zette nog een stap.

Hij ging de paar treden van het podium af, stak de docentenkamer door. Er werd vrij baan voor hem gemaakt. Bij de deur was er nu niemand die hem tegenhield.

In de passage ter hoogte van de postvakken wachtte Frederik Roos hem op en gaf hem zwijgend een hand, nog bleker dan anders, in de bijna-donkerte. In de centrale hal kwam de rector hem achterop, noemde hem bij zijn naam.

Marc liep door, draaide zich niet om. De rector verhaastte zijn stap, herhaalde zijn naam. Marc bleef stilstaan, wendde zich gedeeltelijk naar Rafaël. Zijn voormalige vriend zei, met een zekere amicaliteit, met een zekere luchtigheid: 'Dit betekent niet dat je niet meer op school welkom bent. Zo gaan we niet met collega's om.'

HOOFDSTUK 79

Vanavond tegen tienen werd hij bij Najoua verwacht. Het feestje om haar thuiskomst en definitieve ontslag uit de kliniek te vieren, was steeds uitgesteld, omdat ze nog lang erg zwak bleef. Er zouden enkele buurmeisjes komen en een paar leerlingen die tijdens haar ziek-zijn belangstelling hadden getoond. Haar moeder zou naar de verjaardag van een vriendin gaan, daar misschien zelfs blijven slapen.

Najoua had hij nooit iets verteld van wat hem tijdens de receptie was overkomen. Waarschijnlijk was het beter om dit evenement maar helemaal voor zichzelf te houden. Hij vroeg zich ook af of hij er ooit wel de juiste woorden voor kon vinden. De wereld had in zijn beleving toen even stilgestaan – zo geraakt was hij geweest – maar had zich geruisloos, als vanzelf, weer in beweging gezet. De vernedering was niet eens een echte schok geweest, noch een pijnlijke verrassing, alsof zijn bestaan op het Descartes uiteindelijk hierop had moeten uitlopen. Vanzelfsprekend had hij er niet op zitten wachten. (Of toch wel? Hij had die dag alle gelegenheid gehad om het schoolgebouw tijdig te verlaten!) Maar nu hij eenmaal aan de schandpaal was genageld, te kijk gezet voor het oog van de hele gemeenschap – die hij tot in het extreme had gediend door zijn leerlingen gewapend met bijzondere kennis de wereld in te sturen –, leek het hem duidelijk dat de gebeurtenis tot in details overeenkwam met de vorm die hij verwacht had.

Op dit moment, aan zee, in de steeds straffer wordende wind die de glazen schermen rond het terras geselde met zand, zag hij Rafaël Pilger voor zich. In zijn verbeelding zag hij hem met een uit goudpapier geknipte kroon op zijn hoofd, een koning Creon, staande achter de lessenaar. Hij had deze koning direct begrepen en hem – eerlijk gezegd tot zijn eigen verbazing – ook niets kwalijk genomen. Rafaël moest zijn wankele positie met een machtsgreep verstevigen. Maar nu, op afstand, beschouwde hij diens ontsporing als vooral voortkomend uit zwakte en onmacht, als slechts een heel minieme tekortkoming die bij het onvolledige van deze man hoorde. Een man zonder vaste bodem.

Die gedachte kalmeerde Marc.

Hij volgde de vogels die laag over zijn tafel vlogen, probeerde zo zijn gedachten op een ander spoor te brengen. Vergeefs. Terugkijkend op zijn carrière aan het Descartes moest hij constateren dat hij, heel geleidelijk, zoals een verraderlijke ziekte in je binnensloop, was veranderd. Het was eerder een abstracte verandering, je kon er moeilijk de vinger op leggen. Je keek, spiedde, loerde en je zag niets, je zag steeds minder, alsof je met een vettige doek een vuil raam aan het schoonmaken was.

Of kon het zijn dat de school anders was geworden, in ieder geval minder geruststellend? In de dichtheid van de dingen, in hun ondoorzichtigheid, in de toon waarop gesproken werd, had een uiterst kleine verschuiving plaatsgevonden. Had zijn aanwezigheid daar, zijns ondanks, de hand in gehad? Viel het anders-zijn van de school ook anderen op? Speelde Najoua daar ongewild een rol in? Zijn gedachten daarover bleven mistig, bleven vaag van contour en doken onder als hij meende beet te hebben. Hij zou zo graag helder willen zien, willen begrijpen. Het was zeker dat op school een dichte mist hing die alles opslokte, anderzijds ging het schoolleven rustig door. Er werd lesgegeven, vergaderd, aan teambuilding gedaan. Marc had vanmorgen een uitnodiging in zijn postvak ontvangen van De Labadie. Daarop stonden datum en tijd voor een functioneringsgesprek. Dit gesprek ging hij weigeren. Tot nu toe was hij uit deze gesprekken steeds tevoorschijn gekomen als een lowprofiledocent, één zonder oog voor structuur en organisatie.

De kans bestond, had Najoua benadrukt, dat haar moeder vannacht wegbleef, zodat de gasten lang konden doorgaan. Hij was van plan slechts korte tijd te blijven. Zij had haar leeftijdgenoten te gast en het leek hem niet gepast daar de halve nacht door te brengen.

Met zijn blik op de zee en de vage contouren van het schip aan de horizon voelde hij hoe hij nu te kwader trouw was. De thuiskomst van Najoua en de uitnodiging hadden Marc bij zijn oude probleem gebracht. Het was hem al heel lang duidelijk dat zijn leven, of beter zijn lichaam, één groot, onopgelost seksueel probleem was. Niet dat zijn liefde niet werd beantwoord, niet dat hij door rivalen werd verdrongen, nee, hij was nooit verliefd geweest. Hij had het geweten aan een diepe onmacht van de ziel. Tot hij op het Descartes kwam, had hij niet het flauwste benul van de liefde gehad. Dat was veranderd. Hij kon niet zonder Najoua. Ze konden niet zonder elkaar. Ze zouden elkaar eens lichamelijk liefhebben. Deze nacht of een andere. Wat hij heel lang voor onmogelijk had gehouden zou mogelijk over enkele uren plaatsvinden. Die kans bestond. Hij had lief, hij had haar lief en was bezeten van haar. En zij, Najoua, was door de artsen genezen verklaard, al was ze nog erg mager en was het haar nog dun en weinig glanzend.

Het werd donker. Vogels vlogen met grote snelheid laag over het water. Het was het moment dat hij zijn leven lang al gekoesterd had: de dag wankelde en maakte plaats voor de nacht.

Tegen tienen vanavond werd hij bij Najoua verwacht. Niet eerder. Bij een elegante bloemenzaak op het Noordeinde had hij een boeket roze en rode lathyrussen willen bestellen, tinten die de tederste en tegelijk krachtigste geur afgaven. Maar lathyrusbloemen waren op dit moment van het jaar nauwelijks leverbaar en zeker niet in die specifieke tinten. De bloemist zou zijn best doen. Een uur later had hij Marc laten weten dat de lathyrus toch in roze en rood leverbaar was door een kweker in Noordwijkerhout. In de Edisonstraat zou een met fijn bruidsgroen opgemaakt boeket bezorgd worden.

Dat zou intussen al gebeurd zijn. Hij snoof in gedachte de lathyrus op. Deze bloem heeft een geur die uitstelt, op de proef stelt, wacht, die zich niet direct ten volle geeft, en dan explodeert, zich verspreidt tot in alle uithoeken. Haar huis zou er nu vol van zijn, vanuit de gang naar boven trekken. De lathyrus verbeeldde zijn nerveuze verrukking, zijn passie voor haar, die dieper was dan alle andere, die alle verlatenheid, valse veiligheid, incompleetheid, moest uitwissen.

Marc rekende af, liep over de korte, eenvoudige boulevard van Kijkduin, die zoals oma Koekoek vaak beweerd had nooit had kunnen en willen wedijveren met die van Scheveningen.

Op school ging hij Gevallen Engel eten geven, hij zou de magistrale slotpagina's in De Goncourt herlezen en werk van vijf gym corrigeren, een so'tje over verkleinwoorden: le pigeon – le pigeonneau, l'aigle – l'aiglon et cetera. Die enkele uren zouden vanzelf voorbijgaan. Hij stelde zich de gewatteerde stilte van zijn lokalen voor, altijd onderbroken – ook als het hoofdgebouw verlaten was – door vaste geluiden, als de deur van een lokaal die in een tochtvlaag onophoudelijk open- en dichtging, het zachte huilen en fluiten van de wind om een hoek, een niet te definiëren kraken alsof een levende ziel over een plankenvloer door de gangen doolde.

Het was goed dat hij zich nog even terugtrok, met de poes speelde, werk afmaakte. Dan zou hij Najoua zien. Intens keek hij naar zichzelf en stelde zijn beheerste euforie vast.

HOOFDSTUK 80

Marc arriveerde in de Edisonstraat, wilde aanbellen toen hij zag dat de voordeur op een kier stond. De benedenverdieping was donker, op de hal en gang na, waar kaarsen brandden. Hij duwde de deur open en zag Najoua, die hem bij de trap opwachtte. Ze droeg een witte jurk die één schouder bloot liet. Boven klonk zachte muziek. In het bijna-donker kwam ze op hem af, een statige, trotse verschijning, heel slank, op blote voeten. Ze gaf hem een ernstige kus, raakte nauwelijks zijn lippen aan. Hij nam haar hoofd in zijn handen en kuste de niet helemaal gelijke lijn van haar wenkbrauwen. Haar voorhoofd voelde heet aan.

'Maar je bent zo laat. Ik was bang dat je niet meer zou komen.'

Ze bedankte hem voor het prachtige, geurende boeket. Het stond op haar kamer. Marc had de geur bij binnenkomst al opgesnoven. Hij hoorde geen stemmen. Moesten de andere bezoekers nog komen? Waren ze al geweest?

Ze pakte een kandelaar van de hoektafel en ging hem voor naar de trap, wachtte bij de trappost even, keek om, raakte zijn hand aan, glimlachte. Het gebaar, de glimlach waren uitnodigingen. Zij voerde hem naar haar kamer.

Kaarslicht weerspiegeld in de talloze spiegels – er was een ovale bij gekomen, gevat in een zwarte lijst, licht vooroverhangend – wierp kronkelende schaduwen over de witte, zorgvuldig teruggeslagen sprei van het bed. In een spiegel zag hij dat ze haar teennagels donkerrood had geverfd, in dezelfde tint als haar lippen en de nagels van haar vingers. Het fijne boeketje, in een geraffineerd arrangement met takjes jong asparagusgroen en een smal lint, stond op het nachtkastje. Op haar tafel stonden hapjes.

Overal stonden kaarsen, symmetrisch gerangschikt, steeds drie bij drie, maar van verschillende lengte. Die symmetrie trof hem. Elke wand telde drie spiegels. Op de tafel met het eenvoudige buffet telde hij negen kaarsen van gelijke hoogte, met smalle, donkere linten omwikkeld. De ver doorgevoerde orde herinnerde aan de oude orde toen hij hier voor de eerste keer kwam. Ze had ook drie smalle, rode lintjes in haar haar gevlochten. Marc begreep: de extreme orde benadrukte niet alleen dat ze helemaal genezen was, maar ook het rituele karakter van de avond. Er zouden geen andere bezoekers meer komen. Er was, nam hij aan, ook geen bezoek vóór hem geweest. Hij was op slinkse wijze in de val gelokt. De feestavond moest lang van tevoren tot in details zijn voorbereid.

Ze wees hem een plek aan het voeteneind. Zij leidde, zij was in die dingen zoveel verder dan hij. In haar grote, donkere ogen, met kohl doorgetrokken naar de slapen, lag een ondeelbaar moment een subtiele expressie. Met trefzekere gebaren schonk ze voor hen beiden wijn in en kwam bij hem zitten.

Ze hieven het glas en keken elkaar aan. Buiten woei een hoge wind die klonk als de muziek die ze bij binnenkomst heel zacht had gezet, klonk als een tweede stilte.

Zijn blik ging naar het nachtkastje met de bloemen, het doosje mascara met borsteltje, een haarkam. Hij had er behoefte aan zijn blik aan dingen te hechten.

Haar voorhoofd lag tegen zijn schouder en haar voorhoofd brandde. Ze vroeg hem met een vleierig stemmetje het sprookje te vertellen over de vis diep in de oceaan. Als antwoord pakte hij haar kleine, magere hand, durfde die niet stevig beet te pakken, bang hem te vermorzelen. Het onrustige licht van een bijna opgebrande kaars accentueerde haar scherpe neusboog. Ze was nog zo iel.

Hij streelde haar voorhoofd met zijn vingertoppen, gleed in een precieze beweging langs haar wenkbrauwen. Twee, drie kaarsen gaven tegelijk geen licht meer en in de toegenomen schemer vormde Najoua's haar in de nieuwe, hem onbekende spiegel een kleine, donkere plas waarin hij zijn vingers dompelde. Aan het verhaal over de vis in de diepte van de oceaan zou hij straks nog wel toekomen. Zij zei:

'Ik moet je wat bekennen en ik heb op dit moment gewacht,' en ze vertelde hem dat ze de allereerste dag op school de coördinator van de brugklas en vervolgens de decaan had benaderd: ze wilde per se van groep veranderen; het was haar gelukt in zijn klas te komen.

Zij ging achter hem op bed staan en uit speelsheid, beide handen in elkaar, drukte ze op zijn nek, trok hem naar zich toe. Zijn knie gleed tussen haar benen en hij voelde haar warme buik, en ineens een beetje kouwelijk, kroop ze dicht tegen hem aan, kroop in elkaar, de handen tussen haar knieën. Wat kouwelijk, maar haar wangen waren heet. Te heet. Rood aangelopen. Als geschminkt. Ze richtte haar hoofd naar hem op, de ogen intens groot, en hij zag mateloos verlangen. Onder haar huid haar bloed dat raasde, een uitweg zocht in rode vlekken in haar hals. Ze kuste hem hartstochtelijk, ging zich uitleveren.

Zich uitleveren. Hij verkrampte. In hem was geen verlangen. Op datzelfde moment voelde hij een schandelijke begeerte in zich opkomen, die hem volkomen onbekend was en zich uit het duister van zijn geest naar voren had gedrongen. Er was nu wel lust bij hem, maar alleen bij de gedachte dat hij haar pijn zou doen. Hij schrok. Wat was dit? Was hij toch een sadist? Een kort moment had deze perversie (had de rector niet over zijn anomalie gesproken?) hem zo opgewonden dat hij op het punt stond haar hand naar zijn scrotum te brengen. Waarom zou hij niet met geweld bij haar naar binnen dringen? Op zijn gezicht lag de verwondering, onder die onbedwingbare mimiek de wanhoop. Hij begon hevig te transpireren, beschaamd om de gedachte die zich aan hem had vastgeklit. Hij bloosde, zijn schaamte wakkerde aan.

Buiten waren er korte rukwinden die op de zwakkere voegen van de ramen drukten. Tochtvlagen trokken door de kamer. De vlammen helden voorover, richtten zich op, brachten de spiegels tot leven in dit krachtig flakkerende kaarslicht.

Hij raakte haar magere schouders aan, die vurige warmte uitstraalden. Ze boog zich naar hem toe en het dunne, losse haar viel als een waterval naar voren. Ze beefde, ze was zo mateloos fragiel, haar sleutelbeenderen staken haast door het vel heen. Kon hij dat fijne, broze lichaam binnen gaan zonder iets kapot te maken, zonder haar uit elkaar te scheuren? Zelfs al was het met volledige instemming, zijn penetratie zou op een verkrachting neerkomen en zij zou een diepe afkeer van zijn liefde krijgen, even sterk als de afkeer van voedsel in haar lijf die ze had gekend en overwonnen. Die marteling moest haar bespaard blijven. Marcs gezicht begon te gloeien. Hij stelde zich de gezwollen geslachtsdelen tussen haar magere, ingevallen dijen voor. Zijn binnendringen zou haar dood kunnen betekenen, zeker was dat de kans bestond iets definitief kapot te maken in dat zich herstellende lichaam. Wie weet zou hij haar voor de rest van haar leven frigide maken, maar hij kon niet beletten dat deze gedachte hem ook opzweepte. Zijn penis werd zo hard als een steen en deed pijn, maar zijn seksuele lust was aan het wegzakken, was al verknoeid, besmeurd in het lauwe moeras van diepe angst. Zijn gezicht, net nog onnatuurlijk heet, was nu door en door koud.

Kon hij hierover met haar praten? Stel, hij zou zeggen: 'Je hebt op het randje van de dood gezweefd, ik wil nu een oudere broer voor je zijn. Meer niet. Het is nog niet helemaal onze tijd, maar ik hou van je, ik ben bezeten van je, maar we wachten nog even.' Hoe zou ze reageren? Ze zou gekwetst zijn, zich vernederd voelen. Hij liet die gedachte van overleg los, kwam terug bij zijn oude, nog steeds oncontroleerbare angst. Zou hij die kunnen vernietigen door puur sadisme? Een Najoua die het uitschreeuwde! Vrijwel onmiddellijk verwierp hij ook deze gedachte. Zijn penis trok zich van al dat cartesiaanse geredeneer – het was eerder jezuïtische casuïstiek! – niets aan, bleef hard als marmer, klopte vurig alsof daar een slagader zat, terwijl wat hij wilde toch het allerlaagste was – een tere weerloze met geweld nemen.

Hij snoof de allesoverstemmende lathyrusgeur op en bleef in de greep van een buitensporig, ongekend verlangen. Was zij misschien masochiste en wilde zij, ja, wilde zij, de doornige folterende pijn? Verwondingen? Bloedingen? Ze leed nog steeds aan bloedarmoede, kreeg ijzerpillen. Maar haar menstruatie was uiteindelijk weer min of meer op gang gekomen. Nu kwam zijn begeerte heviger opzetten dan voorheen. Je had mannen die het bij voorkeur deden als vrouwen menstrueerden. Wat had Wim Egbers in het café eens tegen hem gezegd? Een beetje schipper vaart ook op een rode zee. De betekenis was toen niet direct tot hem doorgedrongen. Behoorde hij tot hen? Maar dan toch zeker alleen in gedachte?

Het was zo stil in deze spiegelende ruimte. Het was of zij beiden zich vlak onder het oppervlak van een poel gevuld met lauw water bevonden. Hij overzag het bed met de teruggeslagen, witte sprei, de lakens, wierp een blik op het profiel van Najoua, een kaarsvlam deed haar blote schouder koperkleurig glanzen. Met een onmerkbare beweging verwijderde hij zich van haar.

Bestond er een manier om aan de liefde te ontsnappen, nee, een manier om de liefde te bedrijven zonder die te bedrijven? Arme Marc, die het onmogelijke wilde.

HOOFDSTUK 81

Met een beweging van haar hoofd en een soepele golving van haar schouders liet ze haar jurk van zich afglijden.
 Ze was naakt. Met haar lange benen liep ze over de ritselende stof, struikelde bijna, net niet in evenwicht, liet zich op bed vallen, nam hem in haar val mee.
 Hij richtte zich direct op. Zij vroeg:
 'Heb je eerder vrouwen gehad? Waren ze mooi? Mooier dan ik?'
 Hij fronste zijn wenkbrauwen alsof hij zocht, alsof hij zich iets trachtte te herinneren, en misschien zocht hij wel werkelijk.
 'Ja, ze waren soms mooi. Maar ik heb ze niet gehad.'
 'Mooier dan ik?'
 Hij ontkende, lachte een beetje, boog zich om haar slaap te kussen.
 Marc staarde naar de gladde vlakte van haar buik. Ze was overdekt met een dun laagje zweet. 'Fluister iets liefs in mijn oor. Zeg iets!' Hij bemerkte een verandering in haar stem. Net nog laag, een beetje hees, was ze hoog geworden, schril bijna, van kristal. Marc zei zacht haar naam, zei dat hij zich met haar verbonden wist, dat een opeenvolging van toevalligheden hen bij elkaar had gebracht, dat hij vanaf het eerste moment had geloofd dat ze voor elkaar bestemd waren, dat nooit een ander tussen hen zou kunnen komen. Hij sprak woorden die hij nog nooit tegen een vrouw gezegd had. Voor het eerst had hij de moed te zeggen: 'Ik hou van jou.'

Zij legde haar fijne, soepele vingers, waarvan je de gewrichten kon zien, tegen zijn gezicht. Haar ogen waren nat van tranen die rond als parels in haar ooghoeken bleven liggen. Haar borsten leken groter bij de magerte van haar lichaam. Ze was lang en glad, de vouwen van een laken wierpen donkere strepen over haar lichaam, Najoua's ogen waren strak op hem gericht als wilde ze hem tot op de bodem van zijn ziel doorgronden. Hij voelde hoe haar vingers zijn rug, de gespannen spieren van zijn borstkas aftastten.

'Marc...' Ze smeekte.

Hij schaamde zich. Hij kon niet langer gekleed naast haar blijven zitten, kwam van het bed, trok zijn kleren uit. Zij sloeg hem gade, even met een kinderlijke blik, maar algauw vertoonde haar gezicht het genot van een volwassen, rijpe vrouw dat op het punt staat te verwringen, te vervormen, tot zij op haar hoogtepunt komt.

Hij kwam bij haar, legde zijn gezicht tegen haar buik, tegen het weelderige schaamhaar, rook de geur die van haar lichaam kwam, voelde de botten van het bekken. Met zijn gezicht kwam hij dicht bij het hare, hij kuste haar hals, het schoonheidsvlekje onder haar linkeroog, draaide zijn gezicht en zijn oor was dicht bij haar ogen. Met de top van zijn vinger raakte hij het bot waar de huid achter haar oor een donker rood uitstraalde. Hij naderde met zijn neus haar oor. Niets wond hem op. Hij was slechts geroerd om dat plekje achter haar oor. Hij liet zich naast haar vallen, in het besef dat alles wat hij deed slechts een poging was haar te vertellen dat hun lichamen zich vandaag niet zouden verenigen.

Nu niet.

Om hem uit een ongemakkelijke situatie te helpen, misschien omdat ze de schaamte voor zijn waanzinnige vrees aanvoelde en waarschijnlijk had ze ook wel trek gekregen met al zijn gedraal, stelde ze voor iets te gaan eten. Ze had allerlei kleine hapjes gemaakt, zoals broodjes met feta en spinazie, tapenades, inktvisringen. Beneden in de keuken stond ook nog een salade van waterkers en blauwe kaas.

HOOFDSTUK 82

Haar keel moest verbranden in haar eigen smartelijke vlammen, haar mond moest een diepe holte in het gezicht zijn.

Hij hoorde haar beneden overgeven, luisterde naar het onheilspellende, misselijkmakende geluid en verbeeldde zich dat langs de muren van de overloop iets gleed wat niet te benoemen viel, zo vluchtig, zo vliedend. Wat was dat dan voor weerzinwekkends? Waar kwam het vandaan? Was dat soms het noodlot, het besef van een bereikte grens?

Marc herinnerde zich een moment vlak voordat hij haar wegbracht naar de kliniek. Hij had gevraagd: waarom? En zij had geantwoord: het kan niet anders. Haar blik toen was verlicht door een eindeloze tederheid, maar het was alsof zij zich niet tot hem richtte. Ze sprak met iemand anders die zich achter of naast haar had bevonden en die hij niet had gezien.

Ze gaf over, kotste de feta en spinazie uit, stak de vinger nog dieper in haar keel, want nog lang niet alle voedsel was uit haar verdwenen. Was er verweer tegen dit geweld?

Ze hadden inderhaast iets aangetrokken om niet naakt te zijn en waren naast elkaar, met een bord eten, op bed gaan zitten. (Had zijn gevoel van schaamte haar aangestoken?) Zij zat in kleermakerszit en had hartstochtelijk gegeten, een tweede bord met lekkere hapjes genomen. Hij kon haar tempo niet bijhouden. Ze moest uitgehongerd zijn geweest, had, nam hij aan, nergens aangezeten, de hele avond gewacht tot hij eindelijk was gekomen. Waarschijnlijk had ze van de zenuwen overdag geen hap door haar keel kunnen krijgen.

Dat waren min of meer zijn veronderstellingen geweest toen hij haar had zien schransen. Daarna was ze naar beneden gegaan om in de keuken een salade af te maken. Ze zou zo terug zijn, maar toen ze de kamer verliet, had ze de deur achter zich dichtgetrokken. Hij was waarschijnlijk al wantrouwend geweest, toen had hij nog wantrouwender kunnen worden, maar zat te veel gevangen in eigen misère, voelde aan alle kanten zijn smadelijke nederlaag. Hijzelf had voor de vorm een paar kleine hapjes genomen, maar had absoluut geen trek in eten gehad. Zij was de trap af gelopen, hij had ondertussen de gordijnen van haar kamer iets van elkaar geschoven om even meer ruimte te krijgen, de buitenwereld te laten binnenkomen, beter adem te kunnen halen, en had uitgekeken op het verlichte kruispunt Laan van Meerdervoort/Fahrenheitstraat. De wind had veel rumoer gemaakt, de straatlantaarns in hun bewegende halo van licht hadden toegekeken.

Zijn hart kromp ineen. De slokdarm was voor Najoua een trechter waar ze het voedsel met het grootste gemak in stopte, maar ze moest haar lichaam een martelend geweld aandoen om het tijdig, voor het in de maag was weggezonken, door de nauwe opening weer terug te krijgen. Hij rook de smerige geur van opgebraakt voedsel, die van de lathyrus overstemmend. Wat hij zich straks een ogenblik had ingebeeld, om zijn lust op te wekken, daartoe zou hij op dit moment werkelijk in staat zijn geweest: haar zo'n ongenadige aframmeling geven dat ze tegen de grond zou slaan, haar trappen totdat ze bewegingloos zou blijven liggen. Ook dan nog doorgaan, van geen ophouden meer weten, in een roes geraken, net zolang tot zijn afkeer van die kwalijke stoornis bij haar vernietigd, verkruimeld, uit elkaar gevallen zou zijn.

Zij daar beneden, bijna recht onder hem, gebogen over de wc-pot, zou haar mond opnieuw openen om haar vingers nog dieper in de keel te steken, tot stikkens toe, om het voedsel naar boven te halen, om het voedsel eruit te krijgen. Haar keel moest gezwollen en rauw van het kotsen zijn.

Ze kreunde, hij stopte zijn oren dicht, luisterde toch, dacht in de verte de laatste tram naar de stad te horen, zou in een fabelachtige droomsprong het huis willen verlaten, met de tram meegevoerd worden tot aan het einde der wereld, in ieder geval hiervandaan. Hoe zou hij haar direct als ze ophield – als ze kon ophouden – tegemoet treden? Hij wist het niet. Kon hij meegaand zijn? Moest hij streng optreden? Welke houding zou nodig zijn? Zou hij ruw haar naar gal stinkende hand pakken...

Hij luisterde.

De geluiden die hij hoorde, brachten bittere ontreddering teweeg. Haar gezicht zou onherkenbaar zijn, haar stem ook. Het had zo geleken of alles in orde was.

HOOFDSTUK 83

Een groot drama daar op het toilet beneden. Ze gaf over, bleef overgeven. Haar tong en keel moesten dik zijn van al dat geweld in haar. Haar gezicht zou van zenuwtrekken verwrongen zijn, haar slokdarm zou in een kramp verkeren, verstijven. Ze kon, al zou ze willen, niet meer ophouden. Hij ging dit huis verlaten. Dit was niet om aan te horen. Hij ging weg. Ik kom straks terug, dacht hij, en wist tegelijkertijd in een verscherpt bewustzijn dat hij haar nooit meer zou zien.

Nog bleef hij staan, geleund over de reling van de overloop. Was dit een eetstoornis? Of een ongeneeslijke dwangneurose, een diepe psychotische depressie, voortkomend uit angst, uit het gemis van een echte familie? Was hij de directe oorzaak van deze zware, zo onvoorziene terugval? Natuurlijk, hij was heel schuldig. Hij had haar moeten bevredigen, een echte man, een volwassen minnaar zijn. Als hij haar alsnog ging slaan was het uit onmacht. Alleen de zwakke slaat.

Of was hij getuige van een schijngenezing? Was die stoornis toch een soort kanker die door bleef vreten? Was het mogelijk dat ze, over enkele minuten, als haar lichaam schoon, gereinigd was, alsnog met de salade, en in een soort nerveuze vrolijkheid, naar boven kwam alsof er weinig of helemaal niets aan de hand was?

Marc had de sensatie dat de muren van de overloop hoger waren geworden, elkaar genaderd waren en zij in een met smerig water gevulde put zat. Opnieuw, stelde hij zich voor, brengt zij een vinger naar haar mond. Waar haalt ze de kracht vandaan zich zo te pijnigen, te lijden? Dat moet van buiten haar komen.

Hij zou de trap af moeten hollen, haar bij de schouders pakken, haar door elkaar schudden, desnoods tegen de grond smijten, schreeuwen dat ze op moest houden, de hele straat bij elkaar schreeuwen dat ze op moest houden, dat ze alles kapotmaakte, de liefde onmogelijk maakte. Hij zou haar moeten meesleuren naar het licht, naar buiten.

Hij ging, op de overloop, met de rug naar haar toe staan. Slechts enkele meters scheidden hen van elkaar.

Ze gaf opnieuw over en donkere, verscheurende geluiden maakten zich van haar los, vulden het trapportaal. Meer dan ooit voelde Marc Cordesius zich verweesd, geïsoleerd, omcirkeld, en onderging een zo onsamenhangende indruk van de wereld dat ze hem geen enkele steun meer bood. Meer dan ooit voelde hij zich verbonden met die andere wees, onder hem.

Haar terugval of inzinking benadrukte wat hij vanavond extra had gevoeld: de afwezigheid van zijn moeder. Hij droeg haar mee als een gebochelde zijn bochel. Sterker dan ooit had hij zich de gevangene gevoeld van omstandigheden waarop hij alle greep kwijt was. Zijn voorhoofd brandend heet schreef hij op haar slaapkamer een kort briefje:

Lieve Najoua,

Het is beter dat ik nu wegga. Ik kom terug.

Door alle rumoer kon hij rustig de trap af lopen, maar beneden in de gang bukte hij zich alsof ze hem kon zien, sloop de met kaarslicht verlichte gang door, opende omzichtig de voordeur en trok hem zacht achter zich dicht. Buiten bleef hij, hoewel buitengewoon helder, besluiteloos, gedesoriënteerd, staan. Hij wist niet wat er van haar, van hem, terecht zou komen, kon niet raden wat er ging gebeuren. Hij was vol angst.

In hoge snelheid reed hij naar Kijkduin, stapte uit, keek op de boulevard naar de hier en daar oplichtende zee, droomde. Over de liefde. Over die onrustbarende stoornis in hun beider hoofd. Hij was alleen en hij kreeg het ijskoud, zijn schouders beefden. Zijn blik verstrakte, hij keek naar de zee zoals je naar een platte steen of het Niets kijkt. De melodie van de *Prélude à l'après-midi d'un faune* kwam een moment in zijn hoofd en hij hoorde de schrille, ijle toon van de fagot.

Weer in zijn auto bereikte hij via de A12 de Duitse grens, joeg zijn MX-5 op de autobaan tot aan de maximumsnelheid van tweehonderdveertig, liet zijn stuur los, secondenlang – hij had geen benul van tijd, maar zijn wagen was in prima conditie, spoorde goed. Het was mistig en hij reed tussen hoge muren door, zag niets van de buitenwereld, was alleen met de dashboardverlichting, die de illusie gaf van een intieme huiskamer. Hij probeerde zijn snelheid op te voeren, kwam weer bij zijn topsnelheid, liet opnieuw zijn stuur los, voelde zich verbrijzeld, minderwaardig, reed als door het landschap van een onbekend leven, raakte steeds verder verwijderd van zichzelf, van zijn kind-zijn, naarmate hij zichzelf en zijn kind-zijn naderde.

Hij greep zijn stuur, keerde om bij Oberhausen en bereikte ten slotte de Suezkade, stapte uit zijn auto, begon wankelend te lopen op onvaste grond, zag het water van de gracht, herinnerde zich dat hij het met een steen boos had gemaakt, bereikte zijn auto weer.

Dat bleke roze voor hem? Dat moest de verlaten uitgestrektheid van de Laan van Meerdervoort zijn. De wind die was gaan liggen, kwam terug met een donker ruisen in de hoogste takken. Hij volgde met zijn ogen het bochtige spoor van de trambanen in de Zoutmanstraat. Ze leken vaargeulen in een lege zee.

Marc passeerde het café van Wim Egbers, onderscheidde de verschoten, toegevouwen parasol, probeerde niet aan de waarheid te denken, zich niets te herinneren, zo vlak mogelijk te zijn, zich uit te wissen. Hij hoorde weer in zijn hoofd de ijle toon van de fagot.

Voor de zoveelste keer die nacht naderde hij de Edisonstraat, maar bleef op afstand, herinnerde zich het tap-tap-tap van het meisje in de plassen water, het natte haar dat tegen haar wang sloeg, het schoonheidsvlekje onder haar linkeroog, prentte zich die details in als om ze mee te nemen op een grote reis, had niet de moed dicht bij het huis te komen waar zij zich had uitgeleverd aan het overgeven als aan een minnaar. In haar was alles week en verglijdend geweest.

Hij kwam bij het Descartes, herinnerde zich de omroepberichten van de conciërge, hoorde ze werkelijk, zag De Labadies eeuwige strijd tegen de wanorde, zag de riten en gebaren in de docentenkamer, de uitgestoken handen, begon te beven, kreeg het heel koud, maakte zich klein in de auto.

Hij liet zijn auto stoppen bij de school, herkende de contouren van de torens met hun rood-witte schijnluiken, proefde Najoua's lippen, zag de met kohl aangezette boog van haar wenkbrauwen, voelde het zachte plekje achter de oorholte.

Hij was alleen. Hij wachtte.

De tijd ging voorbij. Het leek of hij wachtte tot de tijd voorbij was gegaan, als een passant. De tijd moest rijp worden.

De nacht ging voorbij en Marc zag de grijze ochtend zijn lokaal binnenvallen.

HOOFDSTUK 84

Marc Cordesius kon lang en smartelijk huilen. Hij had dat gedaan aan het bed van zijn stervende oma, op Oud Eik en Duinen toen zij begraven werd, bij het bozige, afwerende gedrag van Najoua in de kliniek.

Nu kwamen geen tranen. De verwoesting in zijn lokaal was volkomen, de stilte schrikbarend. Zijn verstrakte gezicht zag de oorlog of de apocalyps en hij was de enige overlevende in de door waanzin geteisterde school. Waar kon hij dekking zoeken? IJzige onverschilligheid maakte zich van hem meester. School, Najoua, toekomst waren plotseling oneindig ver weg, alle gedachten losten op in de aanblik van zijn met extreme zorg gekoesterde lokaal, het paradijs dat hij zich geschapen had. Geschroeid papier, papier dat opwoei toen hij was binnengekomen, geblakerde wanden, een vloer bezaaid met ruw uit elkaar getrokken boeken. Niets stond meer op zijn plaats, niets was met rust gelaten. De la van zijn bureau was geforceerd en de inhoud – volgeschreven notitieboekjes – in brand gestoken. Het bureau lag op zijn zij. In zijn ogen lag naïeve angst. Dit was niet te bedenken. Zoals de zachtmoedige Condorcet niet had kunnen vermoeden dat er ooit een Robespierre zou opstaan.

Op de vloer stonden flesjes bier. Er was nauwelijks uit gedronken, de haast om ineens weg te gaan moest groot geweest zijn. In de nachtmerrie die zich de laatste nachten weer aan hem had voorgedaan en waarin zich de man met de donkere plakkerige veren – dit keer bijna een zwart pantser – opnieuw had vertoond, had hij misschien zoiets kunnen meemaken. Vergeefs zocht hij naar gevoelens, woorden. Ze ontglipten hem, deden zich niet aan hem voor, waren weggezakt als bij een alzheimerpatiënt. Gek, nu had hij ineens een heldere herinnering: aan de allereerste keer dat hij in de brugklas het lesrooster had uitgedeeld, met het formulier 'Algemene Regels'.

Hij was lucide, al moest hij zich aan de deurpost vasthouden. Op het bord stond in grove hoofdletters geschreven: VIESPEUK. Hij zette een kleine stap en om hem heen was alles zo stil alsof er niets gebeurd was. Ook de altijd aanwezige geluiden uit het hoofdgebouw waren verstomd. Affiches van Jeanne d'Arc en de kathedraal van Vézelay aan flarden, van de wanden gerukt. De metrokaart vertrapt. Zo veel afkeer en vijandigheid had hij niet kunnen vermoeden. Hun handen (maar van wie?) moesten smeulen van intense haat. Marc, helder, maar met een folterende maagpijn en een zwaar, log, gevoelloos lichaam, dreef in het water van een donker, desolaat meer. Rauwe haat moest in hun ogen geschitterd hebben. De ogen van wie? Had Esther Biljardt haar trawanten op hem afgestuurd? Had Fineke Regenboog hier een hand in? Nee, haar sloot hij uit. Of was het de penoze uit de buurt van de Spinozasteeg, de Wagenstraat? De plafondlampen, op één na, waren verbrijzeld, door een gat in het dak viel een kwaadaardige wind, een raam was ingetrapt. Van twee kanten waren ze binnengekomen, als bij een echte overval, via het dak en het raam. Misschien hadden ze gehoopt hem aan te treffen. Het mandje van Gevallen Engel was met het dekentje in brand gestoken, het bakje met melk tegen de wand naast het bord gekwakt. De vervoeging van het werkwoord 'aller' had het geweld overleefd. Met zwart krijt was hier en daar op een wand 'smeerlap' neergekalkt.

Marc durfde nog niet in de hoek bij de verwarming te gaan

kijken, maar bij binnenkomst had hij alle destructie met één oogopslag gezien. Geen detail was hem ontgaan. Hij overwon zijn angst. De poes was onder de radiator geschoven. Hij haalde haar met beide handen voorzichtig daaronder vandaan. Nog met hoop. Haar kop was gescalpeerd. Hij hurkte bij het dier, Marc was dapper, wilde nog dapperder zijn, tilde de huid die als een toupet voor haar ogen hing weer over de kop terug, wreef voorzichtig de lege oogkassen schoon, legde het slappe lijf op een theedoek. Hij boog zich huilend voorover alsof een zwaar gewicht aan zijn nek hing. Hij pakte haar weer op, stond een eeuwigheid met het dier in zijn handen, dacht aan het ranke, broze meisje op de bank in het paviljoen, verloren in de ruimte van het gazon en perken met bloeiende geraniums, in de lichte wind die het blad van de magnolia deed dansen. Hij kende de lichtval in het park van de kliniek op alle momenten van de dag en hij had de indruk dat hij ze nu van alle parken van klinieken in de hele wereld kende.

Wat was zijn misdaad? Wat voor kwalijks had hij gedaan? Hij proefde bloed in zijn mond. Zijn tandvlees bloedde van een psychotische ongeneeslijke angst. Voor zover hij kon denken dacht hij: soms leek ik te genieten, om mezelf dat genot te gunnen. Er waren momenten dat ik werkelijk genoot, dan was ik zelfverzekerd.

EPILOOG

De Thalys raast door Noord-Frankrijk. De trein op weg naar Parijs is ter hoogte van St. Quentin. In de omlijsting van het raam de golvende, donkergele akkers, een beboste heuvelkam, een boer op een tractor onder een solitaire boom, een roerloos scherm van dennen rond een krijtwitte grafzuil. Najoua luistert naar de wind rond de trein.

Marc heeft haar zijn hele vermogen, zijn huis aan de Suezkade en het Parijse appartement aan de rustige place Jean Lorrain nagelaten. Zij is er zeker van dat zij haar ziekte onder controle heeft. Zonder verdere hulp van de kliniek is zij de anorexia te boven gekomen. Zoals zij ook zonder hulp van docenten het staatsexamen gymnasium heeft afgelegd en voor alle vakken een negen of hoger scoorde. Ze was het aan hem en aan zichzelf verplicht. Van het Descartes had zij zich als leerling laten uitschrijven en het was haar onmogelijk zich op het Haganum of het Spinoza als leerlinge onder leerlingen te begeven.

Op het niet gebruikte rechter zijbord van zijn lokaal had Marc in zijn fraaie, regelmatige handschrift twee woorden naast elkaar geschreven:

Mamma-Najoua

En op enige afstand, in de bovenhoek, onduidelijk – je zou zeggen dat de muis van de hand er even overheen was gegaan:

Dieu

Daarnaast, als om zich toch meer zekerheid te verschaffen:

De profundis

En vlak daaronder, haastiger neergeschreven, dwars over het schoolbord:

Uit de diepte roep ik U aan, o Heer. (Tot wie moet ik mij anders wenden?)

Voor de eerste keer in zijn huis. Heftige sensatie. Alsof ze de diepte van een gesloten universum binnen ging. De stilte in dat grote huis aan de Suezkade was een donker, massief meubelstuk. Vanaf de drempel had zij zijn studeerkamer aanschouwd en in een uiterst precieze blik elk afzonderlijk object in zich opgenomen: de portretten, de bureaulamp, de staande lamp, de eindeloze rij boekenkasten met glazen deuren. Die eerste keer had ze niets durven aanraken. Er was de enorme stilte en zijn onuitwisbare aanwezigheid, het galante van zijn gebaar, de ernst van zijn lachen, de onverwacht smartelijke blik, van een grote intensiteit, een blik die zich zonder reserve uitleverde, het jongensachtige en tegelijk ceremoniële in zijn gedrag.
Er was zijn duistere afwezigheid.

Zij heeft een eerste ordening aangebracht in brieven, aanzetten tot korte verhalen, fragmenten dagboek. Brokstukken, flarden van een mogelijke waarheid. Hij had de ongehoorde hoop dat zijn moeders verdwijning een vergissing was, dat zij op een dag voor hem zou staan, dat dit gruwelijke misverstand op een dag op een verpletterende manier uit elkaar zou spatten.

Zal Najoua de behoefte kennen om achter die andere waarheid te komen, om van zijn leven een reële, samenhangende werkelijkheid te maken? Voor het eerst heeft ze van de kruisiging in de docentenkamer kennis kunnen nemen. Op talloze kleine, losse papiertjes en gebruikte enveloppen, op zijn vloeiblad, heeft ze haar naam aangetroffen. Ook op een envelop vol met anonieme brieven en stomerijnota's. Slechts haar naam, zonder de stoet van gedachten die een naam kan oproepen. Op één uitzondering na. Ze vond bij het werkwoord 'aller' in zijn lesboek van de brugklas: 'Een meisje dat uit het duister tevoorschijn kwam en in het duister verdween.' Maar doorgaans schreef hij slechts 'Najoua', en droomde. Hij was een dromer.

Ze weet niet wat ze in zijn appartement in Parijs zal aantreffen.

Hoe zal het haar vergaan? We weten het niet. Gaat ze zich aan hem wijden, zich in hem vastbijten, zal ze zijn leven en geschiedenis willen achterhalen of beseft ze dat te veel elementen haar altijd onbekend zullen blijven?

Het is niet onwaarschijnlijk dat ze, in zijn voetsporen, in Parijs colleges filosofie en literatuur zal volgen, maar ze is nog niet van plan het voor of tegen van bepaalde beslissingen minutieus af te wegen. Zal zij, net als hij van nature nieuwsgierig, zich ook moeilijk kunnen inperken, van de ene studie naar de andere gedreven worden, op drift raken, zich die grilligheid kwalijk nemen, omdat ze, net als hij, niets tot een goed einde brengt? We weten het niet. Maar ze zal beslissingen nemen. Dat is het, voor het moment. Er zijn zo veel mogelijkheden. Najoua Azahaf heeft toekomst. Niets lijkt onmogelijk. We moeten ervan uitgaan dat zij er ook zo over denkt.

De Marokkaanse in de trein op weg naar Parijs, naar het appartement aan de place Jean Lorrain, niet zo ver van de buitenboulevard Montmorency. Najoua, op weg naar een onbekende bestemming.

    Ze is alleen, luistert naar de geruchten in en rond de trein, verbeeldt zich de trein, ondergedompeld in eigen gemompel, rijdend door een zomertuin, en ze heeft de intuïtieve zekerheid dat er tussen Marc en haar oneindig veel meer is dan de verlaten en kille vlakte van de dood.